谨以此书献给为北斗卫星导航系统、为北斗产业化、为北斗星通建设与发展做出贡献的人们！

追梦征途

中国北斗产业化发展的时代缩影

北斗星通公司二十年发展历程纪实

杨冰◎著

·北京·

图书在版编目（CIP）数据

追梦征途/杨冰著. —北京：金城出版社有限公司，2022.1
ISBN 978-7-5155-2272-2

Ⅰ. ①追… Ⅱ. ①杨… Ⅲ. ①报告文学－中国－当代
Ⅳ. ①I25

中国版本图书馆CIP数据核字（2021）第199930号

追梦征途

作　　者　杨　冰
责任编辑　丁洪涛
责任校对　王秋月
责任印制　李仕杰
开　　本　710 毫米 ×1000 毫米　1/16
印　　张　24.5
字　　数　265 千字
版　　次　2022 年 1 月第 1 版
印　　次　2022 年 1 月第 1 次印刷
印　　刷　鑫艺佳利(天津）印刷有限公司
书　　号　ISBN 978-7-5155-2272-2
定　　价　88.00 元

出版发行　**金城出版社有限公司**　北京市朝阳区利泽东二路 3 号
邮编：100102
发 行 部　(010) 84254364
编 辑 部　(010) 84250838
总 编 室　(010) 64228516
网　　址　http://www.jccb.com.cn
电子邮箱　jinchengchuban@163.com
法律顾问　北京市安理律师事务所（电话）18911105819

周儒欣

北京北斗星通导航技术股份有限公司

董事长兼总裁

▲ 1983 年，大学时期的周儒欣在母校南开大学留影。

▲ 20 世纪 90 年代初期，周儒欣向用户展示基于卫星导航的移动目标监控管理平台。

◄ 1997 年，周儒欣等人赴美国考察高通公司等海外企业，本次考察对北斗星通的设立及其定位起到了关键作用。图为考察团在考察期间聚餐时的合影，左起：周儒欣、过静珺、张欢、杨长风、高通公司 Tony。

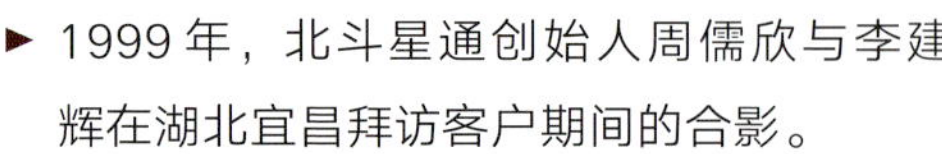

► 1999 年，北斗星通创始人周儒欣与李建辉在湖北宜昌拜访客户期间的合影。

◄ 2000 年 9 月 25 日，北斗星通在北京中关村注册成立。图为周儒欣与出席北斗星通挂牌仪式的叶正大将军（中）和沈椿年将军（左）合影。

► 2000 年 10 月，北斗星通成为加拿大 NovAtel 公司战略合作伙伴。图为周儒欣在加拿大卡尔加里与时任 NovAtel 代理总裁 Werner Gartner（右）的合影。

◄ 2002 年，北斗星通动员誓师大会员工合影。

◀ 2003年1月，由北斗星通承担的“北斗一号信息服务系统”项目成功通过由孙家栋院士为评委主任的评审委员会的验收评审。该项目的研制成功使北斗一号具备了向民用开放的技术条件，是北斗应用的里程碑，更是北斗星通进入北斗应用领域的“敲门砖”。

▶ 2004年4月，国家批复北斗一号对民用开放。同年12月，北斗星通成为中国首家获得北斗系统运营服务分理资质的企业。

◀ 2006年，北斗星通与农业部南海区渔政渔港监督管理局签订“南沙渔船船位监控指挥管理系统项目”合同，开启了北斗系统大规模在中国海洋渔业领域应用的序幕。

▲ 2006年4月，北斗星通完成股份制改造后召开第一次股东大会。合影照片中包括周儒欣（前排左二）、李建辉（后排左一）、赵耀升（前排右二）、秦加法（前排右一）、胡刚（后排右四）、杨忠良（后排左三）、杨力壮（后排左四）七位原始股东。

► 2007年7月，北斗星通IPO成功过会，周儒欣和李建辉难掩激动喜悦之情。

◄ 2007年8月，北斗星通A股股票（股票代码 002151）在深圳交易所挂牌上市，成为中国卫星导航定位行业首家上市公司。图为周儒欣与于军（左二）、郭洪（左三）等嘉宾参加上市敲钟仪式。

▲ 2009 年 3 月，北斗星通设立专业从事自主北斗 /GNSS 芯片研发设计的子公司——和芯星通。图为和芯星通公司成立暨第一届股东会 / 董事会第一次会议合影。

▲ 2010 年 9 月，北斗星通发布中国首款具有完全自主知识产权的北斗 /GNSS 多系统多频点高性能 SoC 芯片。图中左起依次为：杨元喜、谭述森、孙家栋、韩绍伟、刘经南、许其凤。

▲ 2010 年 12 月，江苏北斗星通汽车电子产业园开工奠基仪式在江苏宿迁举行。图中左起依次为：胡刚、冯海晴、马成贤、周儒欣、邹光辉、隋向阳。

▲ 2015 年 6 月，北斗星通收购深圳市华信天线技术有限公司。图为收购华信天线庆典仪式，左起依次为：王海波、李建辉、周儒欣、王春华、贾延波。

▲ 2015 年 6 月，北斗星通收购嘉兴佳利电子有限公司。图为收购佳利电子庆典仪式，左起依次为：尤佳、尤淇、周儒欣、尤源、段昭宇。

▲ 2016 年 7 月，北斗星通引入国家集成电路产业投资基金，成为自主北斗芯片领域“国家队”。图为周儒欣与路军（左）在非公开发行股票上市仪式上的合影。

▲ 2017 年 8 月，北斗星通收购加拿大 Rx Networks 公司。图中左起依次为：胡刚、Guylain Roy-MacHabée、周儒欣、Michael Longinotti、Tony Murfin、黄磊。

▲ 2017 年 9 月，北斗星通收购德国 in-tech GmbH 公司。图为周儒欣与 in-tech 公司两位创始人 Christian Wagner（左）、Bastian Friedrich（右）的合影。

◀ 2018 年 5 月，周儒欣获评中关村创新发展 40 年 40 位杰出人物奖项，图为周儒欣受邀在颁奖现场做题为《创新北斗，增强时代——致敬中关村创新发展 40 年》的演讲。

▶ 2018 年 7 月，作为我国改革开放 40 年来的典型成就，北斗星通系列自主北斗芯片被中国国家博物馆收藏。

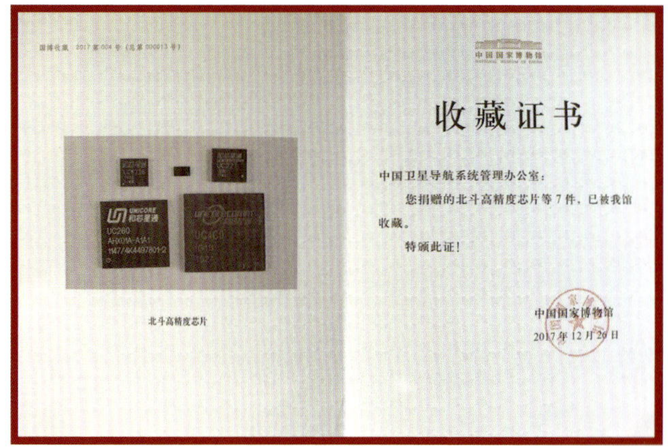
中国国家博物馆

收藏证书

中国卫星导航系统管理办公室：

您捐赠的北斗高精度芯片等 7 件，已被我馆收藏。

特颁此证！

北斗高精度芯片

中国国家博物馆
2017 年 12 月 26 日

国家科学技术进步奖
证　书

为表彰国家科学技术进步奖获得者，特颁发此证书。

项目名称：中国高精度位置网及其在交通领域的重大应用
奖励等级：一等
获 奖 者：北京北斗星通导航技术股份有限公司

2018 年 12 月 12 日

证书号：2018-J-22301-1-01-D07

国家科学技术进步奖
证　书

为表彰国家科学技术进步奖获得者，特颁发此证书。

项目名称：多系统多频率卫星导航定位关键技术及 SoC 芯片产业化应用
奖励等级：二等
获 奖 者：和芯星通科技（北京）有限公司

证书号：2015-J-25201-2-03-D01

国家科学技术进步奖
证　书

奖励等级：二等

◀ 2018 年 12 月 12 日，北斗星通参与完成的北斗高精度应用项目获国家科技进步一等奖。此前，北斗星通还分别在自主北斗芯片、微波陶瓷器件领域获评国家科技进步二等奖。

▲ 2019 年，在设立芯片子公司十周年之际，北斗星通发布了新十年芯片发展战略，图为见证了公司自主芯片十年发展的院士、专家、领导聚集一堂，共同点亮“新十年”，左起依次为：高松涛、谢军、杨长风、孙家栋、周儒欣、曹冲、冉承其、王学军。

▲ 2019 年 6 月，为加速汽车智能网联业务发展，北斗星通汽车智能网联业务与北京远特科技股份有限公司合并，整合为北斗星通智能网联科技有限责任公司（简称“智联科技”）。图为智联科技公司股东、董事等合影，左起依次为：刘章华、徐林浩、周儒欣、陈立光、花伟程、陈超卓、张工。

▲ 坐落于北京市海淀区中关村永丰产业基地的北斗星通大厦。

（图片及文字说明均由李楠、张岚提供）

北斗产业化的践行者

● 孙家栋

2020 年 6 月 23 日，我国在西昌卫星发射中心成功发射了第 55 颗北斗导航卫星暨北斗三号最后一颗全球组网卫星。至此，北斗三号全球卫星导航系统星座部署比原计划提前半年全面完成。

北斗全球系统组网，是几代北斗人努力的结果，是中国人的骄傲。我国在 20 世纪 80 年代到 90 年代，结合国情，科学、合理地提出并制定了自主研制实施北斗系统建设的“三步走”战略规划。二十多年来，北斗系统秉承“中国的北斗、世界的北斗、一流的北斗”的发展理念，践行“自主创新、开放融合、万众一心、追求卓越”的新时代北斗精神，为经济社会发展提供了重要的时空信息保障。

北斗的建成，举全国之力；北斗的应用，惠民生所需。我们不仅要建好北斗系统，更要用好北斗系统。事实上，天上的北斗系统建设固然重要，但北斗产业化应用发展是更为关键的一环。而在北斗产业化推广应用中，北斗星通是其中的领军企业。

这些年，我最关注的是北斗产业化发展，对周儒欣以及北斗星通有了更多的了解。周儒欣是有理想有抱负的人，他以推广北斗卫星导航产业为己任，积极探索北斗应用，把实现“北斗梦”与“强国梦”紧密结合起来。他对“北斗梦”的追求执着而坚定，令人敬佩。在周儒欣的带领下，北斗星通始终高擎“共同的北斗、共同的梦想”的旗帜，脚踏实地，开拓创新，取得了显著成就，突出表现在以下三个方面：

一是北斗星通是北斗产业化的开拓者。北斗星通是第一批从事北斗产业的专业化公司，是北斗产业的首家上市公司，也是北斗产业的示范企业。他们提出了“北斗一号信息服务系统”项目，这一旨在开发北斗一号民用应用的建议，开辟了北斗在海洋渔业领域的规模化应用。2001 年 10 月，我参加并主持了“北斗一号信息服务系统”项目的立项论证评审会，这个项目的实施决定了后来北斗一号对民用的开放，是北斗产业化历程中的里程碑。北斗星通作为首家获得北斗分理服务资质的企业，构建了海、天、地一体化的北斗船联网综合信息运营服务，维护了国家海洋权益，保护了海洋生态环境，促进了平安渔业及和谐社会建设，被誉为渔民的“守护神”，渔政管理部门的“千里眼”。

二是北斗星通成功地自主研发出多款北斗芯片。他们从海外引进多名高端人才，投入数亿元资金研发北斗芯片。2010 年，发布首款多系统、多频率、高精度导航定位芯片，该芯片兼容四大卫星导航系统，是国内首创、国际一流，为中国人争了一口气，在世界上表现了北斗强国的梦想。之后，北斗星通又相继开发了 10 余款芯片，从 90 纳米到 22 纳米，从基带到射频，再到基带射频一体化，形成了完整谱系，成就了多款行业领先产品，开创了北斗在车载前装、无人机、自动驾驶及机器人等领域的规模化应用。芯片技术曾获 2015 年国家科技进步二等奖，芯片应用成果曾获 2018 年国家科技进步一等奖。目前，北斗星通最新支持北斗三号新信号的 22 纳米工艺射频基带一体化导航定位芯片，已具备市场化应用条件，使北斗芯片性能再上一个新台阶。几次芯片发布会，我都去了现场。他们研发的具有自主知识产权的北斗芯片，是对卫星导航事业的卓越贡献。

三是北斗星通拓展了北斗应用产业空间。近年来，北斗星通并购了国内外多家优秀企业，公司“上规模、上水平、国际化”，实现了大跨越、进入了国际主赛道，开启了发展新篇章。北斗星通积极构建“北斗 +”新业态，着力形成一个核心支撑平台——“云 +IC”平台，一个大体量的业务板块——汽车电子板块的“1+1”业务格局，正全方位推动北斗产业的大发展。

当前，我国北斗系统的应用如火如荼，不断取得新进展，已在交通运输、农林渔业、水文监测、气象测报、通信授时、电力调度、救灾减灾、公共安全等领域得到广泛应用，渗透各行各业、千家万户，深刻改变着人们的生产与生活方式，产生了显著的经济效益和社会效益。

作为国家重要的空间信息基础设施，随着北斗服务全球，北斗系统现在已经形成由基础产品、应用终端、应用系统和运营服务构成的完整产业链，北斗产业化发展也迎来了重大的历史机遇和巨大的发展空间，有更加广阔的发展前景，北斗“天上好用、地上用好”的格局与态势正在被打造得稳固坚实。北斗星通及从事北斗应用的企业、科研院所，使命光荣，责任重大。要抓住机遇，尤其是国家正积极推进“新基建”发展战略的机遇，加强与新一代移动通信、区块链、人工智能等新兴技术的加速融合，打造具有整体性、开放性、综合性和丰富性，以及技术产业链和价值链良性循环的北斗应用产业生态体系，积极推进北斗产业化进程，分享北斗系统应用成果，为开创北斗“天上好用，地上用好”新格局做出更大的贡献。

从 2000 年我国第一颗北斗卫星发射升空，到 2020 年已经有二十年。北斗星通伴随着北斗系统建设的步伐成长，也正好走过了二十年。北斗星通二十年历程是北斗产业化发展的时代缩影。《追梦征途：北斗星通公司二十年发展历程纪实》一书，从世界、中国、北斗产业、北斗星通四个维度，全面反映了北斗星通二十年的风雨历程，记述了周儒欣及其团队经历的酸甜苦辣，揭示了“诚实人”的核心价值观，讴歌了北斗星通人顽强拼搏的奋斗精神，给人以启示和正能量。这本书记录的不仅是北斗星通二十年的历史，也是一个国家和一个时代的历史，是北斗产业的发展史，是一个企业的奋斗史和创新史。

孙家栋

2020.6.29

（本推荐序作者孙家栋为著名航天专家，中国科学院院士，“两弹一星”元勋，北斗卫星导航工程高级顾问，首任工程总设计师，2009 年度国家最高科学技术奖获得者，2018 年“改革先锋奖章”获得者，2019 年“共和国勋章”获得者。）

目　录

引 言

因为有梦想，才有努力奋斗的目标，才能百折不挠，勇往直前。这样前进才有动力，才有精神支柱。

上篇　寻　梦

追梦路上坎坎坷坷，但我们无怨无悔，没有放弃对北斗梦的追求，因为我们的命运，从诞生时就与北斗事业连在一起，因北斗而生，伴北斗而长。

中篇 追 梦

"北斗"不仅是建设者的"北斗",也是使用者的"北斗",应用推广者的"北斗",关心"北斗"发展的人们的"北斗",是我们"共同的北斗"。它是国家自主创新战略的重要组成部分,它承载着我们导航强国的"共同的梦想"。

第三章 波推浪涌的商海路

第四章 梦想照进现实

第五章 "百日上市"的奇迹

第六章 筚路蓝缕逐梦行

下篇 筑 梦

北斗卫星导航系统的建设者、应用推广者和使用者，在“共同的北斗，共同的梦想”旗帜下紧紧地聚集在一起，这是“北斗人”的光荣与梦想，更是北斗星通的光荣与梦想。她展现的是一种情怀、一种意志和一种追求，表达的是一股不屈不挠、勇于创新的强国精神。

第十二章 站在新产业的“风口”

第十三章 助力北斗梦

第十四章 为梦想铸魂

引言

中国北斗产业化发展的时代缩影

因为有梦想，才有努力奋斗的目标，才能百折不挠，勇往直前。这样前进才有动力，才有精神支柱。

——周儒欣

时间，终于熬到 2020 年的仲夏。

这时候，新冠肺炎疫情依然在全球持续蔓延，而在中国西南部的大凉山，则正是索玛花开得最绚烂的时节。漫山遍野，五彩缤纷，一派生机勃勃的景象。

6 月 23 日一大早，周儒欣就前往大凉山腹地的西昌卫星发射中心。

作为我国首家卫星导航产业上市公司“北斗星通”的董事长兼总裁，我国北斗应用产业化领域的杰出代表人物，周儒欣作为受邀嘉宾去观看北斗全球卫星导航系统最后一颗组网卫星发射。

他虽然从事北斗系统推广应用已经二十年了，却是第一次去现场观看北斗卫星发射。

云雾缭绕，细雨霏霏。在距离发射塔架 700 多米的观礼台上，来自北斗全线、抗疫一线、扶贫一线的代表们，个个心情激动，挥舞着手中的国旗，热切期盼着那个历史时刻的到来。

“10，9，8……3，2，1，点火！”

9 时 43 分，随着惊天动地的轰鸣声，长征三号乙运载火箭托举着第 55 颗北斗导航卫星，以雷霆万钧之势腾空而起，带着中国人民的梦想直冲云霄。

观礼台上，欢呼声、喝彩声此起彼伏，人们挥动着手中的国旗，高声齐唱《我和我的祖国》，目送北斗卫星飞向茫茫太空。

那一刻，作为一位始终胸怀北斗强国梦想与实业报国情怀的企业家，一位把智慧与汗水奉献给北斗应用推广事业的北斗人，周儒欣禁不住热泪盈眶。

约30分钟后，最后一颗北斗导航卫星与火箭分离，进入预定轨道。

此刻，中国北斗点亮了世界卫星导航的星空。

至此，北斗三号全球卫星导航系统星座部署比原计划提前半年圆满完成，彰显了中国速度、中国精度和中国高度。

这是我国从航天大国迈向航天强国的重要标志，也是“十三五”期间我国实现第一个百年奋斗目标过程中航天领域圆满收官的国家重大工程。

北斗卫星导航系统是中国着眼于国家安全和经济社会发展需要，自主建设、独立运行的全球卫星导航系统，是为全球用户提供全天候、全天时、高精度的定位、导航和授时服务的国家重要时空基础设施。

国之大器，利国惠民。在星空布阵的同时，北斗产业化应用也踏上了技术不断提升、发展更加迅速、市场覆盖全球、服务更加全面的“黄金新时代”。

周儒欣亲眼见证了北斗梦圆的时刻，内心无比激动和自豪：“我在现场见证了北斗收官卫星的发射，非常震撼，也非常激动。这也证明了我们当年，也就是二十年前，在第一颗北斗卫星发射之前设立北斗星通，坚定推广北斗应用是完全正确的。今天，这一历史时刻，标志着我国全球卫星导航系统全面建成，卫星导航产业进入了新的全面应用的黄金时期，北斗星通也从此进入了黄金十年。经过几代人26年的努力，共发射了55颗北斗导航卫星。我要特别感谢为北斗系统建设做出贡献的所有建设者们！这个系统的建成，特别是在新冠肺炎疫情期间，对全体国人、对全体从事北斗系统应用和使用建设的人们，是极大的激励与鼓舞。”

清澈的安宁河，在静静地流淌；青翠的大凉山，在深情地诉说。

巍峨壮观的发射塔架，拔地而起的火箭轰鸣声，遨游太空的北斗卫星，把周儒欣的思绪带回了往日的峥嵘岁月。

二十年努力奋斗，二十年呕心沥血，二十年追逐梦想，尝尽酸甜苦辣，青丝已变白发，但时光不负青春，岁月不负韶华。

中国北斗，完美收官，星耀全球。

从1994年北斗一号工程立项到2004年北斗二号卫星工程立项，从2009

年 12 月北斗三号卫星工程立项，到 2020 年 6 月 23 日北斗三号全球卫星导航系统星座部署全面完成，我国用 26 年的时间，走过了国外卫星导航 40 年的发展历程。

2020 年 7 月 31 日，中国向全世界郑重宣告，中国自主建设、独立运行的北斗三号全球卫星导航系统已全面建成，中国北斗开启了高质量服务全球、造福人类的崭新篇章。

抚今追昔，从立项论证到启动实施，从双星定位到区域组网，再到覆盖全球，我国卫星导航系统建设历经二十多年探索实践，经由几代北斗人不懈奋斗，加压奋进，攻坚克难，走出了一条自力更生、自主创新、自我超越的建设发展之路，建成了我国迄今为止规模最大、覆盖范围最广、服务性能最高、与百姓生活关联最紧密的巨型复杂航天系统，成为我国第一个面向全球提供公共服务的重大空间基础设施。

时光荏苒，斗转星移。

50 年前——1970 年 4 月 24 日，我国在浩瀚的巴丹吉林沙漠的酒泉卫星发射中心，成功发射了第一颗人造卫星“东方红一号”，开创了中国航天事业的新纪元，使中国成为世界上第五个自行研制和发射人造卫星的国家，拉开了中国在航天各领域筑基的序幕。

50 年后——2020 年 6 月 23 日，我国在神秘的大凉山峡谷的西昌卫星发射中心，用长征三号乙运载火箭，成功发射北斗三号最后一颗全球组网卫星，标志着北斗卫星导航系统“三步走”战略全部实现，几代北斗人执着追求的“全球梦”终于梦想成真。

从跟随到并肩，再到引领超越，北斗卫星导航系统经历二十多年的磨砺成长，打破了国外的垄断，实现了从“无”到“有”、从“小”到“大”、从“有”到“优”、从“粗”到“精”。按照“先试验、后区域、再全球”三步走的战略，建成了继美国 GPS（全球定位系统）和俄罗斯 GLONASS（格洛纳斯）之后世界上第三个独立运行、自主可控的全球卫星导航系统。

“北斗”是我国改革开放四十多年的重大成果，是当之无愧的国之重器，成为面向全世界的靓丽“中国名片”。

“中国的北斗、世界的北斗、一流的北斗”，是北斗卫星导航系统建设发展始终秉承和践行的理念。它，不仅为服务中国，也为服务全球，造福人类，致力于为构建人类命运共同体做出贡献。

习近平总书记在“航天日”当天做出重要指示强调：“探索浩瀚宇宙，发展航天事业，建设航天强国，是我们不懈追求的航天梦。”梦想延伸到哪里，时空就会定位到哪里；脚步迈进到哪里，导航就会指引到哪里。“无论你走到哪里，北斗将始终伴你左右。”

伴随着北斗系统全球组网的圆满完成，北斗星通也迎来了成立二十周年的日子。

——因“北斗”而生。2000 年 9 月 25 日，在我国首颗北斗导航试验卫星发射前夕，北斗星通在北京中关村这片沃土上成立。

——伴“北斗”而长。二十年来，伴随着一颗颗北斗卫星遨游太空，周儒欣带领北斗星通始终高擎“共同的北斗、共同的梦想”的旗帜，历经艰苦创业、转型升级、规模化发展阶段，在我国乃至全球卫星导航产业的发展进程中，谱写了北斗人的感人故事。

“河汉纵且横，北斗横复直。”一代代北斗人以使命与奋斗铸就了国之重器，一代代北斗星通人以坚韧与实干成就了光荣与梦想!

艰苦创业阶段，伴北斗而长
——2000.9.25—2007.8.13

从 2000 年 9 月 25 日北斗星通成立到 2007 年 8 月 13 日成功上市，这近七年的时间是北斗星通的“艰苦创业”阶段。

这一阶段，北斗星通主要解决了“生存”和“进入北斗”两个问题。2000 年 10 月 31 日和 12 月 21 日，两颗北斗导航试验卫星发射成功，标志着北斗系统建设“第一步”启动。

在这一阶段，北斗星通立足“活下来才能生存”的理念，通过代理加拿大 NovAtel 公司的产品，解决了生存和原始积累问题。其间，北斗星通结合中国测绘用户的需求，与 NovAtel 公司合作推出了具有北斗星通品牌的 BDNAV 产品，从而将双方的合作提升到战略合作层面。通过与 NovAtel 公司的合作，北斗星通学习到国外优秀公司的先进技术和管理经验，摸索出一条适合自身特点的“引进、消化、吸收、创新、发展”的国际合作道路。

在北斗业务方面，北斗星通拿下了具有重要战略意义的“北斗一号信息服务系统”项目，为北斗一号对民用开放奠定了技术基础。2004 年 5 月，国家正式批准北斗一号开放服务，北斗星通也于 2004 年 12 月取得了 001 号北斗一号民用运营服务牌照，彻底解决了“进入北斗”的问题。

此后，北斗星通相继开拓出以北斗海洋渔业应用为主的北斗运营服务业务和以指挥设备为主的信息装备业务，闯出了一条“自主创新”的发展道路。

尤为重要的是，在这七年的发展历程中，北斗星通集聚了一批业务能力突出、志同道合的核心人才队伍。七年之后，北斗星通整体上站稳了脚跟，并且在 2007 年 8 月 13 日成功在深交所上市，成为国内卫星导航领域的第一家上市公司。

艰苦创业阶段，是北斗星通伴随北斗系统建设“三步走”战略“第一步”而成长的第一阶段，是周儒欣带领的北斗星通“北斗梦”理想信念、“诚实人”核心价值观和“创新突破”经营思想及队伍初步形成的阶段。

创业之路是艰苦的，而艰苦的道路更需要奋力拼搏。在风雨兼程的北斗产业化道路上，北斗星通披荆斩棘、栉风沐雨，一边与 NovAtel 公司紧密合作，一边全力打通北斗民用服务的通道，演奏出一曲创业与奋斗的铿锵交响乐。

这个阶段，北斗星通 80% 的收入来源于 NovAtel 业务，北斗业务基本上还处于亏损状态。

回首艰苦创业的岁月，周儒欣深刻地指出：“没有与 NovAtel 的合作，就没有今天的北斗星通；没有北斗民用开放服务，就没有北斗星通公司。”

转型升级阶段，打造自主产品和技术
——2007.8.14—2013.12.31

从 2007 年 8 月 14 日到 2013 年年底，这六年多时间是北斗星通的“转型升级”阶段。

这一阶段，北斗星通主要建立起自主的产品和技术业务体系。

2007 年 4 月 14 日，北斗二号首颗卫星成功发射，我国进入北斗二号时代，标志着我国北斗系统建设“三步走”战略的“第二步”开始启动。

在这一阶段，我国北斗系统正处于区域建设时期。北斗二号系统于 2012 年年底建成并投入正式运行。与此同时，北斗产业化也得到从中央到地方政府以及产业内外的广泛认同，越来越多的公司开始进入北斗产业。这一时期，北斗星通面临“双重压力”，既要摆脱对国外产品和技术的依赖，上市后实现 30% 增长业绩的预期，也面临着国家北斗系统“三步走”战略“第二步”实施的历史机遇。

在这一阶段，周儒欣率领北斗星通提出了建立“以北斗为核心的自主技术和自有产品体系”的发展目标，制定了“内生 + 外长”的发展策略。这期间，北斗星通顶住了 2008—2009 年国际金融危机，抗住了国内经济发展速度减缓的“强烈冲击”，保持了 NovAtel 业务的“稳定持续”。

尤为重要的是，2009 年 3 月，北斗星通紧跟北斗二号建设的步伐，通过投资的方式，成立了和芯星通公司，从事专业应用北斗导航芯片的研发。虽然该业务一度严重亏损，但北斗星通坚持持续投入，不仅于 2013 年实现业务盈亏平衡，而且为北斗星通赢得了地位、荣誉和更广阔的发展空间。

为摆脱对 NovAtel 业务的严重依赖，北斗星通通过兼并收购控股了深圳徐港电子，进入汽车电子行业，为弥补 NovAtel 业务下滑做出了重要贡献。这一阶段，是北斗星通利润的低谷，整个队伍经历了严峻的考验。

到 2013 年年底，北斗星通已发展成为一家以卫星导航为主、融合其他导航技术的综合性企业。六年来，北斗星通自主产品的业务收入占到总收入 70% 以上，销售收入保持在 25% 左右的年均复合增长，形成了“3+6+3”的集团架构（3 个事业部、6 个全资 / 控股子公司、3 个参股公司）和“基础产品 + 终端产品 + 系统应用 + 运营服务”的业务结构，基本实现了转型升级目标。

“转型升级”阶段，是北斗星通伴随国家北斗系统建设“三步走”战略“第二步”而成长的第二阶段，也是经受“强烈冲击”、经历“严重质疑”、经过"产业深化"的历练阶段，是北斗星通"北斗梦"理想信念、"诚实人"核心价值观、"创新突破"经营思想及队伍建设趋于成熟的重要阶段。

转型之路是艰辛的，而艰辛的道路更需要顽强拼搏。在风雨交加的北斗产业化道路上，北斗星通乘风破浪、浴火重生，一边设立和芯星通研制"中国芯"，一边介入汽车电子行业，演奏出一曲转型与奋进的雄壮交响乐。

回首转型升级的岁月，周儒欣明确地指出："没有力排众议坚定设立芯片公司和芯星通，就没有北斗星通今天的行业地位；没有收购徐港电子进入汽车电子，就没有今天的汽车智能网联这个未来的大体量业务板块。如果没有这两个决策，就难以迎接智能化时代。因此，转型升级的六年是极其宝贵的历程，积累了用金钱无法买到的宝贵经验，团队的精神得到了升华，有了这样的积淀，遇到再大的风浪也不怕！"

规模化发展阶段，创造卓越未来
——2014.1.1—2020.9.25

从 2014 年开始，北斗星通进入"规模化发展"阶段。通过"艰苦创业"和"转型升级"两个阶段的努力，北斗星通在市场、技术、产品、管理、人员、基础设施、企业文化等方面做了较为充分的准备。

这一阶段，北斗星通主要集中解决"上规模、上水平，国际化"问题，简称"两上一化"。

这一阶段，我国全面实施北斗系统建设"三步走"战略的"第三步"，即全球北斗导航系统建设及其产业化战略。

2015 年 7 月，佳利电子和华信天线两家公司加入北斗星通大家庭，进一步加强了基础产品业务的规模和盈利能力。2016 年 7 月 1 日，北斗星通通过非公开发行 6580 余万股股票，募集资金总计 16.8 亿元，其中国家集成电路产业投资基金认购约 15 亿元。北斗星通成为行业唯一获国家大基金投资的企业。2017 年 8 月、9 月，北斗星通国际化发展取得重大突破，分别完成了对加拿大 Rx 及德国 in-tech 的并购，打通了国际通道，打开了巨大发展空间，开启了发展新篇章。

2018 年，北斗星通自主研发的 Nebulas、Humbird、UFirebird 等系列北斗芯片产品，作为我国建设新时代中国特色社会主义事业方面的典型成就，被中国国家博物馆永久收藏，2019 年又作为建国 70 周年重大成就展出；由北斗星通参与完成的“中国高精度位置网及其在交通领域的重大应用”获 2018 年度国家科学技术进步奖一等奖。

面对大数据、云计算、人工智能、5G 时代的到来，面对国家积极推进“新基建”发展战略，北斗星通顺应用户需求与商业模式变革、技术融合发展等趋势，积极构建“北斗 +”新业态，逐步形成 1 个基础支撑业务（云 +IC）、1 个大体量业务板块（汽车智能网联），即“1+1”的战略布局。

2020 年伊始，新冠肺炎疫情突如其来，一场没有硝烟的战争打响了。这次疫情给北斗星通的经营带来了一定的影响，但公司上下“万众一心战疫情，迎难而上抓发展”，做到了生产经营、疫情防控“两不误”。面对前所未有的挑战，北斗星通紧跟形势变化，及时调整策略措施，把握经营节奏，树立在复杂环境下“过紧日子、打硬仗”的思想，视变化为常态，更加聚焦、更加坚韧、更加专注向客户提供高质量的产品和服务，坚持“管住风险、创新突破，开启高质量发展新阶段”。

“规模化发展”阶段是北斗星通伴随国家北斗系统建设“三步走”战略“第三步”而发展的第三阶段，也是北斗星通顺势而为、抓住机遇、聚焦主业、稳健发展的重要阶段。进入“规模化发展”阶段以来，北斗星通按照“上规模、上水平，国际化”的发展要求，科研成果取得一系列重大突破，“诚实人”的核心价值观更加坚定，“创新突破”经营思想及队伍建设更加走向成熟，进入了国际主赛道，正由规模化发展阶段迈入高质量发展阶段。

规模化发展之路是激荡的，而激荡的道路更需要奋斗与拼搏。在风雨交织的北斗产业化道路上，北斗星通稳扎稳打，砥砺前行，取得“中国芯”研制的重大突破，并购海内外多家优秀企业，加速进军汽车智能网联领域，演奏出一曲激荡与奋发的壮丽交响乐。

回首依然处于规模化发展阶段的北斗星通，周儒欣鲜明地指出：“面对北斗全球系统即将建成，面对北斗产业的分化和整合的加速，头部企业优势进一步凸显，我们要顺势而为，乘势而进，适应商业模式的变化，持续推进国际化进程，积极推进卫星导航与其他技术的融合，迎接智能时代的到来。”

从“艰苦创业”阶段到“转型升级”阶段，再到“规模化发展”阶段，北斗星通是伴随着中国改革开放的浩荡春风而成立的，是伴随着北斗系统的建设和北斗产业的迅猛发展而成长的，也是伴随着中关村这片奋斗沃土的建设而不断壮大的。

一部北斗星通的历史，就是一部艰苦创业的奋斗史，一部创新突破的发展史，一部砥砺前行的进取史，是北斗产业化进程的时代缩影。

北斗星通的十大经营智慧

走进 2018 年，始于 1978 年的中国改革开放步入第 40 个春秋。

这一年，周儒欣荣获中关村创新发展 40 年杰出领军人物贡献奖。

西方社会用上百年时间走过的发展道路，在中国这样一个东方大国，用了不到 40 年的时间。对于每一个个体来说，在这 40 年波澜壮阔的大背景下，更能体会到处于这个时代的自豪和荣耀。

在 40 年的历史长河里，中国民营企业家是承载中国改革开放历程的一个重要群体。他们崛起、创造、创新、引领，经历了激荡澎湃的伟大时代，见证了也许是人类历史上迄今为止最为震撼的经济增长奇迹，展现了蓬勃向上的力量。他们每向前走一小步，市场的力量就往前走一大步。无论是作为建设者、实践者，还是开拓者、奋斗者，他们所谱写的商业传奇，都已经写入这一代人的记忆中，推动着一个大国向现代化不断转型的历史进程。

这一切，我们一同走过。

1984 年，从经济转型的角度看，是决定中国经济走向的最重要的一年。尤其是一大批知识分子下海，中国民营企业发展史上，称这一年为中国现代公司元年。

改革的浪潮催生了一批又一批的开拓者、创业者。他们带着梦想出发，迎着潮流而上，书写了一个时代的传奇和一个国家的传奇。他们心怀“过好日子”的渴望，也胸怀“产业报国”的理想，创业历程中经历过掌声，也受到过质疑，盛名之下也有落寞，但不可否认的是，他们用商业的力量成为改革开放的重要推动者、建设者和创造者。

1992 年是一个令人对财富充满幻想的一年。这年的春天和秋天，是中国最具独特风景的季节，以邓小平南方谈话和这年 10 月党的十四大为标志，中国改革开放和现代化建设进入了一个全新的阶段，民营经济的新时代也正是从这一年开始。

一年后，也就是 1993 年 11 月，党的十四届三中全会提出：“建立现代企业制度，是发展社会化大生产和市场经济的必然要求，是我国国有企业改革的方向。”

1994 年的全国“两会”，有 50 多位民营企业家走进人民大会堂参政议政。以全国政协委员身份亮相的民营企业家，成为那一时期民营经济的优秀代表。这一年对于中国而言是名副其实的“改革年”“攻坚年”和“关键年”。中国商业界到处弥漫着疯狂和激情。中国市场显得格外活跃，大有万马奔腾之势。这一年，民营企业的财富有快速集聚现象，展现在他们眼前的是一个正在迅速扩张和无限延伸的大市场，“扩张、再扩张”的冲动，催生出企业史上的第一次多元化浪潮。

时间是最忠实的记录者，也是最客观的见证者。民营企业成长在中国希望的田野上，开始是一片荒芜的田野，在夹缝中生存，何其艰难。但中国民营企业家们用梦想和智慧、激情和担当，让创新的源泉充分涌流，让创造的活力充分迸发，成为推动经济社会发展的重要力量，在商业史上留下了不可磨灭的印记。这一代人及他们创办的企业，记录了中国企业的成长和市场经济的进程，对于中国民营企业具有举足轻重的样本价值。

北斗星通，无疑是这个重要群体的典型代表之一!

北斗星通从 60 万元、20 多名员工起步，到如今总资产达 60 亿元、5000 多名员工，在企业规模、产值、市值等多方面均在行业领先，经历过艰苦创业的艰难考验，也经历过转型升级的质疑冲击，还经历过规模化发展的调整聚焦。二十年的时间，北斗星通完整地走过了创业、转型、上市、扩张、产业集团全部阶段，涉及北斗产业的各个领域，横跨导航定位芯片、天线、模块、板卡、微波陶瓷元器件、云计算、大数据、5G、船联网、物联网、汽车智能网联与工程服务、海内外投资并购等众多企业形态，商业模式丰富，经营业态多元，成长过程既跌宕起伏又波澜壮阔，发展历程既充满智慧又彰显力量。

毫无疑问，一个成功的企业一定有正确的经营智慧。任何靠碰运气的侥幸成功，都不会长远的。可以说，经营智慧是企业的发展指南，事关企业的兴衰荣辱。企业家如果没有正确的经营理念做指导，犹如在黑夜中行走，茫然而没有方向。

从北斗民用开放的开拓者到北斗产业的领军者，从“北斗 +”新业态的开创者到产业报国的守望者，北斗星通在过去二十年的时间里形成了富有特点的核心价值观和方法论，我将其概括为“北斗星通经营智慧”，主要体现在以下十个方面：

第一，胸怀北斗梦想

伟大的事业都始于梦想。因为有梦想，才有坚持的动力，才有长远的方向和目标，从大处说是为了富国为民，从小处说是让公司和自己的明天更美好。北斗星通成立二十年来，始终高举“共同的北斗、共同的梦想”的旗帜，由代理海外产品起步，积极推进北斗民用化发展，全力投入北斗产业化转变，从而形成北斗系统在民用市场中良性发展循环的全新格局。“北斗”是建设者、推广者、使用者的“北斗”，是中国的北斗、世界的北斗、一流的北斗；把北斗卫星导航系统建设好、应用好，从而实现北斗强国的“共同梦想”，实现人类命运共同体的光荣使命。周儒欣指出，这“不仅是北斗星通人的梦想和精神，也是北斗产业的共同理念，它把个人、公司、产业、国家、世界联系起来，需要一代代北斗星通人秉承和传递”。可以说，选择了北斗，也就选择了梦想的目标。正如周儒欣所说，北斗星通二十年的经营实践证明：“北斗系统建设不容易，应用推广也不容易，只有怀着共同的梦想，才能推动北斗建设与发展。因此，提到公司发展经验，我们有很多，但首先想到的就是要有梦想，要有‘北斗梦’，以‘北斗梦’成就‘中国梦’。”正是这种对北斗梦想的不懈追求和执着探索，在风雨兼程的道路上，北斗星通才逐渐丰满并壮大起来。

第二，战略定位清晰

战略正确与否决定胜负。企业战略的核心，就是寻找企业的盈利空间，确定实施战略获取盈利空间的进入时间。纵观北斗星通的发展历程，已历经“艰苦创业”阶段、“转型升级”阶段、“规模化发展”阶段，正开启高质量发展的新阶段。无论是代理国外产品，还是开拓海洋渔业；无论是率先切入信息装备，还是推动民用开放；无论是“百日过会”上市，还是成立和芯星通；无论是“上规模、上水平，国际化”发展策略，还是“内生 + 外长”战略；无论是打造国内超一流的基础板块，还是加大汽车智能网联板块的投入力度，构建“1+1”战略布局……北斗星通发展的每一个阶段均战略定位清晰明确，规划布局平稳有序。如今，北斗星通的产业布局为卫星导航定位、5G 通信和汽车智能网联三大主航道业务，实现了“天线—芯片—板卡—模块—终端—运营服务”的产业链布局，拥有基础产品、汽车智能网联与工程服务、信息装备、行业应用及运营服务等四大业务板块，下游包括导航定位、指挥调度、精密测量、机械控制、目标监控、物联网等，已成为中国导航产业链的“龙头”企业。正如周儒欣所说，北斗星通二十年的经营实践证明：“战略决定出路，没有战略，就不知道往哪里走；如果不能很好地实施战略，就难以形成竞争优势。”

第三，顺应形势变化

顺势而为是企业经营的法宝。企业的时势就在于顺势而为，站在风口之上，而经营时势就是选择正确的方向，做正确的事情，在任何情况下都清楚风的方向。北斗星通在二十年的经营实践中，始终坚持顺势而为，顺国家大势、顺行业形势、顺北斗趋势，每一步发展都顺应形势的变化。北斗星通的发展赶上了北斗系统建设和导航产业快速发展的重要历史机遇，顺应了国家大势。2000 年，我国成功发射两颗北斗导航试验卫星，北斗星通成立；2004 年，国家批复北斗卫星导航试验系统民用服务，北斗星通获得首个北斗运营服务分理资质；2007 年，我国首颗北斗二号卫星发射成功，北斗星通成为行业首家上市公司；2012 年，北斗导航系统正式向亚太地区提供服务，北斗星通推进转型升级，初步建立集团化发展模式；2017 年，北斗卫星导航系统全球组网开启，北斗星通国际化发展取得重大突破；2020 年，北斗全球系统建设全面完成，北斗星通成立二十周年，全面推进“1+1”发展战略。这一切无不是在认清大势之下的“顺势而为”的行动。正如周儒欣所说，北斗星通二十年的经营实践证明：“审时度势，把握天时、地利、人和非常重要。什么时间、什么地点做什么事都要讲科学、按客观规律办。”这些都凝聚着北斗星通科学决策、顺势而为的高超决断魄力，淋漓尽致地展现了经营智慧。

第四，以客户为中心

客户是企业生存和发展的“衣食父母”。北斗星通始终坚持以客户为中心，以客户需求为导向，以客户满意程度为评价依据，不断集中资源提升研发部门的快速反应能力，并且在最短时间内响应客户的需求，为客户提供持续优质的服务。经营的目标是为客户创造价值，而经营的本质是以客户为中心；唯有让客户满意，企业才能发展。新冠肺炎疫情发生后，北斗星通把工作搬到“云”上去，一刻也没有停止为客户创造价值。正如周儒欣所说，北斗星通二十年的经营实践证明：“客户第一，承诺客户的，就要做到。任何人不许欺骗客户，不许欺骗合作伙伴。要因客户需求、内外环境变化，守正出新，不断创新突破。”二十年来，北斗星通致力于成为客户的合作伙伴，帮助客户成长，为客户创造价值，并与客户建立信任，获得长久稳固的合作。

第五，深刻认知北斗

伴随北斗导航事业的发展和多年北斗产业的实践经验，周儒欣对“北斗”有着深刻的认知。他认为，北斗导航除有高科技性、政策性、伴生性“大三性”外，还有“小三性”，即卫星导航的渗透性、融合性、寄生性，卫星导航与其他领域实现技术互联、商业模式互联、国内与国际互联。面对北斗行业细化、分化的趋势，北斗星通顺应用户需求、商业模式、技术融合等发展趋势，着力构建“北斗 +”新业态，坚定推进“1+1”战略布局。正如周儒欣所说，北斗星通二十年的经营实践证明：“随着科技的发展、社会的进步，客户需求以及商业模式等正在发生着显著变革。低功耗、高精度、辅助定位、增强定位等逐渐成为‘刚需’，而北斗与其他技术的融合发展也已经成为产业发展的必然趋势。”因而，只有对北斗的认识深刻而到位，才能战略布局到位、行动落实到位。

第六，坚持创新突破

创新是发展的动力。市场无情，多少风云企业因为守旧而烟消云散。如果不超越自己，终将被对手超越。只有不断地超越自己，才能有生存的空间，并走向卓越。北斗星通在二十年的发展历程中，始终围绕市场、围绕客户需求，走过了合作创新、集成创新、自主创新的发展之路，不仅体现在加大研发投入开展技术创新，而且体现在市场开拓、产品研发、业务模式、营销手段、组织建设、经营管理、战略合作等各层次各方面。正如周儒欣所说，北斗星通二十年的经营实践证明：“没有创新，要在高科技行业中生存下去几乎是不可能的。在这个领域，没有喘息的机会，哪怕只落后一点点，都将意味着逐渐死亡。”创新突破是北斗星通发展的强劲动力，是保持活力的生命源泉。

第七，集聚优秀人才

人才是最重要的资源，也是最宝贵的财富。企业家带领团队实现战略目标，好比上战场打仗：将领是定海神针，必须稳如泰山，帅旗一倒，军心必然涣散。北斗星通二十年的发展，离不开周儒欣及其身边的优秀领导团队——李建辉、尤源、潘国平、王建茹、李学宾、刘光伟、王增印、高培刚、张正烜、刘孝丰、徐林浩、郭飚、李阳、黄磊、张工、赵庆瑞、秦加法、赵耀升、胡刚等人，团队成员各有特点，相得益彰。无论是顺境还是逆境，周儒欣领导的这支团队都表现出了强大的战略定力，始终紧紧握住手中的“轮舵”，驾驶着北斗星通这艘“大船”在风雨中砥砺前行，奋勇前进。北斗星通始终坚定“人”

是最为宝贵的资源的理念，不断培养人、塑造人、凝聚人，培养和造就了一支能打大仗、打胜仗的国内领先、国际一流的人才队伍，使北斗星通进入事业阶梯发展、人才优势积聚的良性发展轨道。正如周儒欣所说，北斗星通二十年的经营实践证明："科技领军人才是北斗星通发展的关键。要大力培养科技领军人才群体，营造人才辈出的环境；要用事业和待遇留人、聚人、练人；选择、培养有事业心、追求'北斗梦'、认同公司价值体系、努力奋斗的人成为我们的核心人员；制定激励和分配政策，形成自我管理的文化和制度氛围，持续提升员工的管理技能和综合素质，加强人才队伍建设。"在北斗星通，一批有梦想和激情、甘做"诚实人"、勇于担当、敢于拼搏奋斗的优秀人才和骨干正在茁壮成长。

第八，企业文化引领

没有文化的企业就没有精神和灵魂，就没有生命力，更没有竞争力和发展力。周儒欣指出："文化是解决组织为什么存在，到哪里去，拿什么激励大家'冲锋陷阵'，实现目标的精神动力。缺乏文化的有力支撑，企业走不远，也做不大，更谈不上基业长青。"他还指出："要建设'有文化'的科技公司，让企业文化融入产品，深入人心。"二十年来，北斗星通凝成了"诚信、务实、坚韧"（简称"诚实人"）的核心价值观，并以此统领企业文化建设。"诚实人"是北斗星通生存和发展的基石。如果没有诚信，北斗星通就不可能发展壮大，成为一家国际化公司；如果没有务实的作风，面对困难及挫折，就会有无数个放弃的理由；如果没有坚韧的品格，就不可能目标如一、不惧艰难、锲而不舍。尤其是2020年春天，新冠肺炎疫情突如其来，北斗星通采取了"非常措施"，整个集团积极响应，迸发出巨大能量，汇集成强大凝聚力，这正是"诚实人"核心价值观的具体体现，显示出"文化的力量"。正如周儒欣所说，北斗星通二十年的经营实践证明："优秀的企业文化不仅使公司的盈利能力提升，更重要的是形成了有序、高效、健康的公司管理体系，让'诚实人'为核心价值观的企业文化内化于心、实化于行、固化于制、外化于形，使人才最大限度地发挥出价值，同时也使员工有了归属感、使命感和自豪感。"

第九，规范管理体系

管理是企业的重中之重，是为企业发展服务的。如今的北斗星通已经逐步实现了从粗放型管理向系统化管理的跨越。尤其是在 2007 年上市之后，逐步形成了规范有效的经营管理体系。ERP 项目管理、KPI 绩效管理、PDCA 管理以及 BU 管理等现代科学管理方式，都被引入北斗星通的管理之中，并收到了良好效果。同时，北斗星通坚持“四同”管理机制，即公司董事会、监事会、经营层、(党委）工会要“同策划、同部署、同实施、同总结”；重构适宜的文化、治理、制度、人才培养与考核等体系；摸索出了董事会、财务直管、监事直派三条线管理机制。同时，在董事会下设立了战略委员会、提名委员会、薪酬考核委员会、审计委员会，成立人力资源与企业文化领导小组等，完善岗位职责、技术标准、质量管理等多种类型制度办法，有力推动了管理机制的高效运转。正如周儒欣所说，北斗星通二十年的经营实践证明：“管理的基础是经验，管理科学的基础是经验主义。驾驭这样一个复杂的机构，光有梦想是远远不够的，必须重构适宜的文化、治理、制度、人才培养与考核体系。”北斗星通规范化管理，以制度管人管事，有效发挥了员工的主动性、积极性和创造性，形成了凝聚力和向心力，确保了其健康、长期、稳定地发展。

第十，合作共赢未来

当今时代，是共生的时代，只有合作才能赢得未来。周儒欣指出：“合作伙伴是朋友，竞争对手是老师，前进中的敌人是自己。”当一个企业遇到强大的竞争对手时，大多数管理者都绞尽脑汁地想去战胜它，根本不可能把它当作学习的榜样，然而，周儒欣是一个例外。他主张向优秀的企业学习，即使它是自己的竞争对手。通过学习，寻找到自己与优秀企业之间的差距，取长补短，审视自己，完善自我，最大限度地发挥自己的优势和长处。正因如此，许多客户都愿意与北斗星通合作。尤其是进入“规模化发展”阶段后，北斗星通并购了多家海内外公司，聚拢了尤源、王海波、王春华、贾延波、马成贤、尹德馨、张世勇和 Mike Longinotti、Christian Wagner 等海内外的优秀合作者，丰富了产业链资源，为后续发展奠定了基石。作为中国最早从事卫星导航定位业务的专业公司之一，北斗星通采取“合作多赢”的经营策略，通过战略和资本层面合作，整合世界先进技术，借助社会各方力量，构建良好的发展生态，一方面为用户提供基于卫星导航定位技术的解决方案和产品，另一方面提高自己的服务水平和核心竞争力，开辟出了一个全新的应用模式和商业模式。正如周儒欣所说，北斗星通二十年的经营实践证明：“要坚持合作共赢的经营策略，成功在于合作，合作共赢天下。”

当然，这十条“经营智慧”并不能反映北斗星通经营智慧的全部，但至少在这十个方面独具特色，富有优势。这是北斗星通在市场浪潮中东拼西杀，南征北战，左冲右突，反复试错，历经二十年探索与摸索、沉淀和积累的成果。

倘若把北斗星通的这十条经营智慧，放到改革开放 40 多年来的经济发展中考察，以中国民营企业群体的视角考量，这其实也是周儒欣和他带领的北斗星通团队，披荆斩棘的心血凝聚、大浪淘沙的智慧结晶，蕴含着丰富的哲理，蕴藏着深刻的启示，意义重大，价值非凡，弥足珍贵，值得传承。

周儒欣的七大企业家精神

做人难，做企业家更难；做事情难，开创事业更难。

然而，许多人心甘情愿放弃四平八稳的生活和工作平台，选择创业，选择跌宕起伏、风雷激荡、惊心动魄的事业，因为他们坚信“无限风光在险峰”。

中国并不缺乏会挣钱的“企业家”，但缺乏真正拥有企业家精神的企业家。

一个企业的最终成功取决于诸多因素，但当经营环境发生重大变化或者推行重大变革时，一个人可能影响一群人、一种环境和一个企业的命运。

我国著名经济学家厉以宁教授说，企业家就是创新者、要素组合者和要素重新组合者。企业家要具备三个条件：一是有市场眼光，能够在纷繁复杂的市场中发现别人不能发现的潜力和利润；二是有胆量，能够冒风险，发现机遇敢作敢为，面对挑战能够迎难而上，积极化解各种风险；三是有组织资源要素能力，把资源配置到最佳效率。因而，企业家是社会的一种宝贵资源和稀缺资源，是市场经济的活力之源，也是经济发展中的“关键少数”。

毫无疑问，企业家是资本的所有者、资源的组织者、企业经营者、创新实践者、财富创造者和社会责任担当者。

有一位企业家曾说过：“目前世界缺失的不是钱，商业社会缺失的是企业家的精神、梦想和价值观。”

这是一个需要企业家的时代，也是一个呼唤企业家精神的时代。

2019 年，据国家发展改革委有关负责人介绍，民营经济贡献了 50% 以上的税收，60% 以上的 GDP，70% 以上的技术创新成果，80% 以上的城镇劳动就业，90% 以上的企业数量。民营企业家是中国改革开放的践行者、贡献者，也是受益者，他们在改变命运的同时也参与、推动了大国崛起与经济腾飞。

2019 年 12 月 22 日，《中共中央、国务院关于营造更好发展环境支持民营企业改革发展的意见》公布，民营企业迎来又一重磅利好。因为《意见》共含二十八项条款，这份支持民企改革发展的首个中央文件以“二十八条”之名迅速刷屏。许多民营企业家都表示：有了“二十八条”，我们好比吃下了“定心丸”。

党的十九大和党中央在关于弘扬优秀企业家精神、发挥企业家作用的要求中指出，在全社会营造充分尊重企业家、尊重纳税人、尊重创业者的氛围，努力营造鼓励创新、允许试错、宽容失败的社会环境，要像尊重科学家一样尊重企业家，要像尊重老师一样尊重“老总”，让民营企业家在社会上有地位，在政治上有荣誉，在经济上有实惠，在事业上有成就。

每个企业都有一种理念、一种文化，企业家朝着这个理念努力拼搏，时间久了就形成一种文化、一种精神。企业家的成功就是靠着这种文化的支撑和精神的指引，而这种文化和精神推动着企业能够长盛不衰，持续发展。

如果撇开企业家精神说企业，无异于无本之木、无源之水，而脱离企业家精神的企业就会像断线的风筝一样，在“自由的天空”漫无目的地随风飘荡，随时可能坠落。

北斗星通二十年的发展史，收获过多少鲜花和掌声，就经历过多少坎坷和挫折。北斗星通不是一夜之间就成为北斗产业化的领军者的，而是有其独特优秀的文化基因，有其重要而特殊的“无形生产要素”，也就是“企业家精神”。对于北斗星通“掌舵人”周儒欣来说，这是他整个的人生，是所有的梦，是一切的意义、价值、标签和符号。我把周儒欣的企业家精神总结概括为“七条”，具体包括：

第一，预见能力

市场经济潮起潮落，变幻莫测，需要企业家有卓越的远见、超前的意识，从而适应变化。北斗星通之所以能成长为行业的领军企业，就在于周儒欣敏锐的预见能力，始终着眼于未来，站在产业最前沿，敏锐地预见并发现政策、产业和市场的变化，未雨绸缪，顺势而为，抓住机遇，抢占先机，积极地拥抱变化，在变化中实现进化，以新视角、新格局、新思维、新策略，去思辨未来。

第二，目标坚定

成功的企业家都在“造梦”，而梦想的实现过程就是目标不断累积和成功实现的过程。周儒欣创业的初心，就是想“做一点实事”。中间遇到过种种困难和挫折，但都没有动摇过。既有高光时刻，也有低迷状态，但在各种诱惑与选择面前，初心不改。二十年来，周儒欣带领的北斗星通，没有被外界所迷惑，执着地深耕于导航领域，始终“不忘实业报国初心，牢记北斗强国使命”，坚定目标，不屈不挠，砥砺前行。

第三，诚实守信

企业家精神的根基在诚信。诚信是企业经营的底线，即使业务发展慢一些，哪怕是最困难的时刻，也必须用自身的行为去践行和守卫诚信。周儒欣带领北斗星通在二十年的经营实践中，坚定信念，坚守诚信。他坚信自己的路自己走，自己的梦自己圆，坚持说到做到，知行合一，始终告诫自己和员工，要做“诚实人”，坚守“诚信、务实、坚韧”的核心价值观，视信誉为企业的生命。因而，引领北斗星通行稳致远，向着国内超一流、国际一流的科技产业集团迈进。

第四，创新超越

创新是企业家精神的灵魂，是推动企业发展壮大的动力引擎。不创新，就会死亡，尤其是对于北斗星通这样的高科技企业。周儒欣始终把“创新突破”作为公司发展的“利器”，从产品创新到技术创新、市场创新、营销创新、组织创新，甚至战略创新等，无不展现着其创新精神，体现着其创新行动。创业始于热爱，成于创新。创新是发展的原动力，创业是发展的驱动力。周儒欣带领北斗星通从无到有，从小到大，都是在“创新超越”的引领下，在北斗产业化道路上不断探索，不断向高质量发展迈进。

第五，稳健务实

稳健务实不是墨守成规，也不是退缩胆小，而是步步为营，稳扎稳打。周儒欣创建的北斗星通，从当初的 20 多人到如今的 5000 多人，成为一家集科技与文化于一体的国际化公司，正是基于清晰的战略、明确的思路和稳健的步伐。周儒欣从来不做投机的决断，当房地产、互联网等大行其道的时候，北斗星通没有好高骛远，依然紧跟客户需求变化，发挥规模优势、布局优势、品牌优势、战略优势、人才优势，在聚焦主业的同时，始终保持对于行业发展趋势、动态及相关行业优质企业的关注，稳健发展，务实经营。

第六，高效执行

企业家不仅要有国际视野和战略眼光，为企业发展指明方向，也要在战略执行上身先士卒，唯此才能激发整个团队的旺盛斗志。周儒欣不断寻找时代变革、政策变化带来的商业机遇，以超凡的洞察力、敏锐的预见力，始终站在时代的前沿、产业浪潮的巅峰，审时度势，快速反应，果断执行。周儒欣对工作永远充满激情，其强大的自信、宽广的视野、顽强的品格、渊博的学识、务实的作风以及把北斗星通做大做强的雄心壮志，构成了他强大的气场。周儒欣个人的执行力体现在大到战略布局、转型升级、海内外并购，小到某次会议、办公秩序、降本增效等各方面。他要求“高管要加强执行力建设，率先垂范，主动策划，果断决策，强化协同，精心组织，全力执行，确保目标实现”，强调“指挥前移，到第一线去，解决实际问题”。可以说，他既关注过程、方法，也注重结果，更注重执行力。

第七，心怀感恩

感恩是一种品质，是内心的一种境界。周儒欣出生在农村，贫苦的农村生活磨砺了他坚毅的性格，同时也培养了他的感恩之心。他常说：“我们要感恩这个大时代，没有改革开放，我个人充其量是一个优秀的农民。”周儒欣始终感恩改革开放的大时代，感恩祖国的富强安定，感恩北京中关村这片创业的沃土。他说：“一个人的本事再大，成长也离不开父母的养育、老师的教导、家国的呵护，离不开事业的平台以及领导的关怀和朋友、同事的支持，甚至包括你不认识的人。我们所拥有的一切，都和别人的帮助有关，所以我们要懂得感恩，心存感激。”周儒欣心怀感恩之心，以产业报国梦想，报效国家和人民。无论走到多远，他都始终热爱脚下的这片土地；无论成绩多大，他都感恩帮助、支持、关心过自己的人们。

二十年的时间里，北斗星通从“活下来”到“走出去”，再到“走上去”，“上规模、上水平，国际化”牵引企业持续高速成长，创造了北斗产业的商业传奇。周儒欣和他带领的北斗星通，胸怀北斗梦，凭着满腔热情，坚韧搏击，不惧挫折，在激烈而复杂的市场竞争中脱颖而出，使北斗星通成为北斗产业的领军企业。

今天，当北斗星通家喻户晓以后，人们看到了周儒欣的梦想、追求和远见，但少有人能够真正了解他为此付出的心血和智慧、承受的压力和担当、度过的起伏与跌宕……

企业的领军人物，特别是民营企业的领军人物，是企业发展兴衰与存亡的首要因素。这是一条被社会现实反复证明的真理。

事实上，一个成功的企业并不是由企业规模、员工数量、所获荣誉、创新成果、营收利润、大事年表等简单的事件与枯燥的数据组成的，而是以生动鲜活的细节、高低起伏的情节来展现的。对于企业家来说，他们也有个人的喜怒哀乐、酸甜苦辣，也有斗志昂扬、失意彷徨。

客观来说，周儒欣并没有接受过系统的商业课程学习或经营管理训练。他在大学读的是数学系，硕士学习了人工智能，但他能按照商业的本质和经营的规律行事，构建经营策略，这种习惯源于他对经营的实战总结和深刻反思。后来，他参加北京大学EMBA班、清华大学在职博士研究生项目，更加清醒地认识到商业的本质和经营的规律。

周儒欣常说：“我最大的快乐就是工作。”他拥有近乎“工作狂”的状态。在飞机上、在高铁上、在午饭时，他与身边人谈的都是工作、工作、工作。不知道的人，还以为他对工作痴迷。其实，那是对生命的敬畏，对时间的敬畏，对梦想的敬畏。

周儒欣喜欢看书，甚至到了酷爱的地步。从家里的枕头旁到公司的办公桌上，他无时无地不在阅读。出差时，无论是乘飞机还是坐高铁，行李中必有一本书。只要稍有时间，他就读书，而且读书、学习时非常专注。他从阅读和学习中不断汲取力量，开阔视野，是一个超级时间管理者。

周儒欣躬身自省、闻过则喜，始终对战略布局头脑清醒，对重大决策果敢坚定，懂得平衡与取舍。周儒欣的重大抉择和北斗星通的成就，都与北斗系统建设的历史、北斗产业的发展历史惊人吻合，每一步都踩准节点，不偏不倚。

当然，周儒欣并非完人，他身上也有与各种“真理”自相矛盾的气质。周儒欣是一个特立独行的企业家，也是一个矛盾的综合体，你很难真正走进他的内心世界。他既有梦想情怀，又务实执着；既敢于冒险，又稳健守成；既合群，又孤独；既雷厉风行，对高管厉声训斥，又平易近人，对员工关爱有加；既有霹雳手段，又有菩萨心肠；既直落根本，又收放自如；既酷爱工作，又喜欢运动；既喜欢散步，又喜欢思考；既勤俭节约，又大方做公益；既脚踏实地，又仰望星空……

虽然如此，但对于胸怀梦想的人来说，周儒欣和北斗星通的故事仍然能产生激励人心的力量，折射出灿烂的光芒。

北斗产业化发展的时代缩影

“两弹一星”元勋孙家栋院士曾说，北斗星通的发展历程是我国北斗产业化发展的时代缩影。

时光荏苒，斗转星移。二十年来，北斗星通始终高擎“共同的北斗，共同的梦想”的旗帜，以推动中国卫星导航定位产业化发展为己任，以市场需求为基础，持续创新卫星导航产品与服务，为客户创造更高的价值。北斗星通探索了北斗应用发展的业务模式，推动了科技成果的产业化转变，实现了经济效益和社会效益双丰收。

尤其是北斗星通成功开发出一系列具有首创意义的核心技术产品，填补了多项国内空白，实现了从“中国制造”到“中国创造”的转变，开创性地将卫星导航技术应用在港口码头、海洋渔业、地震救灾、客机搜救、撤侨任务以及“智慧城市”等方面，服务于社会民生。二十年来，北斗星通把强大的梦想力量与坚韧的务实精神相结合，让理想的生活方式一步步成为现实。

春华秋实，云卷云舒。作为行业领军企业的北斗星通，历经二十年的拼搏奋斗，成为一家集科技与文化于一体的国际化集团公司，形成了独特而饱满的经营智慧、管理思想和核心价值理念，散发着创新与变革的巨大势能，镶嵌着凝重与悠长的时代记忆，成就了北斗星通今天的光荣。

当今时代，世界正在经历百年未有之大变局，世界经济或由此而衰退，或由此而更繁荣，或将重新洗牌，新的世界秩序需要被重新认识。我国经济已由高速增长阶段转向高质量发展阶段，正处在转变发展方式、优化经济结构、转换增长动力的攻关期。而且，大数据、云计算、5G、物联网、人工智能、区块链……这些新概念轮番轰炸，让人们即便对其不了解，也耳熟能详。尤其是突如其来的新冠肺炎疫情在全球蔓延，世界经济遭遇“黑天鹅”，对我国的经济社会发展也带来前所未有的冲击。人们生机勃勃却又疲惫不堪，充满期待却又彷徨失措，每天都有成功的喜讯，也有失败的阴影。

我试图站在高处，站在时间的灯塔上向着岁月的深处回望。二十年的时间里，周儒欣和他带领的北斗星通顺应时代的方向，乘风破浪，从无到有，从小到大，经历了无数的困难和挫折，才有了今天的成就。可以说，北斗星通的故事是了解中国北斗系统建设二十年的壮阔历程、北斗产业化二十年发展的典型案例。周儒欣和他带领的北斗星通，是北斗系统的建设者、应用推广者，周儒欣是北斗行业企业家群体中最具代表性的人物之一。他的舞台，与北斗产业二十年的风云变幻紧密相关；他领导的北斗星通，是中国北斗产业化二十年发展的时代缩影。

“共同的北斗，共同的梦想。”本书力图从世界、中国、北斗产业、北斗星通四个坐标，把北斗星通放在北斗产业、中国和世界的维度中去考察，全面记述北斗星通二十年创业与创新、成长与发展的风雨历程，全景再现北斗星通人二十年拼搏与进取、奋斗与实干的生动故事。

“因北斗而生，伴北斗而长。”本书反映的是北斗星通人的奋斗史、北斗星通团队的成长史、北斗产业的发展史，是中国北斗产业化发展进程的生动缩影。

确切地说，这不仅是一位企业家和一家企业的历史，也是一个行业、一个国家和一个时代的历史。

历史会过去，但不会逝去。我们铭记历史，才能薪火传承；我们不忘历史，才能开拓未来。时间将曾经的辉煌留给历史，也将无限的希望寄托未来。

让我们一起出发，一同踏上北斗星通二十年风雨兼程而精彩生动的发展之路，去追寻北斗星通昨天、今天和明天的故事……

上篇　寻梦

追梦征途

追梦路上坎坎坷坷，但我们无怨无悔，没有放弃对北斗梦的追求，因为我们的命运，从诞生时就与北斗事业连在一起，因北斗而生，伴北斗而长。

——周儒欣

第一章
梦想从这里起航

一次难忘的美国之行

1997年，对于中国来说，可以称得上是大喜大悲之年。

这一年的7月1日，历经百年沧桑的香港，终于回到祖国的怀抱，每一位中国人都扬眉吐气，欢欣鼓舞。但令人悲恸的是，中国改革开放的总设计师、提出“一国两制”构想的邓小平，于这一年的2月19日走到了生命的终点，永远地离开了他深深爱着的中国人民，未能实现到香港——我们自己的土地上“走一走，看一看”的愿望。

这一年的9月12日，中国共产党第十五次全国代表大会在北京召开。十五大报告对传统的公有制理论做出重大修正，提出了“混合所有制”的概念，认为非公有制经济已经不仅仅是“补充”，而且是“重要的组成部分”，国有经济的比重减少一些，不会影响社会主义性质。

这一年的秋天是一个特别的秋天，秋高气爽，层林尽染，如诗似画，如弦似乐。

就在这一年秋天，作为某部下属的北京京惠达新技术公司（简称“京惠达公司”）总经理的周儒欣，走出国门，踏上了去往美国考察的旅程。

考察团成员一行4人，除了周儒欣外，还有京惠达公司GPS部门经理张欢、多年致力研究GPS的清华大学土木工程系教授过静珺以及后来接替著名航天专家孙家栋任北斗系统工程总设计师的杨长风。

这次考察，他们是应美国高通公司之邀而成行的。

高通公司（Qualcomm）是美国的一家无线电通信技术研发公司，成立于1985年7月，因CDMA（Code Division Multiple Access）技术闻名，拥有世界上发展最快的无线电通信技术。其业务涵盖芯片、系统软件及开发工具和产品等。公司拥有3000多项CDMA及其他技术的专利及专利申请，已向全球百余家电信设备制造商发放了CDMA专利许可。尤其是他们将Omni TRACS（运输车船跟踪业务）系统应用于美国高速公路长途运输车辆监控，并且兼有通信功能，解决了长途运输货车的远程监管跟踪问题，作业效率明显提高。

1997年初，高通公司意欲在中国推广Omni TRACS系统，为此积极寻求中国的代理商。

当高通公司了解到京惠达公司有一定的技术能力时，他们非常渴望与京惠达公司开展合作，以期拿到中国的卫星资源，利用京惠达公司的商业能力，开拓Omni TRACS系统在中国这个庞大市场的应用前景。

此时的周儒欣在近三年的经营实践与摸索中，也把注意力放在了卫星导航业务上。他领导的京惠达公司在业内小有名气。因此，高通公司在寻求代理商的过程中，就与京惠达公司取得了联系。

同年8月，高通公司Omni TRACS系统的业务拓展经理来到北京，与京惠达公司一起举办了“Omni TRACS中国用户研讨会”，并邀请周儒欣去高通公司总部考察。这也正是周儒欣心中一直在盘算的事，既然在做美国的GPS应用，就该前往美国，亲自了解美国的卫星导航应用公司是如何运作和发展的。于是，就有了这次特别的考察之行。

这次美国之行，由于成立不到3年的京惠达公司预算有限，为节省开支，周儒欣一行人选择住在了寒酸的汽车旅馆。而美国方面派来接机的则是加长版林肯豪华轿车。

如今，作为中国卫星导航产业首家上市公司董事长的周儒欣，讲起当年考察时的趣事时笑道：“早知道人家这么重视，就豁出去了，住好一点，也让人家看得起咱们。”话虽如此，但其实他心里明白，美国人看重中国代表团的并不是你住在什么酒店，而是你在中国做什么，有着怎样的事业。

在考察期间，他们先后到访美国旧金山、洛杉矶、华盛顿、圣迭戈、新泽西、纽约等地，把 GPS 公司看了个遍，包括当时比较知名的精密测量公司、芯片公司和运营服务公司等 15 家公司及 1 所大学。最后一站，则到达了位于美国加州圣迭戈市的高通公司总部，参观高通公司 Omni TRACS 系统的运营中心。

那天，加州的阳光似乎格外温暖，仿佛在以一种特殊的方式欢迎来自中国的客人。

高通公司副总裁 Philip H.White 和部门经理 George Mansho 以及负责通信和软件开发的工程师等接待了他们。

当时，高通公司的 Omni TRACS 系统覆盖美国本土，注册用户已达 30 万，每位用户平均每年消费约 600 美元。仅此系统，每年就可为高通公司创造至少 1.8 亿美元的收入，其盈利能力十分可观。

高通公司成立之初主要为无线电通信业提供项目研究、开发服务。他们的先期目标之一是开发出一种商业化产品，由此诞生了 Omni TRACS 系统。自 1988 年开始，货运业大多采用高通公司的 Omni TRACS 系统。这个系统主要是为运输市场而设计的集群通信技术，广泛应用于长途货运公司。当时，该系统已成为运输行业最大商用卫星移动通信系统。

在圣迭戈旧城的一个车管中心的参观，让周儒欣深受触动和启发。

一个运输公司的监控与管理中心仅有 3 名员工，运用 Omni TRACS 系统就可以同时监管 600 辆车。车管中心每 10 分钟收集一次数据，每次 1 分钟，包括 80 辆车的所有信息，如车号、驾驶员姓名、停车地点以及车的装货、卸货、运行等情况。这些都可以通过监控系统实时掌握，尤其是车辆的位置及运行轨迹，均可一清二楚。这在当时绝对是全球领先的技术。

看到周儒欣如此感兴趣，一同考察的杨长风对他说，咱们国家目前正在研制北斗卫星导航系统，Omni TRACS 系统的功能与北斗卫星导航系统的功能极为相似，并且 Omni TRACS 系统的容量仅为北斗导航系统的 1/5—1/3。

这两个不起眼的数字，让此前曾经专门研究过 GPS 的周儒欣热血沸腾。

其他几位考察团的成员听完这个对比，也都欢欣鼓舞。

那天，几个人回到宾馆，几乎是彻夜未眠，他们谈论着、幻想着、渴望着……

虽然汽车旅馆条件简陋，却无法阻挡他们对未来的美好想象。

但是，无论是如何想的、如何说的，有一点他们是一致认同的：未来北斗导航系统必将大有应用前途。

事实上，一切伟大的行动和思想，都有一个微不足道的开始。

那一夜，周儒欣深感不虚此行，他思考了很多很多，并在思索中逐渐聚焦在北斗产业的发展上。

那一夜，周儒欣感到自己找到了未来发展的方向，并逐渐勾画出心中的蓝图。

那是周儒欣的一个梦，一个即将起航的梦！

从 GPS 到 GLONASS

带着心中的梦想，周儒欣和考察团成员没有留恋加州明媚的阳光，考察一结束，就立即乘飞机飞回北京。

万里高空，十几个小时的旅程，周儒欣终于安静地坐下来，思绪禁不住飘向 40 年前的那个秋天——

1957 年 10 月 4 日，天高云淡，在距离莫斯科数百公里的沙漠中的拜科努尔航天发射场，升起了世界上第一颗人造地球卫星——斯普特尼克 1 号。

从此，人类走出地球村，开始了探索太空的时代。

就在苏联发射第一颗人造地球卫星的时候，世界各国高度关注。

美国霍普金斯大学的一间实验室里，年轻的数学家比尔 · 盖伊和物理学家乔治 · 威芬巴赫，第一时间接收斯普特尼克 1 号卫星信号，并携手开始认真地研究。

无意中，他们发现了这样一个现象——那就是这颗卫星的频率出现了偏移，经研究发现是相对运动引起的多普勒频移效应。

多普勒频移效应，即卫星飞近地面接收机时，收到的电信号频率逐渐升高；而卫星飞远时，频率就逐渐降低。

这一现象引起了两位科学家的浓厚兴趣。他们对此进行实验研究，结果发现：如果在地面上架设多部接收机，就可以根据接收到信号的不同频差，推算出这个卫星的具体位置。他们兴奋地把这个研究成果告诉实验室主任弗兰克·麦克卢尔，已经实现了对苏联卫星的多普勒定位跟踪。

这一有趣的发现，揭开了人类利用人造地球卫星进行导航定位的新纪元。当时，弗兰克正在潜心研究五角大楼如何知道茫茫大海中军舰的具体位置，正处于前所未有的困惑之中。听到两位年轻科学家的讲述，弗兰克不禁灵感顿生，进而想到一个惊人的推论：既然你们能够发现卫星在哪里，那么如果把问题反过来，卫星也能发现你们在哪里，海军军舰的定位问题不就迎刃而解了。

事实上，这种设在天上的无线电导航台，就是现在的导航卫星，也可以说是当今的“罗盘”。这种导航方法的优点主要是：可以为全球船舶、飞机等指明方向，导航范围遍及世界各个角落；可全天候导航，在任何恶劣的气象条件下，昼夜均可利用卫星导航系统为船舶指明航向；导航精度远比罗盘高，误差只有几十米；操作自动化程度高，不必使用任何地图即可直接读出经、纬度；导航设备小，很适宜在舰船上安装使用。由此，卫星导航系统便应运而生。

这，就是卫星定位技术。

于是，世界上第一个卫星导航计划——美国海军“子午仪”（Transit）导航系统诞生了。

霍普金斯大学应用物理实验室负责整个计划。1958 年，从原始概念出发，开始研制“子午仪”导航卫星；1960 年 4 月 14 日，美国成功发射第一颗导航试验卫星“子午仪 -1B”；1964 年 7 月，“子午仪”导航卫星组网工作正式交付美国海军使用，系统投入运行；1968 年 10 月，美国海军正式宣布“子午仪”导航卫星系统进入全面实用阶段。

美国海军运用该系统为携带洲际导弹的潜艇导航，还用于普通舰艇的出海航行导航。作为世界上第一个真正正式投入运行工作的卫星导航系统，“子午仪”导航系统直到 1996 年被 GPS 系统所替代才退出了历史舞台。

在“子午仪”导航系统成功运用的基础上，美国国防部于 1973 年提出了

GPS 的总体构想：发射 24 颗中轨道卫星，覆盖全球范围。

GPS 系统于 1978 年 10 月 6 日发射第一颗卫星，已有多颗各种类型的 GPS 导航卫星升空。1990 年至 1991 年，第一次海湾战争期间，美军装备的 GPS 系统所展示的精准与方便性能，引起了世人的瞩目。1994 年 3 月 10 日，由 24 颗卫星构成的导航卫星星座部署完毕，标志着 GPS 正式建成。1995 年，GPS 全面投入运行，分为军用和民用两种定位模式，其中民用模式在全球开放。如今，GPS 系统是世界上应用最为广泛的全球卫星导航系统。

基于冷战对抗，鉴于美国海军“子午仪”导航系统，苏联当时也形成了一个用于苏联海军的 CICADA 导航系统。

20 世纪 70 年代，几乎与美国保持同步，苏联推出了“格洛纳斯”（GLONASS）卫星导航系统。

这个系统是苏联在低轨卫星导航系统“蝉”的基础之上开发的全球导航系统。该系统于 1976 年开始建设，1991 年成为覆盖全球的卫星导航系统。从 1982 年 10 月 12 日发射第一颗格洛纳斯卫星开始，该系统的导航卫星不断得到补充，到 1996 年，格洛纳斯星座达到额定工作的 24 颗卫星，宣布正式投入运行，由俄罗斯国防部控制。

但由于苏联解体以及俄罗斯经济持续低迷，该系统因失修等原因曾陷入崩溃的边缘，一度只有 6 颗卫星在轨运行。格洛纳斯系统在星座构成、信号体制、卫星设计方面与 GPS 系统具有很大的差别。这一卫星导航系统向民用领域提供的定位服务，只能精确到 30 米范围，而美国 GPS 民用定位和导航误差精度在 10 米之内。

美国《军事评论》杂志曾直言不讳地说：“谁能掌握卫星导航优势，谁就掌握了战争主动权。”美国之所以能以极小的代价打赢多场局部战争，是因为 GPS 支持的作战平台和制导武器发挥了巨大作用，难怪一些美军将领曾发出“没有 GPS，我们根本无法作战”的感慨。

为了防范“某些国家”利用该系统威胁美国，GPS 系统对外国只提供低精度的卫星导航信号。一旦发生威胁自身安全的军事冲突，美国会马上切断卫星导航服务。

而中国呢？一个最早发明指南针的国度，一个最早为人们在地面行走和海洋航行时确定方向提供了实用工具的国度，却依然在茫茫黑夜里摸索前行。

这时，飞机似乎遭遇到了强气流，有些颠簸起来。飞机上的广播里，声音柔美的女播音员一边提醒乘客不得随意走动，一边播报飞机已进入祖国的上空。

这时，从沉思回到现实中的周儒欣，透过飞机上的窗户向外望去，记忆的闸门再一次向着时间的深处回望——

中国北斗卫星导航系统的艰难蝶变

谁都无法否认这样一个事实：人类的每一次进步，都是建立在伟大的发明基础上的。可以说，伟大的发明使人类逐步走向文明、走向繁荣。

然而，有时伟大的发明问世之前，要经过艰苦的努力才能认识它。而在问世之后，人们还要逐步使它趋向完美。

早在古代，我们的祖先就发明了罗盘、指南针指引方向。“大名鼎鼎指南针，玲珑细巧带磁性，旅游探险天下行，东西南北它引领。”指南针是人类最早指引方向的仪器。它与火药、造纸术和活字印刷术并称为中国古代的“四大发明”。据说，当年郑和大规模远海航行之所以安全无虞，主要就是靠着指南针和罗盘掌控方向。

“复移小凳扶窗立，教识中天北斗星。”北斗星是由天枢、天璇、天玑、天权、玉衡、开阳、瑶光七星组成的。古代汉族人们把这七星联系起来，联想成为古代舀酒的斗形，因而得名。后来，北斗星成了确定方向的指南针。北斗星在不同的季节和夜晚不同的时间，出现于天空不同的方位，所以古人就根据初昏时斗柄所指的方向来决定季节：斗柄指东，天下皆春；斗柄指南，天下皆夏；斗柄指西，天下皆秋；斗柄指北，天下皆冬。

之后，雷达的出现，为航行中的飞机、遨游大洋的舰船确定所在的位置。每一次科技发明都是一次进步、一个飞跃。如今，在茫茫的大漠里，人们清楚地知道自己的坐标而不致迷途；在蓝色的海洋里，舰船随时知道自己的位置而确定航向；在广阔的天空中，飞机时刻清楚自己的方位。可以说，卫星导航定位是最有效的手段。

拂去历史的尘埃，可以看到，中国卫星导航技术研究的起步时间并不算晚。

如果说导弹是枪，原子弹是子弹，那么卫星导航就是精确瞄准工具。早在20世纪六七十年代，在美国的GPS开始起步的同时，从事“两弹一星”的中国先驱们也开始了自己的卫星导航系统设计，研究利用卫星进行地面定位服务，但受制于多方面因素，这项名为“灯塔”的研究工程搁浅了。

国家第七个五年计划期间明确提出通信卫星、气象卫星、资源卫星和导航卫星“新四星”计划，导航卫星赫然在目，列于计划之中。

之后，国内相继开展了探讨适合国情的卫星导航系统的体制研究，先后提出过单星、双星、三星和三颗星至五颗星的区域性系统方案以及多星的全球系统设想，并考虑到导航定位与通信等综合运用问题，但由于种种原因，这些方案和设想都没有实现。

1983年，“两弹一星”元勋陈芳允提出用两颗地球同步通信卫星上的一段频带，可确定地面目标任一时刻的位置和海上移动物体的定位导航系统，这个系统被命名为“双星定位系统”。

陈芳允是“863计划”的首倡者之一，也是著名航天测量控制专家、中国科学院院士。早在1957年，世界上第一颗人造地球卫星上天的时候，陈芳允就对卫星进行了无线电多普勒频率测量，计算出了卫星的轨道参数。

中国“北斗”研制进程的历史转折点，是在1985年10月召开的一次重要会议上。

这次会议上，陈芳允院士语惊四座，提出仅用两颗地球同步定点卫星，就可以覆盖很多区域，可对地面目标和海上移动物体进行定位导航，且有通信功能。这一理论后来被归纳为“双星定位”理论，成为日后中国北斗计划的奠基理论。

“双星定位系统”于1986年预研启动。经过不懈努力，1989年9月25日，在不足30平方米的临时机房里，设置了信号接收和定位计算中心。北京某地的用户设备利用我国定点于赤道上空东经 87.5 度和东经 110.5 度的两颗通信卫星进行试验，经过计算机处理参数，一秒钟后显示屏上就出现了这个用户的精确地理位置。

机房里响起了热烈的掌声，“双星定位系统”首次功能演示获得成功。那一刻，陈芳允院士激动得双眼湿润。

1991 年，海湾战争中，美军的导弹在卫星定位系统的导航下，准确击中远程目标，让 GPS 一战成名。可以说，美国利用 GPS 打了一场真正的信息战，这让很多国家都感到十分恐慌。没有导航，就没有现代战争的主动权。

从那时起，GPS 技术（即卫星导航技术）引起了全世界的关注。确切地说，海湾战争也给中国人“上了一课”，大家都深刻意识到卫星导航系统的巨大价值，“双星定位系统”被重新提上议事日程。

通过海湾战争，中国科学家们清楚地意识到：美国的 GPS 再好，关键时刻不是来保护中国人的。卫星导航，我们一定要自己搞出来！

这是国家的抉择，也是科学家们的使命！

1993 年，“双星定位系统”被列入“九五”计划。

1994 年 1 月，“双星定位系统”正式立项研制，同时根据后来任北斗星通总经理的赵耀升的提议，正式命名为“北斗”卫星导航系统。

把我国自主建设的卫星导航定位系统命名为“北斗”，饱含着近代以来中国历经劫难的清醒、走向复兴的企盼——中国命运必须自己掌控，中国重器必须自己打造，中国建设必须自力更生！

直到 2000 年 10 月，我国自行研制的第一颗导航定位卫星“北斗导航试验卫星”才正式发射升空，并准确进入预定轨道。而在此六个月前，“双星定位系统”的理论奠基人陈芳允因病去世。他带着遗憾走了，留给后人无尽的思念与深深的缅怀。

时隔两个月，第二颗导航定位卫星“北斗导航试验卫星”成功发射，准确进入预定轨道。至此，从提出理论到发射卫星上天，北斗计划已经走过 15 年。

彼时，美国 GPS、俄罗斯格洛纳斯各发射了 20 多颗卫星，已完成了全球组网。最适合卫星导航的黄金频率，已被美俄占用得所剩无几，“北斗”面临无频可用的局面。而且此时，我国正面对1989年以来西方国家实施的最严密技术封锁，困难可想而知。

当时，世界各大国都高度认识到自主开发卫星导航系统的重要意义。除美国外，俄罗斯在开发格洛纳斯系统，欧盟则致力于建设伽利略系统，印度、日本也在积极谋求建设独立自主的卫星导航系统。作为国家安全和社会发展不可或缺的信息基础设施，卫星导航系统是大国地位和综合国力的重要标志。各国在空间领域的角力，掀起了一场没有硝烟的战争。

我国基于国情，创造性地提出了北斗卫星导航系统建设发展的总体思路，先“试验”(北斗一号)，再“区域”(北斗二号)，再“全球”(北斗三号)，逐步形成系统建设的规划思路，最终科学合理地提出并制定了自主研制实施北斗卫星导航系统建设的“三步走”规划：

第一步，建设北斗一号系统。1994年，启动北斗一号系统工程建设；2000年，发射2颗地球静止轨道卫星，建成系统并投入使用，采用有源定位体制，为中国用户提供定位、授时、广域差分和短报文通信服务；2003年，发射第3颗地球静止轨道卫星，进一步增强系统性能。

第二步，建设北斗二号系统。2004年，启动北斗二号系统工程建设；2012年，完成14颗卫星（5颗地球静止轨道卫星、5颗倾斜地球同步轨道卫星和4颗中圆地球轨道卫星）发射组网。北斗二号系统在兼容北斗一号系统技术体制的基础上，增加无源定位体制，为亚太地区用户提供定位、测速、授时和短报文通信服务。

第三步，建设北斗三号系统。2009年，启动北斗三号系统建设；2020年将完成30颗卫星发射组网，全面建成北斗三号系统。北斗三号系统继承有源服务和无源服务两种技术体制，为全球用户提供定位导航授时、全球短报文通信和国际搜救服务，同时可为中国及周边地区用户提供星基增强、地基增强、精密单点定位和区域短报文通信等服务。

载人航天、空间站和卫星导航，是人类自第一颗人造卫星发射成功以来，所树立起的航天工程的三大丰碑。尤其是卫星导航，涉及国防军事、民用工程、产业发展和大众消费，是千方百计开展策划设计、千军万马推动建设营运、千家万户涉足应用服务的伟大工程。

北斗，不仅意味着中国人在太空有向导，更意味着标准、影响力以及制定游戏规则的权力。

在这场太空群雄逐鹿之中，中国的“北斗”起步虽然比GPS晚了二十年，但在技术上并没有落后。

“中国的卫星导航应用近年来发展迅速，但是绝大多数应用都是建立在美国的GPS之上。如果一旦发生战争，美国关闭GPS应用，后果不堪设想。中国这样的大国，必须建设自主的卫星导航系统。”周儒欣始终相信，北斗系统有着广阔的应用前景，中国一定会成为世界卫星导航定位强国！

从美国考察回来以后，周儒欣便开始密切关注北斗一号，并积极筹划切入北斗一号各项工作，还给国家有关部门的领导写了一份报告。

这份报告共有两个部分：第一部分是情况报告，第二部分是体会和八条建议。尤其是在体会和建议中，周儒欣对卫星导航的市场前景看好，并鲜明地提出了可借鉴国外的GPS应用的先进经验和良好的商业环境，开发适合中国的大众化卫星导航应用产品，推动国内卫星导航应用的发展。周儒欣还提出，要狠抓“多用途卫星导航仪”，实现向产业化发展的突破；计算机、通信与卫星导航技术紧密结合，是卫星导航应用的发展主流；正确引导中国卫星导航产业的发展，尽快成立北斗卫星导航工程中心等许多富有价值的建议。当时，这无非是周儒欣的投石问路之举，他试图探讨北斗系统应用推广的可行性。他也知道，推动北斗向民用开放并真正切入北斗系统应用，注定是一个漫长而艰辛的过程。

但是，心中有梦想，就有奋斗的目标。

这个梦想，犹如北斗一样，无论走到哪里，始终伴随左右。

第二章
穿行在平常岁月里

在平凡的世界里

梦想，是对未来的期许。

有一位哲人说过，梦里走了许多路，醒来时还是在床上。

这句话形象地告诉我们一个道理：人不能躺在梦幻式的理想中生活，而需要大胆努力去做。在理想中躺着等待新的开始，不仅距实现梦想遥遥无期，甚至连已经拥有的也会失去。因而，为了梦想，需要付出艰辛的努力。即使前路艰难，也要无所畏惧，执着追寻，永不放弃。

“北斗梦”是一个顺应时代潮流的梦想，周儒欣就是这样一个在时代潮流中，时而逆流而上，时而顺水而下，时而借势泛舟的开拓者、勇敢者、领导者。正如著名作家路遥的长篇小说《平凡的世界》的主人公，周儒欣经历了从乡土到现代、从怀疑到自信、从卑微到出众的转变，从一个平凡的起点，延伸出一个不平凡的梦想。

2018 年元旦刚过，周儒欣便率北斗星通的部分高管和工作人员奔赴嘉兴，考察北斗星通旗下的企业佳利电子。

在飞奔的高铁上，周儒欣向我谈起了他的童年岁月，他的中小学时光和大学时代，谈起他的军旅生涯等。当然，也谈到他的寻梦之路的艰辛与坎坷。

那一刻，我似乎明白了：没有人会随随便便成功。一个真正有成就的人，肯定是在无数次的跌倒后重新站起来的，因为“不经历风雨，怎能见彩虹”？

那么，就让我们从 1963 年的那个春天开始，走进周儒欣的世界，穿行在平常的岁月里——

1963 年，是中国农历的癸卯年，也就是兔年。

这一年，发生了中苏公开论战、美国黑人民权运动兴起、美国肯尼迪总统遇刺等重大事件。留在人们记忆最深处的，是毛泽东在这一年的 3 月 5 日为雷锋同志题词，并确定每年的这一天为“学雷锋纪念日”。

也是在这一年，美国发射了第一颗实用导航卫星子午仪 5B–2 号，开创了陆海空卫星无线电导航的新时代。至此世界上真正出现了卫星导航，利用卫星为人类提供导航等服务成为现实。

或许真的与导航有缘，这年 3 月，在河北省沧州地区黄骅县的一个普通村庄里，周儒欣出生了。

这里位于黄骅县城西北 19 公里处，东为吕桥镇，南接滕庄子乡，北与齐家务为邻，西与沧县（现为沧州市）接壤。这里历史悠久。据《沧县志》载：明崇祯元年（1628 年）先斯院瞻田碑文记，该地原称马里道庄，后沧州地主韩应龙在此买地，招佃户立官院，改称官庄。

当时，周父给这位排行第三的儿子起名叫“如新”。直到上高中时，周儒欣自己才把名字改成“儒欣”。虽然读音相同，含义却大有提升，温文儒雅而欣欣向荣。

那时候，周儒欣的家是一处用土墙垒成的一个小院，有几间坐北朝南的土屋。出了院门，在西北边，有一条东西流向的小河，一年四季“唱着”不同的歌。春天，河水碧幽幽，奔腾着欢快的浪花。夏季，小河边是人们乘凉的好去处。冬季，小河结了冰，孩子们则在那里溜冰玩耍。

岁月如河，时间随着小河流逝。但那潺潺的小河，却永远汩汩流淌在周儒欣的记忆里，润泽着平淡的岁月和干瘦的村庄。

对小河的记忆追随着他的生命，从幼年一直到青年。不知有多少次，他回到故乡，站在小河边，心中回荡着流逝的岁月。一切都在变，乡村变了，变得更加繁荣；村里的人变了，年轻人大都搬到县城去了。

周儒欣离开家乡多年了，心却长久地盘旋、停驻在那片魂牵梦萦的小河边。他一次次回望着那片生他养他的土地，关注着故乡那艰难而缓慢的发展与变化。

如果把一个人的一生比作一条河流，那么，无论它是潺潺的溪流，还是奔腾的大江，只要你溯流而上，都会发现有一个奔淌的地方，那个地方叫故乡，那段时间叫童年。

童年是人生的“母亲”，环境是人生的“父亲”。周儒欣的童年虽然生活不算富裕，却是快乐的，也是幸福的。这种快乐与幸福，是父母给予他的一生的财富。

当时，凡是能够识文断字而又出身平凡的农民，都有着两个非常朴素的认知，其一是文化知识的重要性，其二便是期望子女跳出农门。

父母是孩子的第一任老师，家庭是孩子最重要的教室。周儒欣对此有很深的体会。

那时的周家，虽谈不上是富有的大户人家，但在村中有着颇高的威望。这份威望归根结底，还是与“文化”有关。

周儒欣的父亲凭着勤奋刻苦，读书读到中学。这在当年的村子里，算是数得上的“文化人”。

周父不仅读书读得多，重要的是对文化有着无尽的渴求与崇拜。而且，周父对其村落历史、民俗风情等都颇为熟悉，常常绘声绘色地讲给孩子们听。中国乡土社会，礼失而求诸野，大多延续着传统的士农工商的阶层观念。正如南方称呼“先生”，北方称呼“秀才”一样，有文化的人在乡村是非常受人尊重的。

后来，周父偶尔给孩子们讲起自己读书求学的艰辛。他读书在 40 多公里外的沧县。就这一段路，他需要走上一整天。而即使走上一天，一想到有书可以读，所有的疲惫都会跑到九霄云外去了。

这也促使周儒欣的父母坚定地要把自己的孩子们培养成有文化的人。他们省吃俭用，勤俭持家，常常是老大穿完的衣服，让几个弟弟继续轮着穿，但只要孩子们读书需要钱，从来没有说过一个“不”字。周儒欣的父母心中有一个信念：再穷不能没文化，再苦不能误儿女。

那种对知识的渴望，对知识的虔诚以及对改变命运的渴求，如今的人们可能已经很难想象。

因为读过书，又是小有名气的文化人，周父在当时的同龄人中算得上是出类拔萃。后来，竟出人意料地在镇上的储蓄所谋得一份工作。这对全家来说简直是天大的喜事。

不再做靠天吃饭的农民，而是用自己的文化一点点构建理想的生活，这使得几个孩子意识到有文化就有饭吃。当然，那时还没有“知识改变命运”的说法，但“学而优则仕”的观念根深蒂固。知识改变了生活的困窘，也被看作一种积极的人生态度。

谁知，天有不测风云。正当周父慢慢经营着自己的人生时，一场史无前例的严峻考验突然降临在他的身上。1958 年，周父作为一个“文化人”，被遣返回老家，又当起了农民。

这段经历，周父并不常跟家人提起。直到周儒欣长大成人之后，才大略了解到父亲当年曾经吃过的苦头，经历过的磨难。他认为父亲是一个非常值得尊敬的人，尤其是面对困境时的那种不屈不挠的人生态度。

当时，周父被遣回农村后，赋闲了没多少日子，便因为有文化、会算账而被安排到食堂做管理工作。

食堂的伙计都对周父敬重有加，有时候还拿来一些干粮塞给他贴补家用。这本来是乡村中常见的人情往来，也是管食堂的一点小福利，却被他婉言相拒——他宁可饿肚子也不愿占任何小便宜。这样的性情通常被人们过分解读为道德层面上的崇高，而在极度困苦的情况下，只能说是一种天性中的东西。周父的是非观，也许和他遭遇“右派”打击后的自尊和谨慎有关。人性所展现出来的，有时比说教深刻得多，或者说更为耐人寻味。它能够或多或少地帮助我们去理解那些刚毅背后的柔弱，以及无奈过后的坚强。

周父的愿望就是让自己和后代过上好日子。即使物质上并不富有，但在精神上，活得要有尊严。

周父平素也没有讲过什么大道理。周儒欣记得最清楚的，就是小时候父亲常跟他们讲：“你们看看人家县城里的小孩多干净、多文明。”这便是周父对周儒欣最初的教育，给他一个向往更广阔的世界、向往“文明”的生活方式的念头。

每逢过年的时候，父亲便会召集周儒欣他们兄弟几人“比试才艺”，其实就是让他们在纸上写写画画。谁画得好，就奖励一张饼吃。为了吃上那张饼，周儒欣自然十分用功，当然，吃上饼的时候也较多。

在这样的潜移默化中，周儒欣一点点认识到文化的意义，也正是这一份儿时对“文明”的懵懂，孕育了周儒欣内心渴望求知的种子。

对于母亲，周儒欣是最热爱的。慈爱的母亲给了他无微不至的关爱与呵护。因为长期做农活，周母的手显得非常粗糙，十个指头个个弯曲。周母时常是自己节衣缩食，也要让孩子们吃饱。

那时候，一家人日子虽然过得清苦，但是很充实，各人有各人的目标和任务。周父常说：“三代不读书，如同一窝猪。”故而，不管多难，父母也尽力提供条件让周儒欣他们几个各尽所能多学知识。

在周儒欣的脑海中，有一个挥之不去的画面：昏黄的煤油灯下，母亲毫无倦意，坐在床头，一针一线地为孩子们缝制衣裳。有时一觉醒来，母亲还在忙活。亲眼看着母亲日夜辛劳，总是让周儒欣心里感觉到一阵阵刺痛。他能够体会到母亲的劳累与艰辛。

周儒欣后来说，他绝不是从小就有什么大理想，与其说是报效国家，还不如说是慈母手中的针线鞭策着他——长大了一定要凭借自己的双手创造美好生活，让家人都能过上好日子。

这一段贫困的经历以及要让父母过上好日子的强烈愿望，让周儒欣练就了坚强的品格，养成了吃苦耐劳的习惯。这些都成了他人生中的宝贵财富。

曾经有无数次，周儒欣都谈起对他影响最为深刻的一本书，就是《平凡的世界》。在这本书中，那群平凡的小人物人生的自尊与顽强、奋斗与拼搏、自强与自信、挫折与追求、痛苦与欢乐，每次读起来都使人热泪盈眶，产生共鸣。

我们每一个人，对于这个广阔的世界来说，都十分渺小脆弱、微不足道。这个世界也是平凡的，悲与欢、生与死、穷与富，世事的变更、世道的艰难，对于历史的长河来说，都是平凡的。

周儒欣也是那个时代中的一个平凡的孩子。但是，平凡生活中又有着不平凡的经历。这种经历锻造了他坚毅和顽强的个性，仿佛在他心里埋下了一个能量池。后来，他创办公司，无论是阳光高照，还是阴云密布，甚至电闪雷鸣，他始终用梦想鼓舞自己，用目标激励自己，让自己的心理变得强大，并保持旺盛的斗志。

正如萨迦格言所说的“火把虽然下垂，火舌却一直向上燃烧”一样，哪怕再平凡的人，也应为其所生活的世界奋斗！

“生活不能等待别人来安排，要自己去争取与奋斗！”路遥的这句话时时回响在周儒欣的耳边。

贫寒磨砺的中小学时光

那个年代，是火红的年代。

在周儒欣的童年和少年时代，周围的一切似乎都是红色的——红旗、红太阳、红像章、红宝书、红袖标、红领巾等，还有与红色相关的革命理想、革命意志、革命豪情和革命斗争。红色海洋，几乎淹没了中国大地。

周儒欣的小学时光，就是在这种氛围中度过的。即便如此，父亲平常的点滴教育，使周儒欣并没有泯灭对于文化的渴望。当时的周儒欣紧跟时代的大潮，努力做一个当时标准的好学生。无论是小学还是中学，学习上，他多数时间是班上的第一名；劳动课，他割麦、拔草、锄地等农活也做得出类拔萃；文体课，他打乒乓球也很出色……但这些并没有给他提供一个广阔的舞台。确切地说，他不知道未来的路在哪里。

在当时，一个优秀的农村青年，其未来的发展选择无非是：也许会入伍参军，也许会当一个大队干部，也许有机会成为一个乡镇、县城的干部，一个“吃公家饭”的人。至于上大学，周儒欣连想都没有想过。

对于20世纪60年代出生的人来说，那是一段懵懂的时光，宛如一场倏忽即逝的红色的梦。在那动荡的年月里，周父即便受到不公平待遇，但对理想与事业的追求依然未变，这给了周儒欣很大的震撼。

此去经年，犹如晴空中的一声春雷，一个历史性的转折出现了！

1977 年 8 月 4 日，邓小平在人民大会堂主持召开了科学和教育工作座谈会。在这次会议上，取消“文化大革命”时期靠推荐上大学的高校招生办法，邓小平果断决定——恢复中断了 10 年的高考。由此，中国重新迎来了尊重知识、尊重人才的春天。这个特大喜讯，激活了中国数百万知识青年沉寂的心。

这样轰轰烈烈的大事，在周儒欣的眼中似乎与自己并不相干。一是自己年纪尚小，14 岁的周儒欣刚读完初中，还无法理解高考的意义；二是自己能不能跨进高考的门槛还是个未知数；三是自己的父亲还顶着个“右派”的帽子。

这一时期，周儒欣狂热地喜欢上打乒乓球，几乎到了酷爱的地步。他幻想着未来能加入体工队，代表河北省当上全运会的乒乓球冠军，或许能为自己找到一条出路。

但这毕竟是他个人的一厢情愿，能否实现根本没有任何把握。

就在这时，周儒欣遇到了他生命中的两位“贵人”：一位是政治老师杨容清，另一位是数学老师李文普。

多年以后，周儒欣回想起这两位贵人，还是觉得自己真的很幸运。如果不是遇到这两位“贵人”，一个农村孩子很难有机会考上大学。

记得有一天，周儒欣被体育老师安排到操场上进行体能训练，准备参加乒乓球比赛。正打得酣畅之时，巧遇从操场经过的政治老师杨容清。

杨老师毕业于武汉大学政治经济系，是一位热情十足、毫无保留的教育工作者。“春蚕到死丝方尽，蜡炬成灰泪始干”，正是他的写照。他对教育事业全身心的热爱与投入，令周儒欣如今回想起来还肃然起敬。那时的老师用心关爱自己的学生，一旦发现学生的才华，绝不忍心让一棵好苗子因任何原因而荒废。

杨老师走到周儒欣跟前，先是沉静地看着他，然后质问道：“你怎么不准备考大学啊？”这当头棒喝，问得周儒欣有些迷茫：“考大学？”他当时就愣住了，没考虑过自己还有这样的机会。杨老师似乎看穿了周儒欣的心思，特地告诉他：“现在国家的政策做了调整，只要知识过硬，不管是什么家庭出身的孩子，都可以考大学！”周儒欣还是有些似懂非懂，既没有点头，也没有摇头。

杨老师觉得周儒欣是一个优秀的孩子，但以前学业抓得不紧，尤其是数学没有进行过系统的训练，于是他专门为周儒欣请来了一位优秀的数学老师“开小灶”，希望他珍惜这样难得的机会。

这位优秀的数学老师叫李文普。他毕业于河北大学数学系，与杨老师一样，他们都是“文革”前考上大学，“文革”期间毕业被分配到河北做起了乡村教师。李老师性格内向，不善言谈，但是数学造诣很深，对学科研究相当专注，是一位非常优秀的数学老师。业余时间，他会安排周儒欣去自己的宿舍，有针对性地给他出题目，然后让他自己回去做，下次再拿来给他评判。对于不会做的题目，李老师会不厌其烦地进行讲解，直到他真正弄明白，搞清楚。

聪明的周儒欣自然非常珍惜这样一个良师指教的机会。他把对打乒乓球的狂热专注，转为全身心地投入数学的海洋。日复一日，周儒欣的数学成绩几乎是突飞猛进。他没有辜负两位老师的期望，从学校的乒乓球尖子变成了数学尖子。

不久，周儒欣代表学校参加沧州地区数学竞赛，竟然金榜题名，还因此上了当地的《沧州日报》。这一下子，全村都沸腾了，有人见到周父便咧嘴道贺：“这回你家娃娃可不愁找媳妇啦！”

农村人有三件大事：盖房子、娶媳妇、生孩子。任何一件事情完不成，在人前都难以抬起头。可以这么说，许多农村人一辈子都在为这“三件大事”拼命奋斗。因此，看到周儒欣数学竞赛获奖，出人头地，村里人才会对周父如此说。

从那个时代过来的人，都知道这样一句顺口溜：“学好数理化，走遍天下都不怕。”或许是受到大环境的熏陶，抑或是为李文普老师专注数学的精神所熏陶，在 1979 年的高考中，周儒欣以黄骅县第一名的成绩考入南开大学数学系，成为周家祖祖辈辈上的第一个大学生。

从此，周儒欣走出农村，走进大城市，走向追寻梦想的大舞台。

多年以后，周儒欣回想起这段经历，总是对激荡的时代、对帮助过自己的人心怀感恩之心：“个人的力量真是太渺小，如果没有改革开放恢复高考，或者晚两年改革开放，如果没有‘贵人’的帮助，我可能只是一个优秀的农民。”

并不浪漫的大学时代

1979 年秋天，16 岁的周儒欣从乡村来到城市，满怀激情地走进南开大学的校园，开启了大学生涯。

当时，数学系有 146 名学生，他们犹如搁浅已久的鱼儿回归到了大海，尽情享受着知识的滋养。

这一年，已经是改革开放的第二个年头。那是一个国家拨乱反正、万物欣欣向荣的年代。就在这一年，周儒欣的父亲也恢复了工作，重新回到镇上的工作岗位。

双喜临门，让周家着实扬眉吐气了一番。

这一年，著名作家徐迟的报告文学《哥德巴赫猜想》公开发表。一时间，陈景润的名字风靡神州大地，引起了极其强烈的反响！各地报纸、广播电台纷纷进行全文转载和连播。

陈景润，一个普通人，却创造了科学的奇迹，成为饮誉世界的科学家。对于选择数学系的周儒欣来说，他同样崇拜陈景润，希望自己也像陈景润那样，能摘取数学皇冠上的明珠。

但最初，周儒欣有的却是一个再朴素不过的愿望——不当农民，摆脱那种自己无法掌控的生存状态。而如今，随着他进入大学接受高等教育，理想也从一个概念变得越来越具象——成为对社会有用的人才。

南开大学是教育部直属重点综合性大学，是敬爱的周恩来总理的母校，由严修、张伯苓秉承教育救国理念创办，肇始于 1904 年，成立于 1919 年。南开大学数学系是由我国现代数学最早和最有效的播种人之一，数学家、数学教育家姜立夫先生于 1920 年创立的，是当时中国的数学重镇。

沐浴着改革开放的春风，人们的思想异常活跃，周儒欣也不例外。从农村到城市，他既懂得知识的重要，也慢慢懂得了如何用知识改变人生。

当时的南开大学数学系办学很有特点，非常重视基础教育。周儒欣所在的七九级数学系有四个班，周儒欣分在三班。这个系前两年是不分专业的，大家都要学习基础课，比如数学分析、高等代数、解析几何、实变函数、复变函数、微分方程、普通物理、哲学等。第三年开学才分专业，有数学、控制理论、软件和计算机应用四个专业班。在分专业时，学生们可以自主选择专业。周儒欣选择的是控制理论专业，简称自控专业。当老师问及周儒欣为什么选择自控专业时，他说自控专业与社会更接近，更实用。

后来成为中国科学院院士的著名数学家王梓坤（后任北京师范大学、汕头大学校长）、侯自新（后曾任南开大学校长）、卢桂章、涂奉生、伍镜波、袁著祉等，都曾做过周儒欣的授课老师。这些老师诲人不倦的教学作风、严谨治学的态度，给周儒欣留下了极其深刻的印象。

除了向上述名师学习之外，让周儒欣难以忘记的是，当时南开大学经常邀请一些知名人士到学校做报告，他多次听过叶嘉莹、温元凯、冯骥才等“大家”的报告。此外，住在同一宿舍的寝前“辩论”以及“泡”图书馆阅读哲学、文学、历史书籍等，都让周儒欣受益匪浅。由于德智体兼优，周儒欣连续四年被评为南开大学“三好学生”。

在大学四年的学习与探索中，周儒欣形成了“实用主义”，或者叫学以致用和感恩的基本价值观。实事求是地说，周儒欣对纯理论的研究兴趣不是很大。他觉得那不是他想要的人生。在他的观念中，“学以致用”才是读书的终极目的，而一味地做理论研究，在当时特殊的国情下，不如实业报国所创造的社会价值更有意义。这也许与他出身农村有关。在后来的事业选择中，这一点也得到了进一步的印证。

面对年迈的父母所背负的生活重担，周儒欣希望以某种方式改变自己的命运。与此同时，都市的现代文明也刺激着他追求更加壮阔的人生。

虽然不是“烽火连三月”的年代，但一样“家书抵万金”。在大学学习期间，周父时常写信叮嘱读大学的儿子，珍惜学习的机会，做一个有出息的人。家信的末尾，都要加上一句话：“好好学习，将来努力工作报效国家，不要忘记共产党。”周父在用这样的方式引导周儒欣，一个农家孩子有今天不容易，要有感恩之心和责任感，做对国家有用的人。

2019 年 11 月 12 日，秋高气爽。这一天，南开大学老校长、著名数学家侯自新先生莅临北斗星通参观考察。

师生相见，气氛格外亲切。周儒欣于 1983 年毕业于南开大学数学系，侯自新曾是周儒欣大学时代的高等代数讲师。

侯自新参观了北斗星通展厅，周儒欣详细汇报了我国北斗卫星导航系统建设进展，以及北斗星通的发展历程和公司技术、产品、业务领域、发展战略等总体情况。

侯自新对北斗星通所取得的成就表示祝贺，对今后的发展也提出了殷切希望。

周儒欣感谢老校长专程从天津到北京看望学生、考察北斗星通。他表示，多年后的今天，老师的再次指导令自己深受启发和鼓舞，是伟大的改革开放造就了北斗星通，是南开大学培养了自己；新时代、新形势下，核心技术、产品的“自主可控”带来了难得的发展机遇，必须继续发扬南开精神，务实奋斗，抓住机遇，为早日成为客户信赖、员工自豪、受人尊重、国际一流的科技产业集团而加倍努力。

投笔从戎的军旅岁月

四年的大学时光，一晃而过。

1983 年 7 月，周儒欣以优异的成绩从大学毕业了。

就在大学毕业前，原本准备继续读研究生的周儒欣，决定不再继续读书，而是直接参加工作。

当时在天津河北工学院读书的中学同学王金树，专门来找周儒欣，并跟他进行了深入的交流。王金树劝告他：“你这么好的条件，怎么不读研究生？难道你是一个胸无大志的人吗？”周儒欣说：“我实在不知道也不了解社会需要自己干什么，读书有什么用？因而，应该去参加工作，根据工作的需要再读书。”这或许是周儒欣关于读书的“实用主义”哲学的印证。

没有任何社会阅历，又无任何社会背景，即将大学毕业的年方20岁的年轻人，对到哪里去工作没有任何预知。一如其考大学一样，任由这个社会安排，只是这次与上次有着本质的不同，这次一定能吃上“公家饭”。

命运，依然眷顾周儒欣。1983年7月，当时北京某部来到南开大学招收应届毕业生，周儒欣有幸被选中。就这样，周儒欣开始了自己的军旅生涯。

周儒欣加入某研究所后，曾参与几个项目的评估研究。不久，某研究所就开始缩编裁员，裁掉的主要是工农兵大学生，周儒欣并不在其列。但是，已经在这里工作了近三年的周儒欣，想法有了变化，他决定趁着自己还年轻，继续学习深造。

于是，在离开南开大学三年后，周儒欣重新回到校园。那一年，他刚过23岁，正是最好的青春年华。

周儒欣选择的研究方向是“模式识别与智能控制”。这一专业属于控制科学和工程一级学科。该学科以各种传感器为信息源，以信息处理与模式识别的理论技术为核心，以数学方法与计算机为主要工具，探索对各种媒体信息进行处理、分类、理解，并在此基础上构造具有某些智能特性的系统或装置的方法和途径，以提高系统性能。

或许正是因为这样的专业背景，攻读硕士学位期间，在导师的精心指导下，周儒欣逐渐接受并摸索出了一整套科研创新的工作思路，而且在设计流程上，也具备了多种技术的知识体系……

可以说，三年的学习研读使周儒欣不仅掌握了技术领域的基本理论和专业知识，具备了完善的知识结构和理论水平，而且提高了分析和解决问题的能力。这为他今后的职业发展打下了坚实的基础。

拿到硕士学位后，按照报考时的条件，周儒欣必须在军队内部选择工作。经过一番比较，周儒欣最终选择了某研究所。

周儒欣本科时期打下的数学基础，加上硕士研究生阶段对于应用数学的实践，为他在某研究所的工作发挥了很大作用。而且，在这一时期，他对战略谋划、统筹协调等，有了更为充分的认识。其间，周儒欣还与他人合著了《最优控制的结构化理论》，合译了《海湾战争最终研究报告》等。

周儒欣在某研究所工作仅有两年时间，因为有新的工作机会在等待着他。

2013 年 8 月，晴空万里，艳阳高照。

周儒欣再一次回到南开大学，参加数学系毕业 30 年聚会。时间如梭，昔日风华正茂的他们，此时大多已年过半百。

当年，十一届三中全会吹响了中国改革开放的号角，他们这群意气风发的年轻人，从祖国的四面八方聚集于此，怀揣着时代梦想，激扬文字，挥斥方遒，遨游在知识和理想的海洋中。

那是多么难忘的青春时光，多么具有时代特点的青春岁月啊！

30 年的岁月，见证了中国历史巨变：农村联产承包制、知青回城、国有企业承包、百万大裁军、全民下海、民营企业大发展、“入世”、GDP 超过日本、股市动荡……

周儒欣与当年的同学一起，在数学大师陈省身的塑像前合影，流连在美丽的校园，回到当年上课的教室，坐在曾经读书的图书馆，看着那一张张充满朝气的脸庞，那一双双明亮清纯的眼睛，断断续续追忆和寻觅着当年青春的岁月和如风的往事。

一切仿佛都那么熟悉，一切又仿佛是那么遥远。

就在周儒欣在某研究所干得风生水起的时候，他被某机关秘书局选中，成为叶正大将军的秘书，重新回到了原来入伍时的系统。这是周儒欣工作生涯中一次重大的变化。

叶正大将军出身名门，其父亲是著名军事家、中国人民解放军创始人之一、新四军重要领导者之一的叶挺。叶正大出生于 1927 年广东惠阳，是新中国培养的第一批航空专家。1988 年被授予中将军衔，在航空科技领域做出了卓越贡献，曾获国家科学技术进步奖特等奖、二等奖，中国人民解放军军事科学研究成果一等奖、二等奖，1998 年获中国人民解放军“胜利”功勋奖。

从昔日一个搞科学研究的人才，到如今转型成领导的秘书，学习做行政工作，这对周儒欣来说也是一个重大考验。

叶正大将军既是将门虎子，也是中国航空工业领袖级的专家，对事业始终保持着极大的热情，具有很强的战略思维、诚恳谦虚的气度、求真务实的工作风格。他对工作严谨细致，对问题有自己独到的见解，对下属要求也非常严格。

这一时期，周儒欣从理论到实践感悟着军事科学与科学管理的无穷魅力，对计划、组织、指挥、监督和协调，从“经验”到“科学”，从“效益”到“效能”，有了更加深刻的认识，使自己从微观到宏观，再从宏观到微观，对问题分析与解决有了自己的思考和认识。这对于他之后的职业发展与人生规划，都产生了举足轻重的影响。

2017 年 12 月 14 日，叶将军因病医治无效在北京逝世，享年 91 岁。

得知噩耗时，正在外地出差的周儒欣不禁泪流满面，他为失去这样一位好领导、好导师而悲痛万分。

周儒欣说：“叶正大将军走了！我很悲伤！我在 1990 年至 1994 年做他的秘书。早期，我的感觉，他太过于死板：永远是国家、组织第一，他没有给自己的秘书为工作、住房说过一句话，其为人之高雅，令我敬佩；1992 年，他给军委领导讲课，我发现他不仅是一个伟大的科学家，还是一位军事战略家，其知识之渊博，令我敬仰；2000 年，我为了北斗一号对民用开放，向他‘求助’，他开始拒绝了，当他弄清楚，这件事于国家的重大意义，便主动为之奔波，令我感激涕零！他这样高尚的将军、大家，才是晚辈之导师、国家之栋梁！”

斯人已逝，精神长存。

周儒欣后来说：“前辈叶将军的精神永存！叶将军把全部生命融进了祖国的航空事业，展现了一名真正共产党人的风采。他响应祖国召唤、终身报效祖国的赤子之心，严谨认真、自强不息的高尚品质，孜孜不倦、毕生以求的科学探索精神，是后人学习的楷模，值得永远铭记和缅怀。”

第三章

波推浪涌的商海路

人生的第六次选择

1994 年春节刚过，京城的残雪还没有消融，但已能觉察到春天的气息，尽管还似乎有些寒意。

已经给叶正大将军做了三年秘书的周儒欣决定“下海”了。屈指算来，这已是他人生的第六次选择了。

如果说当年决定参加高考并考入南开大学是他人生的第一次选择，大学毕业后投笔从戎是他人生的第二次选择，工作三年后攻读硕士研究生是第三次选择，硕士研究生毕业后到某科学院工作是第四次选择，给叶将军当秘书是第五次选择，那么这一次决定“下海”，应该是他人生中第六次选择。

当年读大学、读硕士时，周儒欣就深悟“学以致用”的道理。这一次，他要亲自体验一把。

当然，决定“下海”也与当时的形势有关。

1992 年春天的故事，是从邓小平出现在深圳开始的。1 月 18 日至 2 月 21 日，88 岁高龄的邓小平先后到武昌、深圳、珠海、上海等地视察，历时 35 天，行程 6000 多公里，发表了著名的“南方谈话”。“抓住机遇，加快发展”是邓小平在谈话中反复强调的一个核心问题。他提出“抓住时机，发展自己，关键是发展经济”，“我国的经济发展，总要力争隔几年上一个台阶”。

不久，小平南方谈话的旋风席卷全中国，掀起了新一轮改革开放的热潮，“全民皆商”的年代宣告到来。

某委的生产经营真正发展起来，是在小平同志南方谈话一年之后的 1993 年。

这年5月，某委党委常委会决定，要借小平同志南方谈话的东风，发挥自身的空间科技优势，加大力度开展生产经营活动，为国民经济建设服务。

其实，进入80年代后，中国就已经开始了向经济发展大转轨的历史变革，中央也提出军队建设必须服从于国民经济建设的大局。

1985年5月23日，中央军委扩大会议召开。会议讨论军队精简整编、体制改革等问题。同年，国务院、中央军委批转了有关文件，鼓励军队从事生产经营和对外贸易。

军队服从国家经济建设大局要“忍耐”，即国家集中财力发展经济，军费开支减少，不足部分需自筹解决。于是，军队以盈利挣钱、弥补经费不足为目的的经营性生产逐步发展起来。

几乎是在一夜之间，党政军大办公司之风席卷全国。

当时，国家在军队企业申办执照、工商税收以及确定经营范围等诸多方面，给予了相当宽松的条件，地方企业上缴所得税比例是33%，军队企业则定为9.9%。有利的政策环境和适时的经济温床，迎来了军队企业的欣欣向荣。

1985年到1992年，在全军大搞生产经营的背景下，当时的某委动静不是很大，生产经营只是放在负责本系统的计划部门，并没有专门成立法人机构。生产经营办公室管理的也只是一些院校、研究所的科技开发企业，没有自己的直属企业。

1992年是一个特殊的年份。这一年，是中国历史进程中的标志性拐点。改革开放以来，中国在经济复苏方面取得了诸多成绩，但由于长时间的封闭与混乱，这一进程并非一帆风顺。在国内，计划和市场的冲突在20世纪80年代末趋于激烈，棉花大战、钢材大战、蚕茧大战此起彼伏。

1988年，高达20%多的通货膨胀率导致老百姓抢购成风，经济秩序出现混乱局面。中央不得不从1989年开始采取治理整顿的措施。在这种情况下，有人认为经济的混乱是市场因素造成的，甚至主张把“市场”这只“鸟”再关回“计划”的“鸟笼”里去。可以说，中国的改革又走到了一个历史性关头。

改革之路将何去何从？社会主义将何去何从？在发展的迷茫与犹疑中，邓小平“南方谈话”被认为是在中国改革开放进程中，特别是对20世纪90年代后的进一步扩大开放，起到了关键的推动作用。更为重要的是，政府提供了更为宽松的发展环境，此后又推出了积极发展民营经济的政策。

南方东风起，冰霜昨夜除。在这种形势下，某委的生产经营才开始真正发展起来，而且成立了生产经营领导小组，加大生产经营领导和投入力度，逐步形成了一定的格局。

就是在这样的大背景下，1993 年 12 月，新的选择又一次出现在周儒欣面前。

当时，叶正大将军即将从某委科技委领导岗位转任全国人大常委会委员，他找来周儒欣，要和他谈一谈未来的工作打算。

叶正大将军起初并不建议周儒欣去搞生产经营，他认为周儒欣性格内向，不善言辞，不适合在商海中打拼，倒不如四平八稳地在机关工作。他甚至计划安排周儒欣到某委的综合计划部工作，发挥其统筹协调的长处。

但是，周儒欣内心有一股强烈的冲动，就是“想干一番大事”，干点儿有意义的事，干点儿对社会有用的事。

其实，到某委综合计划部工作，身处高级机关，是一个良好的发展方向。但是，已经深悟“实用主义”哲学的周儒欣，更想运用自己的探索精神与经营头脑在商海中搏击一番，闯出一片新天地。

一边是仕途平稳看好，一边是商海波涛汹涌，何去何从？周儒欣又一次面临着人生抉择。

在这关乎个人未来、关乎个人命运的十字路口徘徊犹豫之时，一个人的到来起了“推波助澜”的决定作用。

这个人叫沙钰。

沙钰时任广东惠州办事处主任兼惠州远望科工贸发展公司和大亚湾远望科技工业公司的董事长。他曾任某大学数学系主任，也是周儒欣研究生导师卢桂章在北京大学数学系的同班同学。

周儒欣在做叶正大将军秘书期间，因叶将军主导了惠州的投资事项，所以周儒欣与沙钰接触比较多，思想观念也颇受其影响，尤其是沙钰实业报国的抱负对周儒欣影响很大。

周儒欣记得，沙钰和他几乎深谈了整整一天，具体是动员他到惠州的公司工作。

沙钰分析了国家的形势，市场经济条件下经济持续快速增长，发展迅猛，势头良好。尤其是军队搞生产经营，有诸多优势。他谈到了目前在机关工作的利与弊，虽然机关四平八稳，尤其是在高级机关晋升到更高的职务肯定没问题，但再向上一步就比较困难了。

沙钰最后对周儒欣说，像他这样刚过 30 岁的年轻人，非常适合在国家现有的环境下闯一闯，创业做实业。如果能下决心离开机关，到市场经济的大潮中磨炼一番，一定会有更大的发展空间。

老前辈沙钰的一席话，正中周儒欣下怀。正是豪气冲天的年纪，激情燃烧的岁月，他又怎会满足于默默无闻地度过此生！

看准了的事情就要去做，这是周儒欣一以贯之的思想。于是，他下定了决心。

不过，在具体落实的过程中，周儒欣还是考虑到要照顾家庭，没有去惠州。几经交流磋商，周儒欣与沙钰达成一致，在北京设立一个惠州北京子公司，由他负责经营管理。

不久，在沙钰的推动以及某企业管理局赵庆瑞局长的支持下，1994 年 5 月 28 日，北京京惠达新技术公司（简称“京惠达公司”）注册成立，沙钰为法定代表人，周儒欣任总经理。

往事并不如烟。

2018 年 4 月，正是春意盎然的时节。我陪同北斗星通顾问赵庆瑞、党委副书记兼工会主席李学宾等到深圳出差，专程拜访了定居在这里的沙钰老人。

谈起当年劝说周儒欣下海的经历，已经 80 多岁的沙钰老人欣慰地说：“儒欣为人靠谱，有学问，有梦想，我觉得他能成大事。事实果然如此，如今北斗星通做得这么大，是国家北斗产业的领军企业，前景看好，大有作为啊！”

当晚，我们把与沙钰的合影照片发给周儒欣，他激动地说：沙钰是影响他人生选择的非常重要的人之一。

是夜，从深圳到北京，再从北京到深圳，有一种看似无形却有形的东西在飘荡……

“商海”犹如大海

踏进“商海”，这是人生第一次。

没有鲜花，没有掌声，没有彩带，也没有气球……在北京市北三环中路远望楼宾馆的一个房间里，北京京惠达新技术公司悄悄开张了。

周儒欣请来迟家升任副总经理，又找来李国盛帮忙，3 个人，便是公司的全部人马。

万事开头难，创业尤其难。用“一穷二白”来形容当时的处境，毫不为过。但是，这些并没有把周儒欣吓倒。年轻人的冲劲和热情，让他相信总有实现梦想的一天。

时任某企业管理局局长的赵庆瑞，退休后成为北斗星通的顾问。他回忆当年周儒欣的创业经历时说：“企业局名义上是管着京惠达公司，但没有给过一分钱的资助，周儒欣可谓是白手起家，确实不容易。”

从严格意义上来说，当时的周儒欣还不是彻底的“下海”，仍然保留了部队职务和待遇，公司盈利赚了钱还要上交财务部门。但他还是下决心做出点业绩来，以回报支持自己的领导的那份知遇之恩，也证明自己“下海”没错。

有人说，创业是一门在刀口舔血的营生，如果稍不留意就会前功尽弃。京惠达公司成立之初，周儒欣面临的是没有启动资金和“无米下锅”。如此就什么也做不了。

人在寒冷的时候，如果得到一丝温暖，会终生难忘。就在这时，周儒欣曾经的一位领导，为了支持他办企业，给京惠达公司派了一个人和一台车子，又拿出 5 万元现金作为启动经费。当时，周儒欣拿到这笔钱，激动万分！他哪里见过这么多钱啊！ 5 万元，在当时可不是一个小数目。如今提起这件事，周儒欣依然感到很温暖。

无论是从国家的角度来看，还是从周儒欣个人的角度而言，企业如何在市场经济中运转，都尚是一个崭新的课题。那些曾经的理论与思考积累，真正付诸实践还需要时间，需要探索，需要磨炼。

至于“无米下锅”，就是不知道自己的主营业务到底如何定位。这与当时的社会大环境有关。当时很多新公司基本都是这样，完全没有目的性，一般是先把公司拉起来，再说具体做什么业务。

商海如海，大海如商海。商海踏浪之初，周儒欣也结结实实地在大海里被呛了几口水。那时候，周儒欣整天就想着怎么能赚到钱，把大家的工资发了。刚起步的时候，京惠达公司甚至连批发转卖信封、信纸、年历、电热装饰画等业务都做过。

其实，自京惠达公司 1994 年 4 月注册以来，真正能维持公司运营的业务是计算机及办公自动化业务。

这一年，沙钰董事长从某单位拿到一笔 13 台微机及配件的单子，这一单便赚了近 10 万元。

久旱逢甘霖，这一笔资金为京惠达公司的初期发展解了燃眉之急。

为了保证货物的安全，副总经理迟家升亲自带人坐火车将货物送到这家单位，周儒欣还托付在火车站工作的亲戚予以关照。

当时，为了给计算机配置电源接线板，周儒欣和迟家升两人冒雨在中关村电子一条街的一排排小平房里，一家一家地询价，几乎花了整整一个上午的时间，终于从 10 元一个接线板讨价还价到最后 7.5 元一个。这样算下来，几十个接线板就省了 100 多元。

如今回忆起那一段时光，确实是苦中有乐。周儒欣向来节俭，即使如今取得了这般业绩，也忘不了当年创业的艰辛。他看到有的员工日常无心的浪费，仍然会感到心疼。他知道，来之不易的成功，离不开当时一点一滴的精打细算。

为了能使业务顺利展开，对得起和他一同奋战的兄弟同人，周儒欣明白，当下必须以让公司生存下来为唯一目标，绝不能放过任何赚钱的机会。

有一次，有位领导引荐京惠达公司与一家台湾公司合作，做发动机清洗剂的代理业务。

周儒欣决定在某汽车修理厂举办一次汽车发动机的清洗演示活动。这种事放到时下，正是最流行的营销手段——线下品牌推广活动。

20 多年前的周儒欣就想到了这种推广方式，格外新颖有趣，也得到了领导的大力支持，同时也吸引了众多用户单位前来参加。

然而，让周儒欣万万没想到的是，当天这家台湾公司竟然迟迟没有把演示要用的发动机清洗剂送到北京。

迫在眉睫之时，为了京惠达公司的名誉，也为了给领导一个交代，万般无奈的周儒欣只好联系了另外一家发动机清洗剂代理公司。他甚至只身一人骑着三轮车，将大罐的清洗剂样品，从老北京南站运回位于北三环的公司，又扛上四楼的办公室。

耗尽体力的周儒欣在心中暗骂的已不再是合作公司的失信，而是自己的疏忽大意，缺乏风险防控意识，没有做好应急应对措施，使得自己一番努力却为竞争对手做了宣传推广，造成了经营上的失误。周儒欣知道，此时最重要的不是追究别人，而是总结自己，反省自己，这样的失败才不至于令人过分沮丧，反而能够从总结中榨取一点失败的价值，避免以后再犯类似的错误。经商试水，挫折在所难免。投身“商海”去经历风浪，置身商场去奋力一搏，身临其境，那是恐怖的厮杀，除了精湛的武艺之外，还需要顽强的斗志。

挖到“第一桶金”

创业者从第一天起，每天要面对的不是成功，而是困难和失败。

创业的艰辛在预料之中，最痛苦的并非道路的艰辛，而是根本无路可寻，无米下锅。这让周儒欣万般苦恼，不知道出路在哪里。

天无绝人之路，人生路上遭遇进退两难的境况时，换个角度思考，也许就会发现：路的旁边还有路。

就在周儒欣为京惠达公司发展谋求出路而苦恼之时，他的目光落在自己曾参与翻译的《海湾战争最终研究报告》这套书上。

海湾战争是美国领导的联盟军队于 1990 年 8 月—1991 年 2 月，为恢复科威特主权、独立与领土完整并恢复其合法政权而对伊拉克进行的一场战争，是冷战结束后的第一场大规模局部战争。海湾战争中，虽然当时 GPS 系统还未全面建成，空间只有部分 GPS 卫星在运行，但多国部队对伊拉克各个地区进行了高密度的空袭，GPS 为攻击部队提供了极为精确的导航，尤其是为美军“战斧”巡航导弹的精确打击立下了汗马功劳。GPS 也提高了美军如 F-117 隐身战斗机、F-16 战斗机的攻击精度，为美军地面行动清除了不少障碍，显示了它的优越性，发挥了很大的作用。

GPS，卫星定位导航系统！

看到这一行字，周儒欣顿觉眼前一亮。他回忆起在给叶正大将军做秘书期间，曾经接触过的 GPS 卫星定位导航系统。在翻译这套书时，他参与了海湾战争军事武器及先进技术的研究，从中了解到美国军方的撒手锏就是 GPS 卫星定位导航系统。他认识到导航系统的重要性，同时也看到了中国导航系统发展的趋势，看到了这一领域的机遇和挑战。

周儒欣把目光聚焦在 GPS 卫星定位导航系统上，思维逐渐发散开来，决定从中谋求商机。

事也凑巧，有一天，周儒欣到某所找一位同事，偶然发现师弟王涛正在开发 GPS 监控系统在中国的应用。这让周儒欣兴趣大增。于是，在师弟的引路下，周儒欣开启了 GPS 监控系统应用业务，并以此作为京惠达公司的主营业务。

但在 GPS 业务拓展方面，周儒欣几乎是一头雾水，还没搞清向哪个方向努力。他在默默地等待机会。

1995 年春天，周儒欣接到一位朋友的电话，说美国 SGI 的首席代表想约他见面。

SGI，这个公司中文名叫硅图。S 代表超级计算机，G 代表图形工作站，I 代表具有突破性的洞察力。这家公司成立于 1982 年，是一家生产高性能计算机系统的跨国公司，总部设在美国加州旧金山硅谷。

这位朋友受人之托，想找一家有实力的公司拿下一单计算机领域的生意。周儒欣看到了商机，却又心怀忐忑。他既不想错失良机，又对自己的实力不够自信。但是，遇到挑战保守退缩不是周儒欣的作风。

那天，周儒欣在与 SGI 首席代表吃饭时，既不过分夸大自己的实力，又表达出想做事的诚意。他实事求是的态度最终打动了首席代表，为京惠达公司争取到了 SGI 的代理授权。

不久，周儒欣决定把京惠达公司搬到中关村知春路的中航科技大厦。

这里，有一大批优秀创业企业，是中关村创业最活跃的地区。被誉为“中关村民营科技第一人”的陈春先创立的技术服务部开创了科研衍生创业的先例，联想集团引领着中国计算机产业的发展，用友带火了中国软件产业，而 36 氪和创新工场等新型孵化器的出现催生和促进了互联网创业。知春路地区的创业活动，如同创业模板和业态标杆，引领着不同时期的创业潮流和产业发展趋向。

术业有专攻，专业的事必须由专业的人来做。把自己不熟悉的东西、不了解的事情交给专业的人来处理，是最好的选择。周儒欣此时想到了他的大学同学郭胜利，这位大学同学把 IBM 紫光代理的生意做得风生水起，正是他急需的人才。

当初为了节省 100 元跑遍中关村的周儒欣，此时不惜花费重金，将郭胜利“挖”了过来，任命他为京惠达公司的总工程师，同时成立 SGI 业务部，让郭胜利兼任该部门经理。

1995 年 10 月，京惠达公司参与某公司购买百余台计算机竞标。一同参与竞标的还有一家国际知名的计算机公司。这家公司跟踪该标已有两年多的时间。但京惠达公司凭借诚信的态度、严谨的作风、高超的智慧成功中标，签下了 200 多万美元的 SGI 计算机合同，并于当年上交企业管理局 50 万元。

后来，赵庆瑞回忆这件事时评价道：“周儒欣当时刚刚起步，头一次真正赚到了钱，就真金白银拿出一半的收益上交组织，这份忠诚与信誉，在艰难的创业初期尤为不易。这也说明周儒欣，一方面想干事，一方面确实对组织是忠心耿耿的。”

这件事也让京惠达公司扬名业内，同时也让公司上下信心倍增，周儒欣也从中看到了未来发展的曙光。

寻找市场的“缝隙”

1996 年，人们目光所及的是一幅玫瑰色的前景，消费市场空前活跃与繁荣，本土公司充满活力与激情。从全球范围来看，中国的渐进式改革看上去也是最成功的，而这时北方的俄罗斯经济正逐渐陷入困境。

在卫星导航领域，这一年，时任美国总统克林顿正式发布了国家 GPS 政策（PDD），明确表示美国在保护国家安全和对外政策利益的同时，推动 GPS 全球卫星导航系统的应用，助推了不少 GPS 产业界公司的快速成长。

周儒欣早在关注 GPS 卫星定位导航系统时，就对车辆监控系统产生了浓厚的兴趣。随着京惠达公司稳步发展，已有了生存基础，周儒欣决定把 GPS 监控系统应用作为公司的主营业务，逐渐剥离其他业务。于是，其他零散的业务逐渐从公司运营中撤出，周儒欣将实力与开发重点锁定在了 GPS 车辆监控管理方面。

GPS 车辆监控系统，是通过车载设备的接收天线，接收导航卫星发出的定位信号，再经过接收机解调处理，计算出车辆所处的大地经纬度坐标，再将经纬度坐标通过短波电台传送给监控中心，监控中心将经纬度坐标换算成地区平面坐标，并由监控程序在具有相同坐标系的电子地图上显示出移动车辆的当前位置。如此连续地接收、显示，就真实地再现了移动车辆的动态位置，由此就可以对车辆实施监控和管理。

GPS 车辆监控与管理系统主要朝两个方向开发：一是中心监控管理软件，二是车辆安装的终端设备。中心与终端之间用短波电台进行通信连接，需要开发一种模数转换调制解调器，以便将电台传来的模拟信号转换成数字信号，将中心传出的数字信号转换成模拟信号。

因此，要实现模拟信号与数字信号的转换，调制解调器的研发就成为技术关键。

由于调制解调器发出的声音会影响他人正常办公，因而，研发人员总是在下班后进行试验。

这个转换装置，由调制器和解调器两部分组成。调制器是把计算机的数字信号（如文件等）调制成可在电话线上传输的声音信号的装置，而在接收端，解调器再把声音信号转换成计算机能接收的数字信号。这样，通过调制解调器和电话线，就可以实现计算机之间的数据通信了。

开始发送数据时，调制解调器都会发出“嘟”的一声，断断续续的。经过几次反复试验测试后，终于“嘟嘟”声连续响起。这说明信号的连续发出和接收都正常了。那一刻，所有在场的人都兴奋得鼓掌相庆。这意味着技术又向前迈进了一步。

由于这一项技术革新，某部委通过了京惠达公司“GPS 车辆监控与管理项目”的申报，公司获得了 35 万元的资金支持，并将此技术成功地应用于银行运钞车的监控与管理上。

一鼓作气，持续发力。1996 年 5 月，周儒欣带领技术人员研发的“RDS/DGPS 移动目标监控与管理系统”，又一次获得了某部委卫星应用项目的经费资助。1998 年 3 月，他们研发的“JHD 多用途卫星导航定位仪”，也获得了某部委卫星应用项目的经费资助；5 月，他们成功开发出“第一代多用途卫星导航定位仪”；10 月，他们获得某系统的第一批订单。

连续几个项目都大获成功，周儒欣甚是欣慰。

京惠达公司在 GPS 应用领域的创新，不但使其在业内名气大增，也使周儒欣和他带领的这支队伍对未来发展充满信心。

机遇，从来不会对某一个人格外青睐，也不会对某一个人格外吝啬。就在京惠达公司在 GPS 应用领域大显身手的时候，又一个机遇降临了，这回周儒欣带领的京惠达公司会抓住吗？

“借船出海”做代理

1997 年 10 月，周儒欣从美国考察回来，开始密切关注刚立项不久的北斗一号，积极探讨其民用推广应用的可行性。

当时，周儒欣给某部委领导撰写了一份报告。在这份报告里，周儒欣谈到了未来企业经营的思路，更重要的是提出了要建立北斗一号应用推广中心。

当时，周儒欣此举是投石问路，探讨北斗一号推广应用的可行性。

不过，要切入北斗一号业务是一个漫长而艰辛的过程，也不是立竿见影就有效益的。周儒欣认为不能被动地等，而应做些其他业务来维持公司的运转。

GPS 业务 1994 年在中国才开始。当时著名的 Trimble 公司、ASHTEC 公司、NovAtel 公司在中国差不多都有了自己的代理公司。由于国内市场对国外 GPS 的需要，这些代理公司或多或少都实现了盈利。

虽然京惠达公司名义上是某部委所属公司，但某部委并未投入资金，未来也不大可能有资金投入，故只能自负盈亏，自我发展。当时这种自我滚动发展的公司，只有做国外产品代理才可以生存。

这让周儒欣更加坚定了自己的判断，先做代理，走一条引进、消化、吸收、再创新的业务路线，只有这样才能缩短中国与国际的差距。

巧合的是，1998 年，加拿大 NovAtel 公司的中国代理商更迭，找到了当时在业内已经颇有名气的京惠达公司。

NovAtel 公司是全球导航卫星系统（GNSS）及其子系统领域中处于领先地位的产品与技术供应商，是一家在美国纳斯达克挂牌上市的公司。自 1978 年成立以来，一直致力于精密全球导航卫星系统（GNSS）产品的研发与制造，同时也是著名的 GPS OEM 产品制造商。NovAtel 公司研制的高性能接收机、天线、组件是世界上许多高精准定位应用的核心产品，广泛应用于测量集成、导航、测控、航空、航海、自动化控制和授时等多个领域，产品优良可靠，口碑卓越。

这对于一心想要开展卫星导航业务的周儒欣来说，自然是不可错失的良机。

在与 NovAtel 公司代表的合作会谈中，双方均保持着相互促进、相互学习的态度。在这种坦诚友好的基础上，谈判进行得非常顺利。周儒欣说："你要是让我干，我肯定比别人干得好。"凭着诚信和信心，周儒欣打动了对方。当年 10 月 30 日，周儒欣与 NovAtel 公司的全球销售副总裁 Graham Purves 先生在北京中航科技大厦签订了京惠达公司作为NovAtel公司中国唯一代理的备忘录。12月3日，在加拿大卡尔加里市的NovAtel公司，双方又签订京惠达公司作为NovAtel公司中国代理的正式协议。

从此，与NovAtel公司合作就成为京惠达公司发展的重要支柱之一。

京惠达公司与NovAtel公司合作初期，非常缺少掌握GPS技术的人才。恰巧在此时，行业内举办了一次展会，机缘巧合下遇到了“撞”上门来的人才，他就是李建辉。

李建辉，1972年出生，河北定州人，1994年毕业于武汉测绘科技大学（现为武汉大学测绘学院）地球科学与测量工程学院测量工程专业，后来取得清华大学测量工程硕士学位。曾在北京市政公司任工程师。后来，他成为北斗星通联合创始人，曾担任两届总裁，后任北斗星通副董事长、华信天线董事长。

李建辉中等身材，神采奕奕，历经多年的打拼，他如今两鬓已略染风霜，黑边眼镜后的眼神依然明亮。而当年，他还是个26岁的小伙子。

测绘领域是当时最早一批接触美国GPS应用的专业领域。作为学测绘出身的李建辉，自然对美国GPS技术格外关注，甚至毕业设计都与GPS相关，他感觉卫星导航技术在未来的发展前景是极其可观的。

那天，李建辉去展会参观，当看到京惠达公司打出“导航仪”的招牌时，他不禁眼前一亮。这在1998年以前是非常创新的，这也正是京惠达公司在国内率先研制的产品。

李建辉所从事的工作与高精度卫星导航相关。当他看到京惠达公司的“导航仪”，仿佛找到了知音。这个行业的市场潜力和未来图景，早已让他跃跃欲试。于是，他当即拿了一张公司名片，后来又写了一封求职信，向公司表达了自己对于卫星导航技术应用的浓厚兴趣，并表示愿意为京惠达公司奉献一己之力。

就在京惠达公司急需相关人才的时候，人才自己“找”上门了，这样的机缘周儒欣怎能错过。于是，他很快便将李建辉招纳进来。

据李建辉回忆，当时刚到公司，他还不熟悉要干什么，周儒欣就让李建辉给员工做技术培训。从李建辉的角度来看，进入公司不久便得到如此重视，他心中暗下决心要在京惠达好好干下去，为公司发展尽自己所能。

周儒欣虽然一心想要做好 GPS 的应用，但公司内部管理层的意见并不统一，而且 NovAtel 的业务在当时并不赚钱。

作为同样看重 GPS 应用发展的李建辉，却十分理解周儒欣的选择。凭借自己的专业水平，李建辉很快便被周儒欣安排到了 NovAtel 代理业务部门并担任了主要负责人。

站在企业发展战略的角度，NovAtel 业务对于周儒欣来说是至关重要的一步棋，他早已做好了聚焦力量发展 NovAtel 业务的打算，而要走好这步棋，就要用好李建辉这样的专业人才。

后来，随着北斗星通业务的发展，2005 年，李建辉兼任导航产品事业部第一任总经理。其间，经历了测绘行业爆发、Trimble 低价竞争、NovAtel 资源维稳、代理业务持续稳定并发展壮大……时至今日，李建辉对 NovAtel 业务和导航产品事业部仍旧发挥着至关重要的作用。

当时，京惠达公司与 NovAtel 公司合作的 GPS 差分网络系统是重要支柱之一。这个系统可以向用户提供高精度的导航定位差分改正信息，还可以给用户提供定位系统的完好性和可靠性信息，确保用户使用安全可靠、连续完好的导航定位数据。

当初，与 NovAtel 公司签订的代理协议中有一条是这样的：要想成为唯一代理，首先要订下 20 万美元的产品。实事求是地说，当时签订代理协议时，京惠达公司并没有现成的客户，但由于看好 GPS 应用市场，周儒欣还是硬着头皮“吃”下了这 20 万美元的产品。这年年底，20 万美元的 NovAtel 板卡到货，京惠达公司账上几乎没有现金了。而那时，没几个人了解和掌握 NovAtel 产品的操作及应用。

这时，又有一个人加入了京惠达公司，他叫杨力壮。

杨力壮在大学学的是测绘专业，加入公司后，本来想搞技术的他，阴差阳错地做起了销售。后来，杨力壮曾担任北斗星通销售部经理、销售总监、销售总监兼 GPS 集成事业部经理，以及 GPS 系统事业部副总经理、事业部总经理。就在摸索销售的过程中，杨力壮的销售天赋被发掘了出来。

当时，为促进销售，周儒欣连续在《中国测绘报》上做 NovAtel 产品的广告，包括 OEM3 板卡和测量系统产品。但是半年时间过去了，只见 NovAtel 的产品广告，不见 NovAtel 的产品销量，公司有的人坐不住了，建议周儒欣停止在《中国测绘报》上做广告。但周儒欣仍坚持继续宣传，他相信坚持下去就有希望。事实证明，做 GPS 的代理业务也不是那么简单的事情。

正当公司上下为这 20 万美元的板卡眉头紧锁的时候，一个机会悄然而至——天津大港油田主动联系京惠达公司，希望获得 GPS 应用方面的产品和技术支持。

正是“山重水复疑无路，柳暗花明又一村”。

从 0 到 1 的突破

大港油田在天津市，东临渤海，西接冀中平原，东南与山东毗邻，北至津唐交界处，地跨津、冀、鲁 3 省市的 25 个区、市、县。勘探开发建设始于 1964 年 1 月，勘探开发总面积 18716 平方公里。大港油田具有特殊的自然环境条件，海滩坡度平缓、淤积严重，地质情况复杂、环境工况条件恶劣。

自 20 世纪 90 年代以来，GPS 技术在滑坡、崩塌、泥石流、地面沉降和地裂缝等各种地质灾害和重大工程建筑的变形监测中得到了广泛应用，取得了较好的效果。随着大港油田建设及管道业务的快速发展，他们迫切需要引进 GPS 高精度测量系统。

不熟悉石油开采流程的人很难了解石油开采会与 GPS 有什么关系。简单来说，油田在“钻井”之前需要对其中的油气数量、质量进行评估，因此要在油井周围打一圈探测点。这些探测点不是随意打的，其位置、方位都是有讲究的，需要通过 GPS 进行高精度测量。

可以说，这是一个 GPS 测绘的典型应用，对于正为产品销售发愁的京惠达公司来说的确是一个天赐良机。

周儒欣对此自然十分重视，分兵两路直奔天津。

一路是李建辉的产品演示。李建辉带着产品，马不停蹄直奔天津，亲自给客户演示 NovAtel 产品，产品演示非常顺利。

一路是杨力壮的客户技术培训。当时，给客户做培训的杨力壮自己都还没完全弄明白 NovAtel 产品，只好抱着 NovAtel 公司给的英文操作手册一边学一边教。最困难的是，NovAtel 产品人机交互界面的设计，类似于电脑的 DOS 系统，指令的操作要靠手动输入字符串，这也让英语水平有限的杨力壮感到有些吃力。这样的销售十分笨拙，但创业艰难，活下来是首要的。

最终，他们凭着认真负责的态度和坚韧的努力，实现了一个行业的业务突破。而这次业务突破，直接牵引出后来北斗星通的 GPS 业务线。

在当时，GPS 产品进入中国初期，基本是以测绘领域的应用为主。那时的测绘应用系统价格非常昂贵，一套产品能卖出上百万元的价格，只有电力、石油等大型国企才用得起。

测绘，是指对自然地理要素或者地表人工设施的形状、大小、空间位置及其属性等进行测定、采集。周儒欣和他的团队在大港油田做成的第一单业务，也属于测绘应用的范畴。

可以说，大港油田业务是“零”的突破，京惠达公司自然而然将测绘应用当作一个重要的方向来探索。

然而，天有不测风云。正当周儒欣想要甩开膀子大干一场的时候，从国家政策到部队规定，再到公司改制，都骤然发生了变化。

没有人知道，前方等待周儒欣的会是什么样的路?

一边是无奈，一边是梦想

1998 年 3 月，政府换届与机构改革中，国防开支的预算增加了近 13%，中央军委决定非作战部队不再搞生产经营。

1998 年 7 月 21 日至 22 日，当时的解放军原四总部在京联合召开会议，传达贯彻全国打击走私工作会议精神，落实中央打击走私重大决策部署，决定彻底停止军队、武警部队的一切经商活动。

从这一天起，中国军队撤出商海。

于是，1999 年 4 月，周儒欣无奈地脱下穿了 16 年的军装，领了 1 万多元的转业费，到北京市朝阳区安贞里派出所办理了北京市居民身份证，从一位中校军官转为一名北京市民。

副总经理迟家升等在公司工作的几位军人，也都按部队规定转业。

没有了可以依靠的平台，他们如同一直依赖着母亲的孩子失去了“娘”，很长时间无法适应，未来的生活完全要依靠自己。

这时，京惠达公司也作为远望集团公司的子公司，一并移交给了中国航天科技集团第一研究院。

历经此番“折腾”，京惠达公司的许多核心员工心态各异，内部风气也趋于萎靡。

终于到了 1999 年这个令人百感交集的年份，天安门广场在经过盛大的国庆庆典和澳门回归的狂欢之后，恢复了往日的平静。

而这一年，京惠达公司的发展已经陷入困境。

此时，周儒欣也有些茫然，但仍然想把京惠达公司继续做下去。尽管当时也有人劝他辞职，但作为京惠达公司的创始人，他无奈地说：“要走你们走吧，我是不能走的。”

不久，迟家升等一部分员工离开公司，自谋出路去了。

经过这一次震荡，京惠达公司人员锐减。

就是在这样的困境中，盈利较低的 NovAtel 业务依然受到周儒欣的格外重视，他决意将力量集中在 NovAtel 业务，将其作为公司唯一的业务板块发展起来。虽然步履维艰，但周儒欣对于 NovAtel 业务的发展前景依然抱有信心。

当时，周儒欣还是希望把自己的“一亩三分地”京惠达公司搞好。2000 年 1 月，经请示远望集团公司的副总经理同意，在 1998 年股改的基础上，继续推进京惠达公司的股份制改造。

然而，没有预料到的事情发生了。

2000 年 3 月的一天，远望集团公司的新东家、中国航天科技集团第一研究院的领导，要听取二级公司以上单位的汇报。

周儒欣代表京惠达公司汇报工作。当汇报到京惠达公司正在进行股份制改造时，时任远望集团公司的代理总经理突然打断了周儒欣的汇报，要求他停止工商变更登记。同时，这位代理总经理还派人立即收缴了京惠达公司的公章和财务章。

这匪夷所思的变故，让周儒欣感到莫大的委屈，眼泪也止不住在眼眶里打转。

虽然万般不解，虽然备感痛苦，但周儒欣最终还是无奈地选择了递交辞职报告。

先是无奈地脱下军装，再是无奈地坚守公司，最后是无奈地选择辞职，周儒欣内心感到极度的茫然。

没有了过去的待遇与生活保障，离开了自己打拼了6年多的京惠达公司，接下来的生活要如何继续？心中的梦想又该如何实现？

今天，我们知道，中国很多知名企业家都有类似的经历，如联想的柳传志、华为的任正非、万达的王健林，很多人当时选择创业，砸破“铁饭碗”，都是无奈的选择。

人生的岔路，再一次摆在周儒欣面前。

那一夜，周儒欣孤独地走在北京三月繁华的街头，仰望着一钩残月的夜空。他一支烟接一支烟地猛抽，不知走了多久多长，也不知抽了多少支烟。就在困惑与迷茫之中，他慢慢地走着，回忆着，思索着。

一个人的生命，犹如大江奔流，没有遇到岛屿和暗礁，难以激起美丽的浪花。

周儒欣想起了故乡的父母兄弟，想起了母校的恩师，想起了童年的贫苦，想起了求学的艰辛，想起了激情飞扬的大学生活，想起了军旅生涯的磨炼，想起了创办公司以来的风风雨雨，更想起了那次美国之行后自己心中的梦想！作为一个在农村长大的普通人，周儒欣没想到能上大学，而且还上了南开大学；没想到能成为一名军官，还成为叶正大将军的秘书……这些因政策变化带来的改变，改变了自己的人生路径。

苦恼无用，茫然无用，只有积极去适应环境，去奋斗。

当上帝为你关上一扇门，必然会为你打开一扇窗。就在这漫无边际的散步中，周儒欣忽然有了一个大胆的想法。事实上，这一想法再一次改变了周儒欣的人生。

正如诗人弗罗斯特的名诗《一条未走的路》中的句子一样：“深黄的林子里有两条岔开的路 / 很遗憾，我，一个过路人 / 没法同时踏上两条征途 / 伫立好久，我向一条路远远望去 / 直到它打弯，视线被灌木丛挡住……”

追梦的征程，虽然很漫长也很辛苦，但坚定者必将勇往直前。

这时，周儒欣正走到一个十字路口，抬头望去，交通信号灯由红变绿了……

中篇　追梦

“北斗”不仅是建设者的“北斗”，也是使用者的“北斗”，应用推广者的“北斗”，关心“北斗”发展的人们的“北斗”，是我们“共同的北斗”。它是国家自主创新战略的重要组成部分，它承载着我们导航强国的“共同的梦想”。

——周儒欣

第四章
梦想照进现实

开局在 2000

阳光，沙滩，海韵；石街，石巷，石阶……

远眺港湾渔船待发，青山悠悠，空灵飘逸；近观石屋鳞次栉比，亭台楼阁，错落有致；水天相接处波光粼粼，海鸟低空盘旋……犹如一幅美丽的山水画。这里，就是素有“画中镇”美称的浙江温岭石塘镇。

2000 年 1 月 1 日 6 时 46 分，新千年的第一道曙光在中国大陆首先照到这里，让这个名不见经传的渔港小镇声名鹊起。

进入新的千年，人类社会将全面进入以信息技术、“知识经济”为特征的新经济时代。

就在这一年，为了心中的梦想，周儒欣在经过深思熟虑之后，决定成立自己的公司。

从京惠达公司辞职后，周儒欣再一次翻出当初去美国考察回来后，向某委领导汇报的《赴美考察组考察报告》。他翻到“第二部分体会与建议”，一条条仔细认真地研读。这份报告中有两条建议尤为重要：一条是建议中国卫星导航应该对民用开放，具体建议是成立卫星导航定位工程中心；另一条就是建议对国外留学的技术人员给予高度关注，他们是中国高科技企业向世界水平进军的重要力量。

事实上，我国已于 1994 年启动了北斗卫星导航试验系统（北斗一号）的立项，开始卫星导航试验探索。

早在 20 世纪 90 年代初，周儒欣关注 GPS 时，就曾拜访过“双星定位系统”理论的奠基者、著名航天专家陈芳允院士，并亲自请教“双星定位系统”的有关问题。

陈芳允先生的结论是，北斗一号系统是一个起点很高的卫星导航系统，其潜在实力之强大，甚至可以在未来的发展与完善中，达到美国 Omni TRACS 系统近十倍的优势。Omni TRACS 系统只是租用了天空中两颗同步卫星的部分转发器，地面一个运营服务中心和车载移动终端，而我们正在建设的北斗一号系统的工作原理与其基本相同。

周儒欣至今还保留着陈芳允先生的手稿，对此格外珍惜。虽然老人已经离开，但他的科学精神和科技成果犹如天上的北斗，依然闪耀在人们心中。

但是，北斗一号能顺利推广应用吗？国外的留学人才能回到中国，为中国的高科技企业服务吗？自己能创建一个公司做北斗应用服务吗？

这一连串的问号，在周儒欣的脑海里不停地盘旋着，肯定，否定，再肯定……他再一次回想起美国之行的那个夜晚，以及自己心中的那个梦。

经过肯定、肯定不了的否定，才是可靠的否定；经过否定、否定不了的肯定，才是可靠的肯定。

他深知，仅有梦是不够的，所有待解的问题，都要在付诸行动后才能找到答案。

从 2000 年 3 月起，周儒欣用了将近半年的时间，走访了北斗一号相关专家学者和机关领导，做了大量的调查研究工作。周儒欣拜访了北斗系统工程总设计师、“两弹一星”功勋科学家、著名航天专家孙家栋院士，向这位 70 多岁的“战略型”科学家请教。孙家栋说：“现在是和平时期，你可以用 GPS；万一有风吹草动，GPS 用不了怎么办？俄罗斯在搞‘格洛纳斯’导航，欧洲也在搞自己的‘伽利略’导航，‘北斗’事关我们国家安全的重大战略。”他还说：“在和平时期，民用其实更重要。总之，一定要让用户觉得方便可靠。民用领域推进需要时间。老百姓会问，你天上的卫星可不可靠？性能稳定不稳定？他们会拿 GPS 和北斗比较。说句实在话，当年电视机刚国产化的时候，买电视机时我也要想想，是买外国的还是买国产的，这不是一个单纯的有没有爱国心的问题。所以，必须有一个市场对北斗认可的过程，强调‘北斗系统的重中之重在于应用’。”

科学家的教诲，给了周儒欣极大的鞭策和信心。

周儒欣又相继拜访了诸多相关专家、学者。原来北斗一号系统规划时，就是军民共用的系统，只是对民用没有具体的计划、相应的配套政策和配套的经费支持。当时，北斗一号计划于 2000 年 10 月和 12 月发射两颗工作卫星，主要有两个考虑：一是先把系统建成并能正常工作，二是先在军队应用。至于民用，当时尚未考虑。

专家、学者和领导的观点，给了周儒欣极大的鼓励和自信。

此后，周儒欣在与北斗一号相关科研人员的沟通中，发现这些科技人员充满建设激情、工作热情和奋斗精神，他们为建设涉及国家安全的重大基础设施和体现国力的北斗一号感到无比的自豪和光荣。同时，他们对周儒欣提出北斗一号对民用服务的想法也表示出极大的认同。

科研人员的认同，给了周儒欣极大的鼓舞与力量。

股神巴菲特曾说过：“人生就像滚雪球，重要的是找到很湿的雪和很长的坡。”

周儒欣从与科学家、专家、学者和领导沟通，再到与科研人员的沟通中，逐渐找到了那条“很湿的雪和很长的坡”，就是获得“北斗一号信息服务系统”项目立项，并成为承研单位，由此再推动北斗一号对民用开放，进而成为北斗一号民用运营商，从而实实在在地进入“北斗”。

2000 年，对中国经济来说是一个好年景。

在即将加入 WTO 的利好推动下，从年初开始，宏观经济就明显上扬，国内生产总值超过 8.9 万亿元，比上年增长 8%，企业经济效益有所改善。

这一年，各种经济现象风起云涌、层出不穷。这一年，中国人以前所未有的勇气主动求变，一些垄断企业在中国政府挥刀切割之下打破垄断，中国资本市场掀起狂澜，几乎所有业内大变革无不牵涉资本市场的风云变幻。

2000 年，对于正在迅猛前行的中国，的确是一个年代的坐标；对于许多与财富中国相关的事件和潮流，这的确又是一个起点。

垄断的坚冰在加速打破，民间资本勃然推进更为广阔、纵深的领域，中国人甚至要在经济的最高殿堂中恭迎它的驾临。

在如此广阔的经济背景下，周儒欣做出了一个成就他未来事业轨迹的决定，创办一个专业从事北斗应用推广与运营服务的公司。在当时，这也是中国第一家专业推广北斗民用的公司。

多年的社会阅历和知识积累，6 年的经营实践和商业经验，周儒欣心中早已种下的那颗梦想的种子，这一刻，在潜移默化中发挥了作用，破土萌发!

这个重大抉择，在以后的岁月里，改变了周儒欣的命运，同样也改变了一群人的命运。

俗话说：一个好汉三个帮。单枪匹马，难成大事。寻找一位合伙人，共同打造一片天地，患难与共，同舟共济，成为周儒欣当时考虑的第二个问题。

有道是“买卖好做，伙计难搭”。对于想干一番事业的人而言，找到一位同甘苦共命运的合伙人，其难度不亚于找一位终身伴侣。因为它关涉着“大家”，甚至关涉着“国家”。

此前的京惠达公司进行股份制改造时，几乎一半以上的员工都被列为股东，成了新形式的“大锅饭”，麻烦接连不断。这次，周儒欣很好地吸取了这个经验教训，下决心选择一位有共同的价值观、资源优势互补、有责任感和使命感的人，与自己合伙创办公司。

凭借着对国家卫星导航事业的理解，凭借着对人的洞察、对事的观察，周儒欣决定请年轻的李建辉作为合伙创始人，并与他商量一起创立新公司的计划。

当时的李建辉，到京惠达公司也不过两年时间，是一个小部门的经理，公司内部还有很多资历比他更老的领导。但周儒欣觉得，李建辉有专业能力、敬业精神、做人靠谱，是一名合适的合伙人。

一天，周儒欣突然找到李建辉来谈合作成立公司的事，这让李建辉颇感意外。在疑惑与欣喜之中，李建辉没有犹豫，一口答应下来，并开始积极协助周儒欣筹备新公司的创立。

为什么选择与李建辉合作？李建辉自己也不知道。直到多年以后，这个谜底才得以揭晓。

原来，2000 年，周儒欣曾与一位业内人士聊天，两人关系很好，说了一些真心话。那位业内人士谈到京惠达公司内部很混乱，很多人目标迷失，找不到发展方向，加之公司效益不好，直接影响了个人收入。于是，很多人便找到这位业内人士，在京惠达公司内部做起了窜货。当时一台手持（型）GPS 接机（或终端）要五六千元钱，随便倒卖出去一台便能有两千多元钱的赚头。周儒欣得知此事大为震惊，赶忙询问都有哪些员工有这样的行为。这位业内人士当然不能把谁做过这样的事透露出来，只是负责任地告诉周儒欣，他知道有一个人没做过，这个人就是李建辉。

周儒欣看重一个人的才华，但更看重一个人的人品。

这一次交谈，可以说让周儒欣对李建辉建立起了格外的尊重与信任。于是，在筹建新公司的时候，他首先就想到要与李建辉合作。

两人共筹资 60 万元人民币，开始了创办公司的各种准备。

因为北斗，也因为共同的梦想，周儒欣和李建辉把自己的命运和北斗紧紧地联系在了一起。

此后的岁月里，两人并肩作战，同甘共苦，书写了人生最美的传奇。

古语云：名不正则言不顺，言不顺则行不果。

新公司的创立，当然需要一个代表承载企业理想的名称与之共同成长。人如其名，同样，企业名称也代表着公司的形象，一个知名的企业往往有一个好的字号，这一字号不仅具有一般企业名称字号的标志价值，更具有一定的经济价值。

为了给新公司取一个好名字，周儒欣和李建辉一遍又一遍地查阅字典和辞海，草拟了很多名字备选，如“北京双星导航技术有限公司”“北京北斗卫星导航技术有限公司”“北京北斗星导航技术有限公司”……

“双星”的名字被否，是因为和青岛一家知名的制鞋公司重名；“北斗星”被否，是因为早已被一家做汽车的企业注册过了。最后，他们在北斗星这个名字上反复推敲，仔细琢磨。这时，不知谁说了一句，“如今通信越来越发达了”。他们立即在后面加了一个“通”字，即“北斗星通”，结果一切就“通”了，两人高兴地击掌相庆。

LOGO 设计，也就是公司标志的设计，在企业传递形象的过程中是应用最为广泛、出现次数最多，也是一个企业 CIS 战略中最重要的因素。

周儒欣和李建辉为这个初生的公司设计了一个让人过目不忘的 LOGO——勺形的大熊星座，LOGO 底色为高科技蓝，最外层是一个 C 形的半圆，既代表着中国——China，也代表着通信——Communication，中间的球形代表着地球，而北斗七星正好覆盖在“地球”上空，意谓“古有指南针指路，今有北斗星通导航”。同时也寓意着中国以北斗一号卫星的发射开启了卫星定位系统的新纪元，“勺星”则成为“北斗星通”的耀眼标识，“斗柄东指，天下皆春”，形象地诠释了北斗星通将卫星定位系统推广应用作为自己的历史使命。

李建辉后来回忆说：“这个名字就像是父母对孩子寄予的期望，起这个名字的时候我们就是想着推广北斗，认为这是一个非常好的发展方向，不管是对个人、对企业还是对国家都有好处。从现在来看，取‘北斗星通’这个名字挺好，经得起时间的考验，是挺成功的。”

于是，北斗星通带着一种雄奇浪漫的美感，携带着古老传统中的北斗文化信仰，透射出意气风发的现代科技趣味，还挥洒着“敢教日月换新天”的激情和壮怀。而且，这个名字把企业的命运和北斗事业紧紧地联系在了一起。

经过多年历练、技术研究、商业实战的周儒欣，已经对北斗系统的宏观大势和微观动态洞若观火，坚定了以导航事业为追求的信念。

2000 年的秋天，在周儒欣和李建辉眼里是最美好的季节。9 月 25 日，北京北斗星通导航技术有限公司获批。

从那天起，北斗星通就像一叶扁舟，驶入中关村的创业热潮中。从此，周儒欣开启了为梦想奋斗的日子。

9 月 25 日镌刻进周儒欣的人生轨迹，也载入了中国北斗产业的发展历史。此后每年的这一天，北斗星通都会以不同形式来纪念这个难忘的日子，逢五逢十，还要举行隆重庆典。

巧合的是，3 天后，也就是 9 月 29 日，李建辉从北京市海淀区工商局领回营业执照。这一天，正好是李建辉 28 岁的生日，正值最好的青春年华。

一个多月后的 2000 年 10 月 31 日和 12 月 21 日，我国在西昌卫星发射中心成功发射两颗名为北斗一号的导航试验卫星，一颗定位于东经 140° 的新几内亚岛上空，处于整个星座的最东面；一颗定位于东经 80° 的印度洋上空，处于整个星座的最西面。这两颗地球同步轨道卫星，构成了中国自主卫星导航的北斗一号双星定位通信系统。

两颗北斗一号的成功升空，标志着我国北斗导航卫星试验系统建成，我国成为世界上第三个拥有自主卫星导航系统的国家。北斗一号的诞生，解决了我国没有自主导航定位系统的问题。

北斗一号升空后，西昌卫星发射中心现场的工作人员无比激动。与他们同样激动的还有一批人，那就是北斗星通的员工们。

“首颗北斗导航卫星的发射具有标志性的意义”，周儒欣认为，这标志着我国的导航卫星系统已经从试验转向业务运营。

而且，伴随着北斗一号的建成，周儒欣如期创建了北斗星通。他坚信，期盼已久的机遇来到了。

笑傲苍穹的北斗导航卫星，刷新了关于空间与时间的信息，见证了北斗产业逐渐羽翼丰满，也延伸着周儒欣的想象力边界，指引着他奔向未来的征途。

当初成立北斗星通时，周儒欣此举在业内并不被看好。

曾有一段时间，周儒欣都不得不面对很多质疑和担心的声音：“美国 GPS 在中国市场已经被广泛应用，北斗产业化不知哪天才能看得见、摸得着？”“北斗卫星导航系统和产业化应用毕竟是两码事，万一以后没有市场、没有效益，靠什么生存？”……

但这些无法阻挡周儒欣，他相信自己的眼光，更相信国家发展北斗导航系统的战略意义。

从此，北斗星通人将自己的命运与梦想同“北斗”的命运紧紧联系在了一起，与所有“北斗人”的梦想紧紧地联系在了一起。

2001 年 3 月 1 日，北斗星通正式挂牌。这一天，又恰逢周儒欣 38 岁的生日。

梦想无法“彩排”

2000 年的中关村，是一片创业的沃土。北斗星通成立时，办公地址依然在中关村。

今天几乎没有人不知道中关村。中关村是我们国家的一个缩影。它偏居京城西北一隅，有着一部浮华悲凉的历史和一些偶然与必然交织而成的特色。

在中关村，新公司和新人物每天都在冒出来，速度和数量让人目不暇接。如今的中关村，即中关村国家自主创新示范区，是中国高科技产业中心，是中国第一个国家级高新技术产业开发区、第一个国家自主创新示范区、第一个“国家级”人才特区，是我国体制机制创新的试验田，被誉为“中国的硅谷”。

身处中关村，北斗星通成立之初，周儒欣同样也有自己的梦想设计。他结合自己的调研与思考，撰写了一份近 5 万字的商业计划书。这也是他至今引以为豪的杰作。

在这份商业计划书中，周儒欣详细分析了国际卫星导航产业的现状、竞争生态，并据此提出了北斗星通的融资需求、竞争策略和发展路径。

周儒欣分析认为，国外的导航定位和通信服务起步不过 10 余年时间，但发展十分迅速，2000 年整个卫星导航定位行业产值已经达到 85 亿美元。而我国的导航定位市场还处于起步阶段，存在巨大的成长空间，同时又未形成垄断型的大企业，因此是切入这一领域的最佳时机。

在周儒欣的规划中，搭建一条完善的基于北斗的导航服务体系，需要花费两年时间，前期投入共需要 5000 万元人民币。这是北斗应用推广尤其是推广至民用领域的基础。

换言之，周儒欣要做的，就是一桩拿 60 万元去搏 5000 万元的生意。一个人是否能成功，取决于两个方面的因素：一是外在的环境，包括社会大背景、人际资源及个体性的机遇；二是自身的头脑与意志。通常，这两者很难兼而有之，而这正是世界上成功的人总是占少数的原因。

商业计划不过是“纸上谈兵”，5000万元在哪里呢？反正天上不会掉馅饼，一切还要靠自己。

不照进现实的梦想是空想，但照进了现实的梦想，其历程总是充满了艰辛。

当时，北斗星通延续了NovAtel代理产品业务，但显然不能满足要求。因而，周儒欣做了两手准备，一手是努力开拓原有业务，另一手就是加快融资的步伐。

那时候，周儒欣拿着商业计划书到处寻找投资人，向人家解释什么是导航、什么是北斗，北斗的应用前景在哪里，会带来什么样的经济效益和社会效益。

那一段时间，周儒欣经常出差，在全国各地跑，被人拒之门外也毫不气馁。有时为了等待被接见，常常在会议室里一等就是三四个小时。更有甚者，头一天约好时间，等他按时间约定到达时，人家要不在开会，要不就是出差了，反正以各种理由拒绝见面。

这一时期，周儒欣寻找投资人几乎到了心急如焚的地步。

当时正值互联网泡沫急剧破裂期，投资人普遍对市场信心不足，许多人对北斗产业更是疑虑重重。虽然大多数人都不看好北斗，但意志坚定的周儒欣认准北斗系统有前景的信心丝毫没有动摇。

周儒欣始终相信，做一件事情，不管有多艰难，会不会有结果，这些都不重要，即使失败了也无可厚非，关键是有没有勇气解脱束缚，有没有胆量勇敢地面对。深思熟虑之后，周儒欣确定了两个主攻方向：一是延续代理NovAtel产品的业务，并积极拓展应用，积累资本；二是争取领导专家的支持，推动北斗一号服务项目立项并为主承研单位，打通北斗民用通道，拿下北斗民用的“入场券”。

其后两年的时间，北斗星通一手抓代理国外产品业务，一手抓北斗一号服务项目研制，“两手”全力推进。

由于周儒欣和李建辉与NovAtel公司建立了良好关系。因此北斗星通较顺利拿下了NovAtel业务的代理权。而“北斗一号信息服务系统”立项周期很长，直到2001年年底才完成立项，并由北斗星通作为总承研单位于2002年年底完成研制。

活下来才能生存

今天，当我们研究许多成功企业的发展历程的时候，会惊讶地发现，他们大多都是从代理产品、积累资本，然后再融合创新、合作创新，再走向自主创新的道路。比如联想、华为、中兴等，莫不是如此。

2001年2月15日，北斗星通与中国航天研究院的远望集团总公司签订协议，明确了由北斗星通承接并入其旗下的北京京惠达新技术公司的业务等事项。

这一年，是非常微妙的年份。

2001年9月11日，这是一个几乎没有任何预兆的日子。美国东部时间上午8点45分，一架波音767在飞离波士顿洛根国际机场不久后就被劫持，撞上纽约曼哈顿的标志性建筑——世贸中心的北楼。18分钟后，第二架飞机撞上南楼，曾经是“世界第一高楼”的世贸中心在烟雾中轰然倒塌。9点45分，接着又有飞机被劫持后撞向五角大楼一角，此次连环袭击造成3025人死亡。

“9·11”事件，让美国陷入了极度的恐慌之中，同时也引起了全世界的空前震惊。

这一年的11月10日，又是一个历史性的时刻。

这天下午，在卡塔尔首都多哈举办的世界贸易组织第四届部长级会议上，与会国家以全体协商一致的方式，审议并通过了中国加入世贸组织的决定。12月11日，中国正式成为世界贸易组织成员。世贸组织总干事迈克尔·穆尔对新华社记者说：“宣布中国加入世界贸易组织，是我一生最荣耀的时刻。”消息传来，兴奋之余的中国大地也夹杂着迷惘和不安。中国未来之路，让许多人看不懂、看不清、看不透。普通人根本想不到，这看似距离自己生活十分遥远的国家决策，将如何深刻地影响每个人的命运。

申奥成功、加入世贸组织，这一连串的大喜事一起挤到了 2001 年，令中国人在新世纪伊始就赫然有一种“大起”的感觉，一种前所未有的兴奋、幸福和满足感扑面而来。也正因为如此，“2001 是中国年”的说法不胫而走。

然而，2001 年的北斗星通却没有多少惊喜，因为当时的经营已经非常困难。而且，大部分成熟的、盈利的业务都被京惠达公司原来的两个副总经理分批带了出去，只剩下尚未成型的 GPS 业务。而且，核心业务人员也所剩无几。

在接管京惠达公司“烂摊子”的很长一段时间内，周儒欣脸上没有一丝笑容，他常常眉头紧锁、沉默寡言。北斗星通能不能“活下去”？北斗星通的未来在哪里？周儒欣和他的团队每天都在思考这个问题。

初创时期，虽然只有 24 名员工，但也要给大家发工资养家糊口。

合伙人李建辉在后来接受采访时说：“创业初期，他和周总最怕的就是月末，因为月末公司要发工资，一发就是好几万元，而公司的注册资本一共才 60 万元。每到发工资的时候，公司的财务人员就要催他：快去收一点应收账款，不然又发不出工资了。”

更艰难的是，销售很受掣肘，因为当时的北斗星通对 NovAtel 产品的把握仍然不到位。其根源在于 GPS 产品作为典型的高科技产品，其应用十分广泛，但又十分复杂。

当年，北斗星通在大港油田做成的第一单业务，也是属于测绘应用的范畴。因而，北斗星通自然而然地将测绘应用当作一个重要的业务方向来探索。但他们在探索过程中发现，市场方向可能出现了偏差。之所以出现偏差，是因为对 NovAtel 产品的理解不够深入，对应用场景了解不深。

一块 NovAtel 板卡可以应用到测绘、农业、渔业、林业、导航等各种应用系统的终端机中。也就是说，NovAtel 板卡在产业链中的位置比终端应用更高一级。因此它的产品以高品质、稳定、全面为主要特征，用一句流行语说就是“高、大、全”。

北斗星通后来总结说，NovAtel 公司做的其实是“B2B”业务，类似于“Intel-inside”，因此建议 NovAtel 公司起一个名字，叫作“NovAtel On Board”。

因此，北斗星通拿着 NovAtel 公司的产品去主攻测绘领域，就相当于个人组装电脑，除了核心的板卡，其他相对不那么重要的部件，包括电池、仪器箱、三脚架乃至数据采集软件等，都是自己买来的。从某种意义上说，当年的北斗星通似乎就是中关村一家靠组装电脑为生的商家。

然而，当时国外的竞争对手——包括 Trimble、徕卡、阿什泰克等，已经远远走到了前面。他们在测绘领域的终端早已做到了一体化，操作非常方便。

同样拿电脑类比，Trimble、徕卡等国际巨头们的测绘仪器已经变得像惠普、戴尔等品牌电脑一样简洁，板卡、声卡、CPU 都包装在非常美观的主机箱里。而北斗星通的产品，还像没有外壳的组装机一样，数据线散落一地，要等客户现场进行组装、调试。也就是说，北斗星通在用组装的电脑与惠普、戴尔等品牌商进行直接竞争，产品上的差距不言而喻。

今天的我们很难想象当时的北斗星通人是如何在这样的劣势下，在国内市场占据一席之地的。

事后，他们总结起来，还是离不开“诚信、务实、坚韧”这一贯的核心价值观。虽然产品外观差了一些，但北斗星通的销售团队诚恳、耐心、认真，为客户负责到底。比如，当年拿下大港油田项目之后，负责技术的杨力壮不辞劳苦地在京津之间来回穿梭，为客户解答技术问题。

随着对 NovAtel 产品理解的深入，周儒欣等公司高层认为，这种硬碰硬的竞争方式虽然能够生存，但并非长久之计，于是决定适应 NovAtel 产品的特点，转变发展思路，将目标市场转移到高校、科研院所、航空航天等领域。因为这些领域的终端应用更为复杂、细致、个性化，而 NovAtel 产品提供了丰富的二次开发界面，非常适合这些应用。

就这样，靠着对产品的深入理解和强有力的销售团队，靠着始终如一的核心价值观，北斗星通终于在板卡销售市场站稳了脚跟。这一业务在相当一段时期内，作为北斗星通的“现金牛”，有力地保证了公司的持续发展。

2001 年 9 月，正是金秋时节，在北京展览馆举行的第四届电子技术博览会上，北斗星通将全新形象的 NovAtel 产品首次亮相，引起参会者及业内人士的广泛关注。

到了 2003 年 11 月，当北斗星通携 RT2S 卷土重来的时候，中国的测绘行业被搅得天翻地覆。

北斗星通在 2001 年后逐渐减少了在测绘终端上的开拓，把主要精力放到了产业链的更高层面。在这期间，国内也有一些测绘行业的从业者渐渐发展起来了，包括后来成为北斗星通主要客户之一的中海达。

类似中海达这样的企业，原来的商业模式也与北斗星通类似，靠购买国外公司的板卡，然后组装出一套系统，卖给国内的客户。这样，北斗星通凭借 NovAtel 的板卡成了中海达等“集成商”的供应商。靠着代理产品，北斗星通在 2000—2003 年实现了业务的快速增长。

但是，好景不长。2003 年，北斗星通的 NovAtel 业务遭遇了重大危机——美国一家名为 JAVAD 的竞争对手推出了与北斗星通拳头产品类似的板卡业务，而且他们的价格更便宜，这一下子削弱了北斗星通的竞争力。几个大客户纷纷表示要更换供应商，NovAtel 的产品一下子滞销了。到 2003 年下半年，大约有 100 块板卡无论如何都卖不出去了，北斗星通的现金流面临着很大的压力。

之所以如此，还与当时突发的一种“病毒”有关。

2003 年，当缤纷的花絮将春天的美丽带来的时候，湿热的风也将一种病毒传递到人间。

这是一种传染性很强，可能导致人猝然死亡的严重急性肺炎，更可怕的是，它的病源尚未确定，所以被称为“非典型肺炎”。

虽然这个季节依然生机勃勃，春意盎然，但学校停课了，饭店停业了，商场人少了……生活，就这样被突如其来的“非典”打破了。

一场没有硝烟的战争，静悄悄地打响了。

谁也不知道这场灾难是怎么发生的，谁也说不清这场灾难还要延续到什么时候。总之，一夜之间，它便以一种神奇的方式降临中国大地，甚至波及全世界！一时间全国一片惊慌，一种前所未有的恐惧笼罩在北京的上空。那段时间，许多人几乎是谈“非”色变。而北京，则是“非典”疫情的重灾区。“非典”的不期而至，像一抹巨大而无形的阴影，笼罩在人们心头。

这种情况在一定程度上影响了销售人员外出推销的动力。很多人怕染上病毒，不愿出差，整天待在办公室里。

那时候，周儒欣和李建辉内心特别焦急，积压的上百块板卡无处销售。而在当时，一块板卡价格不菲。可以说，那时的北斗星通到了非常危险的时刻。

周儒欣吩咐李建辉出去跑一跑，尤其是广东地区。广东是北斗星通大客户中海达和南方测绘的所在地，周儒欣希望这样可以调动李建辉的主观能动性。

李建辉不吭声，周儒欣也不说话，两人就这样闷坐良久。

周儒欣说，坐着等死肯定不行，还是要到客户那里去，多去“磨”几次，说不定就会有转机。

正所谓“危中有机”。有一天，周儒欣在与南方测绘当时的总经理郭四清讨论时发现，有一款叫 RT2 的产品具有很大的降价空间。

当时，这一款产品在国际市场上的公开报价是 9000 美元，北斗星通在国内的售价大概为 10 万元。南方测绘、中海达用这款板卡做成的测绘终端则可以卖到 15 万元以上。然而 JAVAD 的产品进入后，10 万元的成本价就显得太贵了。因此，郭四清向周儒欣提出，RT2 这款产品在很多功能上指标做得太高，其实是浪费，能不能把指标降下来，然后把价格做到 10 万元以内。

危中寻机，周儒欣敏锐地抓住了这个机会。他仔细研究了 RT2 和市场需求之后发现，确实存在这个可能。

NovAtel 公司的市场战略是“NovAtel On Board”，在产品功能上追求的是“高、大、全”，这样它的板卡既能用在测绘上，又能用在航空上。但测绘的指标需求显然比航空低得多。比如，在输出频率上，测绘行业只需要 1Hz，即每秒输出一次采样数据就够了，而 RT2 则可以达到 20Hz，这是极大的浪费。换言之，如果关闭一部分软件功能，等需要的时候再开启，这样指标降下来，产品价格也会大大降低。

然而，这个请求遭到了 NovAtel 公司方面的反对。作为一家成熟的全球性企业，NovAtel 公司有着非常稳定的全球价格体系，如果降价，则会引起其价格体系的失衡。为此，周儒欣反复跟 NovAtel 公司沟通，讲述必须降价的理由，尤其是在客户需求不高、资金不充足的情况下，不降指标和价格就是死路一条。

经过反复磋商，在磨破了嘴皮之后，周儒欣终于说动了 NovAtel 公司高层，同意降低产品部分指标和价格。

就这样，一款崭新的产品——RT2S 诞生了。S 代表“Special”，意思是这款产品是为中国测绘市场专门定制的。

RT2S 以其低廉的价格和极好的适应性，赢得了客户的青睐，并迅速打开了国内市场。当年销量增长了 200%，在国内高精度卫星导航集成市场上的占有率也迅速飙升到 80% 以上。由此，北斗星通成为 NovAtel 公司在全球最大的分销商，成功缓解了眼前的危机。

2000 年之前，测绘产品是非常昂贵的，动辄几十万元、上百万元。北斗星通的这一创新，完全颠覆了国内市场乃至国际市场，逼迫国外竞争对手一路降价，市场平均价已经控制在合理空间。

这次价格战，让周儒欣意识到“产品经理”的重要性。

相比于今天，2004 年，产品经理还是一个不为大众所熟悉的概念。周儒欣把产品经理的精神总结为“用户前台”，即时刻站在用户的角度思考问题、发现问题、解决问题。

2006 年 3 月 28 日，周儒欣在接受《测绘通讯》杂志采访时指出：“其实对于北斗星通公司来说，我们在北斗一号业务方面所做的工作源于原始创新和集成创新。我们的愿景是一切资源都为了这样一个目标。一方面，我们采集和研究国内 GNSS 的需求；另一方面，我们把这种需求加工融合，提出设计，准确地传递给 NovAtel 公司。现在我们又在这个基础上联合推出了 BDNAV 新的产品，这是 GPS 中国制造的首选产品。BDNAV 系列产品的推出，标志着拥有中国自主品牌的多系统卫星导航定位产品，已经能够和国际顶级卫星导航定位技术保持同步，为中国卫星导航定位产业化的发展开拓出了一个全新的应用模式和商业模式。可以说，北斗星通走出了一条引进、吸收、合作创新之路，是中国 GNSS 产业领域里一种全新的应用模式和商业模式。我们将继续加大与 NovAtel 公司在更多更深领域的合作，不断创新，推出适合中国用户的产品。”

就这样，北斗星通从纯粹的“卖产品”，渐渐开始参与产品改进和研发创新，具备了一定的知识产权，其“高科技性”更为明显。

事实上，北斗星通早期通过代理 NovAtel 产品，与国际先进技术成功接轨，以 NovAtel 产品成功运作，实现了与市场的对接；以合作创新，加速中国卫星导航定位产业化进程，让北斗星通一步一个脚印地走在了良性发展的轨道上。

决胜天津港

天津，距离北京 137.2 公里，是北京通往东北、华东地区铁路的交通咽喉和远洋航运的港口，有“河海要冲”和“畿辅门户”之称。

天津港项目是北斗星通在系统应用的范畴中，打响的第一个攻坚战。

周儒欣将北斗星通的 GPS 业务总结为“产品 + 系统应用 + 运营服务”。所谓产品，就是板卡类业务，而系统应用则是产品业务的升级版，是“大活”。

天津港地处渤海湾西端，位于海河下游及其入海口处，是我国最早开展国际集装箱运输业务的港口。由于地处寒冷的华北，冬天下雪时，常会被积雪覆盖住集装箱堆场，现场的工作人员无法凭借肉眼看到相关标志信息。在这种情况下，全港只能停止作业进行清雪。接触过港口作业的人知道，港口业务是非常繁忙的，像“印钞机”一样不停工作，耽误几分钟就是几十万元乃至上百万元的损失，假如扫上几个小时的雪，其中的损失之大不难想象。

2001 年，天津港高层领导在参观调研了国外先进港口建设的做法后，也初步形成了这样的共识：能不能像军队里指挥战斗机编队一样，在控制室里能随时观测到每个集装箱的位置，如此就不会因为扫雪导致停工了。基于此，3C2S 项目被提出，即基于 3C2S（Computer——计算机，Communication——通信，Control——自动控制，GPS——全球卫星定位系统，GIS——地理信息系统）的数字化监控平台，解决码头冬天雪后无法作业，以及轮胎吊司机作业不受控而发生的后来找不到集装箱等长期困扰码头的难题，并进而提高码头作业效率、降低生产成本、减轻职工劳动强度、避免作业事故、提升港口形象。

在当时，打造一个国际一流的集装箱码头，国内还没有成功的先例。周儒欣听闻这个消息，认为这是一个好机会。

“当时听说天津港集装箱码头要上 GPS 项目，虽然客户的选型是 Ashtech GPS 接收机，我们还不具备系统集成能力，但我们还是决定去试着寻找机会。”杨力壮说。

2001 年，负责踩点的杨力壮带着北斗星通代理的 NovAtel/GPS 设备前往天津港，第一次到码头的机械化现场，看到像河流一样快速穿梭流动的集装箱，他的第一个反应是：“要是拿下这个项目，我们就发了。”他想的是，假如每个集装箱都安装一块 NovAtel 的板卡，那就是几万块板卡的销量，公司成立至今都没接过这么大的单子。

但是，与天津港主要技术负责人刘振鹏高工交流过之后，杨力壮傻眼了。原来天津港不是要买产品，而是需要一个解决方案，一个基于高精度 GPS 应用的系统解决方案，从而实现集装箱码头管理信息化和作业自动化。这对于国内绝大多数同行来说都是很难想象的。

当时，天津港从系统规划的角度考虑，先进行与 GPS 配套的计算机系统和网络系统建设，GPS 项目暂不启动。在客户现场，杨力壮反复测试 NovAtel 的 GPS 设备，NovAtel/GPS 性能给客户留下了良好的印象。虽然客户从系统效能的角度考虑，GPS 项目暂不上马，而是先进行与之配套的计算机系统和无线网络系统的建设，但北斗星通已经在天津港挂上了号，并建立了联系。

两年后，2003 年 6 月，正是“非典”横行的时候，天津港方面打来电话，拟邀北斗星通公司参与天津港可视化系统投标。

天津港港口业务的曙光，让北斗星通看见一个崭新的业务方向，这个项目对于北斗星通来说是一展宏图的大好机会。因而，北斗星通上下踌躇满志，摩拳擦掌。而且，中国除了天津港，还有很多港口也面临着相似的问题。倘若拿下天津港项目，北斗星通获得的不只是经济收益，还有发展和成长的巨大空间。当时，大多数企业都是靠卖产品、卖仪器起家的，要解决这样一个复杂的系统难题，真是心有余而力不足。北斗星通虽是代理 NovAtel 的 GPS 设备起家，但在系统集成技术方面还是空白。

更严苛的是，天津港提出了“以空间换技术，以时间换价格”的项目策略。

所谓“以空间换技术”，指的是天津港独特的招标策略，即国内外所有企业都可以参与尝试系统搭建，天津港全面提供港口控制系统平台、设备和网络，但不做任何资金投入，任何企业只有在一个多月时间内搭建起一个能够运行的系统雏形，才能参加下一轮的竞价谈判。

换言之，这一个月时间是一次正式的“预招标”，但假如最后未能参与竞标或者竞标不成功，企业这一个月的资金、人员、设备、研发投入都相当于打了水漂。

“以时间换价格”指的是，经过长期的多轮谈判，价格也会随着时间被压到最低。

面对这种“不对等的现实”，当时许多国内同行感到条件太苛刻，不战而退。周儒欣在与北斗星通高层开会讨论后认为，港口市场潜力巨大，港口业务是一个极为重要的方向，具有极大的成长空间。中国北方除天津港外，还有其他许多港口都面临同样的问题。虽然甲方条件严苛，甚至盈利空间非常有限，但这个机会不能错过，只有背水一战，才能绝处逢生。对此，北斗星通决定将天津港项目当作战略项目来做，只许成功，不许失败。

接到通知的第二天，总工程师秦加法和时任 GPS 集成部经理的杨力壮就动身前往天津港，进行需求沟通和初步技术交流。他们向天津港方面详细介绍了北斗星通的最新情况、承担过的项目、技术团队，使客户对公司已形成的技术研发和系统集成实力有了新的认识。另外，他们也系统了解了客户拟建系统的背景和需求，为后续投标奠定了基础。当时，客户为了保证项目成功并节约经费，邀请国内外多家公司参与项目前期背靠背试验验证演示和投标，最后选择一家主选和一家备选厂商进行合同谈判，而前期费用由各参与厂家自行负担。

周儒欣看准了港口市场的潜力，专门组建了由陈智副总工程师牵头的技术团队，进行验证演示系统的开发。

最终，国内外共有 7 家公司接受了天津港的招标条件。

2003 年 9 月，北斗星通接到通知，可参与天津港项目的试验验证演示和投标，但同时也被告知，竞争会非常激烈。7 家公司中还包括了芬兰爱维可这样的世界知名公司，以及一些国内实力雄厚的大企业，北斗星通只是一个刚组建了三年的几十人的团队，是其中力量最弱小的。就这样，北斗星通的技术团队进驻了天津港。

刚开始，团队成员还是充满信心的，但当接触到天津港的集装箱码头操作管理系统时，还是被当头浇了一盆冷水。

天津港的集装箱码头操作管理系统，购买自世界知名信息化实施企业COSMOS，出于知识产权的考虑，COSMOS 拒绝开放其系统接口和数据库。也就是说，团队成员必须在“摸黑”的情况下进行系统的建设、接入和操作，其中难度之大，对计算机稍有了解的人应该都会清楚。这让项目组成员始料未及。

更重要的是，集装箱码头操作管理系统是一个港口的“大脑”和“神经中枢”，所有港口信息都要在其中存储、运算、流通，不容许出现一点点的闪失。如果系统崩溃，那造成的损失何止以亿元计。因此，天津港方面要求，千万不能用暴力手段去破解港口的“大脑”。这就要求，北斗星通的技术人员必须非常小心地进行系统设计和数据获取，避免与“大脑”发生冲突，其心理压力可想而知。

压力面前，有人迎难而上，有人心猿意马，心生退意。当时，北斗星通的技术团队中一个核心成员因承受不了压力而提出辞职。为此，周儒欣亲赴天津港，请这位员工吃饭，苦口婆心地安慰他，但这位员工不为所动，执意离开了。后来，又有一位博士接手了这位员工的工作，但最后也离开了。这让项目组的士气明显受挫。而且，项目成员大多是新员工，技术实力还不够过硬。虽然准备了两个多月，但在进行现场验证的时候，还是遇到了很大的困难。在离截止时间只有三天时，验证演示系统离客户的要求仍然有很大的差距。

可以想象，周儒欣在当时承受的压力有多大。员工受不了可以辞职走人，但他是老板，多重的担子都要扛下来。

离演示的时间只有三天，几乎是迫在眉睫，周儒欣当即决定请公司总工——系统集成“大师”秦加法立即赶赴天津港“救火”。

秦加法19岁毕业于浙江大学自动化系，被人称为“天才少年”。他在加入北斗星通之前，在某研究所任研究员。2002年5月加入北斗星通，任总工程师。

秦加法赶赴天津后，马上发挥了其专业优势和快速学习能力，迅速扭转了局面。他与项目组一起分析操作进展情况和形势，确定关键演示内容，并查找问题，集智攻关，带领团队探索操做出路。COSMOS不开放接口和数据库，那就曲线救国，在其系统的数据流出时使用技术手段进行截取，然后自行设立数据库；害怕干扰到主系统，那就在两者之间设置防火墙，然后定期对两个数据库中的数据进行同步，消除数据误差；主系统采用DOS系统，无法建立中文页面，那就采取点阵的方式，以图形数据的形式显示中文。

功夫不负有心人，在秦加法的运筹下，一个个问题相继解决。

经过三个昼夜的奋战之后，演示系统终于能够联合运行，并展示出客户所要求的基本功能。

虽然第一次演示没有完全达到标准，但是让天津港看到了项目组临危不惧、敢打敢拼的精神，敬业、专业的品格，以及整体技术实力。因此，天津港方面同意北斗星通推后进行再次演示的请求，而且提出下次可以着重演示承担的轮胎吊移动站功能。

后来，秦加法在发表的论文《GPS在集装箱码头作业监控管理中的应用》中，详细阐述了移动站GPS接收机配置原理。论文的理论总结正是源于当时百余次的实战验证。

于是，北斗星通重新整合队伍，加班加点地进行演示系统的研发。2003年10月中旬，在地面模拟演示时取得了成功，展现了天津港要求的所有功能。但在上实车进行测试时，却出现了比较蹊跷的事情。

当时模拟演示时，放在码头办公楼窗台上进行实车测试，可以连接到中心服务器的数据，获取数据的无线终端；而放到轮胎吊上进行实车测试，却不能从COSMOS数据库中获取到作业指令信息。顷刻间，黑暗再次阻隔了黎明的到来。这意味着公司的第二次演示仍然不成功。

眼看着心血就要白费，即将要出局，项目组一片沮丧，个个垂头丧气。

难得的是，被北斗星通实干精神打动的天津港方面又给了他们一次机会，允许进行第三次演示。

这是绝境中最后的希望，北斗星通不容许再出现任何环节的失误。

经过缜密的研究，北斗星通改变了与 COSMOS 的接口方式，由原来通过与远程 COSMOS 数据库间接交互，改为在移动终端本地直接识别屏幕上的作业指令信息，消除了从远程数据库获取数据时存在的不可控因素，验证演示终于在 2003 年 11 月中旬取得成功。

随后，北斗星通又将作业指令获取方式，改为通过网络侦听获取作业指令的形式，进一步提高了其适应能力，得到了天津港方面的肯定。

在这几轮的技术开发中，北斗星通技术团队表现出了严谨细致的工作作风和敬业精神。许多技术人员在工作时，不知不觉地就抱着电脑睡着了。这种“韧”劲，彻底征服了天津港方面的领导和专家。

万里长征终于走过雪山草地，看到了曙光。北斗星通在“以空间换技术”中赢了，而“以时间换价格”将又是一战！

当时通过技术验证的公司只剩下 3 家，接下来就是“刺刀见红”——拼价格了。

周儒欣亲临天津港坐镇，亲自把关标书的编制。秦加法负责技术文件编写，杨力壮负责商务标书编写。

技术文件编写对秦加法来说，是熟练工种，但他也不敢有丝毫的懈怠。他对所用名词、文字、术语、符号、代号，进行了认真细致的审核，力求做到正确、严谨、朴实、简洁、流畅。

而负责商务标书编写的杨力壮，查阅了大量材料，用几天时间组织材料，绞尽脑汁，把电脑“累得”死机了，而近乎完成的标书也消失不见了。没办法，只好重新开始。那种折磨几乎让人崩溃！几番折磨，就是几次修炼。杨力壮后来说，天津港项目给他的锻炼和启示太多了。

周儒欣则对整体标书进行了反复修改，力求标题排列、图表绘制、文字书写清晰醒目、规范统一，整体近乎完美。

标书于 2003 年 11 月底提交至甲方。考虑到天津港方面的各种苛刻条件，北斗星通群策群力，解决了商务谈判中客户提出的各种难题，并于12月顺利通过了天津港方面组织的技术咨询。

这时候，天津港“以时间换价格”的策略开始发挥威力。说白了就是不怕拖，一轮一轮地磨，一定要把价格磨到最低。

时间已经到了2004年6月，仅谈判过程就消耗了整整一个月。周儒欣为此亲自指导并参与了商务运作及商务谈判，多次不辞劳苦亲自驾车前往客户驻地进行商谈。

最终，北斗星通力压群芳，凭借综合优势于2004年7月中标。2004年8月5日，合同签订仪式在天津泰达中心酒店举行。

在合同签订现场，最醒目的莫过于那近乎成年人身高的“签字材料”，内含商务合同、技术方案、售后服务条款……一个主合同下又有九个附件，合同一式六份，每份几百页。其中每一份都有近10厘米的厚度，全部摞起来比一个成年人身高还高。而且，要在每一页上签字，杨力壮说：“那是我第一次签合同，签到手抽筋。”

合同签订后，天津港刘振鹏高工开玩笑而又意味深长地说：“合同大家签得很辛苦，接下来你们有两条路可选：第一条路，天津港是甲方，合同细节我们非常清楚，我们就按合同一条条过，将来肯定是有你们吃苦头；第二条路，我们就当这些合同是一堆废纸，放在一边，大家都是合作伙伴，我们已经在一条船上，精诚合作，共同把项目做好！”

刘振鹏高工的这番话是肺腑之言，让北斗星通项目成员由衷感到，商务合作中一定要与客户真正成为朋友，想客户之所想，急客户之所急。这也就是后来周儒欣总结的“要坚持用户前台”。

虽然签订了中标合同，然而，后续的项目实施依然存在着风险和挑战。

验证演示阶段确定了系统构架，并解决了与码头操作系统的交互这个关键技术问题，形成了轮胎吊移动站的原型，但项目实施时，要完善移动站软件、新研中心处理软件、二维调度软件、三维监控软件、系统监控软件、系统维护软件等，进行COSMOS码头操作系统每个接口的摸索和调测，40多台控制器的研制生产和安装调试，场区沉降的补偿、三维建模和速度调优、双机热备高可靠性系统的调试，并受限于原有的计算机、网络和数据库环境、不能影响生产作业、高空作业等条件，项目实施任务紧、工作量大，其压力可想而知。

北斗星通组织了精干高效、技术过硬的项目组，先是在北京封闭开发了一个多月。

当时，国庆节假期还没过完，项目组就奔赴现场进行系统调试。项目组为了给公司省钱，租住在条件比较简陋的民房，每两周休息和回京一次，十几个人就这样住了半年。这半年中，他们到公司开会或办事，被戏称为到北京“出差”。项目组成员有的是新婚燕尔，有的正处于热恋，有的小孩需要照料，但大家都为了项目的顺利完工，无任何怨言。

项目组每天要工作到晚上 10 点以后，而生产环境测试阶段更是要工作到凌晨。在烈日下，在寒风里，一遍又一遍在近三十万平方米的集装箱堆场测试和核对数据，一趟又一趟攀爬二十多米高的龙门吊，进行设备和软件的安装及调试，并且一次又一次对软件进行测试和改错，对界面进行美化，对性能进行调优。

2004 年年底，天津港“集装箱码头生产过程控制可视化管理系统”正式投入试运行，并经过三个多月的完善达到了预定的目标，于 2005 年 3 月 28 日通过客户验收。

2005 年 3 月 31 日，“天津港集装箱码头生产过程控制、可视化管理系统完成暨正式运行”新闻发布仪式在天津港举行，云集了国内很多港口的高层领导。

就在新闻发布会上，周儒欣把象征系统的诚信宝鼎，正式移交给天津港集装箱码头有限公司总经理薛翎森。

随后，周儒欣发表了讲话：“北斗星通高质量完成天津港集装箱码头有限公司系统集成，而且系统软件售后终身免费维护。我们把北斗星通客户定制化软件和 NovAtel 高精度、高可靠性的 GPS 技术相结合，为港口市场提供了具有强大功能的系统解决方案。随着港口市场的不断发展和我们为此付出的巨大努力，我们深信已经为成为业界领先者做好了准备。”

这番讲话使天津港人甚至在场的各方专家领导，看到了一个企业家的魄力。而且，北斗星通也从此在各大港口公司高层心中树立了“北斗星通”品牌。

可以说，天津港项目成为北斗星通港口业务的“样板间”，甚至国外的官网都对此给予了高度评价。北斗星通以此为基础开拓了多个港口的类似业务，奠定了“产品＋系统应用＋运营服务”业务三角中最重要的一环。

天津港的胜利，是北斗星通“集中优势兵力打歼灭战”的典型应用。通过这次新闻发布会，北斗星通打开了与其他港口码头的横向联系。之后，他们在国内港口码头业务中占尽了天时、地利、人和。

拿下天津港集装箱码头有限公司项目后，周儒欣和项目组成员对着中国地图，开始全面布局市场战略，逐一打开“环渤海地区、长江三角洲地区、东南沿海地区、珠江三角洲地区和西南沿海地区”港口的大门。

北斗星通以“树立样板工程为核心，在每一个港口建立核心工程，然后辐射周边”这一空前的市场战略，在国内港口“基于位置的信息系统应用”业务方面取得了空前的业绩：

2004 年 10 月，中标上海振华港机（集团）股份有限公司 NovAtel 公司 GPS 供货合同；

2005 年 10 月，中标天津港项目二期项目；

2005 年 12 月，中标南方某大型港口 GPS 产品二期项目；

2006 年 1 月，中标深圳盐田国际集装箱码头有限公司 GPS 产品合同；

2006 年 4 月，中标深圳赤湾集装箱码头有限公司（CCT）集装箱作业监控管理项目；

2006 年 9 月，中标上海海勃物流软件公司“上海洋山深水港区二期工程码头营运系统（GPS 定位系统）项目”；

2006 年 12 月，中标“宁波港北仑第二集装箱有限公司生产过程与设备可视化管理系统项目”；

2007 年 9 月，中标“天津港北港池集装箱码头三期工程生产过程可视化管理系统项目”。

之后，北斗星通又先后拿下了印度钦奈港、土耳其伊兹密尔港口 GPS 项目。

多年后，北斗星通的一个竞争对手在事后分析失败原因时说：“我们把这个项目当成一个单子在做，而北斗星通却把这个项目当成一个业务方向来做，当作公司未来生存的项目来做，投标开始之前，从战略高度和重视水平上就已经分出了胜负。”

凭着一流的决策力、一流的执行力，北斗星通成功拿下天津港项目，填补了国内港口的空白，给挣扎在生存线上的公司铺垫了一种巨大的心理势能。

2004 年 8 月，NovAtel 公司总裁兼首席执行官 Jonathan W. Ladd 向中国区唯一授权代理北斗星通董事长周儒欣发来热情洋溢的贺信，热烈祝贺北斗星通所取得的这一“令人惊喜，鼓舞人心”的卓著成绩；这一成绩的取得表明 NovAtel 公司在中国的战略决策及北斗星通的战略决策是正确的；中国市场是 NovAtel 公司全球业务增长最快的地区，已成为 NovAtel 公司业务飙升非常重要的因素。他表示将进一步加大对北斗星通的支持力度，扩大在中国的市场份额。

这时候，北斗星通的主要业务包括北斗业务、系统集成业务（港口业务）和 NovAtel 产品代理业务。事实上，北斗星通业务严重依赖 NovAtel，而 NovAtel 又严重依赖测绘大客户，非测绘业务长期处于低迷状态。

为了投入专业力量更好地组织和开展非 NovAtel 业务，发展 NovAtel 的非测绘业务，北斗星通决定成立 GNSS 产品事业部。

在此之前，周儒欣满脑子想的都是如何让刚刚成立的北斗星通生存下来。而生存下来，就是代理 NovAtel 公司的产品。那么，此时需要的是逐步摆脱对 NovAtel 产品的依赖，进行原始创新、集成创新和合作创新。

然而，这一切，会按照自己的设想顺利实现吗？

拿到 001 号“入场券”

早在 2000 年年初，周儒欣向远望集团提出从京惠达公司辞职后，就投入到成立新公司的立论调研工作，并得出结论：要想从事北斗应用推广，最可能的切入点是抓住北斗一号短报文功能，从事北斗一号的运营服务。而从事这一业务，从技术角度来说，必须建立北斗一号控制中心对民用服务的通道。经与专家和机关充分沟通论证，“北斗一号信息服务系统”项目可以解决这一问题。而从政策角度，必须获得有关部门的批准，并建立一套适宜的民用体制机制。

当时，北斗一号尚未升空，周儒欣就向有关部门提出，申请卫星应用方向设立“北斗一号信息服务系统”研制立项，并说：“为这事我做了很多年的准备，我是下定决心做这件事，我一定会做好这件事，我相信到目前很难有人有这样的决心，做了这么多的功课，恳请得到领导的大力支持。”

有关部门的几位领导异口同声地说：“这事太大了，必须向更高层领导汇报。”

周儒欣做过秘书工作，也认识更高层的领导，只是如果直接去找领导，他怕自己分量不够，万一被否，更难突破。

“北斗一号信息服务系统”的立项确实是一件大事。该系统是管理机关与北斗一号中心控制系统进行信息交换的技术平台，可满足各级管理机关和下属单元大规模联合应用北斗一号系统的需要，全面提高管理控制系统的定位保障能力，向多种用户提供数据传输服务，在抗震救灾保障及民用信息服务中发挥重要作用，并推广应用到多种保障任务中。

而在当时，推动北斗卫星导航系统对民用的服务，对于尚处于创业初期的周儒欣来说，可谓“蜀道难，难于上青天”。这种难，不仅仅是资金，还有技术条件和政策都不具备。

当时，北斗一号卫星导航系统还是一个封闭的系统，从技术条件来讲，我们是封闭体制，不对外，没有出口。从政策来讲也不行，国家政策不允许民用，所以要推动这件事，必须解决政策许可和技术难题。

受高通公司 Omni TRACS 的深刻启发和北斗一号的强烈吸引，北斗星通创立的目的就是从事北斗一号运营服务，但当时北斗一号并不具备运营服务的技术条件和政策条件，一家小小的民营企业要想从事北斗一号的运营服务业务，可以想象是多么困难的一件事。

因而，周儒欣的基本思路逐渐形成：必须首先得到北斗有关部门的认可和支持，必须建立技术条件，必须推动政策许可。

为了“北斗一号信息服务系统”的立项，周儒欣整整琢磨了半个月，最后还是决定去找自己的老领导叶正大将军。

周儒欣做叶将军的秘书时间并不长，但他和老领导之间是有深刻的情感交流的。不仅仅是人之常情，更是在家国情怀上的高度契合。

时间倒回 1999 年 1 月，正是春寒料峭的时节。

当时，叶正大将军即将离开北京，移居到家乡广州。

这年 1 月 14 日晚，周儒欣设宴为叶正大将军送行，很多高级领导都出席了。大家都是老战友或老同事，彼此见面，相谈甚欢，其乐融融。

让人没想到的是，宴会刚刚开始，叶正大将军突然端起满满的一杯酒，对在场的各位领导说：“这一杯酒，我要先代周儒欣敬各位！”

正在倒酒布菜的周儒欣一听，急忙站起来阻止：“首长，这怎么能行？”叶正大将军看了看周儒欣，又看了看在座的各位领导，说道：“你听我说，我有话要对几位领导讲。周儒欣是我众多秘书中最优秀的，他很正直，很要强，从来不求人，有难处自己扛，特别是他干了一件让人佩服的事，推动北斗产业应用。我就要离开北京了，如果小周有事找到各位，那一定是碰到大事了，请各位领导一定帮助，谢谢！”说完，一饮而尽。

听完叶将军的一席话，周儒欣为之动容，眼泪顿时“唰唰”地流了下来……

在座的领导们，一边说着“支持”，一边也都一饮而尽。

为了“北斗一号信息服务系统”立项，周儒欣打定主意去找叶将军。他的心理准备是：如果叶将军说不，自己就立马打道回府。

叶正大将军对我国高科技的发展特别关注，可是非常讲原则，如果他不帮这个忙怎么办？自己该怎样说服他？

有着很强逻辑思维的周儒欣，为梳理这些问题用了整整两周时间。

果然，应约来到广州叶将军家中，周儒欣把来意一说，叶将军的回答也在意料之中。

“我都退休了，跟人家说合适吗？都知道你给我当过秘书。你这不是明摆着走后门儿吗？”叶将军说。

“我特别想做这件事，您也最了解我，我肯定不是走后门的人，我就是想做事。”周儒欣诚恳地说。

“这个事情我不好去说。”叶将军委婉地告诉周儒欣。

“首长，能不能请您听我把话说完，如果我讲完了，您认为没有道理，您批评我，我一定服从！”

“那你说吧。”叶将军最后点了头。

“这件事情，我不是从个人的角度出发，而是作为一个有理想的年轻人，站在国家的角度考虑问题。如果北斗不对民用服务，结果就是死路一条。您看看美国和俄罗斯对待卫星导航系统的政策就明白了。美国的 GPS 之所以发展得好，全世界都在用，就是因为美国的政策对头，对民用服务后，全世界都在帮着找问题。而俄罗斯的格洛纳斯，开放程度不高，再加上其经济形势不好，系统没人使用，其问题就在于政策不对头，对民用不开放。开放才有生命力，所以中国北斗必须对民用服务。通过‘北斗一号信息服务系统’的立项建设，就可以促成北斗对民用服务的通道建立起来。必须有人去推动这件事，我乐意做这件事。”周儒欣言辞恳切，真诚感人。

叶将军思索良久，问周儒欣：“那你打算怎么解决？”

周儒欣回答道：“我们已经研究了很长时间，琢磨了好几个月，而且做了大量调研。”

叶将军反问道：“你为什么找我？”

“这件事情找别人不合适，我给您当过秘书，只能找您。”周儒欣照实说道。

“我可以试着去跟主管的领导说一下这件事，至于他们同不同意，我就不敢保证了。”叶将军说道。

这次见面后不久的一天，正准备出差的周儒欣忽然接到叶将军的电话：“我跟主管领导说过了，他要听你汇报，你赶紧跟他联系。今天是礼拜六，你礼拜一给他汇报。”

周儒欣说："太谢谢您了，但是我礼拜一要出国。"

叶将军嘱咐他："那你现在就先打个电话给他汇报一下。"周儒欣连忙答应，放下电话后，内心无比激动。

时机稍纵即逝。

2000 年 10 月的北京，天高云淡。

这天是星期天，北京黄寺大街某机关大院，周儒欣独自一人在院子里转了半个多小时，心情既紧张又期待，手里的香烟不知不觉中续了几支。

周儒欣正准备给一位主要领导打电话。他在想，应该怎么在电话里把自己准备了三四年的北斗应用推广想法，做一个简明扼要的汇报，并热切地期盼得到领导的认可与支持。但更让他紧张的是，如果这个电话不成功，自己此前所付出的辛苦和努力很有可能会付诸东流。

拨通电话后，周儒欣简明扼要，直奔主题——

"北斗民用服务，对系统的发展有诸多好处，特别是将来很有可能建立更大系统，探索一些新的应用模式，为未来更大系统的建设提供一些经验……"在电话里，周儒欣为北斗勾勒出一幅生机勃勃的前景。

当年的情景历历在目。周儒欣至今依然清楚地记得，在 40 分钟的电话里，他向这位领导突出一个重点：中国要发展北斗卫星导航产业，就必须对民用服务！

无疑，这次电话汇报是成功的，这才有了后来当面汇报的机会。

2001 年 1 月 4 日，周儒欣当面向主管部门汇报。

为了这次当面汇报，周儒欣做了充分准备并进行了演练。正式汇报时，周儒欣简明扼要，重点突出，条理清楚，汇报非常成功，获得了与会领导的好评。

许多年以后，周儒欣对当时的场景仍然印象深刻，也非常感激主管部门领导。

当时汇报完之后，参会领导一致认为这个项目很好，大家很快形成共识，并推进这个项目落实。

2001 年 10 月，举行立项论证会，顺利完成了“北斗一号信息服务系统”的立项综合论证。论证会有 3 位院士出席，他们极其专业、严谨。立项之后，就是细化研制的要求。北斗星通承担研制任务。2002 年 3 月，完成研制总要求的评审和批复，2002 年年底完成研制。

从 2000 年到 2003 年，通过近三年的努力，北斗星通终于拿下并完成了“北斗一号信息服务系统”的立项和研制工作。

“北斗一号信息服务系统”项目总研制经费 900 余万元，北斗星通研制出了一套“北斗一号信息分发系统”，一台可向管理机关出售的设备。同时，北斗星通不仅搭建起了自身的“北斗星通——北斗运营服务中心”，而且培养了一支技术过硬的队伍。北斗星通在当时仅有 60 万元注册资金的背景下，解决了其进入北斗业务的根本问题，不仅应用在民用领域，而且应用在其他领域，其战略意义不言而喻。

为了早日完成打开民用通道的技术研究，周儒欣把实验室当成了家。虽然周儒欣和同事们倾尽全力，但问题还是出现了。为了早日解决难题，周儒欣几经辗转找到了北斗卫星导航专家，专家的意见为难题的解决指明了方向。

2003 年 1 月 17 日，这个项目通过了由国家功勋科学家、北斗系统工程总设计师孙家栋院士为评委主任的评审委员会验收评审，该项目的研制成功为北斗卫星导航系统的开放民用应用奠定了坚实的技术基础。

“北斗一号信息服务系统”的研制，扩展了北斗一号和卫星导航增强系统的服务方式，为民用运营部门通过地面网与北斗一号中心控制系统进行信息交换提供了技术平台。其系统技术指标、系统结构、工作原理、技术特点，满足了对北斗导航系统民用管理与运营服务的支持，为北斗一号系统民用创造了新的业务模式，是北斗星通对北斗一号系统开放民用首次规模化应用做出的重大贡献。

与此同时，北斗星通“北斗一号卫星导航定位系统”分理服务的申请也取得了重大突破。

2003 年年初，北斗系统应用主管部门在泰山宾馆举办了北斗民用服务的论证会议。

参会的绝大多数企业都是央企、国企和科研单位，民营企业只有两家，北斗星通是其中之一，这一切都源于“北斗一号信息服务系统”的立项和周儒欣的预见。

时任北斗星通业务发展部经理的段昭宇参与起草了报告，提出了北斗星通作为一家民营企业对北斗系统对民用服务的观察、实践和意见，获得了与会专家和领导的一致好评。

这次会议，一举奠定了北斗系统对民用服务的基础，并指出了具体实施路径的方向性指导。

岁月更迭。

10 年后的 2013 年 10 月 17 日，国务院发布了《国家卫星导航产业中长期发展规划》。《规划》指出，发改委未来将从三方面加快推进北斗卫星导航产业发展：服务民用基础设施建设；推进北斗系统在涉及国民经济安全重要领域的应用；推动北斗系统在大众领域的规模化应用。

周儒欣对北斗系统确实有着深刻的理解和前瞻性，他们在十年前所论证的，正与十年后我国政府对北斗系统的政策高度吻合，或者也可以理解为，在中国当今的北斗产业化战略中，北斗星通起到了重要的作用。

2004 年 12 月 13 日，北斗星通顺利取得了“北斗一号卫星导航定位系统”分理服务的第一块牌照——001 号。

这离北斗星通成立，已经过去了 4 年零 78 天。北斗星通凭着坚韧不拔的毅力，终于第一次打通了北斗民用通道。

至此，北斗星通成为国内第一家取得“北斗导航系统运营分理服务牌照”的企业，是我国北斗卫星导航系统首个位置服务运营商。这标志着我国自主研发的北斗导航系统已经进入规范的商业化运营阶段。

此后，北斗星通建立了北斗运营服务中心，该中心可为用户提供北斗用户机入网、定位、通信及集团用户接入等服务。北斗星通还研制推出了北斗集团用户中心设备，该设备可针对不同用户的监控、管理需求提出不同的解决方案。而在当时，虽然北斗星通拿到了第一块牌照，北斗一号作为一个刚诞生不久的导航系统，其民用推广依然充满艰难险阻。

直到 2006 年，北斗星通才做成第一单真正具备市场意义的北斗业务。

为信息装备插上翅膀

历史的逻辑，常常是从时针永不停歇的跳动中展开。

当年，在“北斗一号信息服务系统”立项论证阶段，周儒欣一心想着北斗一号的民用，但与赵耀升、周建华等专家沟通后提出，在研的管理型用户机只能管辖 100 个以内的下属，且只能在同波束内管辖，也就是一个有限的区域，所以各大单位同样需要能管理更大规模和更大范围的管理设备。也许是“天助”有心人吧，最终，立项批复中有管理设备。之后的事实证明，这一设备确实是“硬需求”，北斗星通顺其自然而又实实在在地切入了北斗一号信息装备应用。

接着，北斗星通又研制了机动式、小型化便携式系列管理设备，丰富了北斗一号装备的体系和产品线，在北斗一号信息装备方面占有了一席之地。

可以说，这个项目的成功为北斗星通开发信息装备打开了一扇“大门”。

2006 年年底，北斗星通为了长远发展，成立了信息装备事业部。

赵耀升 2003 年加入北斗星通，2004 年任总经理。他经过慎重考虑，向周儒欣汇报并征得同意后，决定组建研发中心。当天，赵耀升找到时任公司副总工程师的曹雪勇，有些严肃地对他说：“公司要成立一个专业队伍专门来做信息装备的研发，你愿不愿意做？”

曹雪勇，北京师范大学天体物理专业毕业，北京航空航天大学软件工程专业硕士研究生，高级工程师，测控系统轨道专家。2004 年 3 月，曹雪勇加入北斗星通，曾任副总工程师、工程技术中心副主任、北斗事业部技术总监。后来，曹雪勇又成为研发中心首任主任、北斗装备事业部首任总经理、北斗星通研究院副院长，如今在和芯星通负责“云 +IC”项目研发。

身材瘦小的曹雪勇谦逊睿智、严谨干练，始终保持着雷厉风行的作风。当赵耀升提出成立一个专业队伍专门来做信息装备研发的时候，曹雪勇心情有些激动，因为他早有一个构想，就是必须有一个专门的部门做这件事。因此，他毫不犹豫地同意了。

走马上任研发中心主任后，曹雪勇立即组织了一个 17 人的团队，之后又吸收毛刚、黄磊等 4 人，总计 21 人，组成了研发中心。

当时，研发中心设立了管理与生产部、研发一部、研发二部。毛刚和黄磊在研发二部，其他研发人员在研发一部，霍秀琴等人组成了管理与生产部。研发一部主营业务为北斗信息服务系统、产品的维护和销售，负责信息装备导航系统和设备的研发；研发二部负责民用导航设备的研发。

如今，许多人回忆起北斗装备刚成立的时候，除了管理设备的研发，就是移动应用系统的研发。

这个系统的研发是从 2005 年开始谋划的，主要策划者是当时的北斗星通总经理赵耀升，而负责该项目计划的是徐建华。

当时，春节刚过，冰雪还没有消融，时任北斗装备总经理的曹雪勇，带领陈晓斌、臧志刚、毕于莲、田丽娜、穆贵峰、张宪朴等人先期进驻一家酒店，开始了封闭式研发。

回忆起当时的情况，曹雪勇至今感慨万千：时间之紧张，任务之繁重，工作强度之大，让人无法想象。

在封闭研发的日子里，夜里 12 点之前，他们从没有睡过觉。无数个方案讨论、软件研制、代码编写、模块组合、耦合衔接、软件测评等，几乎是夜以继日。

当时，也有人泼冷水说："就你们几个，能搞出这个系统，太阳就从西边出来了。"

听了这话，曹雪勇泪流满面，无以言对。但是，哭过之后，他发誓：只要干不死，就往死里干。即使累死了，也要把这个系统搞出来！他深知：一个人活着，不是靠泪水博得同情，而是靠汗水赢得掌声。

当时，王淑雪的主要工作是查找问题，无论是软件硬件还是接口模块，都要一个个查找。起初，采用的是人工测试，发现问题后再拿出解决办法。后来，曹雪勇提出用电脑编写脚本，然后自动测试，这样可以反复测试。测试发现问题后，再进行集体会诊，拿出解决办法。如此一来，大大提高了工作效率。

开发这样一个系统，最大的困难是复杂和全面。尤其是大容量接收技术，是最为复杂的技术。

没有嵌入式编程人员，他们就请来专家辅导，大家一边学习一边研发。针对系统的复杂性特点，他们自己编写软件对其控制，对源代码不厌其烦地一一测试。

针对海量数据管理和基于位置的态势标绘技术，如何进行监控指挥，也是一个难点。他们创造性地将自己的模式（全局—局部—微观综合态势显示技术），划分为全局视图、局部视图、微观视图，在电子地图上实时绘制下属用户的位置信息。

整个项目组第一次使用 MGIS2 软件平台。这是一个地理信息系统，大家对此都不熟悉。在这个平台上，要把监控信息中各类动态都展示出来，难度很大。而且，这个平台只能监控到一小部分，然后就会慢下来。

时间不等人。曹雪勇带领陈晓斌等立即开始攻关，刻苦钻研 MGIS2 的设计。他们对这个平台进行了深入细致的分析，按照先读出地图数据，然后再合成地图，再把地图矢量图、道路层、水系层、房屋层等分开，实现了分层设计、分组动态、信息分层等。如此一来，这个系统从过去只能标绘十几个，改进到可以成百上千地标绘，把多条信息展示出来，创造性地解决了数据刷新慢等技术难题。

2005 年 5 月 12 日，整个系统基本测试完毕。他们也从封闭近三个月的酒店里走了出来，呼吸着夏日的空气。

不久，高培刚带领赵维政等技术人员，转战南北，东奔西走，先后到几个地方进行现场测试，并形成了测试报告。

那年秋天，黄土高原层林尽染，伴随着滚滚黄尘，各测试单元奔向指定地域。

各项信息管理和监控正常！

授时和短报文通信正常！

分析和存储及查询正常！

那一刻，从前方传来成功的消息时，曹雪勇再一次泪流满面……

信息装备的研发离不开创新，也只有创新才有突破，只有突破才能做强。“大 S 手持终端”项目的技术突破，再一次印证了这一真理。

2015 年 3 月，正是春暖花开的时节，北斗星通克服卫星通信设备研制生产经验不足的困难，开始投标样机研制，经过两轮招标比测，于 2017 年 4 月从 23 家竞标公司中脱颖而出，以第二名的成绩中标入围，与某职能部门签订了研制合同。

虽然合同签订了，但接下来的困难谁都没有想到。高培刚说：“从卫星导航到卫星通信，我们一切几乎从零做起。从做北斗系统发短报文到利用卫星打电话，未来还要传数据，整个处理系统及设计难度很大。由于技术体制保密，我们对技术体制内容不了解，对通信体制、信号体制等不熟悉。为了弥补技术和经验不足的劣势，我们几乎用了一年的时间，彻底掌握了卫星通信原理、卫星体制以及技术的研究。”

由于各种原因，该项目的后续批量采购也一再推迟，一直到 2017 年才进入科研定型阶段。

2017 年 4 月，项目领导因身体原因辞职，后续又有两名软件骨干离职。面对项目组人员变动，项目经理张永宏等成员并没有被困难打倒，而是顶着压力，继续研究。他们先后进行了两次集中的封闭式研发，解决了主要技术难点；同时在统型方案的研制过程中，与用户和总体单位充分进行技术沟通和系统状态跟进，做到了平稳过渡，保障了合同的顺利履行。最终经过项目组的努力，他们通过比测获得了首批订货，于 2018 年 7 月通过了某职能部门组织的状态鉴定审查。

这款产品的难点是手持设备电池仓的防水技术、高灵敏度接收技术、长时间连续工作功率稳定技术，即如何保证水下一米、半小时不漏水；如何通过系统设计保证对微弱卫星信号的有效接收和解调；如何保证长时间连续工作时上行功率符合要求。北斗装备的技术人员经过数百次试验，终于找到了理想的解决办法，达到了用户的要求。与此同时，他们还突破了话音回音、电磁兼容等关键技术。

此外，他们研制的高精度测量系统，顺利通过了抗干扰、抗多径、灵敏度、完好性、测量精度等功能性能测试项，完成了热区、寒区、高原测试项，满足了研制技术要求。这个项目产品在招标比测中，与华测、司南等单位同台竞技，获得了比测第一名的成绩。

他们研发的某单位物流车辆监控系统项目，相继完成了无线数据接收器和北斗行车记录仪的研发工作，成功解决了 UHT 通讯模式、触摸屏、GSM 网络三大技术问题，取得重大突破。这些产品都是拥有自主知识产权的信息装备物流产品，并在业界处于领先地位。这个项目的研制成功，确立了北斗星通在信息装备物流行业的技术领先地位，抢占了制高点，战略意义重大。

如今的北斗装备正加快实现向自主产品转型，积极拓展多元市场，创新技术并实现行业领先，为实现可持续发展而努力奋斗着。

海南“走麦城”

北斗系统在发展的同时，民用化的呼声越来越高。

但是，北斗民用推广不是一蹴而就的事情。在其背后，还有些亟待跨越的障碍。

也就是说，这条路，还有很长一段要走。

早在 2004 年获得北斗民用牌照之前，北斗星通就一直在推进北斗产品的销售，但情况十分不乐观。

这期间，北斗系统虽然做成了一些单子，但总体上还是赔钱的，但周儒欣还是下决心要把这个业务“养”起来。

北斗星通急需一个像天津大港油田那样真正意义上的“大单子”来挽回北斗业务线的颓势。

机会，有时看似偶然，其实也是必然。

早在 2002 年，海南省省长提出了一个需求——因台风频发，渔民渔船的管理和导航都出现了大问题，甚至引发了一些外交事件。省长征求意见，是否可以采用现代化导航手段解决这一难题。

海南省有关部门了解到北斗星通对北斗民用系统的研制与开发，便邀请北斗星通有关领导前往调研。当年 6 月，北斗星通起草了一份关于北斗卫星应用于海洋渔业的报告，并在报告中提出了解决策略和方案，该报告获得了海南省政府高层官员的一致认可。

这是一次为北斗民用推广打翻身仗的好机会，周儒欣自然对这个项目非常重视，并于 2003 年带领时任公司副总经理的赵耀升前往海南，推动项目进展。

海南渔业项目，是赵耀升加入北斗星通后面对的第一场硬仗。

为了拿下这个项目，赵耀升不断向海南省政府解释北斗和北斗应用，同时联合海南省渔政渔监管理总队，向科技部提出了项目建议，成功将项目列入了国家 863 计划，拿到了 150 万元的科研经费，为原始技术的开发打下了基础。

然而，就在系统开发的过程中，情况发生了变化，一是海南省渔业厅来了一位新厅长，新厅长对这个项目不太积极；二是在走流程的时候被渔业厅一位副厅长卡住了，在某个文件上不给北斗星通盖章。

渔业项目是与政府关联非常紧密的项目，没有政府支持几乎无法推进。与渔民在一起的时间越长，越感到渔民是弱势群体，在海里常年打鱼，在风浪里讨生活，非常辛苦。很多渔民几乎不在乎外交事件、国家安全之类的宏观概念，甚至对自身生命安全也不太在意，只在乎你的措施能不能提高渔民的收入。如果没有政府推动，渔业公司和渔民对导航定位几乎都是拒绝的，因为导航定位并不能提高渔民收入，还会导致自己的行踪被随时监控，因此积极性并不高。至于导航定位能提高渔船的安全系数或者减少外交纠纷这些好处，则通通不在他们考虑的范围之内。

周儒欣和赵耀升别无选择，只能一趟趟地跑政府，希望能获得理解和支持。

然而，海洋渔业厅这位主管厅长始终拒绝接见周儒欣和赵耀升。他们最后实在没招了，就像当年拿着砖头堵在债主家门口的柳传志一样，跑到这位厅长家门口去“堵”他。当这位厅长看到他们之后，扭头就把家门反锁了。赵耀升毕竟当过领导干部，如今却要像讨债的民工一样在别人家门口“堵”人，心中的愤懑可想而知。

最后，虽然终于把公章盖下来了，但是这位厅长又找出种种理由延缓项目进程。事后得知，原来这位厅长是想将项目批给一家自己熟悉的本地公司。直到周儒欣和赵耀升感觉“实在是拖不起了”，便打算离开海南。海南的某位省领导听说北斗星通要退出，则专门派他的秘书前来安抚，说情况虽然有点复杂，但还是要有耐心、要坚持。周儒欣回复省领导说，北斗星通还是一家成长中的民营企业，这样拖下去实在坚持不了。于是，在“黔驴技穷”之后，北斗星通暂时告别了海南市场。

周儒欣当时没有想到，正是这一次“不成功的突围”，好比千里伏脉，为后来南海局项目的成功实施埋下了伏笔。

千万里我追寻着你

浩瀚南天，浪涛奔涌，天高海阔。

海南省琼海市潭门港码头，出海归来的渔船鲜鱼满仓，桅杆上鲜艳的五星红旗迎风高扬。这是海南岛通往南沙群岛最近的港口之一，也是西沙、南沙、中沙、东沙群岛作业渔场后勤给养和深远海鱼货的集散基地。

2013 年 4 月 8 日，习近平总书记来到这里考察，登上“琼海 09045”渔船。总书记沿着狭窄通道走进渔船驾驶室内，手握船舵，向渔船的主人询问了船上的导航系统、北斗星通系统的使用情况。渔民拍着北斗星通导航定位终端告诉总书记，政府给每艘船免费安装了北斗设备，不管我们的船航行到哪里，指挥中心都知道，走得再远也能与家人互相发信息。总书记听了很高兴，说了一声“好”。

随后，总书记还同淳朴的渔民合影留念，祝愿他们家庭幸福、出海平安，收入越来越多，日子越过越好。

“琼海 09045”渔船上安装的北斗星通导航定位终端，就是北斗信服研制的 BDG-MF-07 型北斗海洋渔业船载终端，是国内首个北斗规模化民用应用案例——海洋渔业应用。

像这样装配了北斗星通接收终端的远洋渔船，在中国绵长的海岸线上还有数万艘，北斗星通成了渔民们的“千里眼”“顺风耳”与“保护神”。

早在海南“走麦城”之后，北斗星通根据北斗特别适用于“稀疏地区”这一特点，就把工作重心放到了渔政、水利等方向，终于在2003年做成了第一个民用单子。接下来零散地在渔政和水利等方向售出了一些产品，但过程并不顺利。

2004年，北斗星通启动海上渔船的定位导航与救援领域项目时，曾经遭到国内渔民的普遍漠视。当时，国内渔船使用的基本都是进口导航设备，故障率稳定在1%以下，比北斗终端10%的故障率要可靠许多。

故障率高，卖不出去；卖不出去，就难以追踪反馈、改进产品——这样的恶性循环，让当时的负责人胡刚伤透了脑筋。

胡刚于2004年10月加入北斗星通，曾被北京市评为“科技北京”百名领军人才、中青年科技创新领军人才、海淀区创新领军人才。

这一次，胡刚接手的是一项十分棘手的任务。

由于不熟悉渔船的实地作业环境，“北斗终端”在初次改进时，为避免海上盐雾腐蚀金属，特地选择了质量最好的铝，没想到碰到绑缚支架的铁，腐蚀得更厉害了。出一趟海，设备就烧坏了。

后来，胡刚将半年期间售出的400多台设备全线召回，一方面，积极联合下游企业签订协议控制各个质量环节，最终将故障率严格控制在5%以内；另一方面，开始在本土化服务上下功夫，在每个渔船停靠点存放备货及安置客服人员，出现故障30分钟即可更换新品，而进口设备邮寄返厂修理周期长达两个月。

就这样，北斗星通硬是“啃”下了这个市场，国内渔船上已经几乎找不到进口导航产品了，“中国研发＋中国制造”占据了优势，有了比较明显的起色。

2005年8月3日，北京郊区白鹭园，北斗星通年中总结会会场，突然收到一份传真：总部设立在广州的农业部南海区渔政局（简称“南海局”）希望以北斗系统解决我国南沙海域渔船导航定位问题，仅一期就有几百条船需要安装设备，北斗星通可以参与投标。

原来，海南省的省领导向农业部南海局推荐了北斗星通。

事不宜迟！周儒欣立即组织相关人员研究讨论，是否参与投标。因为有了2003年海南渔业项目的教训，这次他们慎重了许多。而据可靠消息，当时有两家实力强劲的对手已经跟踪该项目多年，时机上已经落了下风，“陪标”的风险很大。

但是，这无疑是一个具有战略性意义的项目。如果能一举拿下，就能打开北斗民用业务线不利的局面，且在海洋渔业领域占据先发优势。

北斗星通团队经过多次认真研讨后，周儒欣手一挥，只说了一个字：“做！”斩钉截铁，毫不犹豫。他深悟“集中优势兵力打歼灭战”这一战略思想。因而，他们组建的核心团队大多是历经磨炼的精兵强将。

2005年，整个北斗行业仍然处于草莽阶段，与已经发育成熟的GPS行业相比显得杂乱无章。北斗星通虽然算是行业内的“领头羊”，但面对新的应用领域，仍要从零开始摸索。

南海局项目在正式投标之前，有一个测试阶段，即由意图投标的公司做出样品进行实地演示。而在实验之前，北斗星通的很多研发人员甚至没上过渔船，闹出许多现在看来很滑稽的事情。在上船实验之前，赵耀升和郭飚突然想起仪器要怎么安装到渔船上，这才现找供应商做支架。第一次上船的时候，两位负责技术研究的员工，由于站立不稳，竟然“扑通”一声掉进海里去了。

没有任何可以参考借鉴的对象，只能一步步摸着石头过河，如果意志稍不坚定，可能就迈不过去了。

在这种情况下，周儒欣为了鼓舞士气，二话不说冲在了第一线。老板都冲上去了，下面的人自然没有不拼命的理由，硬是从零开始一遍遍地将产品“磨”了出来。

投标，既是技术实力的较量，也是商业智慧的较量。2006年8月4日，经过一年多的实验、磨合，北斗星通最终完成了投标。不久之后，北斗星通以综合实力中标。

2006年9月8日，北斗星通与农业部南海局签订了合同，开启了北斗系统在民用领域大规模应用的大门。

这一仗过后，南沙海域有近九百条船安装了北斗星通的导航定位产品，成为北斗星通在海洋渔业应用领域的样板项目。

南海局项目是一次名副其实的战略突破。

以南海局项目为基础，北斗星通攻城拔寨，开启了海洋渔政管理革命。此后，在海南、浙江、江苏、辽宁、山东、广东、广西、河北、天津、辽宁等沿海省区及城市，相继实施了海洋渔业项目。安装北斗产品的渔船也从南海局的900条增加到浙江的9000条以及全国的成千上万条。北斗星通就此占领了国内约80%的市场，实现了“战略合围”。

这是一个秋日早晨，在距离北京两千五百公里的广西北海，一艘远洋渔船正有条不紊地进行着出海前的准备工作。

对于船长莫小雄和船员们来说，接下来两个月的时间将在浩瀚的南海上度过。

打开北斗星通终端发送离港申请，再给家人发送一条短信，是他们起锚前必不可少的程序。

海上环境恶劣多变、信号微弱，及时有效的搜救功能，对于远洋作业的渔船来说，如同灯塔一般的生命保障。

北斗星通的一键报警功能正是这样的存在。

有专家指出：北斗海洋渔业“船联网”的应用，是北斗星通率先实现北斗民用规模化的成功案例，为发展海洋渔业经济、打造“平安渔业”做出了突出贡献。同时，也在配合渔政部门保护中国渔民，维护我国海洋权益等方面发挥了积极作用。

几万艘渔船和执法船安装北斗终端，北斗已经成为“海上保护神”。有的渔民甚至说：“一拜妈祖，二拜北斗。”

天上的“北斗”，指引方向；海上的“北斗”，引领航向。未来的征途，是星辰与大海。

第五章
"百日上市"的奇迹

金融资本的力量

我国资本市场从20世纪90年代发展至今，已经发展成由场内市场和场外市场两部分构成的多层次资本市场体系。在这20多年的中国经济发展和社会进步的过程中，资本市场起到了不可忽视的作用，而且这种作用正在与日俱增。

有数据表明，民营企业的上市公司在我国全部上市公司中占比超过50%。在沪深主板的上市公司中，民营企业占比仅为30.06%；在中小企业板上市公司中，民营企业占比76.18%，远远超过了国有企业；在创业板上市的公司中，民营企业占比95.92%，也远远超过了国有企业。

民营企业利用资本市场的途径有两个：一是上市，即IPO；二是如何利用资本市场做强做大，包括利用资本市场"走出去"。

处于有很大想象空间产业的北斗星通，上市是必经之路。

早在2003年，周儒欣在其北大光华管理学院硕士学位论文《北斗星通的战略设计与选择》中《IPO和关键成功因素》这一章中，就系统分析了北斗星通的上市卖点和风险，并预计"公司计划2008年完成IPO计划，在国内主板或创业板上市"。也就是说，从2003年开始，周儒欣就想着"做大事"了。

一般说来，企业上市需要以下几个步骤：一是改制与设立股份公司，二是尽职调查与辅导，三是申请文件的制作以及申报，四是申请文件的审核，五是发行与上市。

通过上市，中小企业建立直接融资的平台，有利于提高企业的自有资本比例，建立现代企业制度和现代产权制度，完善激励机制，进行资产并购与重组等资本运作。当然，通过上市，公司知名度会大大提升，很多品牌都是上市后才打开知名度并快速增长的。

然而，2005 年 10 月，北斗星通收到中关村管委会《中小企业股份制改造和上市培训会》的通知时，周儒欣却没了兴趣。

时任北斗星通财务总监杨忠良，接到中关村管委会的会议通知后，立即向周儒欣汇报说：“周总，这个培训会，我们去参加吧？”周儒欣问：“这个培训会的内容是什么？”杨忠良回答道：“股改上市。”周儒欣说：“什么股改上市，没必要。你们别折腾这事了，对咱们没用，还是好好干活吧。”

杨忠良一时无语了。是什么原因让周儒欣对上市从充满期待到变得漫不经心呢？杨忠良百思不得其解。

从 2000 年北斗星通创立开始，周儒欣就想通过融资迅速将北斗业务开展起来，于是频繁接触各方资源，希望有人能支持自己的事业，在 4 年内让公司上市。周儒欣经历过颇为艰辛的融资历程，结果一无所获。

当年，周儒欣急切地想上市，其中一个重要原因是 2000 年的资本市场非常火爆。自 1990 年上交所成立以来，中国的证券市场一直在“畸形”发展着，其一开始的指导思想是服务于国企改革，因此接下了很多国企的烂摊子，市场化程度有限。然而从 2000 年开始，证券市场的规范化、市场化开始大幅提升。

2000 年 1 月 6 日，时任证监会主席周正庆发表了《为建设发展健康、秩序良好、运行安全的证券市场而努力》的文章，开启了证券市场深化改革的序幕。股市第二天即上涨超过 3%。

可想而知，在这样一片火热的市场中，周儒欣多么希望“好风凭借力，送我上青云”。然而，几次失败的融资经历让周儒欣有点心灰意冷，感到云暗天低。雪上加霜的是，2001 年“互联网”泡沫开始破裂，股市萧条，周儒欣对上市的热情锐减。同时，北斗星通的代理业务做得风生水起，靠自有资金发展北斗业务也渐渐成为可能。

2005 年，宏观调控的成就还未显现，市场刚刚恢复，上市公司整体业绩下滑，市场规模没有放大，政策环境还不明朗。那一年，天上的北斗工作卫星才 2 颗，北斗二号还在建设中，人们对卫星导航特别是北斗产业认知很少，还大多停留在对 GPS 的模糊概念上。

因而，周儒欣对杨忠良的提议自然兴趣不大。

杨忠良是 2002 年 9 月加入北斗星通的。虽然北斗星通当时还处于创业阶段，净资产不过千万元，人员 30 多人，但杨忠良暗暗将让北斗星通上市作为职业生涯的阶段性目标，他说：“这也是我从原有职位到北斗星通担任财务总监的最大精神动力。”

2002 年 3 月，北斗星通拿到了有史以来标价最高的一份订单——980 万元。由于是在发展初期，北斗星通并没有较高专业水平的财务人员，虽然了解国家对于高新技术企业的免税和津贴优惠政策，但却不知如何运用。财务人员在公司与税务部门之间疲于奔跑半年后，仍然没有结果。

在这个节点上，周儒欣交给新加入的杨忠良的第一份工作就是解决 980 万元的税收问题。久拖未决的问题，杨忠良仅在两个星期之内就交出了一份令周儒欣满意的答卷。

之后，杨忠良着重做的第二件事就是解决公司的融资问题。

除了三辆车，当时的北斗星通没有任何固定资产，从银行贷款的可能性几乎为零。

几经周旋，杨忠良最终通过“企业股东的个人无限连带责任”外加“财务负责人责任”的方式，为公司引进了第一笔银行贷款。利用这笔资金，先是为公司购置了房产，并为 2004 年公司的快速发展奠定了坚实的基础。杨忠良的几板斧赢得了公司上下的认可，从而很快融入了公司团队。

经过 2004 至 2005 年两年的快速发展，北斗星通已经步入同行业的前列。杨忠良预感到长达 5 年的低迷股市应该要反弹了。于是，2005 年 8 月，杨忠良正式在北斗星通内部抛出了上市的想法。他动员周儒欣参加企业上市培训班，却被拒绝了。杨忠良越想越不甘心，越想越觉得这个会议很重要，而且对北斗星通未来的发展非常重要。于是，离开周儒欣办公室的杨忠良又折回周儒欣那里：“周总，这件事确实挺好的，咱们去听听，对咱们北斗星通将来上市大有裨益。”语气恳切而坚定。周儒欣没想到杨忠良这么执着，仔细想一想，听听也没什么坏处，就是耽误一点时间而已。于是，周儒欣决定带领杨忠良和时任北斗星通总经理的赵耀升，一起参加会议，心里想，就当作一次学习培训吧。

踏上“上市”之路

2005年10月28、29日，由深圳证券交易所和中关村管委会联合举办的“中小企业股份制改造和上市培训会”在北京昌平举行。

会议期间发生的两件事，对北斗星通下决心上市起到了关键作用。

一是新修订的《中华人民共和国公司法》和《中华人民共和国证券法》于10月28日出台，新的“两法”对企业上市放宽了条件。

二是认识了邹雄。第一天听完课以后，周儒欣、赵耀升、杨忠良三个人都感觉收获很大。当天晚上，周儒欣遇到了让北斗星通上市的关键人物之一，时任深圳证券交易所市场推广部的副总经理邹雄。彼此聊天时，邹雄说了一句让大家极为振奋的话：“你们的题材非常好，北斗星通要是上市了，就是中国卫星导航产业的第一股！”

杨忠良后来回忆说：“在会上周总非常兴奋，他从没有想过公司这么快可以上市，兴趣一下子就提了起来。”

一位业界资深人士曾总结说：“北斗星通具备了投资者眼中的‘三好’公司标准，即好题材（卫星导航、北斗一号、民族自主产业）、好故事（南海渔船项目、港口集装箱码头自动控制项目、BD/GPS兼容接收机项目）、好报表（持续3年连续盈利）。因此，成功上市一定会水到渠成。”

从2005年到2006年5月，中国股市正处于股份制分离阶段，IPO全停了。这对于那些准备上市的企业来说，是一个难得的准备期。

在邹雄的鼓舞下，大家热情高涨，但问题是当时的北斗星通太小了，2005年只有80多名员工。即使在2007年上市的时候也才有180多名员工，与现在拥有5000多名员工的北斗星通集团有着天壤之别。

那次培训会结束后没过几天，邹雄再次到北京开会，特意给周儒欣打了一个电话，约他聊一聊北斗星通上市的事情。邹雄当天下午到北斗星通参观，与主要高管见面，晚餐后他们又到附近的一个茶庄里继续探讨股改、上市。这次谈话之后，周儒欣的上市雄心再次被调动起来，开始认真准备上市事宜。不久，他还邀请时任深交所常务副总经理的宋丽萍等，来北斗星通考察并予以具体指导。时任中关村管委会副主任的郭洪，也曾到公司具体指导。这些都给北斗星通的高层注入了上市的信心。

如果说，北斗星通创业初期主要靠自我积累，那时候上市就是一个遥远的梦想。但在持续发展中，北斗星通积蓄了力量，不知不觉就向着那个高远的目标慢慢靠近。

企业要长足发展，靠的是巨额资金的支持，靠的是规范化的管理。随着北斗星通业务的不断发展壮大，开辟新的融资渠道、低成本的融资途径，已成为当务之急。而通过资本市场公开发行股票，正是一条行之有效的获得源源不断资金支持的直接融资渠道。

于是，在中介机构的帮助和策划下，北斗星通高层开始关注证券领域，学习证券知识，接受上市前辅导，股东、高管人员陆续参加学习，轮番接受培训，利用业余时间温习证券课程。证券行业专业性强，法律法规众多，涉及面相当广，北斗星通管理层的职业经理大多是搞技术和业务出身，从未接触过该领域，因此接受、理解起来并非易事。

2007 年的中国股市可以用 4 个字来形容——“全民狂欢”，中国资本市场一片飘红。

这是自 1999 年之后，资本市场的又一场无度盛宴。

自 2006 年上证股指突破 2000 点之后，股市的复苏已成事实，曾经在 2 月底出现过一次有预谋的大洗盘，紧接着便是一路高歌。在 4—9 月这半年的时间里，股指连连上攻，热点频繁转换，市场价值呈几何级膨胀，市盈率高达五六十倍，甚至相当多的股票高达成百上千倍。不断上涨的市场让新老股民热情而疯狂。

随着资本市场进入历史最繁荣的时期，中国公司的市值达到了前所未有的高度。透过股市的狂欢，人们看到的是中国经济上升期所伴随的资本躁动，以及非理性的市场繁荣。

周儒欣敏锐地感知到资本市场的利好冲击，在2005年启动了上市计划，于2006年完成了股份制改造。2006年，北斗星通总营业额过亿元，净利润达2000多万元，为上市准备注入了一剂强心剂。尽管北斗星通在中国专业市场产值中所占比重不高，但相对于行业内的其他企业，北斗星通的整体实力、盈利能力处于前列，并在港口集装箱机械应用领域占据国内100%的市场，在“中国制造”的高精度接收机核心部件市场占据90%以上的市场，在海洋渔业安全生产应用和军事指挥控制应用方面也处于领先地位。

2007年4月14日，我国成功发射第一颗北斗二号导航卫星，正式开始独立自主建设我国第二代卫星导航系统。

乘着北斗卫星翱翔太空的东风，北斗星通也踏上了上市之路。

但是，没有人知道，在这条路上，等待他们的是春光明媚，还是阴雨连绵？

从“三大战役”到“百日过会”

2007年2月9日，北斗星通在昆泰大酒店举行2006年度总结表彰暨2007年誓师动员大会。周儒欣发表了主题为《北斗星通——我们共同的家》的讲话。他热情激昂，热血沸腾，高声宣布道：“我们2007年一定要上市！”

周儒欣问大家：“能不能？”大家异口同声地回答：“能！一定能！”

“2007年企业上市的目标一定要实现，也一定能实现”的动员令，激励着北斗星通的员工们。

毫无疑问，对任何一家企业来说，IPO都可以说是最重要的事件之一。

到2006年年底，北斗星通已从治理结构和财务指标上满足了上市的基本要求，业务模式更加清晰，会计核算更加规范，内控制度逐步完善，可以进行实质性的动作了。这个阶段是改制辅导阶段，是后续“战役”的序幕。

接下来，他们步步为营，连打三场大硬仗。后来，这三场大硬仗被周儒欣称为“三大战役”。

第一场战役：“春季交响”——申报文件制作和递交。

2007年，春节刚过，农历大年初三，周儒欣就到办公室开始部署IPO工作。

对IPO稍有了解的人都知道，上市是一个非常复杂和“磨人”的过程，而这段艰难历程的开端，就是制作申报文件。

此时，北京春回大地，万物复苏。

2007年3月5日，北斗星通的“大工作组”（包括公司的上市工作小组、券商、律师、会计师）由周儒欣带队进驻位于中关村软件园的易豪酒店，集中封闭“开发”招股说明书。由于当时北斗星通计划在3月底把申报材料提交给中国证监会，因此准备时间只有短短的一个月。

进驻“易豪”伊始，周儒欣对团队的成员说：“今天是3月5日，从今天开始到3月29日，我就住在宾馆，不回家了。你们如果有事可以回去办事，但是如果你们能不走更好。”

为了做好招股说明书，工作组日夜奋战，分章节加以分析、修改，字斟句酌，并将内容划分为法律框架、业务技术、财务数据、附件收集等部分，责任落实到每个人。特别是招股说明书附件的收集、整理，工作量大、内容烦琐，工作组需要从公司总裁办、行政人事部和财务部等各部门收集资料，其中包含了数不清的沟通、争论和协调工作。

就在工作组正为招股说明书焦头烂额的时候，后方阵地出现了问题——负责承销工作的民生证券迟迟不能落实“保荐代表人”。

“保荐代表人”，简称“保荐人”或“保代”，是伴随着2004年中国A股市场引入保荐核准制而诞生的产物。用官方用语来说，保荐人需要负责发行人的上市推荐和辅导，核实公司发行文件与上市文件中所有资料是否真实、准确、完整，协助发行人建立严格的信息披露制度，并承担风险防范责任。良好的保荐核准制能够让保荐人对上市公司进行督导，使公司行为规范严谨。如果没有两位保荐人的签字，企业就无法上市或进行再融资等工作。

随着中国经济发展速度的不断加快，需要上市的企业越来越多，因此上市资格逐渐变成一种稀缺资源，企业上市的条件越来越苛刻，而原来作为“乙方”的证券机构也渐渐地身价暴涨，在甲乙双方的博弈中占据优势地位。股票承销，说白了就是企业花钱雇佣证券机构替自己“叫卖”股票。按理说证券机构应当想尽办法为企业服务，但在上市资源稀缺的大背景下，出现了某个小品中“欠钱的是大爷”的场景。其中，“保荐人”又是证券机构中极为重要的角色，因为如果没有保荐人签字，企业就无法上市。因此，保荐人利用手中的职权寻租，几乎成了行业里的公开秘密。2008 年之前，保荐人的“签字费”高达 20 万元以上，2008 年之后上涨至近百万元。因此，保荐人成为名副其实的“金领”，年收入至少在百万元以上。

这种畸形状况自然被市场广为诟病，这也促进了后来保荐制度的改革。然而在 2007 年，保荐人的签字仍是 IPO 中极为重要的一环。当时，主管民生证券投行部门的一位副总，想利用保荐人签字权提高服务费用。

面对这种情况，周儒欣在繁忙的文件准备工作之余，又腾出手来与民生证券展开了几个回合的博弈，终于在月底前让民生证券落实了两位保荐人，并于 3 月 29 日按计划正式把申报文件报到了中国证券监督管理委员会，如期实现了第一个目标，也为后续工作奠定了基础。

北斗星通上市递交的材料，一个星期就拿出了初稿。提交前一天，周儒欣把大家聚在一起挑错别字，真正体现了说到做到、一诺千金、快速行动、细化落实的北斗星通作风。

这是北斗星通上市过程中的第一场战役。

第二场战役：“夏季行动”——见面会和反馈意见回复。

从 2007 年 4 月到 6 月，将近 3 个月的时间，大家都是在沉寂、煎熬、等待中度过的。

申报文件提交至证监会之后，马上面临的就是“新股上会”。

“新股上会”也简称“上会”，是业内的一个俗称，意思是新股发行上市之前，都要经过证监会下属的“证券发行审核委员会”讨论研究新股发行申请，以及相关的申报文件，以确定其是否符合上市条件。

“上会”同样需要企业做许多准备工作。首先，证监会为了让企业熟悉发行审核标准和流程，专门开设了见面会。在这一环节，已报送申报文件的企业与发行部负责人面对面，以10分钟的时间展示自己的企业并讲述上市的理由。随后，上市流程进入反馈和初审环节，证监会发行部对企业的申报文件进行预审，提出疑问，要求中介机构核查，并形成初审报告，提交发审会。

2007年4月23日，中国证监会发行审核部召集北斗星通进行了“初次见面会”，之后就是等待反馈意见，回复“反馈意见”，然后是等待“发行审核委员会会议”。

为了顺利“过会”，周儒欣带领工作小组进驻金融街附近的如家酒店，开始了如火如荼的准备工作。

其间，周儒欣、杨忠良及张密负责组织协调，吴梦冰、段昭宇和闫光霞负责材料准备。

2007年6月4日，北斗星通接到证监会发行部的反馈，发现有21个问题。大家立即行动起来，在保荐人孙振的组织下，多次开会讨论，反复研究，集中回答“反馈意见”，于6月11日将“反馈意见”的回复呈送到了证监会发行部的审核员手中。

与此同时，协调小组与监管部门加强交流沟通，积极推动有关工作的进行，进一步增进了监管部门对公司的认识。

2007年7月5日，北斗星通接到通知，中国证监会发审委将于7月9日对北斗星通IPO申请进行审核。

这意味着，北斗星通取得了第二场战役的胜利。

第三场战役：“七月高考”——发审会与演讲答辩。

4天之后，审核将进入最为激烈和关键的环节——发审会，即发行审核会。

过程是这样的：7名发审委委员经过40多分钟的内部讨论，形成问题单。随后，企业和保荐代表人进场就此进行答辩，用时45分钟。之后，委员投票，当场宣布审核结果。

整个发审会的过程都有录音存档，记有委员意见的工作底稿，也作为保密资料存留。所有这些，证监会工作人员都无权查看，只有当产生异议或问题时，才能由证监会纪委来调阅。

通过发审会，好比企业“高考”，也可看作上市征途上的临门一脚，如果通过了，就意味着成功进入上市公司的行列。

为了备战发审会，2007 年 7 月 9 日之前，周儒欣组织了多次内部模拟演练，让工作组的成员充当发审委员对自己进行“盘问”。工作组充分准备了委员们可能会提问到的问题，并安排了三次模拟演练。周儒欣、杨忠良、张荣石和保荐人孙振面对“委员们”一遍又一遍的提问，练习即兴演讲。

当时，为了做好赛前热身，周儒欣甚至带领大家每天坚持游泳健身，保持最佳竞技状态。

模拟演练的时候，周儒欣前两次都是根据事先准备好的草稿进行答辩，结果表现非常糟糕，他从大家的眼神里看出了不满意。

7 月 7 日吃过晚饭后，周儒欣独自把自己关在房间里思考，前面的模拟答辩为什么不成功？

他平复了一下情绪，心想自己这么多年走过来，每件事情都清清楚楚，哪里还需要稿子。可以说，没有谁比自己更了解北斗星通了，为什么还要拿着稿子去参加“高考”呢？

第二天，也就是 7 月 8 日，周儒欣干脆脱稿答辩，终于在第三轮模拟演练的时候找回了自信。在场观摩的同事，都满意地伸出了大拇指。

2007 年 7 月 9 日 9 点 40 分，周儒欣、杨忠良、张荣石、孙振四人被召到证监会的“发行审核厅”，接受公司发行股票并上市“审核”。

在发审会上，7 名发审委委员经过 40 多分钟的内部讨论，形成问题单，随后企业和保荐代表人进场进行答辩，用时 45 分钟。之后，委员投票，当场宣布审核结果。

发审会上，周儒欣脱稿而谈，展现了一位企业家成竹在胸、充满自信的风采，给发审会委员们留下了极好的印象。

专家们共提出了 6 个问题，这些问题基本都在准备范围内。周儒欣回答了5个半问题，杨忠良回答了半个问题。

后来，从方方面面得到的反馈来看，回答得都不错。

大约中午12点刚过，中国证监会发行审核办公室的工作人员认真严肃地宣布："北京北斗星通导航技术股份有限公司首次公开发行股票并上市通过中国证监会发行审核委员会第75次审核会议审核。"

发审会顺利过关，北斗星通上市征途的第三场战役完美收官。

2007年7月9日，这是一个激动人心的日子，北斗星通公司成功"过会"。

喜讯传回北斗星通，公司上下一片欢呼。周儒欣、李建辉等都掩饰不住兴奋的心情，流下了激动的泪水。杨忠良抱着周儒欣痛哭流涕，工作组成员相互拥抱，喜不自胜。

从2007年3月5日启动上市工作，到7月9日《北京北斗星通导航技术股份有限公司首次公开发行股票并上市申请》顺利通过中国证监会发审委员会第75次审核会议的最终审核，北斗星通创造了"百日过会"的行业奇迹。

在这100多天的时间里，为实现北斗星通的历史性跨越，多少人牺牲了休息时间，牺牲了与家人、朋友团聚的美好时光。

在筹备上市的过程中，北斗星通一直在"与时间赛跑"。

一位参与了上市筹备组的公司高管说："因为上市会干扰公司正常的运营，牺牲业务时间，必须争取最快成功、尽早恢复经营的正常状态。"

最终，北斗星通创下了100天上市的神话。

这位高管说："我并不排除偶然因素，但这的确是必然的结果。25天完成招股书，不到3天完成反馈意见（证监会要求10天之内），这些过程非常辛苦。撰写招股书的25天里，我们一直住在公司附近的宾馆里，没有回过家，每天凌晨4点睡觉。曾经一天4次去证监会，最后干脆在证监会对面租个房子。"

关于此次上市，周儒欣的另一个重要感悟是，企业与中介机构合作时一定要坚持主导地位。"必须制订严格的时间表、周密计划，尽管上市准备过程中遇到很多困难，但必须在3月底前完成申报，经过大家的努力，最终赶在3

月 29 日将材料报出。仅这一天就有 59 家公司申报。如果申报晚一天，上市就可能晚无数天，时间点非常重要。”

“我永远都不会忘记 2007 年 7 月 9 日证监会股票发行上市审核会上等待宣布结果的情景。从上午 9 点开始到中午 12 点的 3 个小时，是我度过的最紧张的时刻。”回忆起当时的情景，周儒欣依然难掩内心的激动。

“上市”钟声第 151 次敲响

从“过会”到真正发行股票，中间还有许多工作要做。

从 2007 年 7 月底到 8 月初，为了尽早安排成功发行股票、公司挂牌上市，北斗星通上市工作组兵分两路。

一路由周儒欣带队，赵耀升、李建辉、杨忠良在公关公司的协助下，先后在北京、上海与深圳举行了三次路演，分别邀请了境内外几十家合格的投资机构参加了询价，产生了强烈的反响。

另一路为资料组。一部分人员配合券商准备及时披露需要公告的文件、信息，并在民生证券总部与网下配售小组一同现场办公，协助、监督网下申购的情况；另一部分人员则前往深圳，配合券商准备向交易所等机构提交各项材料、办理申请手续。

在此期间，深圳先锋队与北京留守人员两点一线，每天保持着热线联系，通报情况、传达指示，体现了紧密配合的团队精神。杨忠良则穿梭在两城之间，参与确定股票定价、取得相关批文。资料小组通过接收一份份投资机构传真，获得了 80 多亿元申购量，超额认购 257 倍；网上则获得了 120 多亿元的申购量，网上定价发行超额认购达 967 倍！

2007 年 8 月 13 日 9 时 30 分，在深圳证券交易所举行了隆重的上市敲钟仪式。

当周儒欣与北京市海淀区、中关村管委会有关领导联合敲响上市钟声的神圣时刻，大屏幕上滚动着——北斗星通，股票代码：002151，股票开盘价 56.88 元！

与此同时，在北斗星通本部，许多员工也在急切地盼望着这一难忘的时刻。

当宝钟敲响，一路走来的艰辛与苦乐，都化作激动的泪水和热情的拥抱。在进入资本市场的道路上，北斗星通再一次通过了严格的“考验”，成为中小企业板第 151 家上市公司。

红色的 56.88 元，一个多么激动人心的数字啊！

这是北斗星通股票的开盘价，这是当下社会认同的公司价值，这凝聚着公司创业者多年来的心血和汗水，也折射着全体员工的智慧与付出。

上市，是北斗星通一个重要的转折点，从根本上坚定了北斗星通人做卫星导航产业领先者的信心和决心。

北斗星通，成为我国卫星导航产业第一家上市公司，标志着实现了做中国卫星导航产业化领先者的“第一个梦想”和“第一个目标”。

在上市钟声敲响的神圣时刻，北斗星通已经挺进资本市场，迈入了资本时代，也实实在在地从“艰苦创业”阶段进入了“转型升级”的新阶段。

毫无疑问，更重的责任、更远的征程，也在这个群体面前铺展开来。北斗星通注定要在北斗民用领域，以领军者的身份，见证这一事业的理想与挫折、荣耀与艰辛。

从拿到 001 号北斗一号民用运营服务牌照，到成为北斗产业的第一家上市公司，北斗星通无疑站在了一个新的起跑线上。

在追梦的征途上，周儒欣和他带领的北斗星通团队，视野宽广而清晰，目标远大而执着，步履稳健而坚定。

第六章
筚路蓝缕逐梦行

上市之后“转型路线图”

在企业高歌猛进的时候，老板更需要冷静；在团队志得意满的时候，老板更需要远见。

北斗星通上市后，当数不清的祝贺短信、电话蜂拥而至的时候，当公司上下还沉浸在上市的激动之中的时候，当采访和拟采访公司高管的记者络绎不绝的时候，周儒欣依然保持着沉着冷静，保持着清醒的头脑。

北斗星通上市之后，有的高管提出，公司的车太寒酸了，是否买几辆奥迪 A8？许多持股的高管也一跃而至身家千万元的行列，虽然这些暂时还不能变现，但内心已经开始有些膨胀。有的员工工作不再那么尽心尽力了，开始伸手要待遇、要职务了。

如果任由这种浮躁的风气蔓延，整个团队很可能会丧失战斗力，真正的“北斗梦”或许就会被忘记了。

绝不能任由这种情况发展下去!

2007 年国庆节，在北京郝庄的白鹭园，周儒欣召集北斗星通高管开会。这是北斗星通发展史上非常重要的一次会议。

在这次会议上，周儒欣鲜明地指出公司内部存在的浮躁风气和膨胀心态，需要紧急“刹车”。他没有以高人一等的姿态进行说教，而是列举了自身的例子，让大家思考：公司上市了，我们到底有什么不一样?

周儒欣说，缺钱的时候，政府、合作伙伴或者朋友都可以支持你；缺德的话，你在社会上就会成为孤家寡人，没人会瞧得起你。有钱了更要积德，以德驭财，厚德载物。

周儒欣讲起自己童年的经历。他说，小时候父亲就告诉他，长大后要做城里人，去县城生活，所以跳出“农门”成为周儒欣最初的人生理想。今天，他不仅摆脱了农民的身份，而且走得更远，走到了北京，还拥有不错的生活。更重要的是，他知道这些改变并不是完全取决于自己。当然，自身的努力很重要，但仅有自身的努力是不够的，假如没有改革开放，假如没有恢复高考，假如没有遇到好的老师，一个周儒欣浑身是铁又能打几根钉子呢?

周儒欣说，虽然公司上市了，而且还是中国卫星导航领域首家上市公司，但是北斗星通仍然是一个小公司，是一个核心竞争力不强的公司。业内有很多公司值得我们学习，我们的能力和实力与国际同类公司的差距还很大。上市仅仅是我们的开始，我们必须“志存高远，脚踏实地”，必须确立更高的目标，必须“谦虚谨慎，戒骄戒躁”!“三个必须”，掷地有声。

周儒欣深有感触地说：“与个人改变命运的道理相同，北斗星通能发展到今天，除了自身的努力之外，也要记住自己的幸运，更要感谢中国市场环境的优化和各路‘贵人’的鼎力支持。”

就在这次会议上，周儒欣提出了“责任、包容、感恩、厚德”的理念，并进行了具体诠释。这 8 个字后来也成为北斗星通的“企业伦理”。周儒欣希望团队的伙伴们能够引以为做人和做事的准则，不忘创业奋斗的初心。

周儒欣依然记得 2000 年公司初创时，自己拿着商业计划书，为了融资跑了无数趟，却一无所获。今天公司上市了，有非常好的融资渠道，他开始思考资金应该怎么使用才是最有效率的，怎么不辜负股东的投入才是负责任的。

事实上，做企业往往会遇到这种难题：缺钱要操心，不缺钱更要操心。

周儒欣的一贯原则是：融资是为了做事。因此，他与高管们一起探讨，接下来的“事”该怎么做。

上市过程中，就有人提出北斗星通对于国际业务过分倚重。事实上，从北斗星通 2007 年前的业务分析报告可以看出，北斗星通对 NovAtel 相关业务的依赖性过高，其业务比例达到惊人的 80%，其中大客户业务占到 59.8%。

一旦国际市场形势有变，公司必将遭遇重大冲击。这也是周儒欣一直在思考的问题。

上市后要“更上一层楼”。周儒欣提出了“要加快转型升级”的要求，认为北斗星通接下来必须充分发挥上市公司在融资方面的优势，补足缺乏自主知识产权业务的短板。

会议期间，北斗星通管理层深入分析了经营中的风险及对策，明确了上市公司的要求。同时，周儒欣提出北斗星通的发展已由“艰苦创业阶段”进入“转型升级阶段”，同时确定了“内生”和“外长”的战略。

对企业而言，“内生”就是不依赖外力，而是通过技术进步和资本推动效益的持续增长。

英国著名历史学家阿诺德·约瑟夫·汤因比说过：“一个国家乃至一个民族，其衰亡是从内部开始的，外部力量不过是其衰亡前的最后一击。”由此可见，“内生”对一个企业的重要性。

“内生”就好像有名的“木桶效应”，木桶装多少水，往往并不取决于最长的那块木板，而是取决于最短的木板。它告诉我们，一个企业要注重修炼内功，关注短板，弥补最薄弱的部分，从而达到整体的根基稳固和协调发展，打造坚固的内核。

对于北斗星通来说，“内生”是指深化和扩展现有的业务，其中的重点是发展北斗业务，逐步摆脱对国外技术和产品的依赖。在北斗业务的强化上，北斗星通设定了两条战略，其一是利用国家政策争取重大专项，其二是在北斗二号中占有一席之地。

“外长”是指在“合作多赢”的指导原则下，通过两方面的运作促进发展。一方面，在产业链层面，与合作伙伴建立“共同成长、共同发展”的共赢机制，打造优质的竞争价值链；另一方面，在资本运作层面，通过与盈利能力强、管理规范的导航定位企业进行合作，靠外延扩大公司规模。

可以说，内生与外长是企业成长的“两条腿”，相生相长，缺一不可。如果忽视了内生，外长就会成为无源之水；如果离开了外长，内生会成为强弩之末。因而，只有做到“内”“外”兼修，方能攻防兼备，游刃有余。

也许这就是命运的巧合，就在务虚会的幕布落下不久，北斗星通的转型升级战略刚刚启动的时候，那场震荡全球的金融危机便汹涌袭来了。

这场新一轮的全球经济危机，犹如黄河之水滚滚而来，什么力量也挡不住，呼啸着向着浩瀚的大海奔去。

面对骤然到来的危机，北斗星通又是如何“突出重围”的呢?

危中寻机，涉足驾考

天有不测风云。

2008 年 1 月 10 日至 31 日，在农历春节即将到来之际，大半个中国，从宁夏、陕西到湖北、江苏等 10 多个省份出现了百年一遇的特大暴雪。

当人们刚刚从雪灾中喘出一口气之时，2008 年 5 月 12 日 14 时 28 分，四川汶川地区发生了里氏 8 级强地震。

这一年，全球金融大危机正迅速从美国扩展到全球，美国、日本、欧盟等主要发达经济体都陷入了衰退，发展中国家经济增速减缓，世界经济正面临着 20 世纪 30 年代以来最严峻的挑战。金融危机席卷全球，对于很多乐观扩张的企业来说，相当于泼下了一瓢冷水，没有哪家企业能不沾一滴水地脱身。

这一年，上市不久的北斗星通也遭遇到了严重挑战。

从产业结构上讲，卫星导航产业与金融的结合向来紧密。因为导航系统建设前期投入巨大，所以往往需要借力各种金融工具，比如信贷、融资租赁、资产证券化等。最直接的困难就是信贷变得更加艰难了，许多业内企业由于信贷规模的急剧紧缩而出现规模萎缩乃至现金流断裂、企业倒闭。

而在当时，北斗星通大大低估了金融危机的影响。2008 年下半年，北京市召开金融危机研讨会。在这次研讨会上，许多企业都表示经营困难，只有周儒欣没有说话。有一位领导问周儒欣：“金融危机对北斗星通有什么影响?”周儒欣说：“我们是做高端、专业领域的企业，是吃专业饭的，金融危机对我们没什么影响。”而真实情况是，在这场排山倒海的金融海啸面前，没有哪家企业可以幸免。

就在会议之后不久，北斗星通就受到了影响。

这一年，美国 Trimble 公司突然大力开拓中国市场。

Trimble 公司是一家专门做 GPS 导航业务的企业，也是 NovAtel 公司的主要竞争对手之一。在金融危机之前，Trimble 公司在美国本土的业务非常顺畅，因此对中国市场的切入程度较低。然而，金融危机使 Trimble 公司的本土业务大幅下滑。为此，它开始大力开拓中国的 OEM 板卡市场，其竞争策略就是低价的原位替换。

这样一来，以代理 NovAtel 产品为主的北斗星通就遭遇了一场十分惨烈的价格战。

当时，北斗星通在国内的板卡市场占有率由 90% 逐渐下降到 70%、60%，最后跌到了 30%。更关键的是，几个极为重要的下游客户在金融危机的影响下，也开始考虑更换供应商。NovAtel 公司负责全球销售的副总裁 Graham Purves 也受到 NovAtel 公司董事会的压力，开始向北斗星通频繁施压，形势异常严峻。

周儒欣与时任公司总裁的李建辉承受着相当大的压力。他们一方面安抚 NovAtel 公司，一方面要思考如何处理这种巨大的劣势。

巴菲特曾经说过："只有当潮水退去的时候，才能看得出谁在裸泳。"

事实上，危险和机会总是相对的。第一等人，是创造机会的人；第二等人，是掌握机会的人；第三等人，是等待机会的人；第四等人，是错失机会的人。

经过分析和思考，他们认为，以北斗星通现在的技术和资金实力，无法和 Trimble 在现有市场进行硬碰硬的竞争，只能考虑开拓新的市场，才能解决当前的危机。

在经过一番痛苦的煎熬摸索、到处碰壁、试验和挖掘后，终于在 2010 年，一片还未被占领的新市场展现在他们面前——驾考市场。

驾考市场，是一个过去没有人涉足过的市场，而且市场空间比较大。

北斗星通经过一系列的可行性研究，果断决定以NovAtel板卡为核心，协助系统集成用户研发、测试，并且以最快的速度开发出了一套可以应用于驾校考试的系统。

这套系统能将考生的行驶轨迹进行记录、存档，从而实现对部分科目的无人监考。同时，这套系统的存档功能还可帮助交通运输部门实现问责机制——假如有考生在获取驾照后引发重大交通事故，交通运输部门便可以立即调出考试档案，从而追踪驾照考试时是否有舞弊行为。这对监考人员和驾考者都能起到很好的监督与威慑作用。

在驾考市场的开拓中，现任北斗星通公司副总裁的刘孝丰当时负责销售工作，他带领团队成功地将市场需求转化为产品销售收入。

刘孝丰是2001年加入北斗星通的。起初，他做技术工作，后转为销售，主要是销售NovAtel产品。花了不到两周时间，他就拿下了一个很大的单子。既懂技术，又善于为客户着想，他把业务做得风生水起。不久，他就被提升为销售经理。2003年，刘孝丰离开了北斗星通，创立了自己的公司。在自己经营公司两年多的时间里，他体会到了做公司的艰难。

2005年，一次偶然的机会，刘孝丰与李建辉相遇，谈起了自己心中的困惑。李建辉向刘孝丰介绍了北斗星通未来的发展规划，并表示，如果他愿意，在征得周儒欣的同意后，希望他重新回到北斗星通。周儒欣听了李建辉的汇报后，非常欢迎刘孝丰回来。刘孝丰也被周儒欣的诚意和李建辉对公司未来的规划所打动，回归到北斗星通。

回到北斗星通的刘孝丰，依然是做自己喜欢的销售工作，负责的仍是他所熟悉的NovAtel产品。凭着多年的经验和扎实的做事风格，他从销售经理做到导航产品事业部副总经理，再到总经理。

2008年，Trimble产品进入中国市场，加上NovAtel产品在中国的另一非正规销售渠道与北斗星通打起了持久的价格战，使北斗星通腹背受敌，形势非常严峻。

北斗星通成立以来，直销业务、渠道业务和测绘大客户业务是北斗星通导航产品事业部原有的三大业务板块，一直发展得不错。但随着Trimble的竞争加剧，占据 NovAtel 业务主要份额的测绘业务存在较大风险，这就迫切需要开发新业务以维持公司业绩的稳定增长。

有一次，刘孝丰去南京出差，办事处的同事说："国家新规定驾校考试车辆上必须安装 GPS 导航设备，我们是不是可以从这方面入手？"几年前刘孝丰就在关注驾考项目，现在仿佛醍醐灌顶一般。回京之后，刘孝丰向周儒欣、李建辉汇报后，立刻召开了总经理办公会，他和团队一拍即合，决定立刻开拓驾考业务。

于是，北斗星通旗下的导航产品事业部团队，充分抓住市场机会，凭借北斗星通品牌价值高、产品竞争力强、影响力大，迅速发展并抢占驾考市场。随之，驾考业务也成为导航产品事业部异军突起的业务增长点，与测绘业务分庭抗衡。

那一段时期，驾考系统产品"求大于供"。有的客户甚至说，产品有多少他们就要多少。直至 2013 年，导航产品事业部蝉联全国驾考应用市场占有率第一位。

驾考市场的开拓，弥补了测绘市场的下滑，确保了 NovAtel 业务在中国的持续增长，也让 NovAtel 公司再次坚定了对北斗星通的信任，为 NovAtel 公司彻底取缔其在中国的另一非正规销售渠道奠定了基础。

事实上，北斗星通和 NovAtel 公司的合作也并非一帆风顺。

在 2004 年到 2012 年期间，NovAtel 公司的另外一家销售渠道靠低价恶意扰乱市场。那段时期，时任公司总裁的李建辉深思熟虑，制定策略，为维稳 NovAtel 公司资源运筹帷幄，殚精竭虑。

那段时期，刘孝丰带领团队主动出击，维护、开发客户资源，积极收集行业信息，发展创新 NovAtel 业务，上下一致，团结一心。

功夫不负有心人。经过多方共同努力，2012 年 4 月，NovAtel 公司终于同意将中国区的唯一代理授权授予北斗星通，并在这年 10 月与公司签订了长达 5 年的代理协议。NovAtel 第二销售渠道正式退出中国市场。但 NovAtel 公司也借此提出了一个要求，即北斗星通作为 NovAtel 产品在中国的唯一代理商，销售业绩不能低于之前两家代理商的业绩总和。

后来的事实证明，导航产品事业部团队不仅做到了这一点，而且业绩超出了 NovAtel 公司提出的既定目标。

导航产品事业部被称为“老八队”。首任总经理是李建辉，现任北斗星通副董事长。多年来，在李建辉的带领下，导航产品事业部不仅继承和壮大了 NovAtel 业务，而且继承和发扬了北斗星通优秀的企业文化。现任北斗星通集团副总裁的刘孝丰和李阳先后担任过事业部总经理，在他们的带领下，事业部业务不断丰富、队伍不断壮大，除 NovAtel 业务外，现在已是全球近 10 个品牌在中国的销售代理。

有道是：“路遥知马力，日久见人心。”导航产品事业部每每在集团困难之际，主动牺牲小团体利益，勇敢地冲在前面。

2020 年年初，北斗星通在 2019 年因资产减值面临巨亏，加上突如其来的新冠肺炎疫情，几乎所有的合作伙伴都已停工停产，经营面临巨大困难和风险。在如此严峻形势下，导航产品事业部团队积极响应集团号召，迎难而上，在确保超额完成原定预算目标的情况下，事业部领导带头主动降薪，进一步缩减成本，为北斗星通各业务单元起到了很好的示范作用，不仅体现了“老八队”的责任与担当，也展现了北斗星通企业文化的力量。

就在全球新冠肺炎疫情泛滥的 2020 年 3 月，北斗星通与 Velodyne 公司签署战略合作及一级代理协议，双方将开展更广领域、更高水平、更深层次的合作，为用户带来更优质的产品、方案及服务。

李阳是 2007 年 7 月加入北斗星通的，现任北斗星通副总裁、导航产品事业部总经理。他积极落实北斗星通对于测绘业务持续稳定的要求，发展壮大经营团队，丰富业务种类和产品资源，带领事业部年年超额完成任务。

加入北斗星通后，李阳几乎做遍了导航产品事业部每个级别的岗位，办公地点从北京到上海，从上海到南京，从南京到广州，最终又回到北京，前后经历了四个城市、三个“办事处”，也就是如今导航事业部“大区”的前身。虽然在全国各地轮换工作，他却没有任何怨言。同事戏称：他在公司的时间比在家还长，与员工在一起的时间比和自己的妻子在一起的时间还多。

当年，北斗星通上市后，规模不断扩大，各地分支机构相继建立。导航产品事业部也陆续成立了西安、南京、广州、武汉和成都几个办事处。李阳先后成为南京办事处和广州办事处的第一位员工。办事处作为导航产品事业部在各区域的窗口，依靠地理优势逐步开疆拓土、扩大业务，每年都能交出漂亮的成绩单。

尤其是为维护好公司的“现金牛”——传统测绘大客户业务，李阳立下了汗马功劳。很多客户愿意与李阳打交道，感到他重视客户，特别是表现在售前、售中、售后支持等多个方面，尤其是售后服务方面，24 小时保障、随叫随到的服务态度，赢得了客户的信赖。事业部 15 年以上的合作客户，测绘客户几乎占了一半。这些客户认为北斗星通是值得合作的对象，产品优质，服务到位，做事靠谱。

导航产品事业部在延续北斗星通“诚信、务实、坚韧”的核心价值观的基础上，不断创新探索，构建有效的市场赋能体系，用市场策划、推广活动、品牌宣传等市场行为，探索出了一条独具特色的营销策略。

他们在实践中总结出一套适合发展的“用户前台”“区域 + 产品 + 行业”的三维营销模式，以及全员营销策略。尤其是三维营销模式，始终以向用户提供满意的卫星定位与惯性导航产品、技术及解决方案，推动国内导航应用及发展为使命，把客户当成一种资源来经营，以客户需求、实现客户最大满意度为导向，始终把用户需求和用户利益放在首位，为用户而存在。

有一次，内蒙古某地使用的产品出现问题，需要售后人员在 24 小时之内从南京到达现场进行处理。华东大区的销售经理胡松在 24 小时的时间里，更换了 7 种交通工具，从南京坐高铁到北京，从北京转飞机到赤峰，再从赤峰坐火车到通辽，从通辽转车到白城，再从白城换乘大巴车到扎赉特旗，从扎赉特旗搭车到供电公司，然后骑马，再步行到达现场，顺利安装好北斗数传设备，受到了客户的高度评价。

2018 年 2 月，中国航空技术进出口总公司的某国际合作项目突然出现 GPS 失效故障，连夜排查得出“干扰导致 GPS 失效”的初步结论，国际压力和经济损失巨大。

导航产品事业部接到通知后，立即成立以魏慧飞、姚志军为核心的项目组。面对时间紧、压力大的形势，项目组沉着应战，迅速排查干扰源对 GPS 的影响，提供远程技术指导，与配套厂家协同奋战，攻克了一系列技术难题，彻底发现并解决了 GPS 干扰源的问题，成功帮助中国航空技术进出口总公司挽回该国际合作项目。

2012 年，在北斗星通年会上，当刘孝丰接过北斗星通最高奖“董事长特别奖”奖牌的时候，导航产品事业部的很多员工在台下为他喜极而泣。

刘孝丰深知，这个奖不是奖给他个人。因而，上台领奖的那一刻，他首先感谢的不是给他颁奖的周儒欣，而是事业部的全体员工。

在每年的事业部年会上，他们不仅总结表彰，提出计划设想，而且签署军令状，常常把年会开成誓师大会。大家最常说的话是：

“没问题！”

“肯定没问题！”

“绝对没问题！”

从“头脑风暴”到“重大专项”

2008 年是中国改革开放 30 周年。

国际经济环境风云激荡，金融危机犹如水银泻地，不停地攻城略地，对已全面参与全球经济一体化的中国带来了比较大的影响。

这年十月，十七届三中全会召开，研究推进中国农村改革发展问题。同时为应对金融危机，国家有针对性地提出了 4 万亿基础建设投资计划，大大提高了国内需求，这些举措都为卫星导航产业带来了广阔的市场。

当时，3G 业务的发展也为北斗星通带来了良机。

“3G 网络的运行，一方面将大大提高我们现有业务的系统能力和服务能力。我们将借助 3G 平台不断完善自己的业务，另一方面也将进一步产生新的应用模式和应用领域。”胡刚回忆起当时的情况坦言。

北斗星通没有害怕金融危机这匹张着血盆大口的“饿狼”，而是面对经济的“严冬”，准备了“棉被”来“过冬”，并为“春耕”做储备。

卫星导航系统的建设是一项庞大的系统工程，技术复杂、周期长，是对一个国家技术的考验，也是对一个国家经济实力的考验。北斗卫星导航系统的建设是国家的重大空间基础设施，所以经费投入是由中国政府重大专项来支持的。

重大专项，全称为“国家重大科技专项”，是我国为了实现国家目标，通过核心技术突破和资源集成，在一定时限内完成的重大战略产品、关键共性技术和重大工程。在全国的重大专项中，北斗重大专项是其中之一。

北斗行业的产业特征有政策性、高科技性和伴生性等特点。其中“高科技性”除了我们通俗意义上的理解之外，还隐藏着一个重要信息，即其产业的正外部性。

正外部性是一个经济学术语，意为一个人或组织的行动和决策对外部造成了额外的正向收益。对于北斗产业，其正外部性表现在，企业基于市场目的研究或技术突破，成为国家层面的科研成果，并让全行业共同受益。对于这种正外部性，一般是由政府等公共组织对正外部性的贡献者进行经济或其他形式的补偿，以激发其主观能动性。

北斗星通一开始就注意到了这个逻辑。

周儒欣下海之初，一手开创的京惠达公司便获得了政府科研经费的支持。比如，京惠达在1996年研发的“RDS/DGPS移动目标监控与管理系统”，既在市场层面应用于银行运钞车的监控与管理上，又在国家科研层面做出了GPS应用的突破，因此获得了某部委卫星应用项目的经费资助。

北斗星通独立开拓的重要业务——海洋渔业应用系统，也实现了这种“一石二鸟”的效果。

一方面，在市场需求层面上，渔船管理单位需要随时了解下属渔船的位置并向其发布信息，实现对所辖渔船船位的动态监控与管理，并为渔民提供紧急救助服务以及相关的信息服务；另一方面，在科研层面上，这在北斗系统的民用开发和应用上都是一项突破和创新，具有极高的科研价值。因此，国家

863计划支持了北斗星通的“北斗卫星海洋渔业综合信息应用服务”课题，并提供了一定数额的科研经费，这对融资困难的民营企业的发展是十分重要的。

提出重视北斗重大专项的人是邹光辉。他发现了北斗重大专项对北斗星通可能带来的巨大商机，提出将其放到战略位置。

北斗星通北斗重大专项领导小组成立，由时任主管科技研发的副总裁胡刚担任组长，具体研究切入北斗重大专项的原则、方向和策略。

在这些基础工作完成之后，又面临着一个重要问题，即项目从哪里来？这时，北斗星通又发挥了民营企业天然的优势——坚持需求导向，从市场中发现问题，这样既能满足市场需求，又能完成科研任务，一举两得。于是，北斗星通发动了一场由上而下的“头脑风暴”，向各个业务单元征集项目主题，梳理出了9个有价值的项目。

2009年的冬天似乎格外寒冷而漫长，始于2008年的全球金融危机使许多企业的经营状况比寒冬还要难熬。

但是，每一次危机都是一次重新洗牌的过程，一定会有新的机遇产生。

就在这年3月初，北斗星通迎来了又一个春天，他们有两个项目先后获得了国家专项支持，被列入国家高技术产业发展项目计划卫星应用专项及国家资金补助计划，分别是“BD/GPS双频兼容接收机及芯片高技术产业化示范工程”项目和“BD/GPS海洋渔业生产安全保障与信息服务高技术产业化示范工程”项目。

“BD/GPS双频兼容接收机及芯片高技术产业化示范工程”项目主要是推动卫星导航定位双频兼容接收机整体技术的应用，实现BD/GPS兼容接收机的基带处理芯片等产品的产业化。这个项目获得了国家800万元的资金资助，主要用于项目的产业化研发和工艺技术示范。

而“BD/GPS海洋渔业生产安全保障与信息服务高技术产业化示范工程”项目，主要是推动BD/GPS系统船位监测和综合信息服务的应用，实现基于BD/GPS船载终端等产品的产业化。这个项目获得了国家1000万元的经费支持。

此后，北斗星通先后参与了北斗卫星导航系统多项重大专项应用推广与产业化基础类项目，并在项目比测中连续夺冠，有的项目甚至是“三连冠”。

可以说，在争取重大专项中，北斗星通稳扎稳打，取得了市场效果和科研效果的双重突破。

事实上，北斗系统从立项起，就以惊人的速度开始了建设。

北斗一号从无到有，展现了中国北斗为生存而战的能力；北斗二号以惊人的“中国速度”建设区域导航系统，从根本上摆脱了对国外卫星导航系统的依赖，践行了对用户的承诺。

北斗二号卫星是国家科技重大专项，是我国北斗卫星导航系统建设“三步走”发展战略承前启后的关键一步，其任务是建成覆盖我国及亚太地区的北斗二号卫星导航系统，满足我国经济社会和国防建设急需，保障国家安全和战略利益。更为重要的是，北斗二号系统是完全不同于北斗一号的新系统，其功能更加强大。北斗二号的服务区域比北斗一号更广泛，且信号功率更强、位置测算更精准，因此其在商业上的前景必定更加广阔。

的确，如果对北斗二号的发展无动于衷，北斗星通将在新一轮的竞争中被对手甩在后面。但如果介入过早，同样会给公司的发展造成不利影响。因为像北斗二号这样一个巨大的项目，其建设周期受到太多不可控因素的影响，几乎不可能准确判断。北斗星通毕竟还是一家中小型企业，可利用的资源是有限的。如果将太多资源投入北斗二号，很可能被北斗二号过长的建设周期给“拖死”。后来的事实证明，北斗二号卫星导航系统历经 7 年时间才收官。

为占位北斗二号，2005 年，北斗星通经过多方努力，与某测绘学院合作，向国家争取到了“主控站数据管理与应用系统”项目。主控站是北斗二号地面运控系统中最为核心的组成部分，北斗二号所有的定位数据都要经过主控站。

北斗星通之所以申请这样一个项目，是出于以下两方面的考量：

其一，北斗星通在北斗一号业务中已经在数据管理方面积累了一定的经验和优势，因此对项目比较有把握。

其二，主控站作为北斗二号地面运控系统的数据中枢，其中可挖掘的商业潜力非常之大——想象一下，数以千万计的移动目标数据都掌握在北斗手中，这与时下流行的基于地理位置的娱乐、购物、社交等手机端客户平台（App）有何不同？这正是近两年来流行的大数据思维的产物，其中的想象空间非常巨大。

就这样，北斗星通以较低的成本在北斗二号系统中下了一步好棋。

这个阶段的北斗星通，已经渡过了生存关，开始把精力投入更长远的战略布局。他们在卫星导航应用领域，尤其是在政府没有想到、没做引导的行业，如渔业、驾考等领域，开拓新的应用和服务，使北斗应用向纵深发展，向行业和专业化领域发展，以赢得更大的发展空间，探索培育新的市场。

北斗相伴金莲花

澳门，曾经是一个小渔村。自 1999 年回归后，成为中华人民共和国特别行政区。在“一国两制”政策的指引下，澳门实行高度自治。

如果从空中俯望，澳门宛如一朵莲花，伸展在万顷碧波之上。对于澳门，叶正大将军内心充满了感情。

1932 年的秋天，叶正大的父亲（叶挺将军）和母亲，带着他和他的大弟弟叶正明乘坐一艘从德国出发的远洋轮船回到澳门。这是一家人在一起生活的时间最长的日子。那段生活经历是叶正大将军最宝贵的记忆。后来，叶正大作为新中国首批留苏学生，踏上了赴莫斯科的征途，从此离开澳门。

2013 年，叶正大将军为感谢澳门特区政府修葺叶挺故居，将三套北斗卫星兼容 GPS/GLONASS 的高精度接收机赠送给特区政府。

事实上，BD/GPS 双系统兼容，说起来容易，做起来并不容易。但北斗星通下定决心要实现这一应用。

澳门国际机场地面沉降原本使用 GPS 单一系统进行检测，在安装使用 BD/GPS 双系统兼容监测终端后，监测数据精度和可靠性大幅提高，监测系统得到了较为明显的改善。

这一系统的安装缘由，还得从澳门国际机场本身说起。

1995 年 12 月 8 日，澳门与世界不能直接通航的历史结束，澳门国际机场正式运营。从空中俯视，她的平面结构犹如一把方天戟头，直指海疆，气势恢宏。

2013 年，我国北斗系统已经实现了向亚太地区提供连续无源定位、导航、授时等服务，未来还将实现对全球的覆盖。借此契机，叶正大将军将三套北斗卫星兼容 GPS/GLONASS 的高精度接收机赠予澳门特区政府。

澳门特区政府决定，将这批设备应用到澳门国际机场的实时沉降变形监测中。时任澳门特区行政长官崔世安，要求澳门国际机场专营股份有限公司对北斗系统进行研究。于是，机场专营公司基建部和北斗星通 GNSS 应用事业部监测业务部的同事们组成项目团队，承担了系统的研发实施工作。

项目组成立初期，经与澳门国际机场方面沟通，发现机场方面对沉降监测领域知之甚少，对于系统如何实施，三套设备用来做什么、怎么用，几乎没有概念。

项目组在 2013 年 7 月 18 日至 26 日紧急安排部署，多次召开会议研究制订项目实施方案和工作计划，并得到了叶正大将军的肯定。

于是，有了“三进澳门”的故事。

第一次进澳门是实地考察。2013 年 7 月 29 日，时任北斗星通总裁的李建辉等一行组成考察组，奔赴澳门做实地考察。在短短的三天时间里，考察组分别拜访了澳门民航局等部门，详细介绍了北斗业务及其应用。8 月 2 日，考察组向澳门国际机场主要领导做了考察工作汇报，并签署了技术备忘录。回到北京后，项目组高效完成了机场实施方案，5 天之内便将方案提交给澳门机场，由澳门机场提交给澳门特区政府。不久，方案得到澳门特区政府及机场方面的一致认可。

第二次进澳门是项目施工。2013 年 10 月 17 日，北斗星通 GNSS 应用事业部组成项目实施团队再次奔赴澳门，进行设备软硬件安装调试、用户系统培训、用户手册移交等工作。该系统是三系统（北斗兼容 GPS/GLONASS）、七频点的技术第一次应用于监测项目，意义非常重大。而澳门国际机场是填海而成的，具备既有雷达、电磁干扰和多路径的特点，这些因素使数据解算受到影响，项目实施难度非常大。项目团队连续进行了三天测试，夜以继日地进行数据解算分析，根据得到的测试数据，与专家及工程师们讨论研究解算方法，制订方案，攻克了技术难题。此后，经过近两个月的试运行，系统运行良好。

第三次进澳门是项目交付。2013 年 12 月 12 日中午，盛大的正式交付仪式暨北斗卫星实时沉降监测系统赠送仪式在澳门举行。

叶正大将军、时任澳门特区行政长官崔世安先生以及澳门机场领导、北斗星通董事长周儒欣等出席了仪式。

这是包括港、澳、台在内的中国机场首次使用北斗卫星实时沉降监测系统。利用我国自主知识产权的北斗卫星导航定位系统，代替了过去以人手监测跑道沉降，确保了监测及机场运行的安全性、可靠性，这是北斗系统在产业领域应用的重要范例，也是机场在卫星导航应用上采取国家先进技术与国际接轨的重要里程碑，为未来推广北斗应用起到了示范引导作用。

“澳门国际机场北斗卫星实时沉降监测系统”利用卫星导航技术，结合高精度数据处理算法，以机场光纤网络为通信手段，采用北斗星通自主研发的 UR370 北斗兼容 GPS/GLONASS 的高精度接收机，实现沉降信息监测与获取、数据管理与集成，对机场跑道人工岛进行 24 小时不间断实时沉降监测，沉降监测精度达到 3 毫米以内。

“澳门国际机场北斗卫星实时沉降监测系统”开创了澳门利用卫星导航技术监测人工岛变形的先河，解决了澳门国际机场跑道人工岛沉降监测问题，为该机场下一步扩建及人工岛建设规划工程能力的提升提供了有力支撑。

该项目实现了我国自主开发建设的北斗卫星导航定位系统在澳门的落地，为打造“平安澳门”、维护澳门繁荣稳定做出了贡献。

作为北斗在内地以外应用落地的第一个项目，并涉及政治、历史、商贸、战略产业等诸多方面，澳门项目是北斗星通的典型成功案例，积累了非常珍贵的项目经验。

由此，北斗星通的北斗业务线，从中国内地开始向着更为广阔的空间延伸。

第七章

栉风沐雨“中国芯”

“芯”事重重

谁能占领产业的制高点，谁就能把握企业发展的主动权，谁就能赢得未来。

因而，占据产业链内的制高点，获得绝对优势，保持领先地位，既是商业制胜的不二定律，也是每个企业梦寐以求的事情。而北斗卫星导航产业的技术制高点、核心竞争力，无疑就是芯片！

2007 年 4 月 14 日，北斗二号首颗卫星成功发射，标志着我国北斗系统建设三步走战略的第二步开始启动。中国启动了真正的卫星导航系统建设，展示出产业大发展的前景。

2007 年 8 月 13 日，北斗星通上市后，周儒欣和他率领的团队有了资本市场的融资能力。如果说之前投入一些人力和财力算是一些探索，并不能算是真正下决心开发芯片，那么这个时间点算是真正下决心开始为卫星导航芯片搏一搏了。

开发芯片，这无疑是一个大胆而超前的决定！

当今时代，是飞速发展的信息时代。人们对高科技电子产品的神奇功能赞叹不已，而赋予这些产品奇特功能的核心器件，就是被称为“生命之石”的集成电路，也叫芯片。

岁月磨砺。回首芯片市场的风云激荡，曾有过多少刀光剑影，演绎过多少传奇故事。

事实上，自20世纪四五十年代以来，美国开始逐渐占据全球科技和高端产业的顶端。当其他国家要么淹没在硝烟弥漫的战火之中，要么在残垣断壁上重建家园的时候，美国却汇聚了大量的顶尖科技人才，以其完备的科研体系和工业生产链条，孵化出一个又一个堪称划时代的伟大产品。

芯片，就是其中之一。

当今世界，芯片技术被美国作为大国博弈的“锁喉技”，支撑起全球上万亿美元的电子设备市场。而这项伟大的发明，要追溯到70多年前，美国硅谷贝尔实验室。

那是1947年12月23日下午，天上飘着蒙蒙的细雨。贝尔实验室的科学家们陆续来到肖克利办公室，展现在他们面前的，除了示波器、信号发生器、变压器、话筒、耳机、电表、转换开关这些常见仪器之外，还有一个神秘的塑料楔形体。

肖克利示意沃尔特·布拉顿接通电源，从荧光屏上的波形图来看，信号经过放大器后，有了明显变化。布拉顿对着话筒随意说了几句话，戴着耳机的贝尔实验室科学家的脸上露出了惊奇的神情。他们已经预感到，科学史正在他们眼前掀开一个新篇章。

这个神秘装置，后来被命名为晶体管。与巨大的电子管相比，它就像一个充满魔力的小精灵。它的问世，为后来集成电路以及现代计算机等一系列电子设备的诞生吹响了号角，让人类居住的这个星球燃起了“电子之光”。

那位叫威廉·肖克利的人，点燃了“硅谷之火”，使这块土地上燃起壮观的电子之光，成就了“20世纪最伟大发明”的晶体管。

有了晶体管，集成电路的诞生就有了曙光。

20世纪50年代，越来越多的工程师开始设想集成电路的概念。1952年，英国雷达研究所科学家杰夫·达默首次提出集成电路的设想——可以把电子线路中的分立器件集中制作在一块半导体硅片上，一小块硅片就是一个完整电路。这样一来，电子线路的体积就可大大缩小，可靠性大幅提升。发明集成电路的重任落到了杰克·基尔比和罗伯特·诺伊斯的肩上。他们分别独立完成了集成电路的研制，被公认为集成电路的共同发明者。

当晶体管发明的时候，基尔比刚刚在伊利诺伊大学获得电子工程学学士学位。这项新发明让他在大学里选修的电子管技术全部没了用武之地，但这并没有消减他对电子技术的热情，反而更加坚定了他要做电气工程师的决心。1958 年 9 月 12 日，基尔比成功地实现了把电子器件集成在一块半导体材料上的构想。他把晶体管以及电阻、电容等集成在微小的平板上，用热焊方式把元件以极细的导线互接，在不超过 4 平方毫米的面积上，大约集成了 20 余个元器件。这一天，被视为集成电路的诞生日。而这小小的芯片，开创了电子技术历史的新纪元。

当基尔比用锗做出集成电路的消息传到硅谷，仙童半导体公司的罗伯特 · 诺伊斯发明了世界上第一块用硅制作的集成电路，比锗集成电路更实用、更容易生产。

由于诺伊斯的创造发明，仙童公司生产的集成电路很快就成了比金子更诱人的产品。苹果公司创始人乔布斯曾做过形象比喻：仙童半导体公司就像一株成熟的蒲公英，你一吹它，创业精神的种子就随风四处飘扬了。

与此同时，诺伊斯还和他人一起创办了科技界闪耀的明星英特尔公司，直到今天，英特尔仍然是集成电路行业的翘楚。微软的比尔 · 盖茨称英特尔公司是“芯片之王以及世界上最有价值的公司之一”。

集成电路的发明使我们生活的世界发生了天翻地覆的变化，以至于有人把它称为“轮子之后最重要的发明”。从家用电器到汽车飞机，从连接世界的互联网到人手一部的智能手机，在集成电路的基础上，又涌现出许许多多的伟大发明，共同推动了人类社会的进步。

在其后的岁月里，不仅是美国，还有日本、韩国，也在芯片领域不竭探索，并悄然崛起。这一产业规模不断高速增长，并带来了可观的经济效益。

中国，在芯片领域曾留下了一段“芯”酸往事。

当大洋彼岸的“集成电路的发明者”基尔比和诺伊斯大放异彩的时候，中国人正在经历“大跃进”和“三年困难时期”，而这时的硅谷已经显露雏形，仙童、Intel、AMD 等大批公司相继在 20 世纪五六十年代成立。与美国对应的是，中国在1960年成立了以中科院半导体所为代表的大批研究机构，并在全国建设了数十个电子厂，初步搭建了中国半导体工业的“研发+生产”体系。

改革开放之后，敞开国门的中国人猛然发现，美、日的半导体产业已经将中国远远抛在身后，差距在10年以上。但除少数专家外，许多人对这种差距和追赶的难度普遍认识不足。1977年，改革开放的总设计师邓小平问半导体器件物理学家王守武：“你们一定要把大规模集成电路搞上去，一年行吗？”

领导的殷切关怀，催生了中国独特的产学研模式：通过运动式的集中攻关，来突破某一项技术。这种方式在不考虑成本和良率的军工领域内是有效的，如“两弹一星”，但在产业化和民用化方面不可行。

为应对这种情况，国家部委先后组织了三大“战役”，分别是1986年的“531战略”、1990年的“908工程”和1995年的“909工程”。然而，从1978年到2000年的芯片研发历史看，由于早期缺乏统一规划，蜂拥引进国外淘汰的生产线，但这些设备在摩尔定律的驱动下，以超乎寻常的速度变成了废铁。

中国“芯”的漫漫征程还未停歇，新世纪征途迎来了新的曙光。

2000年之后，中国芯片行业进入了海归创业和民企崛起的时代。但是，集成电路产业从产业规模、技术水平、市场份额等方面，都与国际先进水平有较大差距。虽然我国是世界上最大的芯片消耗国，但自己提供的芯片不足10%，只能停留在产业链的末端，靠代工来获取微薄的利润。

因此，芯片之争不仅是企业之争，也是国家竞争力之争。

与计算机行业类似，芯片是导航定位系统的技术核心。卫星导航产业的技术制高点在“芯片”，其研发难度自然也是最高级别的。

在当时，这一技术难度最高、利润率最大的领域仍然被国外的产业巨头牢牢把控，主要有SiRF、U-blox、博通、高通、意法半导体等。

只有研发和制造出属于中国人的芯片，才能够占据产业链的最高点，才能够彻底摆脱核心技术受制于他国的尴尬境地。

在这个激烈竞争的世界，没有免费的午餐。核心技术是核心竞争力的精髓，谁也不会转让。中国企业的核心竞争力只能靠自己积累。我们必须正视一个严酷的现实：没有核心技术就要受制于人。

当年，北斗星通成立之初，由于比较弱小，只想拥有自主知识产权的产品，以此推动公司的发展和创新。

那个时候，北斗星通依靠代理 NovAtel 公司的产品，虽然艰难，但顽强地生存了下来。从 2000 年到 2003 年，经过近三年的努力，北斗星通终于完成了“北斗一号信息服务系统”的立项和研制工作，并通过了验收评审，为北斗系统的开放民用应用奠定了坚实的技术基础。

2004 年 12 月，北斗星通顺利取得了“‘北斗一号’卫星导航定位系统”分理服务的第一块牌照——001 号，成为我国北斗卫星导航系统首个位置服务运营商。

2005 年 10 月，北斗星通决定进行股改上市。当时，周儒欣强烈地意识到，一个代理公司怎么能上市呢？他决心要研发自己的产品。经过一番精心策划，2005 年 12 月，北斗星通与 NovAtel 公司签订了《关于 BDNAV 卫星导航定位产品的合作协议》，最终研发出 BDNAV 高精度系列板卡产品。2006 年 10 月，国家商标局受理了北斗星通关于 BDNAV 的三类商品商标和服务商标的申请。从这时起，北斗星通有了自己的产品，开创了自有品牌，具备了一定的知识产权。

2006 年 4 月 8 日，北斗星通完成了“股改上市”的治理准备第一步工作，即把“有限公司”变更为“股份有限公司”，这也极大地促使北斗星通要从战略上和组织上逐步做出从事自有产品和技术开发的安排。

2006 年年底，根据市场需求，北斗星通“装备研发中心”内部成立研发二部，专门从事高精度卫星导航定位设备的开发。这一年，黄磊博士、毛刚博士等相继加入研发团队，壮大了研发力量。

从这时起，北斗星通开始了艰难的探索。尤其是在与 NovAtel 公司的深入合作中，北斗星通通过技术嫁接、产品嫁接、品牌嫁接，采取引进、消化、吸收、创新的方式，搭建了自己的技术研发力量，打造了先进的产品，开始走上了自主研发的道路。

这一年年底，北斗星通研发生产的、具有自主知识产权的 BD/GPS 兼容接收机产品，提高了高精度产品竞争力。在2007年3月29日报送中国证监会《首次公开发行股票并上市申请文件》中，就包含了“BD/GPS兼容接收机”募投项目，投资总额为2918.10万元。

2007年年底，北斗星通完成了GPS PVT原型软件开发，实现了单点定位；2008年5月，开发了PVT解算软件等；2008年8月，为了加大研发力量，北斗星通又在研发中心原研发二部的基础上，组建了卫星导航设备研发中心，这就是和芯星通的前身，进一步坚定了自主研发的决心和信心。

真正去开发卫星导航核心产品，哪怕是通过“嫁接”方式，也是十分艰难的，更不用说要开发芯片了。自2007年8月13日北斗星通成功上市之后一年半多的时间内，北斗星通管理团队和“BD/GPS兼容接收机”项目组面临着极大的压力，技术与人才都无法满足研发的需求。

因而，当周儒欣带领的北斗星通表示要研发芯片的时候，业内许多人士充满了怀疑与质疑，几乎没有人相信一家民营企业有实力、有能力研发芯片。

之所以怀疑与质疑，是因为——

北斗星通是一家以代理国外产品起家的民营公司，其贸易和市场属性非常强，但科研技术基因并不充足，而芯片研究代表了业内最高的技术水平，北斗星通能够实现这样高难度的技术突围吗？

芯片研发是“烧时间、烧钱”的项目，研发投入资金是极其巨大的，而且研发周期很长。当时就有人劝周儒欣：千万不要搞芯片，国家搞了那么多年的芯片也没看到用多少，还都是买国外公司的产品，你们一个小小的民营企业怎么可能搞出芯片来呢？

北斗星通作为上市公司，每年都要拿出增长业绩来向市场和股东做出交代，而一旦投入芯片研发，业绩下滑几乎是板上钉钉的事情，北斗星通能承受住这种压力吗？

芯片研发需要高科技专业人才。研发芯片不同于其他的产品生产和设计，需要有专业的人才，他们具备专业的知识和技能，具备一定的从业资质和研发核心能力。北斗星通虽然吸收了一批各领域的人才，但对芯片的研究几乎是空白。而且，团队后劲不足。组建团队是研发芯片工作中的重要组成部分，研发芯片仅仅有一两个专业的人才还不够，需要团队合作，需要各方面的人才来支持和配合。

芯片是个出力不讨好的产业，投入与产出在短时期内是不成正比的，未来的收益不可准确预期。而且，科研和市场的结合并不是一蹴而就的，即使芯片研发成功，北斗星通能够顺利将其产业化，从而避免科研和市场的“两张皮”现象吗?

在一片质疑和怀疑声中，周儒欣依然初衷不改，依然决定要做芯片，不但要做，而且要做成！即使前面是艰难险阻，也要义无反顾地坚定做下去。

当然，芯片是一个资金密集、人才密集、技术密集的产业，不是头脑发热、一时冲动就可以做成的。

下决心独立自主地研发芯片，打造“中国芯”，周儒欣并不是毫无目标地蛮干，而是有其深思熟虑的。

那时候，北斗星通即使在上市之后，大部分的业务和利润来源还是依托于代理 NovAtel 产品，依赖性太强、风险太大，而且 2008 年的金融危机也验证了这种危险。

有机无“芯”的危机感，时时压在周儒欣的心头。芯片作为高科技集成产品，如果长期依赖进口外国的东西，自己不掌握核心技术，就会受制于人。都说科学无国界，但真正的核心技术是有国界的。尤其是导航产业，长期处于无“芯”的局面之中，令人担忧。

事实上，美国 GPS 导航系统早在 1994 年就建成并于当年提供了全球民用服务，2007 年我国北斗导航系统才建成。在长达 13 年的时间内，我国的导航终端中绝大部分使用的是美国 GPS 芯片，美国 GPS 芯片已经占据了我国卫星导航市场 95% 的市场份额。北斗卫星导航极低的市场份额，使得实现北斗导航逐渐替代美国 GPS 导航的规划步履艰难，这也是推动北斗卫星导航应用产业化的重大阻碍。而且，芯片的优劣很大程度上决定了卫星导航产品的性能，芯片技术直接关系到产品的技术指标和未来的发展走向。因此，北斗星通急需具备自主知识产权的产品和业务，摆脱依赖依附的风险。

周儒欣深知，尽管芯片研发难度很大，但是做出自己的北斗芯片意义更大。

作为北斗产业第一家上市公司，发展北斗产业，必须有自己的核心产品做支撑，否则谈不上产业发展。从这个意义上来说，北斗芯片不是要不要做的问题，而是必须做好的问题。

任何一个科技领域的发展，关键在人才。企业发展的后劲，不是企业的大小，而是人才的多少。而通过芯片研发，可以凝聚和培养一大批人才。

周儒欣说："我们一定要抓住这一难得的历史机遇，履行国家使命，向产业链的上游挺进，也就是基础类产品，包括芯片、OEM 板卡、导航引擎及核心处理软件等。"

周儒欣知道，"板凳要坐十年冷"，芯片研发没有"弯道"可以"超车"，只要下决心努力去做，就一定有机会。努力不一定成功，但放弃一定失败。

人才、资金和市场是挡在北斗星通研发"中国芯"面前的"三座大山"，周儒欣是怎样一一攻破这"三座大山"的呢?

"三顾茅庐"请来芯片专家

人才，是创新之路的第一资源，也是第一要素。而核心技术的研发比拼，是人才的比拼。

做强"中国芯"，人才需先行。

因而，若要研发芯片，周儒欣面临的第一个问题就是，需要有掌握物理学、材料学、计算机学、数学、电子学等知识的复合型创新人才。

周儒欣在刻意寻找着，从国内到国外。

2008 年 1 月 8 日，周儒欣在全球华人导航定位协会在广州市举办的某次会议上，偶然认识了温和儒雅的韩绍伟。

1965 年出生的韩绍伟，1986 年本科毕业于武汉测绘科技大学，1997 年获澳大利亚新南威尔士大学博士学位，2003 年加入美国 SiRF 公司任总工、副总裁，并兼管上海子公司。

一天，两人在珠江宾馆的旋转餐厅吃饭。其间，韩绍伟表达了对北斗星通和周儒欣的欣赏与认可。

韩绍伟对周儒欣说：“2007 年华人导航圈有两件大事，第一件是自己掌舵的掌微被 SiRF 收购，第二件就是北斗星通成功上市。”此时，二人颇有“青梅煮酒论英雄”“今天下英雄，唯使君与操耳”的气势。

接下来，两个人聊到国际卫星导航产业的发展、国际竞争的态势和发展方向、中国自己的北斗卫星导航系统、中国在终端芯片和 OEM 板卡等核心技术上的空白以及北斗星通面临的机遇和挑战等。

韩绍伟博士说，GPS 的发展、GLONASS 的更新和中国北斗二代的建设，为技术再次革新提供了可能，使企业有了“弯道超车”的机遇。

韩绍伟最后表示，以周儒欣的胆识和北斗星通的基础，如果能够在接下来的时间里运作得当，操作顺利，北斗星通一定可以在三五年内成为具备国际竞争力的企业。

这次会面结束后，韩绍伟继续回美国工作。但是，周儒欣的内心不平静了。

这是一次永生难忘的会面与沟通，也是后来成立和芯星通公司的“起点”，是两个意气风发的企业家梦想的升华与思想的碰撞！

成为“国际一流”企业，是周儒欣的愿望。

但是，如何才能实现呢？显然，从产业链布局上来看，北斗星通已有的业务已经到达一个“瓶颈”，如果要向上游拓展，只有一个选择——就是将芯片战略落地，占据产业制高点。虽然北斗星通已经上市，具备了较好的融资渠道，但显然研究芯片光有钱是不够的，必须具备扎实的技术实力，而技术实力必须依靠高端人才。

同年 5 月，几经沟通协调之后，周儒欣与韩绍伟两人约定一个周末在上海见面。当时，两个人见面的时候已是下午，在酒店大堂简单吃了点饭，便开始聊导航、聊产业链、聊芯片、聊国际化发展。结果两人越聊越投机，一直聊到第二天凌晨 5 点。

这次彻夜长谈，让周儒欣认定，韩绍伟就是自己一直在寻找的专家人才。

周儒欣坦诚道："绍伟，你说我们三五年可以做到国际一流，怎么做到呢？我觉得把你请来我们就能做到！"

周儒欣提议：设立一家新公司，参与北斗卫星导航系统的建设，开发高端导航定位芯片，攻克制约国内卫星导航产业发展的技术难题，形成具有自主知识产权的国际一流核心技术和核心竞争力。

周儒欣诚恳地向韩绍伟发出了加盟邀请。

韩绍伟没有立即答应，毕竟这是一件大事，意味着自己要放弃在美国优越的工作和生活环境，投入一项前途未卜的事业中。但同时，韩绍伟也是"想做事"的人，周儒欣的坦诚和抱负让他深受感动，因此表示自己需要再考虑一段时间。

同年 9 月，周儒欣与李建辉、秦加法赴美参加美国导航学会年会（ION GNSS）。这是世界上导航定位领域最权威的学术会议之一，韩绍伟当然也接到了邀请。

周儒欣一行三人在参会之前先行飞到了美国硅谷拜见韩绍伟，再一次向他发出邀请。

在一家宾馆里，周儒欣等人与韩绍伟见面了，话题自然还是离不开芯片。周儒欣说："当年如果没有钱学森等老一辈航天专家回国，我们中国不会有现在这样的国际地位。绍伟，如果你能回到国内，我们共同努力，我相信中国也会成为卫星导航强国。"

韩绍伟点头说："中国一定能成为导航强国。"

周儒欣进一步提议，由北斗星通出资建立一家以北斗为核心，专门研发高集成度芯片设计和核心产品开发的高科技公司，韩绍伟以自然人身份作为共同发起人，拿一部分干股，且出任新成立公司的 CEO，全面负责公司的研发和管理任务。

这一次，韩绍伟终于被真诚打动，决定与周儒欣合作，开创"芯"的事业。

同年 10 月，周儒欣再一次邀请韩绍伟回国，并请时任中国卫星导航系统管理办公室主任的杨长风参加，三人一起坐下来探讨了北斗芯片业务的发展问题。

2009 年 1 月 30 日，韩绍伟办理完辞职手续，于 2 月 1 日飞抵北京。下了飞机，他就直奔位于北京海淀上地的金隅嘉华大厦周儒欣的办公室。一见面，两人先是双手紧紧地握在一起，继而是紧紧地拥抱。那一刻，他们都为彼此的执着与真诚所感动，都渴望携手开创一番新事业。

2009 年 3 月 8 日，在充满希望的阳春三月，和芯星通科技（北京）有限公司正式成立，定位于专业从事以北斗为核心、高集成度芯片设计和核心产品开发。

周儒欣和韩绍伟，两颗拥有同样梦想的心，向着芯片领域发起了冲击。他们坚信：一定能奔向梦想中的星辰大海。

这注定是一条布满荆棘、充满险阻的创“芯”之路。

“芯”的春天悄悄来临

2009 年的春天，在周儒欣的记忆中，也许是最明媚的一个春天。

虽然，全球金融危机依然寒意正浓，但周儒欣心中的春天已经悄悄来临了。

这一年，即将迎来新中国 60 周年华诞，北斗卫星导航定位系统将有 12 颗卫星遨游太空，力争 2010 年为我国及周边地区提供基本服务。

这一年，我国开始建设北斗三号全球系统。我国卫星导航产业进入前所未有的快速发展期。

早在这一年年初，周儒欣就指出：“2009 年是公司实施国际化战略、实施关键核心技术突破之元年。”

这年 4 月 15 日零时 16 分，我国在西昌卫星发射中心用“长征三号丙”运载火箭，成功将第 2 颗北斗二号卫星送入预定轨道。这对于北斗卫星导航系统建设具有十分重要的意义。

就在这一年春天，和芯星通成立的消息在北斗产业界引起一阵轰动。虽然质疑与怀疑声依然没有停止，但对周儒欣决心切入芯片研发还是充满敬佩。

北斗产业链环节分为上游、中游、下游三部分：上游包括芯片、天线、板卡、地图等基础产品，中游包括车载、手持、船载或其他行业应用的终端设备，下游包括面向应用的系统集成与运营服务。

芯片从产业链划分，可分为设计工具、指令集体系、芯片设计、制造设备、晶圆代工、封装测试6个主要环节。

正如盖楼房需要施工设计图一样，芯片也是如此。设计的第一步就是定目标。在芯片设计中最重要的步骤就是规格制定。这个步骤就像是在设计建筑前，先决定好房间的结构，每间屋的样子，有什么建筑法规需要遵守。确定了所有的功能之后再进行设计，以保证后面的流程不会出现返工。

设计的第二步是规划草图。这与建筑师的工作仍然很像。只是芯片设计工程师会使用独特的编码语言来“画草图”。操作完后还要反复修改，确保需要的芯片功能都可以实现。

接下来就是画出平面的设计蓝图。可以用计算机辅助软件帮助设计师“绘图”，甚至用特殊的软件画出复杂的电路图。经过反复修改，设计就告一段落。

由此可见，芯片研发是一件很艰苦的事情，工序链很长，从算法设计、芯片设计、验证、做板子到做整机，从头做到尾，所有的环节都要验证，而且每个环节的交接工作很多，任何的疏忽都会导致前功尽弃；各部门的磨合也是一大难题，要配合默契，需要不断加强沟通、培养团队。

芯片是采用几百道复杂的工艺，把一个电路中所需的晶体管，包括二极管、电阻、电容和电感等元器件及布线互连，形成一个电路，集中制作在一小块或几小块硅片上，然后封装到一个壳体内，成为具有所需电路功能的微型结构。

可以说，从一粒沙石到一枚芯片，实现在方寸之间存储海量信息，经历了神奇之旅。而从设计原理图、网表图到单晶硅、晶圆、光刻，再到封装，每一道精密的工艺流程背后，都蕴藏着高科技的奥秘。

即便如此，国内当时尚未出现真正规模批量的自主接收机芯片，国际上也没有真正意义上的支持多模多频架构，特别是支持我国北斗系统的高品质芯片。卫星导航产业“缺芯”是国家重大的安全隐患，同时也是影响北斗系统发挥巨大经济效益的“瓶颈”。

从技术角度来看，芯片成本之高令人望而却步，芯片的缺失已经严重制约了北斗产业化进程。“大投入，大收益；中投入，没收益；小投入，大亏损”，不达到一定的规模和体量，很难有明显的效益，同样也影响着企业的研发热情。

从制作工艺角度来看，芯片优良与否决定了芯片体积和功耗的大小。芯片体积越小，意味着集成电路越精细，功耗也越低，同时其制造难度与成本也越高。而且，芯片还不仅是技术、工艺、装备、耗材和投入等问题，更需要踏踏实实、扎扎实实地去研究。如何找到技术曲线与产业需求曲线的峰值重合部，需要更高的战略眼光和更远的战略计划。

面对这一系列技术难题，一大堆“瓶颈”问题，北斗星通能“突出重围”实现突破吗？

从某种程度上讲，我国的芯片产业开始起步就置身于国际大循环中，面对的是一个个体量巨大而又虎视眈眈的对手。与欧美发达国家相比，我国芯片核心技术的欠缺、资金投入的巨大以及领军人物的匮乏，尽显创“芯”之艰，内“芯”之痛不言而喻，企业的追赶之路荆棘密布，道路泥泞。

但是，与周儒欣一样怀抱产业报国理想的韩绍伟团队，却是雄“芯”万丈。他们瞄准高精度领域，以战斗者的姿态发起了冲锋。

没有准确的认知，就会被人牵着鼻子走，也就会在追随中落伍。

2009 年 8 月，中国卫星导航系统管理办公室召开了关于支持开发基于北斗芯片的会议，韩绍伟作为专家被邀请出席了这次会议。北斗主管部门出台了支持北斗产业发展的相关政策，包括对芯片等基础产品和示范工程的支持；同时，在国家层面成立了若干专家组，韩绍伟和胡刚也被吸收到专家组里。

2010 年，在全球卫星导航系统国际委员会（ICG）第五届大会上，韩绍伟博士创新性地提出了“第三代卫星导航系统”和“第三代卫星导航接收机设计理念”。该设计理念是把不同国家的卫星导航系统统一放在一个空间框架和时间框架中，这样一来实际上全球已有的 GNSS 系统就变成了一个统一的系统。由此，和芯星通首先从理论上证实了“全球卫星导航大联合”的可能性。

对于和芯星通开发的 Nebulas 高精度基带芯片而言，测试任务最为艰巨，因为芯片基带模块功能强大，是当时支持系统最全、工艺最先进的卫星导航基带芯片，而且采用的是 SoC 架构，结构复杂、逻辑量大。

当时，参与芯片算法设计的黄磊清楚地记得，从立项、设计再到测试验证，所有参加研发的技术人员几乎是废寝忘食，披星戴月。Nebulas 芯片仅典型测试用例就以万计，每次发现问题并修正后都需要重新进行测试。一次次地推倒重来，不仅考验着技术，也考验着意志与耐力。

2010 年春节前夕，恰是 Nebulas 芯片 FPGA 测试最为关键的时候，因为只有在春节前实现 RTL（寄存器转换级电路）网表发布，才能保证芯片 5 月份正式流片。

设计芯片前，先用 FPGA 进行一遍测试，这是必需的步骤。而当时，他们在进行 FPGA 测试时暴露出越来越多的问题，RTL 网表春节前发布困难重重。

关键时刻，韩绍伟博士亲自参加到 Nebulas 项目工作组，与核心成员一起每天加班测试，一次次反复进行，不厌其烦。韩绍伟发现问题还不少，必须立即解决。于是，自发提议通过实施封闭式开发方式进行集中攻关。

项目组成员从 2010 年 2 月 2 日开始，进行封闭式测试开发工作。每天早晨 8 时召开当天任务布置会，白天进行研发测试，晚上 10 时召开当天的总结会，所有人吃住都在公司。封闭式开发，效果非常明显，为 RTL 网表发布奠定了坚实的基础。

此时，已是 2010 年 2 月 12 日，除夕前夜，项目组成员这才带着任务完成的喜悦和疲惫的身躯回家过年。3 月 12 日，经过长达 40 天的连续封闭奋战，FPGA 测试基本通过，出司流片。7 月 20 日，和芯星通独立自主研发的 Nebulas 全掩膜芯片拿回公司。

看着那小小的“宝贝”，大家欢欣鼓舞，许多人流下了激动的泪水。

2010 年 9 月 25 日，在北斗星通成立十周年庆典大会上，北斗星通发布了世界首款真正意义上的支持多模多频架构的 Nebulas 芯片。这款 Nebulas 芯片采用 90 纳米低功耗工艺，内置 200+MHz 处理器和 192 个逻辑通道，支持世界上所有导航系统的信号，无论是北斗还是 GPS，只要能够接收到其中任意

N+3 颗卫星的信号，便能进行测算和定位。

这款芯片的发布在业内引发了强烈的轰动效应。因为之前也有同行号称研发出了类似的芯片，但实际上都是“伪芯”，因为这些芯片的启动都需要 GPS 信号进行触发，显然还是基于 GPS 的芯片，并非真正意义上的兼容芯片。尤为意义重大的是，随着这款芯片的发布，中国摆脱了对西方国家“导航芯片”的依赖，打破了国外垄断，推动了中国北斗产业化应用驶入快速轨道。

国家最高科学技术奖获得者、“两弹一星”功勋科学家、北斗卫星导航系统工程总设计师孙家栋院士，副总设计师谭述森研究员，杨元喜院士，刘经南院士，许其凤院士与和芯星通 CEO 韩绍伟博士共同启动发布仪式。

已经 81 岁高龄的孙家栋院士对这款芯片给予了高度评价：“该芯片为国家的北斗事业做出了巨大的贡献，确实为逐步实现北斗梦想跨出了非常重要的一步。”孙家栋院士同时向参与研制的同志表示衷心的祝贺，向北斗星通领导对自主知识产权的远见表示了赞许。他表示，北斗星通研制的国内首款具有完全自主知识产权的芯片，附加值高，将对推动北斗产业化进程起到重要的推动作用，而这也将为北斗系统的天地统筹发展打下良好的基础。他激动地说：“这个具有自主知识产权的产业化项目，为中国人争了一口气，在世界上表现了北斗强国的梦想！”

这款自主研发的基于北斗的多系统多频的导航芯片，成功填补了国内空白，实现了从“中国制造”到“中国智造”的转变，引领行业实现了跨越式发展。

在启动发布仪式上，周儒欣为当初做出的选择感到激动和自豪，更对北斗星通的未来发展充满信心。也是在这次庆典仪式上，周儒欣首次提出了“共同的北斗，共同的梦想”的理念，致力于推进北斗产业化迈上新台阶，实现更大的经济效益和社会效益。

2010 年 11 月 18 日至 19 日，第八届中国卫星导航（北斗）系统应用论坛在西安召开。和芯星通在论坛上全面展示了研发成果，完全自主知识产权的、多系统多频率 SoC 芯片以及基于该芯片研发的多系统兼容互操作的板卡等系列产品。

和芯星通的成就，不仅让业内人士佩服与欣赏，而且引起了高层的关注和重视。

第一款芯片的成功研制，正是周儒欣带领的北斗星通追逐梦想、不忘初心、砥砺前行的印证。

专心致志“中国芯”

做芯片，不容易；在中国做芯片，更不容易；而让芯片产业化，则是更加的不容易。

和芯星通继第一款芯片研发成功后，又紧盯客户需求，瞄准市场，取得了多项突破。

2010 年，UR240-CORS 产品中标武汉大学 BD/GPS 双系统四频接收机项目。

2011 年，基于 Nebulas 的 UM220 产品在广州公务员用车项目中取得重大突破。

2011 年，“多模导航型基带芯片”“多模多频高精度 OEM 板”在北斗重大专项实物比测中夺冠，同时在国内赢得了第一个北斗 CORS 终端项目，获得了国内第一个万台北斗模块订单，以亿计的资金投入终于有了真正的回报。

从和芯星通成立之日起，周儒欣和他的同事们就始终关注中国卫星导航系统管理办公室对于北斗系统、北斗芯片、北斗示范工程的支持。时任北斗星通副总裁的胡刚，做了大量卓有成效的工作。

北斗重大专项是由中国卫星导航系统管理办公室主导的，而“实物比测”则是中国卫星导航系统管理办公室专门针对北斗产业化应用所组织的“行业大赛”。可以说，这项“比赛”是业内最权威的“赛事”，有人称之为中国导航定位领域的“全运会”。北斗星通能多次拿到第一名的成绩，其产品的科技含量可想而知。

此后，从南到北，从东到西，在深圳、在武汉、在北京，和芯星通研发的芯片产品引起了业内高度关注，在各类年会、展会上亮相，并频频获奖。

2013 年 12 月 6 日，由中国卫星导航系统管理办公室组织的 2013 年度北斗基础产品比测活动正式落下帷幕。和芯星通自主研发的“基带芯片”及“高精度 OEM 板卡”两项在比测中以绝对领先的优势双双摘得桂冠，取得了该项比测活动的“三连冠”。

为配合北斗产业化推广，中国卫星导航系统管理办公室组织了“多模导航型基带芯片”的实物比测，全国 10 多家拥有卫星导航产品研发和生产能力的厂家参与了此次测评，测评中的核心技术指标包括定位精度、测速精度、时间性能、捕获跟踪灵敏度及联合定位等，并涵盖了复杂环境、城市、峡谷等实际跑车测试。这类比测从 2011 年到 2013 年每年一评，共计三次。和芯星通送测的 BD/GPS 多模导航型模块连续三年在各项指标评测中表现出众，以大比分优势取得第一名。

其实，对于比测，和芯星通每一次都不敢有任何懈怠。

当接到“多模导航型基带芯片”的实物比测通知的时候，研发团队正处于产品发布前如火如荼的测试中，产品发布迫在眉睫、客户交付需求亟待满足。“多模导航型基带芯片”比测任务更关系到在卫星导航技术应用领域的地位和影响力。

他们立即成立了由时任导航产线技术总监的张正烜为组长的比测小组，并召开了紧急启动会议，制订了比测方案，进行了具体分工。

测试过程中每发现一个问题，大家便认真而执着地进行分析研究和讨论，反复操作，仔细记录，直到找出问题的原因。研发工程师为了解决一个个问题，严谨地计算推敲，重复演示，不断观察，直到解决问题并确保无误。

为了确保万无一失，他们从 1300 块导航模块中手工测试筛选出 1000 块。为了更好地保护模块，同时也便于主办方验收，他们决定每个模块用一个防静电袋包装。这看似简单的事情，做起来才发现工作量远远超出了预估。每个包装袋都需要先撕开密封口，然后放入模块、封口。这样包装一个模块需要 30 秒。而一个人完成 1000 个模块的包装至少需要 10 个小时，而所剩时间只剩 12 个小时。于是，他们发动群众的力量，一个、两个、三个……有的人负责撕开密封口，有的人负责装入模块，有的人负责包装封口。

就在装箱完毕时，负责调试的研发工程师吴红甲紧张地冲过来说：“模拟测试数据有点问题，不确定是不是 Bug，发生概率很小。”一句话，让周围的空气顿时凝结了。

如果确认是一个 Bug，不管发生概率多少，都必须解决。这就意味着要全部返工。“我们的时间还够吗？”每个人心里都在打鼓。时间停顿 3 秒，“全力以赴，抓紧时间再多测试几遍，确认一下！”于是，大家迅速各就各位，搭建环境又开始测试，机器在高速运行。“确定了，没问题！”终于，吴红甲和测试工程师张郁一边比画着剪刀手一边兴奋地从实验室跑出来。

伴随着一款款芯片的发布，周儒欣、韩绍伟以及北斗星通、和芯星通也屡获殊荣。韩绍伟入选国家重点人才计划，周儒欣荣膺“2013 中国自主创新领军人物”；北斗星通入选“2010 中关村十大行业知名品牌”“2013 中国自主创新卓越品牌”奖，成为中关村国家自主创新示范区“十百千工程”第三批重点培育企业；和芯星通导航定位 SoC 芯片荣获“2011 中关村十大创新成果”。

从 2009 年到 2013 年，经过近 4 年艰苦不懈的努力和坚韧不拔的攻关，和芯星通在 2013 年全年完成销售收入 5000 多万元，增长约 200%，首次达到了财务收支平衡。

和芯星通能在短短 4 年的时间里实现产品研发、销售和收支平衡，不能不说是一个奇迹。

这个成绩的取得来之不易，凝聚着全体员工的智慧和力量，浸透着和芯星通团队的智慧和汗水。

然而，岁月的长河里并不总是风平浪静，有时也会有暗流涌动，甚至是惊涛骇浪……

“芯”道扬镳的前前后后

做企业，盈利是硬道理。

2014 年，北斗产业化开始提速，在国家政策支持下的行业发展力度加大，产业链初步形成，北斗芯片取得了重大突破。

这一年，和芯星通终于走过了阴雨连绵，迎来了阳光灿烂，实现了盈利。

从 2007 年的设想，到 2014 年真正实现“芯片”盈利，周儒欣带领和芯星通走过了 7 年时光。一路风雨兼程地走来，酸甜苦辣咸，可谓是五味俱全。

时钟拨回到 2012 年。这一年，随着经济结构调整以及固定资产投资增速放缓，中国经济从高速增长过渡到中速发展的转型期。这一年，北斗卫星导航亚太地区组网正式完成，这也标志着北斗卫星导航系统区域覆盖建设基本完成。借力于国家“示范工程”的开展，北斗卫星导航的相关产业进入快速发展通道。

当时，和芯星通经历两年多的积累，呈现出良好的发展势头，尽管依然需要持续的资金投入。

尤其是随着 Nebulas 芯片发布，攻“芯”之战初战告捷。看似一切都在预想的轨道上高速前进，但是人的思想往往会在一瞬间受到一个特别的刺激，发生巨大的变化，而思想决定了行动。

这个时候，韩绍伟带领的和芯星通经营团队在思想观念上也开始悄悄发生变化。

“风起于青萍之末。”任何事情的发展都有一个从量变到质变的过程。事情的发生看似偶然，其实是各种小事积累在一起的结果。

和芯星通成立后，怀有“中国芯”梦想的周儒欣同样对有“同一个梦想”的韩绍伟，给予了最大限度的尊重和包容。周儒欣是军人出身，对公司治理非常严格，员工着装不规范、白天开灯办公、打印浪费纸张、开门开着空调等都要被批评。

因此，对比周儒欣一贯的标准，在对待和芯星通和韩绍伟时，可以说相当宽容甚至“纵容”了：周儒欣支持韩绍伟带领和芯星通团队独立作业，单独租赁办公室；只要韩绍伟和和芯星通看上了母公司的任何员工，即刻可以“挖走”；对于母公司各职能部门，周儒欣提出了“只帮忙、不添乱”的原则。

然而，从美国硅谷回来的韩绍伟，身上带有典型的西方文化影子，即凡事严格按照规则行事，规则之内即为合理。周儒欣的这几条规定，是一种表达爱护的方式，有一种传统中国人的“情谊”成分。而在韩绍伟看来，这是设定的规则，既然如此，那么我可以在规则允许的范围内任意行事。因此，和芯星通的许多“动作”对母公司北斗星通造成了很大困扰。

困扰之一：在单独租赁办公室的问题上，母公司认为和芯星通新租赁的办公室太过奢华。

困扰之二：在用人问题上，出现了这样一种情况，和芯星通挖走母公司的某个员工后，用了几天觉得不合适，于是又立即将其“遣返”，对公司的人事工作造成了很大困扰。

困扰之三：“只帮忙、不添乱”的原则让各职能部门吃尽苦头。因为按照公司治理的一般原则，职能部门对业务部门一定要有某种程度的约束，但和芯星通只要觉得有些约束不舒服，便认定这是“添乱”，导致各职能部门在对和芯星通的管理上不敢插手。许多职能部门的员工能绕则绕，不愿意与和芯星通打交道。

东西方文化的冲突与差异，随着时间的推移，越发明显。东方的思维更加偏向整体观，更加从集体的角度考虑问题，“我”不常以个体的形式出现，而更多的作为某个整体的一部分。西方的思维更加偏向个体观，更加强调自我的概念。中国注重解决人的问题，西方注重解决枪的问题；中国人讲究思想，西方人讲究实际；中国人讲道理，西方人讲方法。

随着 Nebulas 芯片发布，作为企业就要考虑如何实现产业化、推动产品应用，乃至企业的生存和盈利问题。

但是，和芯星通作为一个企业，生产经营日益显示出明显的问题。有数据表明，从 2009 年到 2011 年，共计亏损 1864 万元，资本化支出 6052 万元。到 2011 年，距离韩绍伟团队承诺的当年度实现盈亏平衡，已是渐行渐远。

周儒欣当然知道，芯片是一项“烧钱、烧时间”的产业。钱烧到了，队伍才能组织起来，产品才能不断优化，技术才能不断积累，人才才能成长。而技术研发有三条铁的法则：研发就是烧钱、烧时间，这是根本；有需求或者认为有需求才会投入研发，这是动机；研发的第一步必然是探究已有的同类技术，否则就是山寨。

看似无限风光，其实有无限的沧桑。周儒欣说：“当时公司虽然推出了多模多频 SoC 芯片，但没有完全成型的板卡或接收机产品可卖，以韩绍伟为总经理的部分高管没有把工作重心放在产品开发和客户开发上，而是放在找投资人上。”

那么，问题来了，为什么韩绍伟把工作重心放在找投资人上呢?

这与一位副总经理有关。这位副总经理于 2010 年 9 月 13 日正式入职和芯星通，负责和芯星通的市场营销。不久，这位副总经理就鼓动韩绍伟，并与韩绍伟一起多次找周儒欣，希望改变和芯星通的股东结构，使和芯星通未来能够独立上市。

按当时的规定或惯例，上市公司的控股子公司是很难上市的。和芯星通是北斗星通控股的企业，当然也就无法上市。

中国证监会虽然已允许境内上市公司分拆子公司到创业板上市，但需满足六个条件：其一，上市公司公开募集资金未投向发行人业务；其二，上市公司最近三年盈利，业务经营正常；其三，上市公司与发行人不存在同业竞争，且出具未来不竞争承诺，上市公司及发行人的股东或实际控制人与发行人之间不存在严重关联交易；其四，发行人净利润占上市公司净利润不超过 50%；其五，发行人净资产占上市公司净资产不超过 30%；其六，上市公司及下属企业董事、监事、高管及亲属持有发行人发行前股份不超过 10%。

经过认真的分析研究，母公司北斗星通无法也没有必要满足这些条件。在了解到外部资本为和芯星通搭建的财务模型之后，周儒欣认为韩绍伟不可能使和芯星通上市。当时的情况是，外部资本在对和芯星通进行估值之后，决定拿出不高于 1.2 亿元的投资额，一部分资金帮助韩绍伟收购母公司所持有的部分股份，一部分用于和芯星通的日常运营。韩绍伟当时希望成为大股东，因此至少要拿出 6000 万元向母公司购买股份，然后在还清所欠两位股东个人的 3000 万元欠款后，只剩下 3000 万元可以用于公司运营。周儒欣和北斗星通的高层讨论后认为，按当时和芯星通的财务消化能力，3000 万元只够和芯星通“烧”两个季度，而两个季度后和芯星通几乎不可能拿到新一轮的融资。

事实上，芯片研发需要大量资金投入，若仅靠自有资金而不向市场公开募集，业务根本无法维持。但是，身为和芯星通总经理的韩绍伟没有按照最初的设想，回归北斗星通集团投资芯片的初衷，加强和公司现有装备业务、产品业务的整合，规划确定的产品方向，完成承诺的任务和业绩，而是想着脱离北斗星通的控制，一门心思琢磨着独立上市。

北斗星通 2007 年上市后，为了让员工共享公司发展成果，设立了股票期权激励计划。这个计划规定，如果能够顺利达成预期业绩，全公司将有 1/5 的员工获得公司的股票期权，2009 年被设定为第一个行权年度。

然而，受金融危机和“Trimble 入侵”的影响，2009 年公司业绩受到严重挑战。如果不能把业绩做上去，北斗星通将在第一个行权年度宣告失败，这无疑会对员工的士气造成严重的伤害。

当时，为了实现第一年的行权，周儒欣几乎每个月都要把激励计划内的员工召集起来开座谈会，公司业绩不是周儒欣一个人能拉动的，必须依靠全公司的力量。为了调动大家的积极性，周儒欣甚至说了这样一句话：“今年就是吐血，我也要让大家实现股票期权。”

在一次会议上，大家群情激奋，纷纷表决心要实现业绩目标。有的员工表示，就是站着进去、躺着出来，也要把客户拿下。面对同甘共苦、可敬可爱的员工，周儒欣突然再也控制不住自己的情绪，在众人面前泪流满面。

终于，到了年终，实现了第一年的行权。然而，这才只是第一年。按计划，股票期权激励要持续，而每一年都有对业绩增长的要求。如果业绩达不到，行权就“泡汤”，周儒欣不会原谅自己，内心极度疲惫。

2011 年 1 月 2 日，周儒欣主持召开北斗星通内部会议，议题为讨论“北斗星通是否放弃大股东地位并使和芯星通未来独立上市”。会议进行了一天，陷入了僵局，没有形成统一的意见。

之后，周儒欣及其团队无数次地开会研究，内心充满着矛盾与斗争。

但是，到了 2011 年 3 月 12 日，周儒欣的天平开始有些偏离初衷。和芯星通第一届董事会第十三次会议审议并通过了《关于调整高性能 SoC 芯片及应用解决方案研发与产业化项目募集资金的议案》，这一次会议已经在为和芯星通创造独立上市的条件。

2011 年 3 月底，心力交瘁的周儒欣最终征得北斗星通高管们的意见，同意了韩绍伟的要求。

由于过度信任韩绍伟，平时几乎完全尊重和同意韩绍伟的意见，对韩绍伟提出的偏离初衷的要求感觉十分无奈，周儒欣甚至一度同意了韩绍伟的方案。周儒欣认为，如果和芯星通将来能上市，或有很好的发展，北斗星通不做大股东也没有关系，也算为这个行业做出了贡献。

在北斗星通同意韩绍伟的意见之后，韩绍伟迅速推动成立了融资领导小组，成员为周儒欣、李建辉和韩绍伟；工作小组成员则为李军、任德旗、秦旭东，并于 2011 年 4 月 28 日召开和芯星通融资工作启动会，工作组制订了工作计划并力促计划迅速执行。

周儒欣当年的工作记录本清楚地记着：2011 年 5 月 18 日，北斗星通业务发展部提交的《和芯星通科技（北京）有限公司融资（草案）》中讲道，根据融资原则，建议采取如下融资方式分阶段实施。第一阶段：投资人向和芯星通增资，增资结束后北斗星通仍处于控股地位，持股比例 51%。第二阶段：投资人向和芯星通增资，使北斗星通的股份比例降低至证监会允许比例（20%—30%）；或投资人收购北斗星通所持股份，使北斗星通的股份比例降低至证监会允许比例；或投资人向和芯星通增资并同时收购北斗星通所持股份，使北斗星通的股份比例降低至证监会允许比例。第三阶段：公司股份制改造与上市。

然而，连续 5 个月，融资工作组虽然努力工作，但到 2011 年 10 月，融资工作并没有实质性进展。而韩绍伟认为融资工作没有那么难，是李军作为工作组组长工作不够主动积极，同时提议自己担任工作组组长，并保证于 2011 年 12 月底前完成融资工作，包括资金到位。

当时，周儒欣意识到融资工作已经严重影响到和芯星通员工的思想和公司的正常经营活动，也希望融资工作尽快取得突破。为避免韩绍伟误会北斗星通不积极，便同意了韩绍伟的建议，两人达成“2011 年年底之前完成融资合同的签订，2012 年 3 月底前完成所有融资工作”的一致意见。

事实上，韩绍伟担任融资工作组组长后，连续奔波了两个多月，到 2011 年 12 月 31 日，也如李军担任工作组组长时一样，没有任何实质性进展。

这就是说，融资工作前前后后用了一年左右的时间，和芯星通根本找不到合适的融资，开始陷入危机之中。

情势的发展出乎周儒欣的预料。在周儒欣看来，自己可以接受和芯星通单独上市，但不能接受和芯星通破产出局，那将是全部心血以及投入统统付之东流的惨痛结果。

到了2012年4月的时候，和芯星通的银行账户上仅剩7万元，员工工资都发不出来。周儒欣清楚地记得，他让当时的人力资源负责人带着一大包现金，去给员工发工资。

和芯星通是非常“烧钱”的。自成立以来已经亏损了几千万元，而公司的经营权又在韩绍伟手里，假如打击了韩绍伟的工作积极性，对于母公司来说也是巨大的危机，很可能被持续的亏损拖入险境。

周儒欣深感痛心，出现这种局面并非他创立和芯星通的初衷，如果再任其一意孤行下去，和芯星通不仅将面临破产危机，而且会给整个集团公司造成不可估量的损失。

绝不能接受和芯星通破产出局！绝对不能让心血和投入付之东流！

那段时间，受金融危机的影响，北斗星通业绩也下滑得厉害，周儒欣压力巨大。

那段时间，周儒欣的家庭也遭遇重大变故。周儒欣后来回忆说：“2010年9月之后，我的压力越来越大，我的结发妻子确诊得了非常严重的癌症，儿子又刚刚升入高中三年级，准备考大学，我的精神和体力都处于痛苦和煎熬之中。北斗星通作为我的大后方，李建辉、黄治民、李学宾、赵庆瑞和公司的很多同事给了我和我的家庭极大的帮助、安慰和支持，没有他们，我无法想象自己如何挺过2010年及以后相当长的一段煎熬的日子。”

那段时间，周儒欣经常晚上9点后，从安宁庄西路的家里，一个人独自走到上地六街的迪欧咖啡厅，坐在那里，一杯咖啡喝到打烊，然后又独自沿着附近的街道散步到深夜……

从内忧到外患，从家庭到公司，从北斗星通到和芯星通，都让周儒欣内心饱受煎熬，备受折磨，倍感痛苦。他苦苦地思索着倾注了自己心血的芯片事业的未来，竟不知路在何方。

如此看来，是到了最后做出抉择的时候了！

与韩绍伟几番沟通交涉无果后，2012 年 3 月初，周儒欣开始着手研究和芯星通的融资及管理工作，北斗星通大多数高管都投入其中来解决这个难题。

当时，北斗星通做了两手准备：一是等待“融资工作能快速取得成果”，二是做好接管和芯星通的准备。

当年 3 月，是第一届和芯星通董事会和经营层任满时间。

和芯星通于 2009 年 3 月 8 日成立，董事会和经营班子任期 3 年。第一届董事会由周儒欣、李建辉和韩绍伟三位组成，韩绍伟任总经理。为接管和芯星通，北斗星通成立了周儒欣、李建辉、段昭宇、胡刚、黄治民组成的工作小组，具体分工是：李建辉主要负责与韩绍伟的沟通，胡刚主要负责技术、市场等业务，黄治民主要负责人力资源工作，段昭宇主要负责投资和法务相关事宜。

工作小组迅速行动，稳步推进，于 2012 年 3 月 16 日制订了《和芯星通接管预案》。这份预案确定的目标是：使和芯星通回归集团公司投资芯片的初衷，加强公司现有业务的整合与协同；大幅削减经营成本，从 2012 年亏损 2400 万元降低至亏损 1500 万元之内，并在 2013 年实现收支平衡；调整和芯星通的业务方向，优先特种业务，研发高精度产品，服务导航应用；依据业务方向，稳定核心技术团队，保证已有知识产权的有效性。

这份预案还第一次明确并阐述了和芯星通对北斗星通的重大意义：卫星导航产业集团公司的凝聚力必须有两个“黏合剂”，一个是“文化”（诚信、务实、坚韧），另一个是“物化”（核心芯片）；掌握控制芯片技术将大大促进公司原有业务，尤其是北斗装备、GNSS 应用、北斗信服及产品业务的发展；拥有核心芯片产品和技术是北斗星通多年努力、大力投入的结果，2010 年成功发布芯片，标志着转型升级取得了阶段性成果，失去芯片业务，北斗星通多年努力的转型升级将前功尽弃。

因此，必须下决心通过真正掌控和芯星通，掌握并实际控制核心芯片技术，如此才能达到预期目标。

而与此同时，韩绍伟团队也提交了一个方案。在这份方案中，北斗星通融资前持有 5600 万股，融资后持有 3200 万股，股权占比 24.4%；韩绍伟及其管理团队持有 2400 万股，融资后持有 3500 万股，股权占比 26.7%；其余四家购买数量在 1000 万—2500 万股，四家平均持股 12.2%。

通过这份方案可以看出，韩绍伟及其管理团队在几乎不用出资的情况下，能够毫无风险地成为未来和芯星通的大股东。

这份方案同时拟订，在与某投资机构的协议中有这样的条款："当出现下列重大事项时"，"投资人"有权要求公司回购投资人所持有的全部股份。若公司无法完全履行回购义务，北斗星通将承担 70% 的回购义务。

这意味着北斗星通要为未来的大股东韩绍伟和经营团队提供无条件保障！不仅如此，还有责任与义务完全不对等的竞业限制条款："未经投资人书面同意，公司原股东不得从事民用领域导航定位芯片的开发，管理层不得在与公司形成竞争关系的其他企业兼职"，"未经和芯星通书面同意，公司原股东不得从事某领域导航定位芯片的开发"。这对于从事卫星导航业务的北斗星通而言，条件近乎苛刻而无情，严酷而无理。

研究完韩绍伟团队提交的方案后，"等待韩绍伟团队融资和接管和芯星通"两手准备的周儒欣终于忍无可忍，高管团队一致同意，必须立即、迅速、坚决、果断地采取"接管和芯星通"行动！

于是，和芯星通总经理的人选提上了日程。

鉴于韩绍伟的"战略与价值观"与母公司北斗星通已经严重偏离，已不适合继任总经理一职。

为减少换届对和芯星通造成的影响，也为了给韩绍伟足够的尊重，第二届董事会换届前，周儒欣与韩绍伟进行了坦诚的沟通交流，客观分析了和芯星通的形势，充分肯定了和芯星通成立 3 年多来所取得的成绩。同时指出，集团公司的考虑是，韩绍伟作为专业技术专家，在公司治理上缺乏弹性空间，做总经理经验不足，因此考虑让其另任公司首席科学家或总工程师，同时继续担任公司的董事会成员和股东；拟聘任胡刚为和芯星通总经理，充分沟通后，将履行股东大会、董事会程序。

没想到的是，韩绍伟坚决拒绝了第二届董事会不再聘任他做和芯星通总经理的方案。

这使得事态发展急转直下。

面对韩绍伟令人出乎意料的决定，北斗星通只好把时间和精力投入紧锣密鼓地解决“难题”之中。

时间已到5月。那时候，北斗星通的高管们几乎天天一上班就不约而同地来到周儒欣的办公室，下班后也同样到周儒欣的办公室，大家预测着和芯星通的各种可能，商讨着对策。几经反复，几经磋商，几经沟通，实在难以下决心。只有破釜沉舟，方可背水一战。最后，军人出身的周儒欣，果断地拍板：“大不了把和芯星通公司关闭，也不能再这样下去！”

做出这样的决定，周儒欣内心是痛苦和矛盾的。4年前，他曾“三顾茅庐”、拳拳相邀，只为联合最优秀的人才，弥补“中国芯”的空白，为北斗产业化发展做点实事。今天，面对同一个韩绍伟，面对昔日的兄弟，却变成了这种剑拔弩张的局面。

这是一个痛苦的抉择，又是一个不得不做的抉择。

其后，为了保持正常的研发与经营，为了和芯星通的未来，为了这份来之不易的事业，北斗星通迅速采取了一系列实质性“动作”——

2012年5月26日，和芯星通股东会第十四次会议在北京召开。参会股东及股东代表包括法人股东周儒欣、自然人股东韩绍伟，全体股东均到会，李建辉、胡刚、段昭宇、黄治民、莫钧、任德旗列席了会议。经过投票，会议审议通过了《选举和芯星通科技（北京）有限公司第二届董事会成员的议案》：选举周儒欣、胡刚、韩绍伟为公司董事。

周儒欣发表了对和芯星通公司未来发展的意见：和芯星通公司定位于成为基于北斗芯片、OEM板卡的一流供应商；主要目标市场是主攻特种业务市场、高精度应用市场、行业导航市场，在前述市场形成优势且实现盈利后，择机研究确定进入大众市场；短期工作目标是尽快实现盈亏平衡。

召开股东大会后的当天下午，又召开了和芯星通第二届董事会第一次会议。会议根据公司章程及董事会议事规则，选举周儒欣为和芯星通公司董事长，任期三年。

根据股东对和芯星通定位的要求，第二届董事会在任期内要坚决扭转亏损加大的局面，尽快实现盈利，实现企业价值、员工价值、股东价值的增长。和芯星通三年的发展净利润目标：2012 年亏损 2400 万元，2013 年亏损 500 万元，2014 年盈利 1000 万元。

按照和芯星通的定位及发展目标，以及面临向市场转型的情况，现阶段的经营工作重点要转向市场，特别是在非民用和行业示范方面下大功夫，要积极申请政府资金，加强经营班子建设。

2012 年 5 月 29 日，和芯星通第二届董事会第二次会议（聘任总监以上人员会议）没有如期召开。韩绍伟董事托词身体不适建议推迟，于是双方约定推迟到 5 月 30 日上午 9 时 30 分，在位于北京市海淀区上地金隅嘉华北斗星通周儒欣的办公室召开。

鉴于韩绍伟坚决认为第二届董事会应该聘任他为总经理，为便于拟任总经理开展工作，北斗星通决定在新的总经理聘任到位前，由周儒欣董事长代行总经理职责。

5 月 30 日，会议按计划在周儒欣的办公室召开。

9 时 30 分，韩绍伟没有到场，周儒欣决定等等他。

9 时 35 分，韩绍伟还是没有到场，周儒欣决定再等等他。

到了 9 时 40 分，韩绍伟依然没有到场，周儒欣预感有事要发生了。此时，会场的气氛也开始变得有些紧张。

李建辉只好从会场出来，给韩绍伟打电话催问，韩绍伟告知说“马上到”。

9 时 50 分，等来的不是韩绍伟，而是一名深圳驻北京某律师事务所律师。这位律师到达会场后，告知韩绍伟委托其到会，并拿出一份“致和芯星通科技（北京）有限公司董事会”的律师函，大意是将召开的董事会聘任韩绍伟以外的人担任和芯星通的总经理是无效的。一时间，所有的人都怔住了！怎么会这样？怎么能这样？没想到韩绍伟会做出这样的事，事态的发展出乎意料。

就在会场内，北斗星通董事会秘书段昭宇与律师就文件展开沟通。

同时，参会的董事与公司的法律顾问江迎春也紧急进行电话沟通，确认和芯星通第二届董事会第二次会议议案、程序不存在问题，可以继续召开。周儒欣及北斗星通决策层意识到了问题的严重性，但是这更加坚定了北斗星通控制和芯星通的决心！

会议高效召开完毕，并形成了如下富有智慧和充满决心的决议——《关于不再续聘韩绍伟先生担任总经理的议案》（在新一任总经理受聘前，由公司董事长周儒欣先生代行总经理职权）和《关于不再续聘任德旗先生担任副总经理的议案》《关于胡刚董事临时负责公司市场营销等工作的议案》《关于聘任黄治民为公司顾问的议案》。

此次会议为“接管和芯星通”做了充分的“人事”布局。事实上，周儒欣、胡刚和黄治民在以后的数个日日夜夜里，几乎把所有的精力都投入到和芯星通的管理上了。

会后，黄治民在和芯星通宣布了会议决议，原和芯星通副总经理任德旗离开了公司。

就在这天晚上，周儒欣《致和芯星通员工的信》以及韩绍伟《致和芯星通员工的信》及《律师函》被公开曝光于网络，引起了网民和股民的热议。

一位专业人士不无遗憾地指出，北斗星通在北斗导航产业爆发之际发生这样的事情必将自毁前程，从华力创通不断创新高、国腾电子走势坚挺来看，真是“鹬蚌相争，渔翁得利”。

会后，周儒欣、李建辉、胡刚、黄治民立即到和芯星通开展工作，员工李富告知他们公章已被韩绍伟拿走，李建辉当即给韩绍伟打电话，却无法接通。

事态的发展，再次升级！

5 月 31 日之后的几天，韩绍伟采取先发制人的手段，先后打电话给著名卫星导航专家、武汉大学原校长刘经南院士，中关村管委会郭洪主任……

谁都不愿意看到这样的局面继续发展下去。6 月 2 日，中关村管委会郭洪主任特意约见周儒欣与韩绍伟共进午餐，希望能调解两人的矛盾。席间，郭洪感到韩绍伟坚持己见，调解并没有实质的改变，更没有达到预期的效果。一波未平一波又起。有消息说，“有人”鼓动和芯星通公司核心员工“集体”离职。消息不胫而走，周儒欣、胡刚、黄治民快速约谈了所有的核心员工，谈到了和芯星通未来发展的规划、北斗星通对和芯星通的未来战略，以及为了稳定精英团队，公司制订的“三年服务期特别奖励”计划，以稳定人心。

与此同时，和芯星通推出长期激励方案——非上市有限责任公司的股权认购权计划。最终，核心团队稳定了下来，并为和芯星通未来的发展立下了汗马功劳，许多人后来成为业内知名专家。

韩绍伟在担任和芯星通董事期间，于 2013 年 9 月 22 日出资参与成立武汉导航与位置服务工业技术研究院有限责任公司（以下简称“武汉导航院”），并担任董事兼总经理一职；2014 年 3 月 19 日，成立武汉梦芯科技有限公司并担任董事长兼总经理，其自身利益与和芯星通公司利益存在冲突。凡事慎始善终，2015 年 9 月，北斗星通回购了韩绍伟的全部股份。

一个在北京，一个在武汉，周儒欣和韩绍伟从此天各一方奋战，却又彼此真诚守望关注。

2016 年 5 月 18 日，在湖南长沙举行的第七届中国卫星导航学术年会上，周儒欣带领的北斗星通与韩绍伟带领的武汉导航院（梦芯科技）的展位比邻而立。

两家企业展台的文化装饰中，北斗星通的“共同的北斗，共同的梦想”熠熠生辉，武汉导航院的“一样的梦想，不一样的芯”格外醒目。

从两家企业文化的无端比较中，让人似乎感觉到意味深长的含义。

周儒欣与韩绍伟从当初“激情燃烧的恋爱”，到步入“婚姻”，再到“离婚”分手，将近三年的时间。但无论如何，这一段经历，已经写进了彼此的记忆中，彼此的生命里，永远难以忘记。周儒欣说：“现在回想起来，依然记忆犹新，依然激情满怀。”

2012 年 5 月 26 日，和芯星通召开股东大会，选举第二届董事会成员。同年 6 月，胡刚临危受命，走马上任，担任和芯星通总经理。

和芯星通成立以后，胡刚就协助和芯星通做政府关系和重大专项工作。因而，对于和芯星通，他是熟悉的。

经过一番折腾后，和芯星通呈现出一番“百废待兴”的景象。加之以前北斗星通很少介入和芯星通的经营工作，因此胡刚全面掌握经营管理工作难度之大，可想而知。

在那段时间里，胡刚夜以继日、废寝忘食地工作，稳定核心员工、解聘不忠诚员工、补充新员工，梳理业务、技术、管理头绪，推行扎实有效的管理举措……一步步赢得了和芯星通员工的认可，并得到客户、供应商、合作伙伴的认同，基本稳定了和芯星通的局势。

为进一步稳定核心员工，2012 年 6 月 29 日，在周儒欣的全力推动下，和芯星通推行了股权认购权计划。

这一时期，和芯星通的重点在于专注经营，砥砺奋进，市场拓展，产品深化，管理提升。

和芯星通重新调整了产品开发业务的先后优先级。经过多次思考和讨论，逐步形成了高精度产品线、导航产品线等产线的先后次序。同时，他们为了能够满足客户的需求，提升客户的信心，开展了定制孵化，布局了“3+2 战略”等一系列举措。

2013 年，强雾霾侵袭大半个中国，北京长时间被雾霾笼罩着，引发世界关注。

然而，雾霾挡不住创新的进步。5 月 15 日，和芯星通发布了国内首款具有完全自主知识产权的 55 纳米低功耗 SoC 芯片——Humbird（“蜂鸟”）。这款蜂鸟面向民用导航和大众消费类市场，表现出了真正的和芯星通。这款蜂鸟功耗低，小型化。当年，和芯星通完成销售收入 5000 多万元，增长约 200%。

时光如水。

2019 年 3 月 8 日，和芯星通成立 10 周年庆典在北京郊区司马台长城下的古北水镇举行。

韩绍伟应邀专程从湖北武汉赶来参加。

这期间，分开 7 年的周儒欣与韩绍伟谈笑风生，并一同登台接受采访。

周儒欣说："感谢绍伟，感谢和芯星通创立初期并肩奋斗的所有同事们！是你们的卓越贡献和辛勤付出，为和芯星通下一阶段的发展奠定了坚实的基础！"

韩绍伟说："北斗星通当时虽然已上市，那时候的规模做芯片研发也是小马拉大车，但是，周董事长有决心有魄力，也有完成这个使命的责任感。对我个人来讲是实现我的梦想……愿和芯星通永久持续发展，为国家做出更大贡献。"

是夜，两人在潇潇春雨过后的长城脚下的古北水镇漫步。

青石板的古路，悠长弯曲的小巷，灰瓦青砖的建筑，山水结合的村落，潺潺绵绵的流水，恍若世外桃源一般，又仿佛穿越时空，回到了久远的芳华。两人并肩走在湿漉漉的石板路上，周儒欣无限感慨地说："绍伟，当年如果你不离开，我们如今可能已经占据'半壁江山'了！"韩绍伟轻声说道："可惜好梦无法重温了！"

两人惺惺相惜，似乎又都有些伤感。

此刻，近处游人如影随形，灯影摇曳；远处，灯光映射的古老长城，巍峨绵延，犹如欲飞的黄龙一般……

第八章
引领北斗“芯时代”

匠“芯”研发之路

2019 年 1 月 8 日上午，中共中央、国务院在北京人民大会堂隆重举行国家科学技术奖励大会。

这是检阅过去一年科技界成果的盛会。党和人民以庄严隆重的仪式，褒奖科技功臣，共襄新时代科技发展大计。

在 2018 年度的获奖项目名录里，北斗星通参与的“中国高精度位置网及其在交通领域的重大应用”项目获国家科学技术进步奖一等奖。这是继 2015 年度“多系统多频率卫星导航定位关键技术及 SoC 芯片产业化应用”荣获国家科学技术进步奖二等奖之后，北斗星通获得的又一殊荣。

一年前的 2018 年 7 月 3 日，“复兴之路 · 新时代部分”大型主题展览正式在中国国家博物馆展出。北斗星通完全自主研发的 Nebulas、Humbird 系列北斗芯片产品作为我国建设新时代中国特色社会主义事业方面的典型成就，被国家博物馆收藏，吸引了公众前来参观。北斗星通系列自主北斗芯片，代表我国北斗产业化领域的典型成就，亮相国家博物馆，是各界对北斗星通核心技术产品的极大认可。

卫星导航系统是一个国家的重要基础设施。建设高性能、高可靠性的北斗全球卫星导航系统，是我国科技领域中长期发展规划的 16 项国家科技重大专项之一。

科技部于 2012 年 9 月 18 日制定并发布了《导航与位置服务科技发展

“十二五”专项规划》，明确地规划了北斗导航产业的科技发展目标、重点任务及相应保障措施。8 天后，国务院办公厅发布《国家卫星导航产业中长期发展规划》。《国家卫星导航产业中长期发展规划》提出，以企业为主体，以掌握核心关键技术、培育服务新业态、扩大市场应用、提升国际竞争力为核心，推动中国卫星导航产业快速发展，为社会经济的可持续发展提供支撑。

2012 年 12 月 27 日，北斗卫星导航系统正式提供区域服务，亚太地区组网正式完成。一年后的同一天，也就是 2013 年 12 月 27 日，《北斗卫星导航系统空间信号接口控制文件（2.0 版）》和《北斗卫星导航系统公开服务性能规范（1.0 版）》正式发布，使北斗系统成为世界上首个拥有两个公开服务频点的卫星导航系统，定位精度优于 10 米。

2013 年，被业界称为“北斗应用元年”。随着社会经济的快速发展以及综合国力的日益提升，各行各业对导航设备尤其是高性能导航设备的需求不断增长，这些都成为卫星导航产业加快发展的强大推动力。

2014 年，中央政府提出“新常态”。毫无疑问，新常态蕴含着新动力、新趋势、新机遇。而在北斗产业界，同样呈现出高速增长的态势，蕴含着强劲爆发的势头。

这一年的 4 月 10 日，第二届中国电子信息博览会“CITE 创新之夜”活动在深圳会展中心隆重举行，并发布了“2014 CITE 创新产品与应用奖”榜单。和芯星通研发的 Humbird 芯片获得了“创新产品与应用奖”。6 月 11 日，在地理信息开发者大会（WGDC2014）颁奖典礼上，和芯星通多系统多频高精度接收机荣获“2014 最具价值产品奖”。

这一年，Humbird 芯片获得了“2014 年卫星导航定位科技进步奖特等奖”，导航芯片和模块实现规模销售，全年突破 100 万片，实现营业收入 9000 余万元，净利润 800 余万元。

卓越的性能、较低的成本、先进的 55 纳米工艺，以及多系统、多频点、低功耗的特征，使这款芯片迅速成为民用导航领域的行业标准。

然而，很少有人知道，这一纤细的“身躯”里涉及几十个模块之间的交互协同，隐藏着上百项创新。也许很多人看到的都是 Humbird 出道即达到巅峰的成绩，但是极少有人知道研发团队十年磨一剑的毅力和决心，以及这种精神背后追求卓越的工匠精神。吴红甲说：“Humbird 作为国内首颗民用导航芯片，历时两年方才化茧成蝶，满树繁花是依靠智慧和汗水浇灌而成的。”

北斗芯片的制造工艺（也称为“制程”）优良与否，决定了芯片体积和功耗的大小。芯片体积越小，意味着集成电路越精细，功耗越低，同时其制造难度与成本也越高。

当时，55 纳米在国内是最先进的导航类的芯片，研发过程遇到了许多困难，包括如何把芯片做小、工耗怎么降低、如何压缩成本等。他们对算法进行了卓有成效的改进，把捕获的逻辑砍掉至少一半。如此，既能降低成本和工耗，还能提升性能。而那些成万上亿的代码都是他们一个一个敲出来的，没有任何捷径。

在 Humbird 芯片研发最后的封闭期间，负责底层核心模块的算法工程师王玉宝恰逢其孩子出生，但芯片的流片和生产是有档期的，错过了就得再等半年，他最终只陪了妻子半天，匆忙看了一眼孩子，在确认妻儿平安后就主动回到了工作岗位。面对妻子的抱怨，王玉宝回答说：“我从不敢说抛妻弃子，因为我爱我的妻子和孩子，但 Humbird 也是我的孩子，我愿它平安健康。”

儒雅睿智的黄磊博士自加入北斗星通后，长期从事 GNSS 基带算法开发、主管 GNSS 芯片、导航模块和高精度板卡等基础产品的规划定义及应用推广工作。他的工作从来没有离开过芯片，因而，他对芯片充满了感情，甚至达到了痴迷的地步。在芯片研发中，他投入了全部的热情和精力，有时为解决技术难题，几乎到了茶饭不思的地步。

黄磊从 2009 年起承担 Nebulas 芯片 GNSS 捕获算法开发工作，该项目后来获得 2011 年卫星导航定位科技进步奖一等奖。在多系统多频率卫星导航定位关键技术项目中，黄磊博士参与了项目的总体方案设计工作。他参与了多系统多频率通用基带架构设计、核心基带算法设计等工作，以及通用 GNSS 信号的捕获、跟踪算法设计等。他创造性地提出了通用 GNSS 伪随机码生成器算法等关键技术，取得了该项目技术上的重大突破。此外，自 2013 年开始，黄磊博士还兼职或专职从事国际业务推广和海外投资并购等工作，对外展示了北斗星通的品牌、实力，促进了公司与海外公司的战略合作；同时重点开展了海外并购调研活动并牵头实施了相关并购项目，为实现公司海外布局打下了良好的基础。

丰富的阅历、过硬的技术、严谨的作风，以及对北斗产业未来发展的深入认知和理解把握，让黄磊脱颖而出。2018 年年初，他开始担任和芯星通总经理。

科技的进步与国家的发展息息相关。为推动北斗系统的建设和应用快速发展，从 2010 年开始，中国卫星导航系统管理办公室代表国家牵头组织“北斗重大专项”项目，其中的基础类比测项目被认为是国内所有同行业企业参与的最高水平的“华山论剑”。

和芯星通一马当先，率先攻关，不负众望。自 2010 年第一代 Humbird 芯片问世以来，和芯星通连续参加了“多模导航型基带芯片”和“多模多频高精度 OEM 板”两个项目为期三年的比武测试，最终以六个冠军的优异成绩奠定了国内标准精度产品和高精度产品两个方向上的领先地位。并且，在后续比赛中，在包括多个基础类产品在内的多项比测中，连续不间断，保持了强劲的势头，可谓势如破竹，所向披靡。再加上华信天线的“多模多频高精度天线”和佳利电子的“多模导航型天线”等比测频频夺冠，使得北斗星通迅速成为行业龙头企业，其进入中国卫星导航系统管理办公室基础产品名录的产品最多，在全行业中的龙头优势地位也愈发明显。

时任研发总监的张正烜便是这个团队的成员。当时，他主要负责芯片整体架构的设计和部分关键模块的开发，带领团队全身心投入第一颗也是行业第一颗真正意义上的导航型芯片的研发工作中去。一颗 SoC 芯片的开发，需要多个研发小组的密切配合和多个相关部门的通力协作。那时，封闭开发是工作常态，加班加点也几乎是“家常便饭”，虽然身体疲劳，但是每一个参与者都心情愉悦。

结合多年来芯片算法架构设计的经验和整体技术水平的积累，张正烜与研发团队集智攻关，解决了一个又一个的难题，突破了一道又一道的关坎，创造性地提出了 SURVIVE 的系统级验证方案，确保芯片的设计和验证得以圆满完成，极大地增强了必胜的信心。

对于这颗芯片的设计和量产，张正烜感触颇深。他认为，这颗芯片是当时国内同行业中工艺最先进、体积最小巧，而且也最省电的芯片代表作。正是因为有了它，和芯星通后来在国内多个重大项目的角逐中才能披荆斩棘，屡创佳绩。它也为后续芯片的开发提供了很好的平台和有力的保证。

事实上，当年 Humbird 芯片一经问世便一鸣惊人，吸引了包括中央电视台在内各大媒体的争相报道，迎来了各大位置服务厂商的海量订单。

2015 年，被人称作“北斗全球化元年”。

这一年，北斗应用已经被纳入“一带一路”倡议。当时，预计 2018 年左右，我国将至少发射 18—20 颗的北斗卫星，重点保障服务“一带一路”。

好风凭借力，扬帆正当时。

就在这一年的 5 月 13 日，和芯星通又发布了全球首款全系统多核高精度导航定位芯片星云“Nebulas-II”。这也是全球首款全系统多核高精度导航定位 SoC 芯片，标志着我国卫星导航芯片迈入国际领先水平。

“两弹一星”元勋、时任北斗系统总设计师孙家栋院士，副总设计师谭述森研究员，刘经南院士，许其凤院士，曹冲研究员与北斗星通集团董事长周儒欣共同启动发布仪式。

Nebulas-II（UC4C0）基于 55 纳米工艺进行设计，并且拥有完全自主知识产权，具备全系统、抗干扰、高输出率等特性，尤其适合对体积、功耗、性能和成本有着较高要求的无人机、GIS 信息采集等应用领域的多模多频高精度定位定向专业应用。中国工程院院士刘经南评价说：“随着高精度芯片的应用范围越来越广，高精度芯片已经成为国际竞争的重要领域。经过多年努力，国产芯片逐渐具备了国际竞争力，而北斗星通这款芯片的发布则表明国产芯片已经具有国际引领能力。”

“核心技术是国之重器。”倘若是在别人的地基上砌房子，再大再漂亮也经不起风雨，甚至不堪一击。

中国“芯”路，北斗“芯路”，注定是一条漫长的路，只有起点，没有终点。

国家“大基金”入“芯”

2017 年 11 月 5 日，我国在西昌卫星发射中心成功发射两颗北斗卫星，北斗三号组网卫星首发成功，标志着中国独立自主的北斗系统全面开启全球组网的大幕。这一标志性事件全球瞩目，意义重大。

根据当时的计划，北斗系统预计将于 2018 年率先覆盖“一带一路”沿线国家，为其提供基础服务，2020 年覆盖全球。

早在 2014 年 6 月，国务院公布《国家集成电路产业发展推进纲要》。毫无疑问，这是一次“国家行动”，是国家意志力的体现，吹响了芯片产业追赶国际先进水平的号角。

同年 9 月 26 日，在工信部、财政部的指导下，国开金融有限责任公司、中国烟草总公司、北京亦庄国际投资发展有限公司等共同签署了《国家集成电路产业投资基金股份有限公司发起人协议》和《国家集成电路产业投资基金股份有限公司章程》，标志着国家集成电路产业投资基金正式成立，在业内被惯称为“大基金”，因为这是国家第一支规模超过 1000 亿元的国有投资基金。

“大基金”主要运用多种形式对集成电路行业内企业进行投资，充分发挥国家对集成电路产业发展的引导和支持作用，重点投资集成电路芯片制造业，兼顾芯片设计、封装测试、设备和材料等产业。

这是中国有史以来集成电路产业的最大手笔，也是中国集成电路产业迎来的又一个春天!

作为国家自主知识产权的北斗系统，北斗芯片的发展成为我国集成电路产业发展的重要组成部分。国家大基金在做导航芯片领域投资的时候，经历了一年多时间的调研及反复论证。最终，北斗星通凭借在芯片领域的技术积淀、国内首家导航产业上市公司的优势地位，获得了投资支持。

“大基金”商业运营单位的一位副总裁表示：“大基金之所以看中北斗星通，就是看好其在导航基础产品方面的成熟经验与稳固的市场份额，且基金非常看好北斗星通在未来北斗产业链上的完善布局，各环节、多产品线的相互协同，相信能够保证国家产业大基金的投资回报。”

2016 年 6 月，北斗星通以每股 25.53 元的价格，向“大基金”非公开发行超过 5800 万股，涉及资金约 15 亿元，主要用于北斗芯片研制、基于云计算的定位增强和辅助平台系统研发。国家集成电路产业投资基金股份有限公司，通过参与本次非公开发行股票，成为北斗星通的第二大股东。

北斗星通成为业内唯一获得国家大基金支持的企业。这既表明了国家对北斗产业的重视和扶持，也表明了国家对北斗星通在导航芯片领域已有成绩的认可。

对北斗产业而言，“大基金”的支持将持续提升我国北斗导航定位芯片的产品性能、可靠性和成熟度，对于推动国内卫星导航产业化、规模化发展，加速行业整合，造就国际一流企业，实现北斗系统亿级规模应用，并逐步走向国际市场具有战略意义。

2017 年 5 月 23 日，第八届中国卫星导航学术年会在上海召开，中国首款支持全球信号的 28 纳米北斗多模芯片在此亮相。这款名为 Firebird（“火鸟”）的芯片仅有铅笔尖大小，相当于指甲盖切了十万片，是国内首个超低功耗的北斗导航定位芯片，工艺为 28 纳米。而且，该芯片已率先支持北斗三号系统体制信号，与北斗系统建设同步发展提升。这标志着国产芯片迭代发展，使北斗应用加速步入“物联网时代”。

这款芯片，是在国家“大基金”支持下取得的重要成果。权威专家好评如潮——

北斗系统总设计师杨长风评价这款芯片：“具有国际竞争力的一款芯片，为北斗系统建设、一带一路、万物互联，做出了贡献。”

中国工程院院士刘经南评价这款芯片：“火鸟是第一款 28 纳米 GNSS 芯片，内置 Sensor Hub 连接不同通信需求，具有强大的生命力，火鸟飞进寻常百姓家。”

“芯”路历程上，和芯星通人在一次次超越自己。

从 2010 年的 90 纳米到 55 纳米，再到 28 纳米，和芯星通向着更高的技术台阶昂首迈进，不仅提升了我国集成电路产业的产能，也推动了北斗产业化应用的发展。

周儒欣说："大基金"的进入，是对我们技术提升、产品研发的支持，将进一步巩固公司在细分市场的领先地位，增强公司核心竞争力。同时，尤为重要的是，这也将形成资源集聚效应，提升公司对人才、技术、资金等资源和更多合作伙伴的聚合力。

对北斗产业而言，"大基金"的支持将持续提升我国北斗导航定位芯片的产品性能、可靠性和成熟度，对于推动国内卫星导航产业化、规模化发展，加速行业整合，造就国际一流企业，实现北斗系统亿级规模应用，并逐步走向国际市场具有战略意义。

"芯"飞寻常百姓家

2018 年 4 月 14 日凌晨，美、英、法等国以叙利亚涉嫌使用化学武器为名，绕过联合国安理会，对叙利亚境内目标实施海空联合远程精确打击。用时一个多小时，发射约 105 枚精确制导导弹，有效摧毁三处既定目标。此战被美军誉为历史上精确度最高的战争。

事实证明，没有自己的导航系统，就没有国家的安全之基。自己拥有，才是永恒的真理。

这一年的 12 月 27 日，国务院新闻办公室在北京举行北斗三号基本系统建成及提供全球服务情况发布会。

中国卫星导航系统管理办公室主任、北斗卫星导航系统新闻发言人冉承其宣布："北斗三号基本系统完成建设，于今日开始提供全球服务。这标志着北斗系统服务范围由区域扩展为全球，北斗系统迈入全球时代。"

为方便国内外用户更好地了解北斗应用，中国卫星导航系统管理办公室同期发布了《北斗卫星导航系统应用案例》。案例将北斗基础产品分为 6 类，列举了每类产品的推荐单位榜单，北斗星通集团在其中 5 类中雄踞第一。其中，和芯星通在多模导航型基带芯片、射频基带一体化集成芯片、多模多频高精度 OEM 板等 3 类中，榜上有名。

黄磊博士说：“随着芯片工艺不断提升，体积不断缩小，功耗不断降低，北斗三号的终端应用已经逐步‘飞入寻常百姓家’。”

和芯星通在面向低功耗应用的北斗 /GNSS SoC 芯片、面向高精度高性能应用的北斗 /GNSS SoC 芯片等领域持续发力。在此基础上，黄磊带领研发团队致力于构建面向全球的云平台服务系统，打造“云 +IC”核心平台，为汽车电子、智慧城市等各领域用户提供快速、精准、高可靠的定位服务，推动北斗与通信、物联网等技术的融合发展，加速构建“北斗 +”新业态。

智能世界，万物互联。无论哪一种趋势，都少不了时间和位置的标签。伴随着北斗三号的升空，北斗全球化的脚步正日趋紧密，逐渐进入国际主赛道。

面向物联网、可穿戴设备、智能手机、ADAS 和自动驾驶等市场，未来创新发展的一个趋势就是融合，包括人工智能应用于数据。多元传感器生成的信息数据和芯片接收到的卫星信息数据进行融合、运算、处理，芯片决策系统实现灵敏和可靠的导航功能，提升用户体验。

在北斗产业化进程中，和芯星通及时进行国际化布局，并相继取得了重大进展。

随着国家“一带一路”倡议的实施，和芯星通协助总体单位拿下了阿尔及利亚全国 CORS 网项目。这个项目历经 3 年，当时没有一家公司能满足他们的需求。其原因就是阿尔及利亚地理条件比较复杂，北边是地中海沿岸，南边是撒哈拉沙漠，气候和地理条件非常恶劣，对于设备的性能要求、工艺要求都很高。和芯星通于 2016 年协助总体单位参加投标，在产品的性能对比、工艺设计等方面都能达到他们的运用需求，并在 2018 年中标。

和芯星通的理念是“我对我的客户负责”。在南海项目的建设上，刀礼洋独闯南海，不畏环境恶劣，不惧条件艰苦。

海岛上的日子是艰苦的。刀礼洋常常是早上 4 点半就要起床，一直工作到晚上 8 点半。这样的日子，他坚持了 30 天。除完成本职工作外，还要忍受酷暑、晒伤。刀礼洋与其他 6 个人住在一个只开了小窗的集装箱里，一日三餐都是馒头、自带咸菜或白水煮的各种速冻食品。由于淡水装置无法正常工作，每天限量饮用淡水。而且，在项目实施的过程中，不仅要面临海浪摧残的“晕船”颠簸，还时常面临生死的考验，经常受到某外国军舰干扰。即便如此，刁礼洋依然出色完成了任务。

从 2009 年到 2019 年，和芯星通通过艰苦奋斗，先后研发了 90 纳米、55 纳米、40 纳米、28 纳米的芯片，从产品不为国际市场所知到越来越多的国际客户选择他们的产品。

在应用方面，从传统的测量测绘到无人机、机器人、自动驾驶汽车等新兴应用，北斗星通的自主芯片赢得了广大用户的认可。

周儒欣在接受媒体采访时指出：“这颗小小的芯片，连同北斗星通公司都是我国改革开放的成就，是时代造就的产物。我们在每次的芯片比测当中，都名列第一。我们的芯片和芯片应用分别获得了国家科技进步一等奖、二等奖。我们的芯片还广泛应用于很多领域。小小的芯片正在改变着老百姓的生产生活方式。”

2019 年 5 月 23 日，和芯星通在第十届中国卫星导航年会期间召开了“聚芯力、驭未来”芯十年合作伙伴交流暨战略发布会。曾见证北斗芯片十年成长的院士、专家、学者、主管部门领导、优秀合作伙伴等 200 余人出席了活动。活动展示了 2009—2019“芯十年”的成果，并发布了新十年战略，获得了在场院士、领导、专家、客户的集体点赞。

重磅嘉宾齐聚，点亮新的芯十年。新的十年，和芯星通正发力智能应用市场，开发满足高级别智能驾驶和安全认证要求的高性能高精度基带射频一体化芯片，以及面向大众、消费类、物联网市场的新一代 GNSS+MCU 低功耗芯片，同时加大“云 +IC”布局，与合作伙伴共生共赢。

在发布会上，杨长风总设计师、杨元喜院士做了致辞和发言，对北斗全球系统的建设和发展进行了展望，也对和芯星通走向国际一流企业提出了期望。与会专家表示“融合”将是未来发展的主要趋势，卫星定位与其他手段相结合的多源融合将会引领新一轮应用创新。

如今的和芯星通，凭借人才、管理、技术和本土化服务优势，基于自主创新的核心芯片，提供包括一站式 GNSS 基础产品在内的时空传感核心产品和服务，定位精度涵盖毫米级、厘米级、亚米级、米级，全方位满足地基增强、测量测绘、智能驾驶、驾考驾培、无人机、机械控制、车载导航、行业授时、物联网、可穿戴设备及手机等市场领域对高性能、低成本、低功耗、高品质产品的需求。

伴随着北斗导航进入全球时代，北斗星通芯片业务继续聚焦卫星定位，发挥已有的技术优势，深化演进，持续创新，并关注和其他传感器、物联网通信的融合新技术，加强产学研合作；打造“云 +IC”生态链，与合作伙伴共生共赢。目前基于视觉定位、机器人及“云 +IC”等方面均已展开合作。新的十年，和芯星通将紧抓人才、技术、产品、资金、客户优势，拥抱智能“芯时代”，打造国际领先的一流企业。

2019 年 12 月 27 日上午，北斗三号系统提供全球服务一周年新闻发布会在国务院新闻办公室新闻发布厅召开。中国卫星导航系统管理办公室主任、北斗系统新闻发言人冉承其从北斗系统建设与运行情况、北斗应用与产业化情况、北斗国际合作与交流情况等方面进行了介绍。

在这次发布会上，北斗星通旗下企业和芯星通自主研发的新一代支持北斗三号新信号的 22 纳米北斗 / GNSS 芯片——Firebird Ⅱ首次亮相。中国卫星导航系统管理办公室主任、北斗系统新闻发言人冉承其表示：“支持北斗三号新信号的 22 纳米工艺射频基带一体化导航定位芯片，体积更小、功耗更低、精度更高，这颗小到看不见的小小芯片能提供非常优质的服务。”

这颗芯片代表了目前全球在卫星导航定位芯片领域的最高工艺水平。它的面世，标志着我国自主北斗芯片正式迈入了 22 纳米新时代。这颗小小的芯片支持北斗、GPS、格洛纳斯、伽利略四大卫星导航定位系统，双频双核、体积更小、功耗更低、精度更高，尤其在多径及反射信号条件下表现优异，并且开放 MCU 支持深度定制。这款芯片符合车规级设计，面向大众、消费类、物联网等应用场景，将进一步推动“北斗”在智能化时代更广泛地融入百姓的生产生活。

正值北斗三号全球组网基本建成，我国卫星导航产业进入了一个新的快速发展阶段的时刻，北斗星通研发的全面支持北斗三号全球信号 22 纳米北斗 /GNSS 芯片发布，持续推动“北斗 +”多源融合技术，为时空感知的核心产品提供服务。

事实证明，追“芯”之路犹如运动场上的赛道，能不能抢占制高点，取决于奔跑的速度。

领跑“芯”时代

为庆祝中华人民共和国成立 70 周年，“伟大历程　辉煌成就——庆祝中华人民共和国成立 70 周年大型成就展”于 2019 年 9 月 23 日在北京展览馆正式开幕，中共中央总书记、国家主席、中央军委主席习近平参观展览。该展览全面展示了新中国成立 70 年来的伟大历程和辉煌成就。北斗星通旗下企业和芯星通自主研发的 7 颗北斗 /GNSS 芯片等入选建国 70 年来典型成就，并亮相该展览。

十年风雨路，十年磨一剑。

经过持续创新和不懈努力，和芯星通成功开发了 10 余款芯片，工艺从 90 纳米到 22 纳米，从基带到射频，再到基带射频一体化，形成了完整谱系，成就了多款行业领先明星产品。

在多年的研发生产实践中，和芯星通硕果累累。

——打造了一流的国家级团队。和芯星通团队是业内体系最完备的芯片研发与设计团队。初创期，他们打造了以基带算法和数字设计为主的研发团队，2015 年引进了射频团队，业内产线最齐全，是国内唯一同时具备基带射频研发实力的团队。2017 年，硅谷研发中心成立，面向消费类应用市场的 CPL 团队形成。新近又组建了 Rx 服务团队，在北京、上海、深圳、香港、温哥华等地设立了研发中心或办事机构，国际化 + 平台化业务格局形成，打造最强“GNSS+”战队，致力于打造一支国际一流的复杂芯片设计研发及 GNSS 算法研究与实现团队，这个团队的配置在国内独一无二。同时，和芯星通始终把吸引和培养优秀人才作为企业领导者的最重要职责。和芯星通成立伊始，团队成员大多是刚大学毕业的年轻人，如黄磊、高静波、孙峰、张鲁胜等，经过10年的培养与锻炼，这批年轻人已经成长为中坚力量、骨干力量，是宝贵的财富。

——突破了多项创新关键技术。“创新”是和芯星通永续经营的动力与源泉。自成立以来，和芯星通致力于研制具有完全自主知识产权的国际领先GNSS处理高集成度芯片，真正实现了以北斗为核心兼容多个卫星系统的接收机技术的芯片化和产业化。目前，他们已拥有完整的技术体系：BB+SoC+RF，建立了NPL多个产线，探索了CPL产线，具有多源融合技术，具备既有融合又有特色的产线完整的技术能力，建立云+芯平台业务模式雏形，产品技术口碑居业界第一，曾获得国家科学技术进步奖二等奖、一等奖，卫星导航科技进步一等奖、特等奖，中国芯、CSNC、CITE创新产品奖等。

——创造了多款国际一流产品。市场是检验产品的唯一标准，任何技术创新、任何产品只有实现了市场价值才有存在的意义。在产品开发方面，和芯星通实现了国际领先的高精度芯片架构，推出国际首个超小尺寸高精度定位模块，推出“基带+射频”一体化GNSS最小“芯”，开创“云+IC”模式。

——拓宽了市场营销的渠道。和芯星通的产品在客户朋友圈实现了规模应用，拥有一大批优质客户，同时也建立了多个业内战略合作伙伴。基于自主芯片研制的接收机，他们已被国际著名组织IGS及欧洲伽利略系统管理局GSA列入推荐名录。

——建立了个性化管理模式。从技术管理模式上，采取技术复用加军民融合的管理方式，使得各产线能够相互复用。建立客户快速响应机制，经常深入客户一线，及时处理问题，从将战略规划转化为年度经营计划、对客户价值的分解、绩效考核四大类指标形成闭环控制等方面都进行了有效的创新。在体制机制方面，采取应用矩阵化管理模式，实现了扁平化管理。

——形成了本土化服务优势。作为北斗产业化龙头企业之一，和芯星通始终坚持全球化视野，立足本土，专注于产业深耕。具有快速响应与升级优势，并提供一站式的解决方案和专业的定制化服务，能够满足客户差异化的需求。通过多年的行业积累，和芯星通产品应用涵盖广泛，包括高精度测量测绘、智能交通、电力电信授时等众多领域，产业化成果突出。

——进行了国际布局。2016 年 10 月 11—13 日，一年一度的国际测绘地理信息行业盛会 INTERGEO 在德国汉堡隆重召开。和芯星通 UB380、UB282、UB352 系列高精度板卡仍是海外市场主打产品，经过大量国际客户应用、测试、验证，市场表现不俗，具有良好口碑，应用于 CORS、精准农业、无人机、机械控制等多个领域。值得一提的是，针对欧洲市场，和芯星通多模高精度产品已经可以全面支持伽利略卫星导航系统。

未来十年，是智能化的十年，也是和芯星通的下一个十年。

黄磊博士表示："为了迎接智能时代，我们的中期目标是在未来五年达到 18 亿元营收，国际市场的收入占比至少 30% 以上；同时要在卫星定位这个基础上继续深化演进，继续创新；定位始终是我们的第一聚焦点，但是不局限于卫星定位，我们更要关注和其他传感器、物联网通信的融合技术，加强产学研合作；当然，还要升华，未来只靠芯片是不够的，未来的市场需要提供整体解决方案，我们一直在布局'云 +IC'生态链，要通过合作伙伴共生共赢，持续关注生态链建设，打造'云 +IC'的新业务模式。"

在新产品研发方面，和芯星通除了推出 22 纳米车规级全系统全频高精度定位芯片 Nebulas-Ⅳ外，还将推出超低功耗双频双核定位芯片 Firebird-II，实现业界最低功耗，具有标准定位模式、抗多径模式；车规级四系统八频原始观测引擎，片上双核处理器，开放 MCU 供客户二次开发。

新的十年，和芯星通将紧抓人才、技术、产品、资金、客户优势，拥抱智能芯时代，打造国际领先的一流企业，实现"以用户为中心，建设共生机制"。

周儒欣指出："未来十年全球会步入智能化时代，定位导航领域需求非常旺盛，市场空间更大，同时我们也面临很多挑战。智能化时代是一个全球化的时代，我们要站到国际舞台上'比武'，与客户和生态链上的合作伙伴共生，未来十年北斗星通会给合作伙伴带来更多价值。"

当今世界已迎来智能时代，中国正在向高质量发展转变，5G、人工智能、大数据等一大批新兴技术的应用越来越广泛。面对机遇与挑战，和芯星通正着力聚焦卫星定位，拓展多源融合技术，打造“云 +IC”的新业务模式。

历史是过去的现实，现实是未来的历史。这是一个新的起点，也是一场新的奋斗、一次新的进军。面对“芯”的机遇，不能有任何迟疑、任何懈怠，必须把发展的主动权掌握在手里。

时间从未如此紧迫，中国“芯”正面临着一场“生死竞速”。

当地时间 2018 年 4 月 16 日，美国商务部突然宣布对中兴通讯的制裁令。“封芯”事件戳中了中国人的神经。“封芯”事件带给我们深刻的反思，既有自主创“芯”的重要性，也有芯片产业链经营的深刻内涵。

“中兴事件”给中国企业当头浇了一盆冷水，中国“芯病”更是扯下了中国科技的“遮羞布”。

从科技迅猛革新到世界经贸秩序剧烈调整，从新的社会思潮孕育再到全球地缘政治格局重塑，很难说这不是一场大变局的前夜。

小小的芯片之地，率先投射了这场大变局的风云诡谲。历史不会重复，但会押着同样的韵脚。

第九章
产业链上长袖善舞

从“内生”到“外长”

2013 年 9 月 30 日，中共中央政治局第九次集体学习，走出“红墙”把“课堂”搬到了中关村。这次学习以实施创新驱动发展战略为题，采取调研、讲解、讨论相结合的形式进行，讲课“老师”均为互联网科技领域的企业家。习近平总书记等考察了解了云计算、大数据、高端服务器等技术研发和应用情况。

周儒欣作为北斗产业的唯一企业代表，向中央领导做了汇报。

习近平在现场会议室主持中央政治局集体学习时指出，新一轮科技革命和产业变革正在孕育兴起。机会稍纵即逝，抓住了就是机遇，抓不住就是挑战。我们必须增强忧患意识，紧紧抓住和用好新一轮科技革命和产业变革的机遇，不能等待、不能观望、不能懈怠。

事实上，如何抓住机遇、顺势而为，也一直是周儒欣思考的问题。

早在 2008 年 4 月，也就是北斗星通上市不到一年之际，中国证监会出台了《上市公司重大资产重组的管理办法》，鼓励与支持并购重组创新，标志着上市公司并购重组迈入了规范与发展并举的新阶段。在受政策影响非常明显的中国资本市场，这对并购和产业整合是一个非常利好的消息。

北斗星通抓住这一机遇，慢慢开始涉足资本运作并调整企业定位。尤其是在自身定位上，从原来的“卫星导航定位”修改为“导航定位”，去掉了“卫星”两个字，其意义再明显不过：卫星导航不再是企业的唯一发展方向，北斗星通的视角已经扩展到整个导航定位产业链。

虽然 2008 年发生了国际金融危机，一定程度上影响到我国的实体经济，但是作为新兴的高新技术产业，卫星导航产业增长速度依然未减。

对于强者而言，金融危机是一次深度洗礼，更是弯道超车的良机。全球领跑者卡特彼勒，每次历经危机之后都会变得更加强大，进一步拉开与身后追赶者的距离，靠的就是对于行业周期性波动的深刻洞察和深谋远虑的应对之策。

金融危机的深度盘整没有打垮北斗星通，却也让北斗星通着实惊出了“一身冷汗”，北斗星通的下一步将迈向哪里？

卫星导航产业被认为是继互联网、移动通信之后第三个世界经济增长点，在经历了近 5 年的高速增长之后，进入了一个理性的增长阶段，而经济危机则为这个行业的整合提供了契机。

商业是一场持久战，一开始比的是灵感、勇猛和运气，接下来拼的就是坚忍、格局和理性。

基于全球市场环境和北斗产业的深度分析，周儒欣早在 2005 年就为北斗星通的长远发展未雨绸缪，提出了“内生和外长”两大策略。

李建辉对“内生和外长”两大策略有着自己的理解。所谓内生，就是横向拓展、纵向深化。一方面要稳扎稳打，不断深化“产品 + 系统应用 + 运营服务”的业务模式，扎实推进已有项目，积极开源保增长，保持行业领先的优势地位；另一方面也要节流，强化内部管理，削减不必要的开支，提高效率，降低成本。所谓外长，就是在充分利用资本手段实现共赢前提下的资本重组，加强风险管理，适时出击，借助资本市场的优势，利用资本平台，有效整合资源，实现快速发展，将企业做大做强，同时吸收高素质的人才，让更多的优秀人才加入北斗星通公司这个大家庭中。

当时，“相关多元化”是被频繁提及的战略策略之一，这也是北斗星通选择的发展路线。在“内生外长”战略中，“外长”的核心就是投资并购。

为什么要将并购放在这样一个核心的位置？这要回到北斗产业的特性：渗透性、融合性、寄生性，或者说政策性、高科技性、伴生性。

由于其具有寄生性和高科技性，这可以说北斗产业的门槛相对很高，初创企业要想切入这一产业非常困难，或者说这个产业用钱“砸”是很难“砸”进来的。另外，由于其渗透性和融合性，产业链相对繁杂，相关领域非常之多，企业与企业的距离也非常远。因此，即使像北斗星通这样的业内龙头企业，要想重新培育一个新的应用市场，也是相当困难的，至少需要持续四五年的资金和技术投入。在这种情况下，以资本换技术、以资本换市场、以资本换时间无疑成了最优选择。

另一个现实特点是，北斗产业离完全成熟还有很长一段路要走。与相对成熟的GPS产业相比，北斗产业依然存在小、散、乱的特点。在当时只有400亿元规模的市场里，相关企业就有1万多家，可以说行业分散度非常之高。

“龙蛇共舞”可以说是一个新兴产业必有的发展阶段，但随着行业成熟度的提高，行业分散度必定会快速缩小。其实只要“对标”国外GPS产业的发展历程，大概就能描绘出北斗产业的前景：北斗产业必定也会像GPS产业一样，形成几家巨头共分市场的局面。而产业整合的最佳途径之一，就是由龙头企业对小企业进行并购。

因此，北斗产业的分化几乎是必然，产业整合是大势所趋。

然而，作为“政策性”鲜明、受政策影响非常大的产业，北斗产业能否顺利走上产业融合的道路，还必须参考国家和政府的态度。

如果我们翻开中国企业产业整合的历史，首先映入眼帘的是一场场血淋淋的“大败局”。从“全国最著名厂长”马胜利试图以相当初级和粗糙的手段整合全国造纸厂开始，到“德隆系”令人眼花缭乱的“产融结合”和资本运作，中国的产业整合以飞快的速度经历了从初级到高级的进化，但结局往往是败多胜少。在一系列产业和资本集团纷纷败落时，国家也渐渐收紧了产业与资本的联姻政策。

在这样的形势下，北斗星通如何发挥上市公司投融资平台优势，践行“内生+外长”策略，即扎扎实实做强现有业务，同时积极寻求战略合作和收购兼并机会，实施相关多元化战略，注定还有很长的路要走。

所谓产融结合，是指产业与金融业在经济运行中为了共同的发展目标和整体效益通过参股、持股、控股和人事参与等方式而进行的内在结合或融合，产融结合具有渗透性、互补性、组合优化性、高效性、双向选择性特点。

总体来说，产融结合分为由产到融和由融到产两种形式。由产到融，是产业资本进入金融领域，形成强大的金融核心；由融到产，则是金融资本有意识地、战略性地控制实业资本，并且不仅仅以获得投资回报为目的。

产业资本与金融资本，通过股权融合及业务合作等各种形式的结合与互动、联系和协作，在资金、资本以及人事上相互渗透，相互进入对方的活动领域，最终形成产融实体的经济现象和趋势，是市场经济发展到一定阶段的必然产物。

然而，如果我们溯本清源，就会发现产融结合其实是一种很纯粹的技术手段，是通过产业整合、金融杠杆、市值管理等一系列操作提升价值的手段之一。

同样，心怀“产业报国”梦想的周儒欣和他带领的北斗星通，也在资本实战中渐渐发现了产融结合的重要性。

尤其是随着北斗产业开始分化，新模式公司不断涌现，产生了进入以龙头企业和新业务模式企业为主要特征的新产业格局，迈入了产业快速构建的发展阶段。产业整合是发展的必由之路，并最终形成规模和盈利能力的“巨头”，剩下的企业要么逐步沦为巨头的“管道”，要么慢性“死亡”。产业资本和金融资本的有效融合发展，即通过股权纽带提升金融对产业的服务效率，实现金融和产业的业务协同，达到“1+1>2”的效果。

周儒欣认为，按照国外GPS的行业发展规律推测，接下来的六七年将是北斗产业并购、联合的高峰期。然而，他也坦承，能在退潮之后残存的企业不一定是上市公司，包括北斗星通，也有可能出现一两条能够掀起大风浪的“鲇鱼”。因此，北斗星通必须尽快把握住自身还具备优势的时机，尽快成为产业的整合者而不是被整合者。

于是，在这种背景下，北斗星通开始从产业链层面布局资本平台。

2014年8月15日，北斗星通发布公告，宣布同中关村创业投资发展有限公司（简称“中关村创投”）和北京北斗融创股权投资管理中心（简称“北斗融创”）合作发起成立中关村北斗股权投资基金（简称“北斗资本”）。

北斗资本是国内第一个专注于北斗产业、按市场化机制运作设立的股权投资及投资管理机构。其投资方向主要为导航应用、地理位置信息服务产业链及产业链与互联网融合创新领域，基金规模为2亿元人民币，委托北斗融创负责基金的运营和管理，总经理为“金融老兵”张工。

1968年出生的张工，是北京大学工商管理硕士、注册会计师，曾任普华永道高级经理，北京第一会达风险管理科技有限公司高级副总裁兼财务总监。2006年北斗星通股份制改造时起便担任独立董事，具有二十年财务和风险管理经验，对北斗星通及导航产业都有非常深入的了解，再加上多年在金融机构工作的经验，是北斗资本掌舵人的不二人选。

北斗资本的定位专注于导航，重点投向有核心竞争力、领先潜力的企业，做“资本路由器”，促进产业技术发展与产业资本的有机融合，从“失联”到“多联”，以资本形式撬动产业上下游、为企业带来新鲜血液，推动团队与企业融合、企业与企业融合、企业和资本融合。

对北斗资本来说，北斗星通强大的技术团队可以为北斗资本提供可靠的技术平台，能够对目标项目做出非常客观和冷静的分析。同时，北斗星通也是北斗资本的退出通道之一，而且毫无疑问会是最重要的退出通道。当然，对于北斗星通来说，也可以率先从北斗资本中挑选适合自己的项目或企业，从而在产业链的布局中处于非常有利的位置。

北斗资本创始合伙人仇锐说：“只有了解过去，才能更好地投资未来。”他认为，要充分利用国家对北斗产业的支持，运用资本手段，一方面通过并购和投资，另一方面通过与产业基金合作，可以满足业务发展和转型升级的战略需求。

事实上，与传统的风投基金不同，北斗资本一开始的定位就非常明确：必须服务于导航相关领域和北斗产业，而且投资方式一定是长线持有，而不是快进快出。这个定位也决定了北斗资本虽然需要盈利，但并不以盈利为唯一目的。北斗资本则是志在以资本手段实现北斗产业的整合，以扎扎实实的积累和沉淀，推动北斗产业的发展。

并购就像谈“恋爱”

乔治·约瑟夫·斯蒂格利茨是美国经济学家、经济史学家，1982 年诺贝尔经济学奖得主。他认为：“一家企业通过兼并其竞争对手的途径成为巨型企业，是现代经济史上一个突出现象。”

今天，当我们回顾许多优秀企业发展历程时就会发现，在它们从优秀走向卓越的过程中，一般首先是通过对行业内的相关企业进行横向并购，从而实现较高的市场占有率；其次是通过纵向并购，实现产业链上下游的通畅；最后是实行混合并购，发展成为现代化集团企业。其间，并购成为一种加快企业发展的有效资本运作模式，也是企业资本迅速扩张的助力器。

2008 年，北斗星通入选第二批中关村百家创新型试点企业，进入了政府视线，考评被定格在 79 家企业汇集的同一条起跑线上。同时，“2008 中国潜力企业”“中国通信市场创新企业”“2008 年度中国上市公司市值管理百佳”等各种荣誉，纷至沓来。

荣誉是一种鼓励和肯定，而对于实现企业的腾飞，业务规划、融资手段和资本运作非常重要。

并购，就是一种手段。

从某种意义上来讲，并购不仅是一种投资手段，更是一种战略手段，成为企业实现战略目标的高效路径，既为进入新业务领域和目标市场提供了捷径，也为优化资源配置提供了实现途径。

从营收规模来看，北斗星通在国内北斗产业中一马当先。2014 年的营业收入总额为 9.54 亿元，比 2013 年增长 22.57%。然而，要实现快速增长，北斗星通必须成为北斗产业并购高峰期的主角。

经过十几年的摸爬滚打，作为业内首家上市公司的北斗星通，已经成为行业领域的领跑者，具备了并购的条件。

于是，从这时起，北斗星通开启了并购之路，其中，既有国内企业，也有国外的公司。

然而，并购之路并不是一条平坦的大道。在这条路上，既有成功的喜悦与激动、鲜花与微笑，也有失败的痛苦与无奈、酸楚与泪水。

并购，是产业经济学中一个极其重要的概念，其内容涵盖了兼并、重组、收购、清算以及资源重新配置等问题。

并购，毫无疑问是企业快速扩张的有效途径。纵观世界许多知名企业，像通用电气、微软、甲骨文、三星、苹果、联想等，都是从并购浪潮中涌现出来的。

纵观世界知名企业的发展过程可以发现，并购是其不断发展壮大的有力武器；同时，在经营过程中，它始终坚持着“实体＋金融”的经营模式，以实业为“根”、金融为“枝叶”，二者相辅相成、相互促进。

并购始于战略，终于整合，旨在为企业创造更大价值。它是一个系统性工程，是一个有机的整体，涉及战略决策、经营管理、财务、法律等多个方面，面临的风险也是多方面的。

美国战略学家安索夫认为，企业可以通过并购实现资金、技术、设备、人力等资源共享，使资源得以被充分利用、营业成本降低、抗风险能力增强、创造规模效应，从而实现并购的价值。

对于并购，周儒欣也在“摸着石头过河”的实战中，渐渐总结出了一套自己的理解和策略。他说：“并购就像谈恋爱。”这句话非常形象地总结了并购之道。

而在“恋爱对象”的选择上，除了要符合优势互补的原则，周儒欣还特别看重“人”，也就是目标企业中关键人物的素养、性格和能力。

第一，是“诚实人”，这是底线；第二，要“有追求”，这是未来得以长期共事的基础；第三，要“做成事”，这是个人和团队能力的保证；第四，要“相互尊重”，这方面也是对自己的约束，不能因为自己握有资本优势便目中无人、颐指气使。

因而，在对被并购企业的管理上，周儒欣认为并购是合作而不是打碎了重建，应对目标企业原有的市场利益表示充分的尊重，并尽量保留企业原有的团队、架构。母公司对子公司的管理要掌握一个合理的“度”，太松了不行，太紧了也不行。母公司更多的工作应该放在对制度、规则和流程的梳理和把握上，而不是事无巨细地一一过问。

在这种原则的指导下，北斗星通也在内部慢慢建立起了自己的并购团队，开始有计划、有层次地推进并购业务的发展。

2010 年 10 月，北斗星通以收购和增资的模式控股深圳徐港电子，进军汽车电子产业；2011 年 7 月，收购深渝北斗，研发汽车导航产品、车联网等产品与服务。另外，北斗星通还投资华云通达，拓展气象应用；后又控股星箭长空，涉足惯性导航。

通过一系列的并购，北斗星通的基本盘越来越大，逐渐坐实了行业“龙头”的地位。

2014 年，在国家经济转型的背景下，国务院下发了《关于进一步优化企业兼并重组市场环境的意见》(以下简称《意见》)。《意见》针对企业兼并重组面临的突出矛盾和问题，重点提出了 7 个方面的政策措施。其中第一条就是加快推进审批制度改革，系统梳理相关审批事项，缩小审批范围，取消下放部分审批事项，优化企业兼并重组审批流程，简化相关证照变更手续。在此背景下，国内并购市场异常活跃。

2015 年之前，北斗星通的并购基本上延续了并购徐港电子的思路，是“以资本换市场”“以资本换时间”的典型，更多的是北斗星通基于市场和业绩考虑的并购。

然而，随着北斗星通实力不断增强和并购经验不断丰富，加上国家政策利好的鼓励，这种类型的并购已经逐渐不能满足北斗星通的“胃口”。因而，并购逐渐向纵深方向发展，开始以资本换技术、换布局，开始了更大规模和更具技术含量的并购。

2015 年，我国共成功发射 4 颗新一代北斗卫星，标志着北斗系统已迈入全球组网并进入加速发展的阶段。国家也相继出台了一系列北斗产业相关政策，极大地助推了北斗产业全链条发展、多领域应用和多技术融合，初步形成了“政策带动市场拓展和技术进步、市场拉动技术创新、技术引领市场需求、技术和行业发展反向倒逼政策创新”的良性发展态势，逐步从北斗向“北斗 +”时代迈进，无边界扩张的跨界融合成为北斗产业发展的新空间。

也是在这一年，北斗星通的产业链伸向了上游产业，开始优化上下游资源配置。他们采取系列措施进行市场布局，加速资源进一步整合，成功并购了业内的“天线双雄”——华信天线和佳利电子，快速进入卫星导航天线等基础产品的研发与制造领域，从而实现了向卫星导航产业链上游的拓展。此后，北斗星通又先后并购杭州凯立、银河微波、东莞云通、广东伟通等。

在国内并购之路上，北斗星通频频出击，演绎了一曲精彩华章。

鹏城腾飞的卫星天线“领导者”

深圳，是从一个不为人知的小渔村发展成为现代化都市的。这里地处广东南部、珠江口东岸，与香港一水之隔。这里是中国设立的第一个经济特区，是中国改革开放的窗口和新兴移民城市。

深圳以其举世瞩目的“深圳速度”和独有的“深圳精神”，创造着一个个传奇，续写着一个个神话。

就在这个依山临海的年轻城市的南山区，有一家中国卫星导航产业首家上市公司北斗星通旗下的企业——深圳市华信天线技术有限公司。

华信天线自 2008 年成立以来，始终坚持“创新驱动产业进步”，致力于为包括测量测绘、无人机、智能交通、航空航天、变形监测、自动驾驶、精准农业等全球行业客户提供性能最强、体验最佳的卫星定位产品及卫星通信、数据传输解决方案，以技术推进行业规模化应用，已成为全球卓越的卫星定位设备与解决方案提供商，屡屡斩获各类大奖，有力助推了卫星导航产业的蓬勃发展。

让我们把记忆拉回2008年。

2008年国庆节，王海波和好朋友王春华商讨着创办一家以卫星天线为主要产品的公司。当时，高精度测量测绘已经逐渐发展起来了，而且国产化的需求比较迫切。

而在国际上，成立于1978年的美国Trimble导航公司，是一家从事测绘技术开发和应用的高科技公司，主要生产GPS相关产品。这家公司用的是美国的一个产品，但是它的产品售价非常高，一个天线近一万元。他们基于对市场的判断，认为如果能以低廉的价格为客户提供功能相当甚至更好的产品，应该有不错的市场。

其间，王春华就行业内的竞争态势和领导企业与王海波做了具体的分享。这让王海波对地理信息产业的认知越来越深刻，也坚定了他投入这个行业的决心。

几次讨论后，他们决定成立自己的公司。当时，想了好几个名字，跑到工商局，最后注册成功的是“华信天线”，全称是深圳市华信天线技术有限公司。不久，贾延波也加入了华信天线。

华信天线成立之初，可以说是默默无闻，而行业内的竞争却无处不在，且有日趋激烈的态势。当时，他们创业做的第一件事就是做北斗高精度天线，面对的主要是一些测量用户。

当时进入公司的第一位员工王天宝说：“公司刚开始只有5个人，业务很单一。”

华信天线的第一批产品是在王海波家里生产出来的。当时，他家里到处散落着产品零部件。几个人忙累了，就席地而卧。第一批产品出来后，经过多次测试，全部合格。在发货前，他们兴奋地在第一批产品前合影留念。

就这样，华信天线在创办之初，除了精心研发产品、拓展客户渠道之外，也非常需要行业主流企业的认可与支持。

恰在此时，北斗星通的李阳与华信天线建立了供需关系，而且渐渐从客户关系变成了朋友关系。王春华后来在接受采访时说：“北斗星通是华信天线发展初期的‘贵人’，不仅在业务上信任华信天线这个‘新人’，更在业务拓展中不忘提携，逐步成就了华信天线的创业神话。”

经历了一年多的创业起步期，从 2009 年到 2011 年，华信天线进入高速成长期。这时，产品线拓展至 GPS 和北斗两大系列，产品不良率低于千分之一。这时候的华信天线，其产品高精度卫星定位天线市场占有率已经超过 70%，稳居行业第一。

从 2012 年到 2014 年，华信天线连续三年以第一名的成绩中标国家重大专项“北斗多模多频高精度天线”项目。此外，2014 年，华信天线凭借自主研发的“新型北斗地基增强系统天线”项目，在各专家严格评审后，获“2014 年卫星导航定位科技进步奖（省、部级奖）一等奖”。这已是他们连续三年蝉联此奖项。

这一时期，华信天线进入竞争领先期，主导制定了《BDS420003-2015 北斗 / 全球卫星导航系统（GNSS）测量型天线性能要求及测试方法》专项标准，经由中国卫星导航系统管理办公室批准并正式发布，于 2015 年 11 月 1 日起实施。此外，还制定了国家军用 RTK 电台协议，承担了广东省产学研合作项目及深圳市重大技术攻关项目，荣获“深圳市专利奖”和“知识产权优势企业”称号。

研发的产品屡屡获奖，客户资源越来越多，员工人数也从几人到几十人，再到上百人。这时候，300 多平方米的科技园办公面积已经不能满足需求。他们在认真调研后，搬到了南山区 1000 多平方米的办公区。

面对华信天线的高速增长，有许多行业翘楚对其青睐有加，主动前来洽谈，希望通过收购获得协同成长空间。但华信天线几位高管再三思虑如下：一是华信天线尚在成长期，诸多内部管理、战略架构、风险控制等问题尚未解决，仓促决定于人于己均非益事；二是拟购公司的企业文化和战略理念与华信天线差异较大，融合起来有难度，不易产生协同倍增效益；三是华信天线希望通过努力独立登陆资本市场，借助资本力量实现产业的跨越。

当然，华信天线也从未排除与第三方建立资本层面合作的可能性，虽然存在前面三个顾虑，但是公司也存有诸多风险，如规模过小导致的抗风险能力弱、独立 IPO 周期过长等。所以，他们认为，如果有契合的企业文化、相似的发展战略、协同互补的产品和服务，这样的上市公司会是未来华信天线走向并购合作的最佳选择。

恰在此时，北斗星通向华信天线抛出了“橄榄枝”。

2014 年 5 月，国泰君安的一位高级副总裁专门来到深圳，期望说服他们独立上市。这位高级副总裁说，华信天线是国泰君安选择的第一家超小型企业，他一直做的都是国有大型企业，他们也想在中小企业中做试点，于是就选中了华信天线。

聚餐吃饭的时候，气氛也很融洽。但是，事情骤然发生变化，起因是这位副总裁的酒后真言。借着酒兴，这位副总裁说，2013 年年底到 2014 年年底是企业上市的“堰塞湖”时期，前面已有 700 多家公司在排队，不知道什么时候“开闸”，估计起码到 2018 年或 2019 年才能“上会”；但前提是，要在 2014 年年底或者 2015 年年初把申报材料报上去，如果现在不排队，那后面排队的公司将会越来越多。

一听这话，王海波立马就有些傻眼了。接下来的饭菜，他吃得索然无味。他知道，从 2014 年到 2018 年，虽说只有四年的时间，但市场的大风大浪谁都无法预测。当时，他心里有些忐忑不安，也就是从那顿饭开始，他们逐渐倾向于选择一家上市公司重组并购。

当时，虽然地理信息产业的企业众多，其中不乏诸多上市公司，凭借各自的独特优势，在市场上各领风骚，但是，让王海波印象极为深刻的反而是秉持独立、平衡发展的北斗星通。王海波后来在接受采访时说：“初识周董事长，谦和文雅的风度、高远卓越的见识和注重倾听的态度，给我留下了深刻的印象。其后，随着与李建辉总经理等北斗星通领导和同人的沟通了解，日益发现北斗星通的独特性，尤其是在员工跳槽频繁、谋求私利日盛的商业氛围里，员工稳定、敬业互助的北斗星通犹如一股清流，成为华信天线学习和追随的楷模。”

事实上，北斗星通的商誉早已在行业内广为流传。有道是，“小胜因智，大胜靠德”。北斗星通能够在竞争激烈的北斗产业中脱颖而出，自有其独到的成功秘诀。尤其是北斗星通以“诚实人”为核心价值观的企业文化，将华信天线几位高层折服，这也为后来的合作奠定了基础。

可以说，企业文化的高度融合，行业领域的导航翘楚，在北斗星通与华信天线之间，架起了一道亮丽的彩虹。

2014 年 5 月 21 日至 23 日，第五届中国卫星导航学术年会在南京举办。这时候的南京还不算太热，而王海波一行则受到了热情的邀请。其间，周儒欣与李建辉邀请王海波、王春华等一起喝茶，深入而坦诚地分享了北斗星通的战略构想和企业文化。

就是这次分享和交流，成了华信天线命运的历史转折点——在独立 IPO 和并购重组的选择天平上，他们的选择第一次倾向了并购重组。

此前，李建辉也分别找王春华、王海波和贾延波谈过并购重组的事情。但这次如此郑重，让他们也不得不严肃对待了。

当天晚上，王海波、王春华和贾延波三个人在宾馆里商量讨论了很久，思路也渐渐清晰起来。平心而论，虽然他们非常认同北斗星通，也愿意和北斗星通结缘，但是真正做出这个选择也是相当不容易的。经过数个彻夜不眠的反复讨论、各种利弊权衡之后，三个人最终还是决定——加盟北斗星通，共创美好未来。

此后，他们又多次到北斗星通总部详谈细节，一次比一次具体。

不久，北斗星通派出财务、审计、法务等工作人员组成的考察组，到华信天线进行了认真细致的考察。

而这时，国泰君安还没撤走，各种资料几乎是现成的。考察组对调研结果很满意，一周后就签订了意向协议书。

接下来就是组建重组并购项目团队，确定工作程序和关键节点，对业务进行分析和整合。

显然，这是一个十分繁杂而且工作量很大的项目。在具体执行中，也遇到了诸多的问题和难点。这个项目得到了周儒欣的高度关注和亲自指导，还有李建辉的全力协助。当时的副总裁段昭宇和总裁助理杨力壮，以高效而缜密的工作有力地推动项目，整个项目紧锣密鼓地开展并高效全速推进。

然而，接下来发生的事情几乎使这个项目夭折，却是谁也没有料到的。

有道是：好事多磨。这句古训在这次并购重组中得到了应验。

2014 年 12 月 25 日，项目在报批之后遇到了重大挫折——竞争对手的恶意干扰，使得项目戛然而止——重组预案被中国证监会否决，也就是说，第一次未能“过会”。

随后，北斗星通方面表示，媒体报道中所涉及的专利权及纠纷不会对华信天线的经营和未来发展产生重大不利影响，也不会对上市公司现阶段的生产经营和发展产生直接影响，并阐释了具体原因。

无论如何，第一次未能“过会”，让负责人王海波心理压力很大。

当天下午，在北京军事博物馆附近的一家茶馆里，周儒欣、李建辉、段昭宇在等着王海波的到来。

而此时的王海波只身一人在北京，他已经给远在深圳的王春华、贾延波打了电话。其当时沮丧的心情可想而知。

当接到李建辉的电话时，王海波得知周儒欣正在茶馆里等他，而且说：“看你方不方便过来。”王海波的心情更加糟糕了，本来就要成为一家人了，却忽然客气起来。

当王海波推开茶室的门，一眼看到坚毅沉着的周儒欣平静地坐在那里，他第一句话就是：“海波，你怎么看？”没有预想的责备，口气也格外温和。王海波定了定神，说：“我听您的！”周儒欣微笑着说：“要不咱们再试一次？”王海波当时就有点怔了，心情非常激动。他对周儒欣的睿智谦和、大气大度更加敬佩与敬重，当即回答道：“可以！”

离开茶馆后，王海波就给王春华、贾延波打电话，从下午一直打到晚上十点多，三个人达成一致共识，继续追随北斗星通。

经过一个多月的斡旋，北斗星通于 2015 年 2 月 10 日晚间发布修改后的重组方案。

如果说第一次“上会”之前大家还稍感轻松，那么第二次“上会”前，大家的心情就有些沉重。他们彩排了好几次，生怕因为某些细节上的疏忽，再次无法“过会”。

2015年4月2日，第二次终于顺利“过会”。

吹尽狂沙始见金。在艰苦卓绝的并购重组之路上，患难与共的北斗星通与华信天线实际早已成为彼此信任、共克时艰的“一家人”。通过这次并购重组，华信天线的员工也更为深刻地理解了北斗星通“诚实人”的企业文化基因。

都说人生的路虽然漫长，但要紧的就那么几步。人生如此，做企业也是如此。这次“过会”，对于华信天线来说，显然是要紧的一步，而且意义非凡。

2015年7月3日，华信天线作为北斗定位天线核心部件商，正式加入北斗星通大家庭，成为北斗星通集团北斗产业链中重要而又关键的一员。这是华信天线发展载入里程碑的一天。

也是从这一天起，在“共同的北斗、共同的梦想”引领下，在北斗星通日趋完整的北斗产业链的影响和宽广的市场格局基础上，华信天线在新的历史起点上开启了创新发展的新局面。

当时，加入北斗星通大家庭后，如何产生1+1>2的效应？王海波、王春华、贾延波三人在认真商讨后，做出了战略上的调整，确定走聚焦路线。当时，他们的产品线有6条，经过调研市场、反复研讨，最后确定主攻两条线：一个是天线，一个是电台。

在此后半年多的时间里，华信天线连布“三子”：新开“驾考驾培”“收购东莞云通”“收购广东伟通”。

东莞市云通通讯科技有限公司（简称“东莞云通”）成立于2014年，坐落于美丽的东莞市香市古镇寮步镇，是一家集研发、生产基站天线于一体的专业制造商，是通信天线领域中二级集成商的领导者，总经理是张呈斌。其主要产品有基站板状天线、美化天线、室分天线和小区覆盖天线等。

2015年8月3日，北斗星通旗下企业华信天线收购东莞云通。这是北斗星通集团实现“北斗＋通信”战略的重要举措。此后，东莞云通不断加大研发技术的创新，逐步拓展其他产品生产线，增强市场份额，其产品完全符合中国国家标准及行业标准。他们以一流的研发技术雄踞天线领域，为中国的通信行业提供高质量、短交货期、个性化的终端产品。东莞云通通过 ISO 9001 质量体系认证，是国家高新技术企业，自主研发新型移动通信高隔离度双极化基站天线，曾获东莞创新创业大赛一等奖。

华信天线收购的另一家公司是广东伟通通信技术有限公司（简称“广东伟通”）。这是一家致力于提供通信行业天线、基站配套产品及基站天馈系统综合解决方案的专业供应商和服务商，是集研发、生产、销售和服务于一体的民营高科技企业。

自成立以来，广东伟通公司为中国移动、中国联通、中国电信等运营商及中国铁塔提供了大量优秀的天馈系统解决方案和服务，凭借优质的产品质量和服务多次赢得三大运营商和铁塔公司的青睐，成为合格的产品供应商和优秀的合作伙伴。

2016 年 4 月 14 日，北斗星通全资子公司华信天线公司收购广东伟通。广东伟通正式加入北斗星通大家庭后，直接承载华信天线面向移动通信运营商的多种业务，向国内三大运营商及铁塔公司提供天馈系统解决方案和相关服务。广东伟通也将利用上市公司的品牌、管理、资本等优势，加大新产品开发力度，提高市场占有率，实现快速成长。成为上市公司的旗下企业之一，大大增强了广东伟通客户、合作伙伴、全体员工的信心。

至此，华信天线子集团成立，李建辉出任董事长。

2018 年央视春晚，由无人机、无人车、无人船组成的全球首个“海陆空”无人系统震撼上演，这些酷炫科技的背后都有华信天线高精度产品的身影。在为“中国智造”提供精准、专业的定位、授时、通信等信息服务时，华信天线以创新的精神展示出绚丽的风采。

华信天线领导团队一致认为：在一个企业的发展中，资源、资金方面的优势只是暂时的，科技创新带来的巨大发展动力将是无限的，只有创造技术优势，向技术要发展，才是企业的立足之本。

华信天线拥有员工400余人，研发人员比例超过33%，每年的研发投入经费超过销售额的10%。2017年，公司新成立了北斗星通研究院深圳分院，主要围绕关键技术研发、核心产品孵化开展工作，逐步深化产、学、研立体建设。以强大的技术实力为支撑，华信天线成为国家“全球卫星导航系统（GNSS）测量型天线”专项标准的主导制定单位。

华信天线始终坚持产品创新为先，并建立完善的公司质量管理体系和技术核心团队，在研发、生产、管理、体系、品牌等方面等进行持续并充分地投入，以确保华信天线在国内高精度天线行业的领头羊地位。他们优化产品及人员的组合，由原有的高精度天线扩展到数传电台、特种天线、倾角模块、ADS–B等多领域多行业产品。他们还针对不同行业客户，提供贴心的核心部件产品组合，如“天线＋倾角模块＋电台”“抗干扰天线＋射频组件”以及“GPRS天线＋蓝牙天线＋Wi-Fi”等产品组合模式，深度满足客户产品系列需求，从而提高了华信天线在核心部件产品上的市场份额。为加快产品生产步伐，华信天线还按照类型和不同行业成立项目组，如高精度天线项目组、测量测绘项目组、无人机项目组、大S卫星通信项目组等。每个项目组精力集中，专业聚焦，可以紧跟客户需求。2019年，华信天线凭借高速发展，成功入选并荣获“2019年广东省高成长中小企业”称号。

2020年1月10日，“中国电信天通卫星业务商用发布会”在北京隆重举行，标志着天通卫星移动通信系统正式社会化应用，经天通卫星终端产业分会秘书处讨论研究，以及经所有会员单位一致通过，批准华信天线成为中国电信终端产业联盟—天通卫星终端产业分会会员单位。

经过多年努力，华信天线研制出成熟的高精度测量天线和数传电台等核心部件产品，主要具有高精度、相位中心稳定、高增益、传输距离远、兼容性好等多个特点。产品已实现规模化应用，成功接受市场考验，得到众多国内外终端集成厂家的认可。华信天线总经理姚文杰说：“华信的高精度天线市场占有率已连续多年保持领先，不仅在传统测绘领域与行业领军型企业保持深度合作，高精度产品也已成功应用在高铁、无人机、自动驾驶、精准农业等新兴行业领域，并与行业头部企业形成了坚实的合作关系。”

2016 年 4 月 18 日，中国科学院院士、“两弹一星”功勋科学家、探月工程总设计师、北斗系统总设计师孙家栋先生，莅临华信天线，就北斗高精度定位产业化发展情况进行考察指导。孙家栋院士寄语华信天线：“北斗兴华，无限通信。”孙家栋院士蕴意深刻的题词，给华信天线深耕北斗、专注北斗高精度定位带来了前行的动力。

在多年的科研创新实践中，华信天线牢固树立“人与企业和谐共荣发展”的理念，强调企业发展依靠员工、员工共享企业发展成果，并以新思路内培外引，突破人才瓶颈。通过筑巢引才、岗位育才、赛马成才、事业留才等人才创新策略，建立了一支年轻而有朝气、激情而有狼性的团队。

王春华是其中的代表人物。这位毕业于清华大学的高才生，专注于高精度天线的研究探索，是国家北斗导航系统专家。他不仅是一位科技创新践行者，更是行业技术引领者。

2019 年 5 月 22 日，主题为“导航，遇见十年”的第十届中国卫星导航年会在北京开幕。在开幕式上，中国卫星导航年会科学委员会为北斗产业突出贡献者颁发首届“北斗奖”，在科学与技术类、应用与产业类分别评选出 1 名突出贡献者，其中，华信天线创始人、首席科学家王春华荣获应用与产业类“北斗奖”。

近年来，王春华承担了多模多频高精度天线、无线数传电台协议等多项国家标准的制定，主持了国家多个项目以及北斗重大专项应用推广与产业化项目。他先后获得了中国专利优秀奖、深圳市专利奖、深圳市青年科技奖、广东省科技创业领军人才奖等；2012—2014 年，连续三年获得中国卫星导航定位协会颁发的“卫星导航定位科学技术奖”；2015 年，获国家科技部“科技创新创业人才”奖；2017 年 12 月 28 日，王春华入选国家“万人计划”科技创业领军人才。他也是目前国内高精度天线行业唯一入选的领军人才。作为项目负责人，王春华先后主持了国家北斗重大专项应用推广与产业化项目、科技部科技型中小企业技术创新基金项目、深圳市发改委新一代信息技术产业项目、深圳市科创委技术攻关项目、广东省科技厅产学研合作项目等国家和省市级科技项目。

华信天线构建了严密的知识产权保护体系，专利技术推动并确立了其高精度天线的领先技术地位，并成功进入全球高端地理信息产业第一阵营，成为卫星导航定位领域的领先品牌。目前，华信天线累计申请专利 180 项，其中发明专利 73 件、实用新型专利 60 件、外观设计专利 35 件、PCT 专利 12 件。他们还主导制定“北斗 / 全球卫星导航系统（GNSS）测量型天线”专项标准；作为唯一一家民营企业，主导制定了“多模多频高精度天线”的国家标准。近年来，华信天线先后承担 9 项国家、市、区重大科技及产业化项目，承担 2 项国家标准并参与 1 项地方标准起草。

随着中国北斗卫星导航产业的发展壮大，北斗在国际舞台上开始扮演越来越重要的角色，随之也带来中国测量测绘行业的跨越发展，各类核心产品也逐渐受到全球厂商的青睐。他们在无线数传电台、移动卫星通信和高精度卫星定位天线等领域的多系列产品，连续通过 CE、RoHS 强制认证和 FCC 认证，为产品进军欧洲和美国市场又开启了一扇大门。

华信天线形成了以中国为核心，构建美国、德国在内的国内外营销体系和产品研发生产线。强大的技术储备能力为产品领先优势提供了重要保障。随着国家“一带一路”倡议不断推进，华信天线还作为中俄首次“一带一路”测试的主要合作单位，提供厘米级快速的基准服务，为推动北斗产业的国际化发展持续做出了贡献。

2020 年，在看不见硝烟的战“疫”中，华信天线实现疫情防控与全面复工复产两手硬、两手赢的目标。全体管理干部深入生产、采购一线，全力保障交付，供应链中心迎来新风景。

如今，华信天线总经理姚文杰带领的团队，产品和服务遍布全球多个国家和地区，在美国、巴西、德国、西班牙及欧洲多个国家建立了全球化营销服务网络，有效提高了本土化的服务响应速度。华信天线依托全方位多层次的营销服务体系和专业雄厚的技术创新实力，持续不断地为全球客户提供最专业的产品与服务。

岁月悠悠，珠江长流，历史和时间是一种铭记。从重组到现在，华信天线越来越感受到，加入北斗星通大家庭，对华信天线而言是一个正确的选择。在北斗星通大家庭中，华信天线茁壮成长，始终保持高速度、高质量、可持续的发展态势。

筑梦在南湖之畔的5G奋斗者

一幅有着鲜明对比的摄影作品《芭蕾脚》曾火遍网络：一双饱经风霜的芭蕾舞者的两只脚，一只穿着光鲜亮丽的芭蕾舞鞋，一只是有多处伤痕的裸脚。

美与丑，优雅与不堪，给人以强烈的视觉冲击：伟大的背后都是苦难。

2018年3月23日，美国发布针对中国的“301调查报告”，中美贸易摩擦正式开始。

在此前，美国以“国家安全”为由，多部门、多次拒绝W公司进入美国市场——即便是收购合资公司也未能通过。

从政府到国会，从总统到国务卿，美国如此“关心”一家民营企业，举全国之力并动员国际力量对其进行围剿扼杀。这也许是史无前例的世界性大事件。

此后，一些国家和地区也开始以各种方式中止与W公司的合作。

更严重的是，2019年5月，美国商务部工业与安全局（BIS）又将W公司列入一份会威胁美国国家安全的“实体名单”中，从而禁止W公司从美国企业那里购买技术或配件。如此一来，W公司的产品不能进入美国市场，W公司也无法从美国市场购入所需产品。

列入实体名单，是美国对W公司下达的有史以来最严禁令。这一禁令的发布，对于任何一家企业来说，都是致命的。

而这一切，都是因为5G。

W公司是一家令国人自豪的民营企业，聚焦全连接网络、智能计算、创新终端三大领域，经过三十多年的发展，已经成为世界上最先进的通信设备的最大供应商。W 公司以技术创新为引领，化繁为简，构建万物互联的智能世界，无论是在 5G 标准制定，还是 5G 网络设备布局方面，5G 技术都处于领先地位，走在世界前列。

5G 的特点是高速率、大容量、低延时。这些“天赋”使得 5G 能让各类智能硬件始终处于联网状态，意味着“万物互联”时代的到来，人和人、人和物、物和物都将连成一体，形成全新的信息化基础设施。

某些西方国家当然不想看到中国的崛起，不想看到中国在 5G 领域领先，想尽办法遏制科技含量高、具有较强竞争力的中国科技企业，W 公司便成为美国首先要打压、剿杀的对象。于是，就有了制裁“实体名单”。

正所谓“你有千招，我有万计”。2019 年 5 月 17 日凌晨，W 公司旗下芯片公司一位总裁在发布的一封员工内部信中提到，HS 将启用“备胎”计划。邮件称，为了兑现公司对于客户持续服务的承诺，W 公司保密柜里的备胎芯片“全部转正”，这是历史的选择。

一个不容忽视的问题是，W 公司之所以能够如此快速地成长，除了自身努力之外，还得感谢在背后默默耕耘的供应商们。W 公司全球供应商已超 2000 多家，其中顶级半导体公司有 20 多家。

W 公司一直处于行业供应链的顶层，核心供应商都是行业顶尖的供应商。而西方某些国家供应商停止供货，给 W 公司带来了非常严峻的挑战。

于是，寻找优秀的供应商，弥补某些领域研发的不足，成为 W 公司亟待解决的问题。

事实上，W 公司采购部建立了物料专家团（Commodity Expert Groups，简称 CEG），各 CEG 负责采购某一类 / 一族的物料满足业务部门、地区市场的需要。按物料族进行采购运作的目的，是在全球范围内利用采购杠杆。每个 CEG 都是一个跨部门的团队，通过统一的物料族策略、集中控制的供应商管理和合同管理，提高采购效率。

因此，在选择供应商时，CEG 有两个主要目标：选择最好的供应商，评定公平价值。

为此，W 公司制定了完善的供应商选择 / 公平价值判断流程，以确保选择的是最符合公司利益的供应商，采购获得最公平的价值。同时，W 公司采购部保证向所有供应商给予平等赢得生意的机会。该流程的基本原则是公平、公开和诚信，并由采购集中控制、供应商选择团队、供应商反馈办公室等机制保证。

就在 W 公司采购委员会寻找供应商的过程中，佳利电子进入他们的视野。这是一家民营企业，是北斗星通旗下的企业，也是中国大陆最大的微波介质陶瓷元器件生产商，以及国内少数同时具备自主知识产权的高温烧结工艺与 LTCC（低温共烧陶瓷）材料制备工艺技术并实现规模化生产的企业。

历史的机遇，就这样落在佳利电子身上。

浙江嘉兴，不仅以秀丽的风光享有盛名，还因中国共产党第一次全国代表大会在南湖召开而备受世人瞩目。

在南湖之畔这片红色革命圣地上，有一家北斗星通旗下的企业——佳利电子。

佳利电子的故事是在滚滚的春潮中开始的。

1992 年，邓小平发表的“南方谈话”的东风，也吹绿了南湖之畔的嘉兴。

就在这一年，年过花甲的尤晓辉从国有企业的岗位上退下来了。尤晓辉 16 岁投笔从戎，他本应该成为一名出色的军医，命运却让他阴差阳错地与电子行业结下不解之缘。他在国有企业的领导岗位上坚守了 23 年之久。参加工作 40 多年，尤晓辉换了无数个工作，挨过批斗，受人诬陷，但无论碰到任何艰难困苦，尤晓辉都会把工作做好，把任务完成得出色。

在计划经济时期，尤晓辉在不同的行业、不同的岗位上做了 40 余年基层领导。可是，无论处在哪一段历史时期，无论身居什么职位，尽管尤晓辉做出了骄人的成绩，但大部分时段总还是感觉束缚太大，总是碰壁，有许多事情想做做不成，有劲使不上，常有“英雄无用武之地”的感觉。

每当碰上这种情况，尤晓辉便向往着功成身退以后，自己在开创事业时能无拘无束，无羁无绊地施展拳脚，实现抱负……没想到一转眼，这一天就来到了他的面前。

现在怎么办？能不能实现往日的抱负？还能不能继续创业，以弥补往日的遗憾？这个思绪一直萦绕在尤晓辉的心头。这或许就是古人所说的壮心不已吧！

那一段时间，往日不知失眠是何种滋味的尤晓辉，开始整宿不能入眠。躺在床上翻来覆去地思索……他觉得自己的体力、精力和智力还处在旺盛时期。与其等待徘徊，不如立即行动。

于是，尤晓辉做出了一个惊人决定：开始第二次创业。

尤晓辉决定从自己最熟悉的电子行业入手。他东筹西借了 8 万元，以“跑单帮”的形式在深圳做起了销售电子元器件的生意。年过 60 岁的尤晓辉凭着人品与坚韧，积累了自己创业生涯的“第一桶金”。

1994 年，尤晓辉成立了嘉兴市正原电气设备有限公司。

尤源是尤晓辉的大儿子，1983 年毕业于浙江工业大学，分配至嘉兴电器控制设备厂电器产品试验站任检测工程师。他十分热爱“工业电气自动化”专业，决心在工作中要有所作为。然而，整整十年时间，尤源却同样感觉英雄无用武之地。他觉得与其坐在办公室浪费青春，还不如自己出去闯一闯。

1993 年，尤源决定辞去国企的“铁饭碗”开始自己创业。他拿出家中的所有积蓄，又筹借了 4 万元资金，在嘉兴南大街租了一个店面，挂牌开张了“嘉兴正原电工器材经营部”，专门经营电工、电器设备。属下的三四名员工都是和他从小玩到大又一起从嘉控厂辞职出来的朋友。

从零起步，尤源从记账收款到骑三轮送货、接货，迈开了创业的第一步。

经过一年多的努力和打拼，经营部改名为“嘉兴市正原机电成套设备公司”，并迁到繁华的大街。由于尤源的勤奋努力，生意越来越红火，尤源也由此积累了一定的生产和管理经验，并拓宽了创业思路。

而此时的尤晓辉虽然生意做得风生水起，但依然有一颗犹如年轻人一样活跃而敏锐的心，尤其对于新产品、新事物感兴趣。每当他发现一种新产品，都如同发现宝藏一样兴奋。

1995 年年初，尤晓辉发现一个奇特的现象，凡是从深圳出口到美国和欧洲市场的电话机，几乎绝大部分都是具有发射与接收信息功能的多信道无绳电话机。

由此可见，多信道无绳电话机的市场需求量很大，尤其是海外市场。双工器是无绳电话关键的、技术含量较高的配套器件，可是，国内尚无一家厂商生产此产品，有关厂家使用的均是日本、韩国的产品。这一器件对国内电子厂商来说，完全是一个全新的领域。若是开发生产这一电子产品，无疑能捕获一个极其难得的商机。

当时，尤晓辉希望大儿子尤源能担当开发这一产品的重任。尤源听父亲说完，没有任何迟疑，决心竭尽全力开发这一项目。

尤晓辉设法在市场上找到了 4 只双工器样品，以特快件寄给尤源参考借鉴，希望他尽快组织技术力量进行开发。尤源接到样品以后，根据自己所掌握的电子技术知识和生产经验，经过认真分析研究，很自信地说："开发、生产这一电子器件，无论是技术力量，还是生产设备，正原机电成套设备公司完全有实力将其拿下。"

随后，尤晓辉帮助尤源筹集了 30 万元项目研发资金，又招聘了若干名电子专业工程技术人员，组成了双工器项目研发小组，开始了独立的研究开发。开始试验制作线圈时，尤源率领技术人员因陋就简，用筷子绕线圈，再买来相对应的电容予以匹配……无奈，国内没有可参照借鉴的任何技术资料，如此这般反复试验了三个月，因为谐波深度达不到，导致发射距离短，接收效果差，而且很不稳定。

这时候，大家才感到，技术上的难度超乎想象。

面对重重困难，有的员工失去信心，有的工程技术人员走了，参与帮忙的同学也走了，可尤晓辉全家对此没有放弃。尤晓辉和儿子尤源、尤淇家的所有资金全都投入到这个产品的开发上，大有"不成功便成仁"的气概。

后来，尤源把自己关在乡下的一间屋子里，殚思竭虑，冥思苦想……随之，又回过头来反复试验。他先是对仅有的几只样品从头进行解析，对内部电容电感及有关部件进行测试，再对测试数据反复分析比对……经过整整十天十夜的苦苦煎熬，尤源终于找到了问题的"症结"。于是，他马上动手改变了设计线路，更换了元器件，再经反复检验后，所有技术参数都达标。他们立即将试验成功的新样品送至台商，再由他们送交美商测试。经过测试后，美商发来电报：指标完全合格。

功夫不负有心人。尤源和他率领的研发小组，历尽千辛万苦，终于攻克了这个难关。那一刻，激动之情溢于言表。

为满足客户对产品质量的要求，他们又筹集 50 万美元资金，引进国外先进的生产设备与检验测验仪器，组建生产流水线，在原有 6 台检测仪器的基础上，又陆续进口了 38 台不同型号频谱分析仪，同时还购进 3 台自动绕线机。

果不其然，产品一经投放市场，便与日本、韩国展开了竞争。这款产品投产后，不仅填补了国内空白，而且打开了原本由日本和韩国独霸的国际市场。1995 年 12 月，正原机电成套设备公司与香港利保隆工贸有限公司共同出资，成立了嘉兴佳利电子有限公司。

从此，佳利电子开始走进人们的视线。

佳利电子成立后，主营业务是卫星导航天线、RFID 天线、各类通信天线的研发、生产和销售，其中 GPS 及北斗天线被认定为国家火炬计划高新技术产品。佳利电子凭借微波介质陶瓷材料自主研发、生产及天线产品系列化、规模化的特点，在国内外拥有较高的知名度及市场占有率，有的产品甚至在国内外均处于领先地位。

许赛卿教授于 1998 年退休后加入佳利电子，长期致力于研究微波器件。当时，尤晓辉颇费周折，终于与许教授见面，并就合作事宜进行了交谈。许教授二话不说就跟随尤晓辉来到嘉兴的工厂。直至今日，许教授仍在为佳利电子的材料研发事业任劳任怨，也培养了一代又一代的材料研发工程师。许教授却从不追求名利，也不要求高薪。她说：“为佳利电子做研发，求的是获得一份从事本专业研发并能出成果的成就感。”

2000 年 5 月，佳利电子成立介质分厂。不久，“新一代高频介质滤波器”通过浙江省级新产品鉴定，填补了国内空白，畅通无阻地进入了欧美市场；“数字移动通信微波介质双工器”通过省级新产品鉴定及产品设计、生产一次性鉴定定型；微波介质陶瓷产品正式批量投产，佳利电子成为国内首家批量生产的企业。

随着无线通信频谱的扩展，射频元器件的频率越来越高，产品尺寸越来越小，尤源敏锐地捕捉到微波陶瓷射频元器件的进一步发展所带来的机遇，迅速组织研发、工艺、生产专家团队，从材料、设计、工艺、生产、设备等方面进行了一系列的调研，并于2002年从日本引进国内第一条低温共烧陶瓷生产线。也是这一年，微波介质双工器被列为科技部火炬计划项目，卫星导航天线、滤波器及地面接收高频模块，被列为国家发改委高新技术产业化示范工程项目。2005年，“卫星导航接收模块及手持式接收机”被列为国家科技部科技型中小企业技术创新基金项目。2007年，“汽车全球卫星导航产品产业化”项目，经国家工信部电子信息产业发展基金批准立项，取得卫星导航天线、OEM接收模块等18项基础性科研成果，并实现了产业化升级。2008年，佳利电子被首次认定为国家高新技术企业。

2009年，国家发改委卫星及应用产业发展专项“北斗兼容卫星导航天线高技术产业化示范工程”项目立项，佳利电子作为项目承担单位建设了国内卫星导航天线示范生产线，佳利电子“低温共烧片式多层微波陶瓷微型频率器件产业化关键技术”获国家科学技术进步奖二等奖。

2010年，佳利电子的技术成果“GNSS有源微波介质陶瓷导航天线研制与产业化”荣获中国全球定位系统技术应用协会颁发的优秀工程与产品一等奖。同时，佳利电子的射频识别读写器天线产品开始形成系列化及批量化的生产与应用，为国内最大的物联网企业配套。佳利电子的陶瓷介质天线在抗金属应用方面已具有无可替代的作用，并显示出强大的材料及性能优势。佳利电子的年产值也从原来的几百万元跃升到2亿元，成了名副其实的“龙头”企业。

2011年，佳利电子以微波介质陶瓷天线实物测评与资质、技术审查综合成绩第一名的实力，中标“中国第二代卫星导航系统重大专项应用推广与产业化招标项目”之“多模导航型天线”项目，其“低温共烧片式多层微波陶瓷微型频率器件产业化”项目，被立项为2011年度国家重大科技成果转化项目。2012年，佳利电子开始研制小型车（电瓶车）用北斗车载监控终端整机产品。

但是，市场竞争是激烈的。若想在竞争激烈的市场环境中存活，不仅要提升自身的竞争力和盈利能力，还必须有足够的资金支持。

这时，一家以推动中国卫星导航定位产业化发展为己任的上市公司，进入尤源的脑海。这家公司就是北斗星通。

自称“北斗义工”的尤源与北斗星通的结缘，始于一次北斗活动。

在这次活动中，尤源认识了时任和芯星通总经理的胡刚。胡刚与尤源同为中国第二代卫星导航系统重大专项应用推广与产业化专家组专家。两位北斗专家因共同的事业而相识。

不久，尤源与周儒欣有了更进一步的接触。

2013 年 5 月，第四届中国卫星导航学术年会在武汉国际会议展览中心隆重召开。在会议期间，尤源与周儒欣不期而遇。尤源后来说：“这是 20 多年创业过程中最重要的一次相遇。”

那天在会场里，彼此见面寒暄后，尤源用了约 3 分钟的时间，向周儒欣简单描述了目前佳利电子资产重组的情况，并试着问周儒欣：北斗星通和佳利电子是否有合作的可能？虽然他当时并没有抱太大希望。

听了尤源的介绍，周儒欣非常感兴趣，当即约定次日共进早餐详谈。第二天早餐的时候，周儒欣带上集团的重组专家任卫东，一起与尤源见面。在愉快的气氛中，他们共同探讨了有关合作的基本框架。

尤源被周儒欣的产业报国情怀所打动。共同的梦想，共同的目标，共同的追求，彼此感到相见恨晚，希望早日缔结“良缘”。

而决定选择北斗星通，也与佳利电子的北斗情结有关。

北斗星通与佳利电子同属于北斗联盟会员单位，是“因北斗而生、伴北斗而长”的行业巨擘，两家公司有相同的价值观，业务上关联度非常高，更重要的是北斗星通资本实力雄厚，能够支撑佳利电子的未来发展规划和投资规模。

或许，与北斗星通的“缘分”，就是天上的北斗星注定的。

就在武汉会议结束一周后，周儒欣亲自带领段昭宇、张工、温景阳等组成的考察组，来到佳利电子，进行了为期3天的认真考察，论证了佳利电子并购方案实施对于北斗星通集团业务领域拓展、产业链延伸、产品联合和业务板块协同等方面的积极效应和重要性。

考察组离开嘉兴的第三天，尤源和尤佳接到周儒欣的邀请，希望他们到北京集团总部进一步探讨有关重组的股权结构事宜。

佳利电子和北斗星通“联姻”的红线就此牵上。

对于这次并购，周儒欣非常重视。大约用了半年的时间，周儒欣带领有关专家对佳利电子进行了包括行业地位、财务管理、核心人才、管理团队等方面的全方位慎重严谨的考察和评估。

佳利电子作为专业从事微波通信元器件和卫星导航组件的国家级高新技术企业、中国电子元件百强企业，以及国内唯一一家具备高低温微波陶瓷材料自主知识产权并实现产业化的企业，应该是一个非常理想的“恋爱对象”。如果并购成功，那么北斗星通将切入卫星导航天线等基础产品的研究和制造领域，通过形成芯片、模块到天线类基础产品再到整机产品的联合，进一步拓展北斗产业化全产业链。

其间，佳利电子核心团队成员同时受邀赴北斗星通集团总部参观考察，进一步了解了北斗星通人做事做人的风格，增强了对北斗星通集团业务和文化的了解，深深体会到了“诚信、务实、坚韧”核心价值观在集团的根深蒂固。同时，双方高层与股东层之间、团队与团队之间都有了充分的沟通，建立了佳利电子和北斗星通“恋爱”的深厚感情基础。

无论是因为北斗星通的品牌效应，还是周儒欣的人格魅力，佳利电子团队坚定了跟随北斗星通追随“北斗梦”的信念。大家感到，有了这样的平台支撑，佳利电子必将跃升更高的台阶。

2014年5月，第五届中国卫星导航学术年会在南京举办的时候，并购工作小组已经开始准备资料，并购方案顺利启动。8月，双方签订协议，北斗星通通过发行股份购买资产的方式收购佳利电子100%的股份。

2015年4月2日，北斗星通发行股份收购佳利电子和华信天线，获得中国证监会批准后，佳利电子正式成为北斗星通旗下的子公司。

至此，“天线双雄”都汇集在北斗星通麾下。北斗星通实现了向卫星导航产业链上游拓展，奠定了在全产业链上深耕布局的基础。

加盟北斗星通后，佳利电子踏上了新的征程。

佳利电子并购正式完成后，获得了上亿元的融资。有了充足的发展资金后，尤源率领佳利电子管理层开始考虑企业的第二次创业。“二次创业，我们的目标是打通产业链。”尤源说。

由此，佳利电子顺势于 2016 年年初提出了“三年再造一个新佳利”的规划目标。

这一年，佳利电子顺应我国北斗行业、物联网行业以及新一代移动通信行业应用产品国产化、稳定性以及小精准的市场需求，成立微波陶瓷材料重点企业研究院，着力攻克核心关键技术。他们开展了基于云端一体化的微波介质陶瓷元器件数字化车间建设项目，中标国家工业强基工程“嵌入式射频模组基板”项目。他们还持续推进“自主研发抢占高端市场”策略，相继完成了移动及手持终端应用滤波器、新能源车天线系统及高性能陶瓷基板的开发，实现了在无线三频路由器、新能源车及氧传感器等领域的规模化应用。

依据 2015 年 5 月 19 日国务院正式印发的《中国制造 2025》，佳利电子围绕制造业设备数字化、网络化、智能化发展需求，自主研制核心关键技术，攻克行业短板装备，以机器换人、采集与传输、智能设备及成套电气四大核心团队组建“联合大部队”，力争成为智能制造系统解决方案供应商，为集团贡献新的经济增长点。

在多年的奋斗中，佳利电子依靠技术优势、人才优势，构建了微波介质陶瓷材料、高温烧结陶瓷元器件、LTCC 元器件、卫星导航天线、卫星导航模块、北斗导航整机产品等多个研发团队，人才知识结构覆盖了从材料、元器件到整机产品的完整产品链，取得 20 余项技术成果，获得授权专利 70 多项，拥有专职研发人员 100 多人，其中博士学历专家 9 名、高级职称专家 15 名、教授 2 名。而且，佳利电子专注于跟踪、研究所属行业领域的国际、国家和行业标准，主持起草介电谐振器、滤波器领域行业标准或专业标准 12 项。

佳利电子作为微波介质陶瓷材料、微波元件、天线、模块及整机全产业链集成商，以及国内少数具备自主知识产权的低温共烧陶瓷（LTCC）材料制备工艺技术并实现规模化生产的企业，连续 8 年位列中国电子元件行业百强，并获得了“突出贡献企业”荣誉称号。他们攻克了短板装备——微波介质陶瓷粉体一体化生产线，创建了微波介质陶瓷材料和基础元器件行业自动化、信息化、智能化生产新模式，打破了电子陶瓷材料制备工艺及装备的高技术壁垒，弥补了微波介质陶瓷粉料制备及基础元器件制造装备短板。此外，他们还建设了 13 条基础元器件自动化生产线，创新了核心工艺，实现了粉料全密闭式智能化制备，填补了行业材料制备一体化生产模式的国内空白。

作为国内少数可自供陶瓷粉体，并规模化供应微波陶瓷元器件和 LTCC 射频元器件的厂商之一，佳利电子聚焦通信领域高端电子陶瓷材料制备及应用技术研究，开发、优化和拓展了通信用微波介质陶瓷材料体系和 LTCC 材料体系，根据客户需求灵活、快速地开发出各种频率、尺寸、频带宽度的微波介质陶瓷元器件，及时有效地满足了市场需求，并形成了对进口产品的国产化替代。

尤源作为佳利电子的“掌舵者”，通过技术和产品创新，推动佳利电子成长为无线通信、卫星导航、卫星电视及物联网应用领域的“隐形冠军”企业。他带领的佳利电子先后获得国家科学技术进步奖二等奖 1 项、浙江省科技进步奖一等奖 1 项、卫星导航定位科技进步奖一等奖 1 项，拥有发明专利 3 项，承担国家级科研课题及产业化专项 8 项。其带领的研发团队获得“全国五一劳动奖状”，个人先后获得“中国卫星导航与位置服务行业领袖企业家”“中国优秀民营科技企业家”“浙江省劳动模范”“浙江省优秀企业家”“嘉兴市十大科技创新风云人物”“嘉兴市优秀社会主义建设者”“嘉兴市统一战线建功立业先进个人”，以及嘉兴市“产业英才奖”等多项荣誉。

“中国北斗义工”尤源凭着对卫星导航的深刻理解，带领佳利电子进入北斗基础类产品研制领域。他组织和参与了几百场各行各业的北斗应用推广活动，发起创建了中国北斗车载应用产业联盟。“中国人的导航用北斗”，他认为“北斗”是中国自己的导航系统，技术也是中国的，作为中国的企业，必须第一个加入。

2017年，佳利电子微波陶瓷材料研究院被认定为省级重点企业研究院，佳利电子总投资近3000万元的微波陶瓷材料及应用实验室被认定为浙江省工程实验室。佳利电子引进专业高端人才，创建了院士专家工作站；设立3000万元“北斗创业基金”，创建了北斗创客空间，专业孵化北斗上下游产业链的创客和创业团队。目前，北斗创客家已成为浙江省级和国家级的创客空间，入驻创客公司几十家。

周儒欣曾撰文称，佳利电子自成立以来，致力于微波陶瓷元器件这一核心基础业务的发展，始终围绕市场需求，广纳人才、不断求索，历经二十余年艰苦磨砺、顽强拼搏，不仅铸造了一个业界知名的卫星导航和微波陶瓷元器件企业，而且练就了以优秀企业家尤源为代表的一支市场、技术和管理一流的优秀团队，是“奋斗者”的典范，是“中国梦”的缩影。

随着微波通信整机产品的发展，微波通信元器件的市场需求朝着小型化、模块化和集成化的方向发展。佳利电子为有效满足下游整机产品生产商缩短整机产品开发周期的要求，通过元器件模块化销售的理念，积极向下游产业延伸，在微波介质陶瓷元器件的基础上，成功开发了卫星导航天线和卫星导航模块等产品，并初步建立了覆盖“材料—元器件—整机产品”的产品链和研发体系，提升了稳健经营能力和市场反应速度，强化了竞争优势，进一步拓展了产品链。

步履铿锵的佳利电子，正迎来新的增长点。

2018年是5G发展值得铭记的一年，这一年既吹响了5G商用的号角，也即将迎来5G商用的倒计时。

这一年，5G标准冻结，5G商用正式启动，5G即将收起腾飞前的起落架，翱翔天空指日可待。

以数字化、网络化、智能化为主要特征的第四次工业革命方兴未艾，而“5G+”正是构筑第四次工业革命竞争新优势的关键所在，谁掌握了“5G+”的发展先机，谁就有可能赢得未来发展的主动权。

5G通信、物联网等行业的快速发展，为北斗星通5G基站天线、通信模组、基站授时定位模组、滤波器、LTCC射频元器件等带来了巨大的增量需求。而在5G基站设备中，滤波器占据射频前端器件的最大份额，是5G产业链中的高成长细分行业。由于5G设备的重量和体积相对于4G要求更为严格，滤波器必须小型化、集成化，体积更小、更轻的陶瓷介质滤波器将逐渐发展成为主流。LTCC射频元器件广泛应用于5G基站和5G终端产品，需求量将迎来爆发，预计5G宏基站和小基站的LTCC射频元器件总量将超过60亿只以上。

据华泰证券研究报告，预计未来中国新增宏基站数506.4万站，其中使用陶瓷介质滤波器技术方案的宏基站数为379.8万站，预计陶瓷介质滤波器市场规模为313亿元。

毫无疑问，随着5G商用的全面启动，5G基站建设和未来智能终端的更新换代将给陶瓷介质滤波器、LTCC射频元器件等带来巨大的增量需求和市场空间。

周儒欣敏锐地捕捉到这一历史机遇，带领北斗星通顺势而为，抓住5G基站建设和终端对陶瓷元器件需求激增的机遇，加大了在微波陶瓷元器件业务上的投入。

2018年11月8日，北斗星通披露2019年非公开发行A股股票预案，拟募集资金总额不超过10亿元人民币。这次募集的资金将主要用于5G通信用核心射频元器件扩能及测试验证环境建设项目、智能网联汽车电子产品产能扩建项目等。

这时的佳利电子已具备年产500万只陶瓷介质滤波器、6亿只LTCC射频元器件以及3600平方米高频复合基板生产能力，但现有产能已无法满足5G市场高速增长的需求，亟待扩大规模，提升产能，尽快进入全球5G主流市场。

伴随着5G通信技术变革带来的市场机会，北斗星通计划投资1.6亿元，新建射频基板、高频覆铜板和小型化滤波器三大系列产品生产线，为佳利电子在未来三至五年顺利切入5G移动通信并拓展无线通信应用奠定产业化基础。

佳利电子按照北斗星通战略规划，在前期调研基础上，加速5G建设的布局，引进和购置国内外先进的研发、试制、检验、测试等设备设施，达到年产12亿只5G通信用LTCC射频元器件、4000万只5G通信用陶瓷介质滤波器的生产能力，同时建成微波介质陶瓷材料和射频器件测试验证平台，满足5G通信基站设备与终端整机客户需求，推进5G产业链核心射频器件的国产化进程。

在市场开拓方面，佳利电子已被ZX通讯、DT移动等国内主要5G设备商列入供应商优先名单。同时，佳利电子与DT移动已开始全方位合作，其释放的基站终端用元器件系列产品多达20余款。

这时，W公司采购委员会联系佳利电子，有意前来考察商谈合作。

2019年，我国正式进入5G商用元年，而由北斗及“北斗+5G”所带来的万物互联智能时代也真正开启。

W公司是全球领先的信息与通信（ICT）基础设施和智能终端提供商，致力于把数字世界带给每个人、每个家庭、每个组织，构建万物互联的智能世界。在5G基站建设方面，为适应5G基站小型化和轻量化方面的需要，以W公司为核心的设备商主推以陶瓷元器件技术方案替代原金属腔体方案。

实际情况是，虽然很多滤波器厂商纷纷布局5G基站用陶瓷介质滤波器，但是由于陶瓷工艺技术尚未完全成熟，因此能够量产的企业并不是很多。佳利电子却在这个行业深耕20多年了。

这无疑是一种机缘！

因而，当W公司在全中国范围内寻找有能力的供应商时，佳利电子被列入考察名单之一。

2019年1月，W公司采购委员会第一次来到佳利电子，主要对其陶瓷介质滤波器规模、产能、技术能力、保障能力等进行初步考察。同时，佳利电子也积极与W公司沟通，提供所需要的资料。尤源还着重介绍了具有国内领先水平的LTCC滤波器，引起了W公司方面的兴趣。

2019年4月，在风景秀丽的杭州，周儒欣在听取了佳利电子的汇报后，根据市场需求及行业发展趋势，决定与 W 公司展开全方位的合作。

不久，根据现场考察的情况，以及佳利电子提供的基本资料，W 公司采购委员会经开会研究，通过了对佳利电子的认证，并将其作为备选供应商。随后，W 公司与佳利电子签署了相关的法律文件，开启了积极的合作与共赢发展模式。

2019 年 5 月，W 公司采购委员会将其需求产品的相关资料发给佳利电子进行评估及制样。

同年 5 月 16 日，美国制裁“实体名单”出台后，W 公司进口 LTCC 滤波器被切断，开始考虑使用国内产品替代。这时，佳利电子的 LTCC 滤波器也开始与 W 公司配合。

2019 年 7 月，周儒欣、潘国平、刘孝丰、俞鹰专程前往 W 公司总部，与相关高层领导见面，介绍了北斗星通的情况。

正是盛夏时节，烈日炎炎。W 公司采购委员会专家团队针对合作产品，对佳利电子进行了为期 3 天的量产工艺关键控制点辅导与培训。周儒欣专程赶到嘉兴亲自陪同，全程参与，考察每一处车间，深入每一间实验室，与基层员工亲切交谈，仔细聆听专家建议并商讨改进计划。

两个月后，潘国平、刘孝丰、李阳、黄磊、俞鹰再次拜访 W 公司总部，介绍了北斗星通的产品，探讨了双方在芯片、板卡等方面合作的可能。

2019 年 10 月，W 公司采购委员会到佳利电子进行现场审核。

对于审核发现的问题，W 公司采用全面普查、根因分析、纠正措施、预防措施、效果评估“五步法”，协助供应商开展根因分析，识别改善机会，并提出有针对性的纠正和预防措施。

W 公司对佳利电子的考核是全面的体系审核、产品制成过程的审核。按照供应商评估流程，W 公司采购委员专家团队对佳利电子进行了正式的绩效评估，尤其从技术、质量、响应、交货、成本和合同条款履行这几个关键方面进行了评估。

W 公司方面认为，佳利电子在微波介质行业积淀多年，生产规模、技术能力与其要求匹配，而且其 LTCC 滤波器生产及工艺在国内是领先的。

评审结束后，佳利电子需要根据 W 公司方面提出的产品规格要求提供样品，供 W 公司进行测试，其中包括工艺标准要求、工艺路线的打通与完善等。这些标准在滤波器领域是全球最高的标准。

经过佳利电子上下努力，LTCC 滤波器、5G 基站的介质波导滤波器都加速制成样品，供 W 公司进行测试。不久，W 公司方面确认：全部测试通过！

消息传来，佳利电子上下群情激昂，决心大干一场。

白天，热火朝天；夜晚，灯火通明。

位于浙江嘉兴经济开发区的佳利电子，无论是实验室、配料间，还是生产车间、仓库、会议室，到处是一派繁忙景象。

2019 年，是佳利电子历史上最繁忙、最艰辛的一年。当然，也是未来美好十年的开端。

尤其是自 2019 年 3 月以来，W 公司加快节奏，向佳利电子释放了上百种规格型号的产品替代计划，并且从技术、工艺、品控等各环节对佳利电子予以辅导，开辟快速测试验证通道，以期顺利导入元器件供应链体系。

佳利电子根据 W 公司方面提出的产品要求、特性要求、可靠性要求，从材料到制成再到测试，迅速组织攻关及改进，同时对设备进行了评估，并采购了定制化设备。

W 公司对供应商质量体系有严格的“三化一稳定”要求，即管理 IT 化、生产自动化、人员专业化，关键岗位人员稳定，同时要求“严进严出”。

为此，佳利电子严格原物料、工装、辅料、设备的控制，严格生产制程、工艺控制，规范生产现场，设置 W 公司物料专仓，加强对供应商的检验评价力度，与核心人员签订法律文书。他们还与 W 公司的工艺人员、研发人员密切沟通交流，优化工艺流程，严格质量管控，按照 W 公司的体系要求，细小到出货时箱子标签贴在哪里，都一丝不苟。

自 2019 年 5 月以来，佳利电子的工艺人员、研发工程师、管理干部，全力扑在 5G 建设上，攻关、讨论、规划……

2020年1月16日，在北斗星通总结表彰大会上，佳利电子轮值总经理俞鹰被授予北斗星通最高奖“董事长特别奖”。

北斗星通给俞鹰的颁奖词是这样写的：“二十年初心不改，二十载风雨兼程。南湖之畔，戴月披星；使命在肩，心中有梦；深耕市场，砥砺前行。导入战略客户，你雷厉风行；引领质量建设，你精益求精；通过客户评审，你成竹在胸。5G建设记住了你奔忙的脚步，悠悠时光记载着你创新的行动。心中有韬略，身先同士卒，你是产业发展领路人，你是市场的开拓先锋。”这是对俞鹰作为5G建设“操盘手”的最高褒奖。

那一刻，高高举起的奖杯、鲜红的获奖证书，让他感慨万千。

为实现北斗星通赋予佳利电子5G团队的重大战略目标与使命，成为W公司的合格供应商，俞鹰精心谋划，精准实施，夜以继日，仅用半年时间就完成了客户的需求调研，实现了材料创新、工艺攻关和设备引进，形成月产100万只的产能，并向产能300万只的高峰发起冲击。他带领着5G团队建起了一套过硬的质量保障体系，在DOE验证、质量保障、信息安全、社会责任、环境保护、产品制程、规范流程等方面精益求精，取得了长足进步，通过了W公司严格的供应商质量体系认证，为战略目标的实现奠定了厚实的基础。俞鹰忙碌的程度，几乎可以用秒来计算。据粗略统计，仅在2019年，他乘飞机出差近50次，平均一周出差一次。他在佳利工作20多年的总和也没有这一年出差次数多。市场调研、客户交流、审核准备、问题反馈、绩效改善、合同磋商……资源调配，他一直在路上，甚至在他父亲仙逝前的一天，他还出差在外，未能在老父亲床前尽一份孝心。

为深入落实“三化一稳定”的要求，佳利人放弃了节假日，废寝忘食，任劳任怨，舍小家为大家，全身心奋战在一线。

那段日子，尤源又仿佛回到了当年创业的岁月，回到车间，当起了“车间主任”，被人称为“董事长级的总工程师”。新品开发、工艺研究、车间布局、设备配套、产品试制、员工培训、团队建设、量产规划、内部稽核……到处都能看到尤源的身影。

5G建设时间紧、任务重。2020年春节过后，面对严峻的新冠肺炎疫情，开工困难重重。尤源顶着压力，克服困难，在当地政府批准的前提下，于 1 月 27 日，也就是大年初三，使佳利电子复工，是疫情下最先复工复产的。虽然这不是他所愿，但他义无反顾。因为这是责任的驱使、使命的担当，他要兑现给 W 公司的承诺。

这时的佳利电子非常缺人，尤其是管理人才。尤源向北斗星通集团总部发出申请，希望给予支持。为支援佳利电子 5G 建设，2 月 12 日，北斗星通包括东莞云通，向佳利电子派出由副总裁高培刚带队的 39 名员工“志愿队”奔赴嘉兴，为其技术、质量、生产、人力、管理等提供支持，加速满足重大客户需要。同时，佳利电子还深入开展校企合作，“双师”（工程师、老师）同心助力 5G 建设一线。

与时间赛跑，与 5G 产品试制工艺技术赛跑，佳利电子研发人员争分夺秒，日以继夜。

5G 采用的介质滤波器技术难度更高，其难点主要在于陶瓷粉体材料的配方、制备与大规模自动化调试技术。负责材料研发的刘强针对介质滤波器在介电常数、温度系数和介电损耗方面存在的一定程度上的波动问题，仔细对比两组样品的实验数据，对从粉料配料到预烧再到烧结的各个环节进行严密核对，终于发现不是配料误差导致材料性能波动，而是问题出现在预烧及烧结环节。经过多次试验，他最终找到了完美的调整方案，确保了产品介电特性的一致性与稳定性，保证了产品按时交付。材料研发工程师刘顺国针对材料需求有所更改、指标要求更加严格的现实，结合多年的开发经验及相关文献资料，进行了一次又一次降低介电常数、改善频偏特性的实验，并根据每一轮实验结果，建立适合新材料体系的配方计算模型，时常扎进实验室一待就是十几个小时。经过多次研发实验，在 20 天内，他如期完成了新材料的开发、中试及产品频偏特性匹配，使其顺利进入大批量生产阶段。

2019 年春节前，佳利电子接到了第一颗 5G 基站滤波器规格指标。这原本是一颗需要用介质波导技术设计并生产的产品，但考虑到知识产权及批量性生产问题，研发团队决定使用传统 M 方案来设计，这带来了极大的技术挑战。工艺研发总工程师张元元主动请缨，主攻产品设计与试生产。虽然困难重重，但他很快从电路上找到了突破口，从而改善损耗。但接着又遇到了新的问题，就是频率升高需要更高的抑制度，这是现有的设计方案无法达到的。张元元灵机一动，采用非常规输入输出耦合方式，完美地解决了远端抑制问题。但模具出来后，经测试检验显示特性相差过大。没有时间失望，张元元立刻投入方案优化中。经过一周的艰苦努力，终于调试出了第一个满足指标的5G基站滤波器产品。

建设一座5G基站，大概需要200个波导滤波器。因此，基站建设越多，对波导滤波器的需求量也就越大。而影响波导滤波器工艺的难题，是产品横截面出现微小裂纹的问题。这并不是佳利电子独有的问题，而是一个世界性的工艺难题，且即使产品出现裂纹，但只要控制在一定范围之内，则其对于基站信号的影响微乎其微。但是，总工程师朱玉良本着对客户认真负责的态度，带领团队针对粉料到成型再到烧结环节进行反复研究，寻找出现问题的原因，潜心研磨，最终通过优化让产品性能得到了明显的改善。而且，为了后续不再出现类似的错误，朱玉良还将波导滤波器的整个前道产线全部升级了一遍，设立层层关卡，真正从源头上把好产品质量关。

导入5G波导滤波器，结构非常复杂，精度要求高、流程长、成品率低，能够生产的企业并不多。第一批5G波导滤波器交付样品后收到反馈：经切片检查，发现送检样品孔内出现裂纹。这无疑是当头一棒。成型攻关组组长季海虎背负着巨大的压力。他从粉料配料到成型，对所有环节逐一进行摸排，并一次又一次地验证——从产品的密度差调整到压机的更换，从模具结构的更改到压机状态的调整……三个月过去了，产品仍旧有裂纹问题。他绞尽脑汁，制订检验方案，进行多次验证……直到第四个月，终于在粉料优化和调机参数上面找到了突破口，通过多轮验证，不断调整压机参数、气压设置等，最终将产品裂纹率降至最低，解决了产品孔内分层开裂的问题。

进入5G时代，基站天线通道数量大幅增长，通道逐步升级。滤波器是基站不可或缺的核心部件。经过多轮审核之后，佳利电子顺利通过W公司供应商资格认证，并收到W公司提供的波导仿真模型，同时，被要求三个月内完成样品交付。介质滤波器生产技术的难点在于一致性。面对这个难题，负责工艺研发的胥金华根据多年积累的经验，及时拿出了解决方案，即通过粉料的自动化生产消除设备之间、人为作业等因素带来的一致性差的问题。随后，胥金华根据工艺要求，重新设计、定制了陶瓷粉体材料自动化生产线。自动化生产线投入使用后，批次投粉量提升到了原来的 4 倍，月产成品粉能力随之提升，为后续产能爬坡奠定了坚实的基础。

在佳利电子，像上述一样的 5G 奋斗者还有很多。他们在平凡的岗位上不懈奋斗，逐渐成长为 5G 建设的中坚力量。

从第一代新产品填补国内空白，到自主研制微波介质陶瓷材料及元器件，再到拓展健全材料—器件—组件全产业链；从专注无线通信元器件研制，到致力于北斗应用推广，再到网络通信、物联模块、智能穿戴、移动终端、卫星导航、物联网、5G 基站设备等消费类和行业类应用市场，佳利电子正一步一个脚印，实现历史性跨越。

当今世界，以互联网和通信为代表的信息技术已逐渐成为推动人类发展的核心基础。5G 与大数据、云计算、人工智能等信息技术紧密协同，连接万物，聚合平台，赋能产业，在人类科技和社会发展中发挥着巨大的作用。2020 年 3 月 4 日，中共中央政治局常务委员会召开会议要求，加快 5G 网络、数据中心等新型基础设施建设进度，简称“新基建”。

在“新基建”包含的多个主线中，5G 产业链是涉及领域最多、涵盖范围最广的一条。事实上，5G 不仅带来了更高质量增长，助力国民经济转型，更为万物互联的智能时代的来临提供了坚实的底层技术保障。新基建的核心就是通过智能化，极大地提升社会效率，让中国的基础设施建设上一个新台阶。

但是，5G 中高频元器件领域存在着基础材料配套能力薄弱、器件研发关键技术有瓶颈、成熟商用工艺缺失等问题。随着 5G 通信基站建设的推进及 5G 通信终端的应用普及，5G 通信用核心射频元器件的应用空间巨大。在当前全球经济格局下，5G 技术变革给佳利电子带来了红利期，介质陶瓷元器件和 LTCC 射频元器件已迎来巨大商机。

佳利电子的 5G 奋斗者们，坚持以客户为中心，以质量为关键，从材料开发、工艺验证、品质保证、按时交付等各个环节下功夫，努力建成符合市场需求的 5G 通信核心射频元器件规模化生产能力，为国内知名厂商提供器件国产化配套，形成产业链协同。

产能“爬坡”，技术升级，深耕市场，佳利电子专注创新和质量提升，培育了电子元器件领域“单项冠军”产品，成长为先进制造业的“隐形冠军”企业。尤源带领着他的团队，筑梦南湖，向着更高的目标奋勇攀登。

走进物联网时代的杭州凯立

2019 年 7 月 30 日至 8 月 1 日，第四届国际智慧零售博览会暨无人售货展，在商家必争的战略要地——深圳——盛大举办。物联网整体方案提供商——北斗星通旗下的企业杭州凯立通信有限公司（简称“杭州凯立”），闪耀亮相。

物联网，被视为继互联网之后的又一次信息技术革命浪潮。

物联网所带来的产业价值将比互联网大 30 倍，物联网将成为下一个万亿元级别的信息产业业务。

以计算机为代表的第一次产业浪潮，以互联网、移动通信网为代表的第二次产业浪潮已经过去，现在正面临着以物联网为背景的第三次产业浪潮。各种智能化设备应用、人物感应，都将逐步渗入社会各个方面。物联网即将取代互联网，互联网即将消失，这不是一个趋势，而是一个现实。

互联网巨头谷歌公司执行董事长埃里克·施密特明确预言：“互联网即将消失，一个高度个性化、互动化的有趣世界——物联网即将诞生。”

物联网不是趋势，它是现实，引领很多科技公司制造的产品延伸到物联网技术领域。

北斗产业是中国卫星导航产业的核心，卫星导航产业又是物联网产业的核心。

杭州凯立就面向最具发展前景的物联网领域，核心技术是嵌入式、移动和云计算，致力于开拓快递物流、电商仓储、制造业、零售业等行业的信息化市场，为行业用户提供全面的软硬件系统整合服务。

有道是："上有天堂，下有苏杭。"杭州，古往今来就是文人墨客的聚集地。高耸的雷峰塔、雄浑的钱塘潮、美丽的西湖，都是靓丽的杭州名片。

这里是中国经济最发达的地区之一，是中国重要的电子商务中心。这里诞生了阿里巴巴、网易、蘑菇街、战旗直播等中国知名企业。

2003 年，陶祖南先生创建杭州凯立。成立之初，全部员工只有 8 人。当时的办公地点，就在杭州最大的服装市场——四季青服装市场周边的一座商务楼上。

20 世纪 90 年代，随着市场经济体制的逐步建立，一个个民营快递企业如雨后春笋般相继涌现。一群不被世人看好的社会人，看到了社会物流量激增与邮政系统低效的矛盾，以"快"制胜开启了成功的创业之路。

一次偶然的机会，杭州凯立与申通快递有了初次交集。凭着初生牛犊不怕虎的干劲，杭州凯立接受了申通快递投资 100 万元研发扫描枪的任务。这是一个崭新的开始，杭州凯立从此踏上了通向国家高新技术企业的道路。

2007 年，杭州凯立正式联姻申通快递，昂首挺进快递行业。

在短短的几年时间里，杭州凯立的产品已经销售到国内除顺丰和邮政外的绝大部分快递公司内，如天天快递、韵达速递、圆通快递、中通快递等，在快递行业中留下了较好的口碑。

2014 年，杭州凯立的发展已经趋于稳定，并且在行业中站稳了脚跟。但是，快递行业发展迅猛。是守业，还是寻求突破？这是摆在陶祖南面前的一道新的难题。

当时，快递业的竞争对手，有的有强大的国资背景，有的在策划 IPO，有的在寻求上市公司的投入。

如果只是守业，可能会在新一轮发展中被淘汰。因而，寻找强大的合作伙伴，成为杭州凯立未来发展的战略。

就在这时，杭州凯立迎来了发展历史上的重要机遇。

北斗星通的全资子公司佳利电子收购了杭州凯立的股份，双方于 2016 年

5 月 26 日、2017 年 7 月 7 日分两次签订《嘉兴佳利电子有限公司与陶祖南关于杭州凯立通信有限公司股权收购协议》，分别收购了杭州凯立 35% 和 16% 的股份，使杭州凯立成为北斗星通的旗下企业。

加盟北斗星通大家庭，使得杭州凯立的发展呈现出新希望。为此，杭州凯立确立了三个业务发展方向：硬件、系统平台、设备及工业 4.0。

杭州凯立按照三个业务方向调整公司架构，同时广招研发人才。不久，他们为韵达快递开发的快运系统正式上线，海外业务也得到很大发展。

2018 年，在市场低迷的情况下，杭州凯立艰难前行，用心做产品，H702、K9 三防手持终端上市，开拓出一片新市场。

这一年，杭州凯立获得杭州市科学技术委员会、杭州市财政局拨发的科技发展专项资金。凭借出色的技术创新，杭州凯立在企业获得补助资金金额排名中名列前茅。

杭州凯立还采取多项举措，积极引进国内外知名的技术人才，加强开展高新技术成果转化产业化服务。同时，加倍珍惜各种商机，加快释放优势产能，实现高质量发展。

2018 年，杭州凯立凭借优秀的设备和优质的售后服务体系，获得了 2018 年度申通快递股份有限公司“金牌供应商”称号。

2019 年 5 月，周儒欣一行莅临杭州凯立调研指导工作，听取了杭州凯立未来三年战略发展规划，以及未来五年物联网平台战略发展规划方案，对此表示认可并提出“再聚焦、再提升、再挖掘”的指导要求，同时表示相信在整个团队的努力下，杭州凯立会逐步把工作越做越好，实现业绩的稳步攀升。

同年 7 月，佳利电子以支付现金的方式购买杭州凯立 49% 的股权交易完成，杭州凯立成为佳利电子 100% 持股的子公司。

2019 年 9 月 10 日，第三届以“快递联通世界”为主题的中国（杭州）国际快递业大会，在富春江畔的桐庐拉开帷幕。近 20 个国家和地区的 700 余位快递界大咖齐聚杭州，共谋快递业发展未来。

杭州凯立作为特邀企业，携三防手持终端 K901、H702，智能手持终端 K7、K2、W570，快递驿站高拍仪等设备在大会期间亮相。国家邮政局局长马军胜、浙江省副省长高兴夫、国家邮政局副局长刘君等领导特别参观考察了杭州凯立，并给予高度的评价和认可。

时任国家邮政局马军胜局长表示，快递末端最后 100 米配送难题是社会的一大痛点，未来需要依靠更多科技力量来配合人工解决这一难题。像杭州凯立这种物联网科技型企业持续研发高拍仪设备，着力解决快递“最后一公里”问题，为解决社会痛点问题做出了积极贡献。

当今时代，物联网在全球呈现出快速增长的势头。物联网被视为下一座万亿级的“金矿”，开启了一个新时代。

大数据时代，信息链接无处不在；高效地收集、处理数据信息，为政府、企业和个人创造价值，必将成为各行各业的发展趋势。

面对快递物流业竞争激励的态势，依托互联网电商龙头发祥地、民营快递集聚地的地域优势，杭州凯立加大科技研发成果转化服务，积极培养人才，致力于物联网的终端、系统和软件开发为一体的整体解决方案，以嵌入式、移动和云计算为特色，服务于快递物流、仓储配送、医疗制药、零售快消、工业制造等行业的信息化市场，以最好的产品、最优的服务、最具竞争力的解决方案，使客户以最低的投入获取最大收益及产业优化升级，打造具有竞争力的物联网科技企业，努力创造出属于自己的精彩。

灿烂的星空迎来“银河微波”

为进一步拓展信息装备业务，2015 年春节刚过，北斗星通副总裁王增印率队离京考察调研，希望能选到一家有潜力的企业进行重组收购。

王增印，高级工程师（研究员级）、国家有突出贡献专家，享受国务院政府特殊津贴（工程技术）。他是中国移动智能终端技术创新与产业联盟北斗技术与应用委员会主席、中国卫星导航定位协会仪器设备专业委员会副主任委员，2013 年 4 月加入北斗星通，现任北斗星通副总裁、研究院院长。

当时，王增印一行来到石家庄，考察了几家企业，但都不太理想。正当他们准备打道回府的时候，偶然听说有家叫银河微波的民营企业，小公司也做过大工程。这个公司曾经为神舟七号飞船做过通信机，为伴飞卫星做过测控应答机，也为嫦娥卫星做过着陆器发射模块。于是，他们立即赶到银河微波进行考察。

石家庄银河微波技术有限公司成立于2002年4月，是一家专注于开发、设计、生产各种微波混合集成电路、微波组件和微波子系统的高科技公司，主营业务包括航天应用业务、机载应用业务及地面应用业务等，产品涉及遥控、遥测、卫星定位、雷达等领域，为多项航天、航空重点工程完成配套产品研制、生产任务，并被授予优秀外协单位荣誉称号。经过长期的艰苦努力，银河微波以突出的技术优势和优质的售后服务，在研发生产制造信息装备配套产品的民营企业中脱颖而出。

银河微波的创始人张世勇，于1984年硕士研究生毕业，同年进入中电科技集团某研究所，历任课题组组长、研究室副主任、主任、主管设计师、某所副总经理。在此期间，获得过“科学技术进步奖”“突出贡献奖”“先进工作者”“劳动模范”等多项殊荣，先后组织完成了多项国家重点工程项目。

在原单位，张世勇总觉得制约太多，有劲使不上，特别想自己做点事。于是，他和几位同人于2002年4月创立了银河微波公司。

“敢闯敢干、务实低调”是他的追求。银河微波创立之初，办公场所是租用的两室一厅的民房，员工只有8人，另外还有两个临时工，设备是淘来的“二手货”，完全是一个“小作坊”。公司规模小、资质欠缺，订单来之不易，但凭着坚韧与执着为公司争取来了一个又一个订单。

银河微波创办第一年，主要做的是民品，如移动通信指挥站的发射、功率放大器等。当时全国移动通信市场比较大，他们连续做了两年，效益相当可观。

事实上，银河微波做的产品在民营公司中是偏高端类型的。在行业中，为载人飞船、各类卫星、运载火箭等批量生产产品的民营企业数量不多，特别是给卫星做配套的民营公司很少。有几家给重大工程配套的研究所比较认可银河微波，在国家重点工程配套项目上也多次找银河微波合作。

在被北斗星通并购之前，银河微波也在寻找合适的上市公司进行合作。银河微波高层在进行内部讨论时定了“三个不谈”原则：国企不谈，同行业没有上下游关系的不谈，纯投资的不谈。

王增印一行在经过认真考察和分析后，表示有意收购银河微波。而银河微波的几位高管，在内心对北斗星通核心价值观非常认同，对北斗星通人也非常信任，双方一拍即合，很快就签订了协议。

在经过几轮谈判之后，北斗星通全资子公司北京北斗星通信息装备有限公司，拟用自有资金购买银河微波 60% 的股权。

2015 年 9 月 17 日，重组签字仪式在河北省石家庄市隆重举行。王增印代表北京北斗星通信息装备有限公司与银河微波公司张世勇等原股东签署了股权转让收购协议，银河微波公司自此成为北斗星通大家庭中的一员。

可以这么说，北斗装备与银河微波重组，标志着北斗星通信息装备的种类进一步增加，有助于公司在信息装备领域的业务拓展和综合技术提升，从而带动相关业务综合服务能力和竞争能力提升，提高公司在信息装备领域的竞争力和盈利能力，进而为以全新的形象进军国际国内市场迎来前所未有的发展契机。

加盟北斗星通之后，无论是财务管理、行政管理方面，还是资源整合、产品控制方面，银河微波逐步迈向正规有序的轨道。

银河微波主营产品主要用于电子信息装备类产品的遥控、遥测、电子对抗、电子侦察和数据通信等，客户大多为研究院所及信息装备单位。他们注重新产品技术开发工作，在研发团队建设上持续加大投入，努力实现从微波低频段到毫米波频段的全覆盖和微波产品的系列化、产品化、小型化。通过产品的升级换代，他们力求将公司打造成“国内微波行业领先企业”。2015 年 11 月 26 日，银河微波取得了河北省科学技术厅、河北省财政厅、河北省国家税务局、河北省地方税务局联合颁发的高新技术企业证书。

N 型号是国内第一个高频段抗冲击项目。微波器件在其中要承受 1 万多 G

的冲击力。刚开始，银河微波的技术人员心里也没底，因为之前做的几千个 G 就很了不得了。他们克服困难，反复测试，一种办法不行就换另一种办法。而解决射频不灌封抗冲击技术，是其中最关键的问题。灌封是让元器件不会位移，难点在射频电路不能灌封，一灌封性能就会改变。他们大胆探索，采用新的工艺，低频电路灌封，射频电路不灌封，圆满完成了能抗击 1 万多 G 的冲击力。这个工艺水平在当今也是最好的。

银河微波的人才优势、技术优势、品牌优势和市场优势，为北斗星通公司的发展壮大而增光添彩，在新的平台上继续塑造信息装备企业的良好形象。

如果说 2002—2009 年是银河微波从蚕变茧的发展历程，那么 2009—2015 年则是从茧变蝶的重要历程，与北斗星通完成战略重组，银河微波追随着北斗星通的发展，向更高更远的地方展翅飞翔。

2018 年 2 月 1 日，北斗星通第五届董事会第三次会议审议通过了《关于收购控股子公司所持银河微波公司 60% 股权的议案》，同意公司为优化集团化管理架构，提升管理效率，促进业务发展，收购信息装备所持有的银河微波 60% 股权，交易作价人民币 1.8 亿元。

银河微波秉承“诚实人”的企业文化，以“诚信、务实、坚韧、业绩导向”为企业核心价值观，以“提高工作效率、提高员工士气、提高工作品质”为指导思想，坚持“科技为先导，顾客为中心，持续做改进，质量创精品”的质量方针，努力为用户提供品质优良的微波产品及最完善的服务。

几年来，为保证产品的质量，银河微波建立了完整的质量管理体系，产品制造涵盖了方案评审、产品设计、器材采购、元器件筛选、装配、调试、可靠性试验、产品检验等多个环节，每个环节都严格按照航天、航空产品的相关要求实施，一丝不苟，精益求精，本着质量第一的精神，确保产品的可靠性，做到万无一失。

2017 年 6 月 17 日，时任河北省省长的许勤就产业结构调整和优化营商环境议题到石家庄鹿泉区光谷科技园调研，并莅临银河微波考察指导工作。他详细了解了银河微波的产品种类、技术研发、销售收入、市场开发等情况，希望企业在加强源头创新的同时，加大应用创新力度，推动更多技术含量高、附加值高的民用产品实现规模化生产。

从无到有，从民品到高科技产品，银河微波品尝过艰辛和苦涩，也有过成功的欢欣与喜悦。他们坚持以坚韧的姿态、务实的作风、过硬的产品、精湛的技术、优质的服务，不断拓展新领域。

第十章
风大浪高的海外并购之路

进入国际“主赛道”

2017 年的金秋十月，中国共产党第十九次全国代表大会在北京召开，中国特色社会主义进入新时代。

新时代、新思想、新征程，中国展现出全新气象。

当经济快车平稳向前，风景这边独好；当民生保障持续改善，又有至少 1000 万人摆脱贫困；当我们离世界舞台的中心更近，打开大门迎接来自“一带一路”、来自金砖国家的客人；当复兴号高铁发车、国产大飞机首飞、首艘国产航母下水、可燃冰成功开采，“中国浪潮”席卷世界……每个人心中都会涌起强烈的自豪感，为这个国家欢呼，为这个时代喝彩。

2017 年 11 月 5 日，我国以“一箭双星”的方式成功发射两颗北斗三号全球组网卫星。这是北斗三号卫星的首次发射，开启了中国北斗卫星导航系统全球组网的新时代，标志着北斗卫星导航系统“三步走”发展战略阔步迈入第三步。

11 月 29 日，北斗与 GPS 系统发表兼容互操作声明，标志着 GPS、伽利略和北斗系统经过长达十年的探索，完成了多系统的兼容互操作设计。

也是在这一年，北斗星通顺应国内外形势，顺应产业发展趋势，把握“外长”的战略布局，先后完成了对加拿大 Rx、德国 in-tech 两家公司的收购，打通了国际通道，拓展了巨大的发展空间。

可以说，北斗星通的发展、北斗行业的发展、世界和中国经济的发展，三者发展的趋势高度契合。

通过并购 Rx Networks 公司，北斗星通将构建面向全球的云平台服务系统，加速实现公司“云 +IC”的业务模式。而德国 in-tech 公司的加盟，极大提升了北斗星通汽车电子业务板块的技术实力，并积极推动了该业务板块的规模化发展。

1969 年，阿姆斯特朗率先踏上月球那荒凉而沉寂的土地，成为第一个登上月球并在月球上行走的人。当时他说出了此后在无数场合被引用的名言：“这是个人迈出的一小步，但却是人类迈出的一大步。”

同样，北斗星通以这两家海外公司为“桥头堡”，踏出了富有关键意义的一小步，还必将进一步寻求与更多的海外优秀企业合作，拓展发展空间。

就在 2017 年年底，周儒欣在接受媒体采访时指出，随着我们今年在国际化发展方面取得的重大突破，北斗星通“进入了国际主赛道，开启了发展的新篇章”。

2015 年 5 月，古城西安。

这座具有几千年历史的古都，丝毫没有因为厚重的历史而显得枯燥乏味。在这里举行的第六届中国卫星导航学术年会上，周儒欣在发表演讲时对北斗产业化发展趋势做出了鲜明的判断，认为北斗产业发展正处于重大“拐点”。他指出：“未来 6—7 年将是北斗产业整合的高峰期，届时将形成 3—5 个有规模和国际竞争力的龙头企业。”他预测，在未来几年，整个北斗产业将进入一个并购高峰期，并且未来整个产业将出现分化，逐步形成少数有规模和国际竞争力的龙头企业，以及众多创新业务模式的中小企业并存的局面。

后来北斗产业化发展的事实，印证了周儒欣的判断。2015 年以后的几年，整个产业确实在朝着这个趋势发展。

当时，周儒欣还根据国内外企业并购现象举例，进一步说明产业整合是发展的必要手段，只有合作才有出路。

2015 年，北斗星通完成了对深圳华信天线、嘉兴佳利电子两个公司 100% 股权的收购，并购金额 13 亿元，成为当时国内北斗产业最大的并购案例。华信天线、佳利电子两家公司的加入，极大地增强了北斗星通在北斗基础类产品领域的实力。此后，北斗星通还陆续收购了东莞云通、石家庄银河微波、广东伟通、杭州凯立等，投资了海上鲜、浙江赛思等。

随着北斗系统全球组网的推进，通过全产业的共同努力，北斗品牌也加速走向全球。在收购 Rx 和 in-tech 之前，北斗星通的 GNSS 芯片、板卡和天线业务已经进入国际一流行列。周儒欣带领的经营团队审时度势，深刻认识到导航业务的特点——不仅仅是与中国企业竞争，而更多的是与全球企业竞争。

周儒欣指出，一个参赛者如果仅仅参加本国、本地区范围内的比赛，他就不可能成为国际一流的竞技者。事实证明，2017 年，完成 Rx 和 in-tech 的并购后，北斗星通又一次发生了重大变化：进入了“国际主赛道”，成为一个国际级的“竞技者”。

这是北斗星通“国际化”战略布局的重大举措。

北斗星通通过境外并购的实际操作，历练了团队，积累了经验，为继续“走出去”奠定了基础。

然而，在风大浪高的海外并购之路上，北斗星通既收获了鲜花与掌声，也饱尝着泪水和挫折。

波涛汹涌的国际并购浪潮

1982 年，诺贝尔经济学奖获得者乔治 · J · 斯蒂格勒曾说过：“几乎没有一家美国的大公司，不是通过某种方式、某种程度的兼并与收购成长起来的，几乎没有一家大公司能主要依靠内部扩张成长起来。”

的确，纵观全球企业的经营史，从某种意义上来讲就是一部兼并收购史。从 19 世纪末、20 世纪初萌发的第一次大规模的并购浪潮至今，全球已经历了 6 次大规模的并购浪潮。

随着世界经济格局的变化及中国综合国力的提升，中国企业已经不仅局限于成为经济全球一体化的被动参与者，而是越来越倾向于以企业海外并购这种更为直接的方式，更加紧密地参与经济全球化重整的全过程。一个值得注意的现象是，对于中国企业而言，国内并购和跨国并购基本上是同步进行的。

中国最早的海外投资发生在1979年。当时北京友谊商业服务公司与日本东京丸一商事株式会社共同在日本东京创办了“京和股份有限公司”，这是中国第一家境外合资公司，标志着中国企业开始了对外直接投资、跨国经营的序幕，中国海外投资正式进入起步阶段。

虽然1984年就出现了中国企业第一例跨国并购案例，但由于中国市场经济体制转型缓慢、产权不清等历史遗留问题，直到2001年中国企业的跨国并购还处于一个萌芽阶段。2001年，随着中国成为WTO第143个成员国，中国企业开始逐步走向世界，积极参与海外经营和跨国并购，但也在此过程中付出了较为惨重的代价。2007年，美国次贷危机的爆发以及随后欧元的持续低迷，给中国企业带来了海外快速扩张的机遇期，这个阶段的中国企业跨国并购呈现出快速增长的势头。

2014年，主要发达国家经济逐步复苏，跨国并购浪潮在全球风起云涌。这一年是中国海外投资具有里程碑意义的一年，我国全年对外投资总额超过1000亿美元，对外投资额超过了吸引外资总额，成为净资本输出国。这是中国从经济大国迈向全球经济强国的重要标志。也是在这一年，中国经济告别了高歌猛进，面对增长速度换挡期、结构调整阵痛期、前期刺激政策消化期的“三期”叠加，步入新的运行轨道。在国务院《关于进一步优化企业兼并重组市场环境的意见》等促进兼并重组的重大利好政策的鼓励下，加之国家“走出去”战略的推广实施，中国并购市场在2014年再次呈现爆发性增长，交易数量与金额双双冲破历史纪录。

然而，从多起海外并购案例来看，中国企业的跨国并购之路依然充满艰险。

2015年，在很多中国人的记忆中是悲欢交集的一年。

上海滩踩踏事件、微信全民抢红包、股市狂升又暴跌……

这一年，河南省某中学的一位女教师想要辞职了，她已经在这家学校教了11年的书，突然对现在的生活失去了兴趣。于是，她勇敢地递交了辞职信，一张白白的信纸上只有短短的几个字：“世界那么大，我想去看看。”

事实上，“想去看看”世界的不仅有这位人民教师，还有一批企业。资本的力量在一次次洗牌和重组过程中，越加变得成熟和强悍。

从最初的资本和外汇短缺到如今的富余，从缺少市场化经济主体到如今有了一大批现代化企业，在此情况下，培育一批有国际竞争力的跨国公司就成为下一步发展的目标。

然而，硬币的另一面是另外一幅图景。由于本身具有高度的复杂性和不确定性，并购其实是一项高风险的经营活动。纵观商业史，跨国并购之路充满了艰辛与曲折、风险与挑战。研究发现，并购失败率很高，以失败告终的案例比比皆是。

我们不得不承认一个惨淡的现实：在中国企业迈向国际化的大潮中，成功者凤毛麟角，失败者数不胜数，在成败之间挣扎、拼争几乎是所有国际化先行者的真实写照。即便如此，中国企业的海外并购活跃度依然呈上升趋势。

“走出去”是中国经济融入国际市场的必由之路。“走出去”战略既是我国经济发展的必然趋势，又是企业做强做优的必然选择。

海外并购是一个复杂的系统工程，从研究准备到方案设计，再到谈判签约，直至并购后整合，整个过程都是由一系列活动有机结合而成的，一般要经历战略准备阶段、谈判阶段、签约、交割准备阶段及并购后整合阶段。

并购始于战略，终于整合。整合阶段在整个并购过程中发挥着很重要的作用，整合成功与否甚至直接决定着海外并购的成败。

任何事物都需要衡量，并购活动也一样。通过评价，可以衡量并购的目标是否达到，监控并购交易完成后公司的经营活动，从而保障并购价值的实现。

并购过程中的这些环节都非常严谨，任何一个环节出现差错，都将带来不必要的甚至是无法估量的损失。而且，海外并购涉及国家安全审查、反垄断审查、目标企业反并购、知识产权、环境保护、税收、劳工保护等各方面监管等。它是一个对多种专业技术，如法律、财会、金融、风控、交易后整合等要求很高的课题。

但是，海外并购是企业成长的一种重要方式，在市场经济中发挥着重要的作用。它能够突破国界，促进资本集中，使企业获得规模经济，从而有助于企业降低单位产品成本，提高市场竞争能力。同时，符合经济全球化和市场化下的优胜劣汰机制，驱动生产要素向优势企业整体流动，促进产业结构的调整和优化，从而提高整个经济的运行效率。

从某种意义上来讲，并购不仅是一种投资手段，而且是一种战略手段，是企业实现战略目标的高效路径，既为进入新业务领域和目标市场提供了捷径，也为优化资源配置提供了实现途径。

因而，“走出去”的中国企业，或由市场驱动，以获取海外市场份额为目的；或由资本驱动，以获取更高的资本回报为目的；或抓住机遇，大胆出击；或深谋远虑，谋定而后动，都披荆斩棘，走出了一条成功进军海外之路。这些企业是中国企业开拓海外市场当之无愧的先行者和领航者，具备全球竞争力的新一代中国企业正奋然崛起。

然而，在海外并购这条路上，有的企业搏击风浪，有的企业死里逃生。那么，北斗星通又走过了一条怎样的国际化之路呢？

并购路上不相信眼泪

事实上，国际化并购从来不会顺风顺水，两个拥有不同文化的公司实现整合，本身就不是一件简单的事，有时需要戴着镣铐跳舞，有时又像扇动翅膀的蝴蝶一样，掀起一场风暴。

北斗星通在海外并购之路上，曾有过两次失利或者说是失败的探索。其中，第一次是并购 TS 公司。

TS 公司是德国一家汽车导航与影音娱乐产品供应商。2015 年 5 月，Thomas Klaus 来北斗星通商谈合作，其中谈到 TS 公司想进入上海大众。北斗星通是上海大众的供应商，双方通过上海大众寻找合作的机会。北斗星通当时也想开阔眼界，走出国门。于是，两家公司有了合作的期望。

2015 年 9 月，周儒欣及马成贤、包学兵、崔常福等访问了 TS 公司。他们详细考察了 TS 公司的业务情况、经营情况、产品情况等。

10月初，周儒欣收到了TS公司CEO发来的出售股权的邮件。

周儒欣与经营团队一起认真研究分析后认为，公司寻求新的发展途径，必须“走出去”，获取国外资源，寻求核心技术，开拓海外市场。这也符合“外长”的战略布局。

并购TS公司是以北斗资本为主体。于是，周儒欣带领北斗资本总经理张工及投融资团队立即奔赴德国，开启了欧洲投资并购的探索。周儒欣等与TS公司的股东在法兰克福进行了沟通。由于缺乏经验，加上信息不对称等各种原因，这次并购没有成功。

后来，TS公司被中国的均胜电子公司收购。均胜电子是一家上市公司，曾收购过德国普瑞，有丰富的收购经验。均胜电子让德国普瑞去与TS公司谈判，双方都是德国人，文化的相同使谈判变得相对容易。

这次并购虽然没有成功，但是第一次海外投资练兵，使北斗星通的投融资团队有了次学习的机会，开阔了视野，同时让周儒欣进一步认识到团队的重要性，以及进行海外并购要与有实力的中介机构合作。

幸运的是，这期间，周儒欣和同事们认识了德勤汽车电子方面的高级合伙人Sigi先生，并与他结下了深厚的友谊；结识了TS公司原营销副总裁Thomas Klaus先生，他现在为北斗星通（德国）公司的执行董事和in-tech公司的执行董事。这些海外的朋友为下一步海外并购牵线搭桥，贡献了智慧和心血。

2016年，中国企业跨境并购迎来爆发期。不过，“海上”风云变幻，风大浪高，出海之旅也有颇多磨难。

2016年5月，Florian Hirschmann与德勤的Sigi先生到中国出差。有一天，Sigi对Florian Hirschmann说：“你一定要去见一位北京的潜在客户，这个客户十分特别！”Florian Hirschmann的第一反应是：“这个客户特别在什么地方呢？”当时，他还不太理解Sigi为什么这样说。

经过一年的合作，Florian Hirschmann终于明白了Sigi的意思。2016年7月，北斗星通决定并购总部位于布达佩斯的一家做汽车导航软件及服务的公司，开始了第二次“欧洲战役”，代号为Nova项目。这家公司是德勤的Sigi推荐的。

2016年9月3日，周儒欣以及张工、潘定海、刘光伟、温景阳，还有北斗星通的第二大股东“大基金”的张博、赵征宇等一行，飞往法兰克福。

在德勤办公室，周儒欣等和Sigi等研究了怎么去拜访、谈什么、怎么谈，包括情况介绍等，并进行了认真充分的准备。德勤对交易对手的股东情况、经营状况、财务报表、业务情况都进行了深入介绍。

9月6日，一行人飞往匈牙利的布达佩斯。接下来就是谈判，从9月7日早上9时开始，一直谈到晚上。在晚餐的餐桌上，周儒欣与这位犹太人创始人进行了单独的会谈，双方商定交易价为5亿欧元。

实际上，已经有几家公司，其中包括一家中国公司，与他们谈了很长时间。

接下来，就是尽职调查（简称“尽调”）。这项工作是了解目标公司的最重要手段，是设计交易架构、明确收购主体、确定并购估值、设计并购条款、防范并购风险的主要手段。

9月8日，按照Sigi的策划，在境外聘请了4家中介机构。其中，有德国、匈牙利德勤会计师事务所，Baker&McKenzie律师事务所以及担任技术咨询的in-tech公司。与此同时，国内也聘请了三家中介机构（券商、律师事务所和会计师事务所）开始尽调。

事实上，欲完成这样一个规模较大的收购，有三项非常重要的任务。一是沟通谈判，谈判往往需要几个回合；二是融资借钱，而且是巨资，难度不小；三是依法合规，要合乎中国证券交易的规定，才能发行股份募集现金。

谈判，是一项艰苦卓绝的脑力劳动。

2016年10月，初步尽调已经做完，双方开始商谈SPA（Share Purchase Agreement），也就是收购合同。主导收购协议起草与谈判的是Baker&McKenzie的Stanley，他是国际知名律师。对方也请了券商、律师事务所和会计师事务所。这时，中介机构开始沟通起草SPA。其中的关键条款，比如诚意金、分手费、美国的 CFIUS、欧洲的政府反垄断审批、中国 ODI 及外汇审批等，都要一一呈现。

然后，北斗星通又把参与并购的工作人员分成若干小组，分工合作。周儒欣担任总指挥，张工负责总协调。

大量的案例表明，所有大的谈判，最后时刻都是细节的纠结，大的交易结构、价格……只有都谈妥了，才会进入细节层面。因为北斗星通进入得比较晚，对方要求要先交纳 500 万欧元的“诚意金”(意向保证金)。对方有两个股东，一个是自然人股东，还有一家美国基金。当时反复谈来谈去，重点都放在是否交纳 500 万欧元的“诚意金”上了。

如果“诚意金”交了，北斗星通不收购了，那么对方就收走了。而分手费就是如果签订了协议，最后没有收购成功，就有一个罚金。刚开始，对方要求按合同额的 10% 作为罚金，后来反复谈，确定为 8%，约 4000 万欧元，约合人民币 3 亿元。而 500 万欧元“诚意金”，约合人民币 3600 万元。

这年国庆节前，Sigi 来到北京协调相关事宜。国庆节期间，参与并购的投融资团队成员都没有休息，而是继续进行评审尽调。

10 月 18 日，周儒欣、张工、刘光伟、潘定海等又飞往布达佩斯，针对一些关键条款与对方进行谈判。

在一周多的时间里，双方来回拉锯式谈判。虽然此前有邮件沟通，但还是反反复复。这时，Sigi 身体出现了状况，去医院检查了身体。看上去，他很难受，一直强撑着。

谈判结束后，周儒欣回到北京，张工留在布达佩斯继续协调，Sigi 回德国柏林。

后来得知，Sigi 回到德国，一下飞机就直接住进了医院。第三天，也就是 11 月 3 日，Sigi 就去世了。

当周儒欣接到 Sigi 因病去世的消息时，正在饭桌上吃饭。听到噩耗，一方面为失去一位好朋友而悲痛，另一方面似乎有一种不祥的预感，禁不住号啕大哭起来。

周儒欣似乎感到这个项目不太顺利，但冥冥之中仿佛有一双无形的手在向前推动着项目。不久，500 万欧元的“诚意金”办下来了，放在一个托管账户里。

接下来，借钱成为一件大事，也是一件最困难的事。

Nova 项目并购需要 5 亿多欧元，约合近 40 亿元人民币。当时北斗星通的净资产是 40 多亿元。如果去掉约 15 个亿的商誉和无形资产，那么净资产只有 25 亿元。如此看来，这次收购的确有点“蛇吞象”的味道。

对于 Nova 项目，北斗星通的方案是举债收购加发行股票募集现金偿债。也就是说，并购 Nova 项目就要借贷，同时在协议交割的前后启动发行股份募集现金，用于偿还借款，举债和发行股份不是同时，但要同时策划，分步实施。从交割到最后募集到能用到钱，中间需要 10 个月左右，而真正付利息则在一年左右。

当时负责找钱的段昭宇，几乎整天愁眉苦脸。其中，有一家基金组织已经答应借钱，但事到临头又以内部要评审等各种理由推脱。

正值农历十一月，北京寒风凛冽，滴水成冰。周儒欣出差回来，饥寒交迫，先与段昭宇匆匆吃完饭，尔后马上与前方负责协调的张工召开电话会议。

当时，协议好的 500 万欧元“诚意金”已经支付对方。如果借不到钱，后果可想而知。经过千辛万苦，最后通过某银行借到了钱。不过，需支付 800 万元交易费。

至于合规，就是要合乎中国证券交易的规定。

本来，“合规”在中文语境中没有什么特殊内涵，从文本角度解读，具有“合乎规矩”的字面意思。但是，作为一个专有名词，这一词来源于英语中的“compliance”，意味着行为遵守一定的规则，包括法律和行业标准等。

随着中国企业国际化进程的推进，各国监管机构及国际机构为维护市场公平竞争秩序、建设廉洁的营商环境，进一步提高了企业的合规经营管理要求和执法力度，我国也逐渐引入了合规管理这一制度。

完善的合规管理能够保护企业的安全，减少因不合规引起的罚款、处罚，甚至是刑罚的发生。对于寻求“走出去”、做到全球化发展和管理的中国企业而言，一方面需要按照全球化的规则来做，合规即生命，合规即底线。另一方面，合规蕴含尊重知识产权、保护环境、反对商业贿赂、履行商业责任等原则，是企业可持续健康发展的基石。因而，国际并购要合规，也就是整个交易披露要向交易所报告，合乎中国证券交易的规定，然后才能发行股票募集现金。

当时，中国政府是鼓励投资并购的，而且简政放权，规定10亿美金以下的不用报告。

2016年似乎是疯狂的一年。

这年11月18日，周儒欣、张工、刘光伟，以及中介机构的律师和德勤接任Sigi的助手等飞往以色列的特拉维夫。

经过再一次沟通谈判，11月22日，双方小签了Nova项目的SPA。

第二天，周儒欣和夫人以及张工、刘光伟等，前往以色列的古城耶路撒冷参观游览，想借此放松一下紧绷了4个多月的神经。

耶路撒冷位于地中海东岸，犹地亚山区之巅，是犹太教、基督教、伊斯兰教的圣地。耶路撒冷是一座有着深远历史的城市，是几乎所有西方文明和历史的发源地，也是一座著名的海滨城市。

本来是想放松心情，缓解压力，但周儒欣躺在沙滩上，浑身发软。小签了SPA后，他却怎么也高兴不起来。而且，他还总觉得天旋地转，心上就像压着一块巨石一般，有些后悔，甚至后怕。

那一刻，他又想起了Sigi的突然离世，忽然有一种不祥的预感，一种说不出来的东西在蔓延……

但是，既然已经小签了SPA，别无他法，只能向前推进。

飞回北京后立即召开会议。那天是11月24日，包括国内券商、国内律师、中介机构等在内都参加了会议。

就在这次会议上，律师和券商认为有一些条款是有问题的，将来证监会审核可能过不了关，然后就开始扯皮。

周儒欣有些沉不住气了，连声质问律师和券商："小签 SPA 之前，你们不都说没问题吗？不都同意签吗？如今都签了，再说这些还有用吗？"

几个人哑口无言，面面相觑。

后来，周儒欣反省这个项目失败的时候说："这说明我们整个团队的功底是不够的，包括我们国内的券商、律师。中国人的一些谈判条款是模糊的，思路不清晰的。有些事在外国人看来不是事，咱们当成事，而这些事都是边边角角的事。这就是中国的法律、法规跟国际法规有区别。此外，也说明我们自己的团队以及中介机构，应对国际并购历练得不够，而且英语水平还有差距。"

按计划，北斗星通将于 11 月 29 日召开董事会，待董事会决定后，30 日飞往布达佩斯，签订正式协议，向员工宣布这一重大决策，并于 1 月 31 日前支付首笔并购款。

然而，天有不测风云。就在这时，一场"风暴"骤然而至。

2016 年 11 月 28 日，刘光伟带人到交通银行上地分行，协调支付并购款事宜。

没想到，他们一到银行，就被请到办公室等候，半天也没消息。刘光伟心中着急，感到情况有变，立即给周儒欣打电话汇报。周儒欣安慰他说："你们别着急，等一会吧。"刘光伟这才心里稍稍平静一些。

又过了很长一段时间，银行负责人来了，专门给刘光伟他们开了一个会，传达上级的最新指示。

这位负责人说："我只能跟你们口头传达，不能给你们文字的东西，但你们可以记录。"大意是，刚刚接到中国人民银行管理局、发改委、商务部联合电话通知，这笔款项的支付要取得发改委、商务部、国家外管局的批文。过去是没有这个规定的，现在有了。因而，这笔款项出不去了。

说完，这位负责人也没再解释。

可是，第二天就要开会了，怎么办呢？

周儒欣此时却显得很有耐心，说："既然如此，董事会就先别开了，先了解清楚下一步政策再做决定。”

就在同一天，也是在 11 月 28 日，周儒欣给对方和中介机构写了一封信，大意是：我们董事会明天不能开，推迟到下周。

2016 年 11 月 28 日，国家发改委、商务部、中国人民银行、国家外管局四部门负责人在就当前对外投资形势及对外投资方针政策答记者问时指出，中国坚持实行以备案制为主的对外投资管理方式，把推进对外投资便利化和防范对外投资风险结合起来，重点关注“个别企业或个人通过对外投资渠道来转移资产”的行为，并将继续“对所有境外投资交易推行备案制管理，且将对跨境投资交易实施严格审核”。

2016 年 12 月 6 日，上述四部门在回答记者提问过程中，又进一步指出将密切关注在房地产、酒店、影城、娱乐业、体育俱乐部等领域出现的非理性对外投资倾向，以及大额非主业投资、有限合伙企业对外投资、“母小子大”“快设快出”等类型对外投资中存在的风险隐患。

其中，按规定“对跨境投资交易实施严格审核”的投资项目，主要包括：第一，银行在办理境外投资资金汇出时，需重点审核投资资金来源和去向。第二，银行办理单笔 500 万美元以上的境外股权投资和对外放款支出，需事前报备所在地外汇局，外汇局根据情况约谈对外投资企业。第三，审批机构（包括商务部、发改委和国家外管局）将严格审查以下类型的境外直接投资交易：房地产、酒店、影城、体育俱乐部和娱乐行业不合理的境外投资；对中国投资者主营业务无关联的业务进行的大额投资；有限合伙企业的境外投资；对所持资产超过中国投资人资产价值的境外目标实体的投资；通过新设实体进行投资（成立不到一年的实体）；人民币资金来源并非“合理有效”的投资；境内收购主体净资产收益率过低的投资。

对于 2016 年 11 月 28 日之前批复的 1 亿美元以下存量项目和“一带一路”项目不再要求发改委、商务部门复审，新增项目根据各地外汇情况适度把握。

2016 年 12 月 16 日，卖方中介高盛公司的人来北斗星通拜访。

高盛方面了解到中国政府对外投资政策的新规定后，表示理解。双方达成一致意见：北斗星通有收购的诚意，但需要两个月时间针对中国对外投资管控政策做出是否继续该交易。

2017 年 2 月 17 日，中国政府又出台了关于再融资的新规定。

这天，证监会新闻发言人邓舸宣布对《上市公司非公开发行股票实施细则》部分条文进行了修订，并发布了《发行监管问答——关于引导规范上市公司融资行为的监管要求》，对现行再融资制度做出了调整。事情的发展的确是不以个人的意志为转移的。

对北斗星通来说，这无疑是雪上加霜。

当时，正是上市公司再融资制度实行十年之际，证监会针对部分上市公司过度融资、频繁融资的倾向出台新政予以纠偏。

从具体调整细节来看，一是定增拟发行的股份数量不得超过本次发行前总股本的 20%；二是本次定增董事会决议日距离前次募集资金到位日原则上不得少于 18 个月；三是除金融类企业外，原则上最近一期末不得存在持有金额较大、期限较长的交易性金融资产和可供出售的金融资产、借予他人款项、委托理财等财务性投资的情形；四是明确定价基准日只能为本次非公开发行股票发行期的首日。

此次“靴子”落地可谓掷地有声，再融资新规在定价机制、融资规模、时间间隔、公司资质等诸多方面提出了更加严格的要求，以罕有的力度规范上市公司再融资行为，尤其是“18 个月间隔”杀伤力最大。

再融资的新规定，与北斗星通紧密相关的有：

一是融资的时间。规定要求，本次定增董事会决议日距离前次募集资金到位日原则上不得少于 18 个月。前次募集资金包括首发、增发、配股、非公开发行股票。意思是：上一个融资资金到位至本次召开董事会时间需要 18 个月。18 个月的限制指的是从上一次结束之后到董事会启动定增，也就是说上市公司两次融资间隔时间达到 24 个月甚至更长时间。比如，上一次融资是 2016 年 6 月 30 日资金到位，下一次再融资开董事会就要到 2017 年 12 月 31

日。所以，北斗星通原来想在2017年完成交割，交割完成日期是4月30日。而按照新的规定，2017年完成发行股份募集现金是不可能间隔18个月的时间的。

二是融资的定价。定价原来都是开董事会的时候再定，新的规定明确定价基准日只能为本次非公开发行股票发行期的首日。这给融资带来极大的难度。意思是，你把融资的消息披露了，别人来买你的股票，只能打九折，还要至少锁住一年。

三是举债的利息，也不是一笔小数目。北斗星通从银行贷款22亿元，利息都在百分之十以上。如果不算本金，每年利息就是3亿元。事实上，2017年，北斗星通利润是2亿多元，如果举债22亿元，就是净亏损1亿多元。倘若其间经营不善，连续两年亏损，北斗星通就处于极度危险的边缘了。再融资新规对快速膨胀的定增市场产生重大而深远的影响，对整个再融资生态是一次大级别的调整。

对于北斗星通来说，这是一个很大的并购案。北斗星通需要借钱先完成交易，然后再从证券市场通过私募来融资偿付前期债务。

其后，证券市场政策也有变化，非公开发行融资更加困难。因此，北斗星通于2017年2月终止了交易。

做出这个决定是艰难的，也是痛苦的。为此，北斗星通付出了巨大的代价，交出了昂贵的“学费”，损失了500万欧元的“诚意金”，合计人民币3653.40万元，加上聘请中介机构近2000万元的花费，前后共计付出了5653.40万元的代价。

北斗星通海外扩张受挫，投融资团队的许多人听到这个消息后，痛哭流涕。

并购是一把“双刃剑”。

Nova项目终止，主要原因还是对境外投资监管、金融及资本市场监管政策，以及投后风险把握不准，对政策的把握不够，对形势的预判不准。

当时，如果签订了并购合同，而无法支付后期资金，其损失就更难预料。

这是一次折戟沉沙的教训，是一次含泪带血的并购。

理想的光环和憧憬，在泪水中浸泡过会更珍贵，从迷惘中走出来的灵魂更清醒。

周儒欣后来说："如果当时我们召开了董事会，把协议签了；如果这个政策晚出台三天会是什么结果？如果晚出台一周会是什么结果？那肯定是签了，钱就支付出去了。那基本上公司和我个人都会陷入非常严重的困境，或许已经破产。因此，光看书是学不到的，打仗都是流血流出来的，以为自己行，其实差距太大。这个经验教训是很生动而深刻的，对公司未来发展意义非常重大，比成功的意义要大。不过，还是觉得'冥冥之中'是'老天'帮了我们。这个案例无论对我们自己抑或是同行都有着宝贵的参考价值。"

人们常说，事在人为。当难为甚至是不可为时，必须果断终止。

北斗资本总经理张工后来说："从战斗中学习，做 TS 项目时我们还是初生牛犊，做 Nova 项目时我们悬崖勒马，这两个项目我们获得的是含泪的教训、带血的经验。从战略层面到交易层面，每一层、每一阶段、每一个点，都需要把不确定性降低，都需要努力想到、尝试说到、坚决做到，这就是执行的经验之谈。"

虽然这两次并购未能成功是因为融资、资金出境和经验缺乏等问题，但也进一步锻炼了投融资团队。

周儒欣深知：没有战略规划的引领，没有稳扎稳打、步步为营的理念，国际化的努力就会变成一个盲目试错的过程，不但成本高、风险大，而且容易丧失发展机遇。企业一旦迷失，往往没有机会重新来过。尤其是在海外市场，一旦错过了重要的时间窗口，就会在未来的竞争中掉队。因而，做公司还是要稳中求进，不可冒进。

周儒欣指出：海外并购的复杂性及高度技术化的特性，要求必须建立专业化的国际化团队从事项目工作。要建立一个专业的国际化团队，除了公司的培养、员工自身努力之外，团队在海外并购项目数量上的一定的积累必不可少。这两次并购，无疑是海外备战"练兵"。

历史没有机会重来，所有的经验教训都是宝贵的财富。这两次失败的并购，不仅对北斗星通的发展，而且对于后续的海外扩张都带来了有益的教训启迪。

事实上，北斗星通海外布局的脚步，并没有因为两次失败而停歇。

他们把目光集中投向北美和欧洲两条“战线”，在充满惊涛骇浪的未知海域里冲破关隘，在风大浪高的泥泞道路上一路向前……

险象环生，并购 Rx

一位驰骋疆场的将军，一定有一场战役让他威震江湖，终成一代名将；一个天赋异禀的运动员，一定有一场比赛，让他功成名就、桂冠加冕；对于一个在商海沉浮的企业家而言，一定有一次经历让蹒跚于泥沼中的企业拨云见日，让彷徨迷惑的自己接受灵魂的洗礼，并最终成为未来前行的不竭动力。

今天，当我们站在历史的某个节点回首那段过往，不难发现周儒欣指挥的并购 Rx，正是北斗星通迈向未来、走向国际化的重要基石。

那是 2014 年 9 月，周儒欣参加了在美国佛罗里达州坦帕市召开的美国导航学会（ION）GNSS 大会。在这个陌生的城市里，他再次遇见了多年未见的老朋友 NovAtel 公司原副总裁 Tony Murfin 先生。

早在周儒欣创办京惠达公司时，就与 NovAtel 公司合作，代理了其公司产品。周儒欣与 Tony 先生建立了良好的关系，彼此真诚互信，相互支持，在合作中结下了深厚的友谊。

坦帕是佛州西岸最为有名的城市之一。坦帕市位临坦帕湾，外连墨西哥湾，距离坦帕不远的清水湾号称是全美最美丽的盐白沙滩，具有浓郁的南美风情。这里游人不多，躺在细软的白沙滩上，望着坦帕湾，在阳光下呼吸着纯净的空气，有一种“面朝大海，春暖花开”的味道。

就在这座美丽的城市，周儒欣与 Tony 一起喝咖啡，一起到沙滩漫步，相谈甚欢，彼此交流了关于北斗星通海外发展的战略构想。在愉快的交流中，周儒欣突然觉得北美的并购可以从此开始：能否请 Tony 担任北斗星通在北美的投资并购顾问呢？

周儒欣把自己的想法告诉 Tony 后，Tony 愉快地接受了邀请，并与北斗星通签署了合作协议，帮助北斗星通收购一家北美公司。

同年 10 月，Tony 还在 *GPS World* 发表了一篇关于北斗星通和周儒欣先生的长篇文章，向世界介绍了周儒欣带领的北斗星通公司。

那时，Tony 每月都在为 *GPS World* 杂志撰稿。2014 年的夏天，Tony 在加拿大阿尔伯塔省卡尔加里，写了一篇关于他的朋友 Francis Yuen 的 Baseband 公司的文章，介绍了 Baseband 开发一款能够实现超短初始捕获时间、超低功耗并具备 28 天扩展星历功能的软件 GPS 接收机，一个“快照”接收机的历程，其目标是实现低功耗、低成本的即时位置解决方案。这是一篇很好的文章，通过一个公司的实例，帮助 *GPS World* 的读者了解到了“扩展星历”概念。

同年，TECTERRA 大会在卡尔加里举行。TECTERRA 大会是由阿尔伯塔省政府发起的，旨在扶持阿尔伯塔省及其邻近省份的小型初创公司或新技术公司，并为地理相关技术的开发提供资金支持。Baseband 和 Rx 也参加了此次大会。

Tony 在参观这次展会时，恰巧遇到了 Rx 的 CEO——Guylain Roy-Machabee。他告诉 Tony，*GPS World* 上发表的那篇关于 Baseband 的文章对他的公司（位于加拿大不列颠哥伦比亚省温哥华市的 Rx）造成了负面影响。Guylain 向 Tony 详细解释了 Rx 拥有的领先技术，以及向数以百万计的现有客户提供扩展的 GNSS 星历服务。在离开展会时，Tony 认为自己应该对 Rx 进行一次更深入的报道，来弥补自己对他们所造成的负面影响。

2014 年 11 月，Tony 起草了一篇关于 Rx 的文章。Rx 公司成立于 2002 年，总部设在温哥华，在美国佐治亚州的亚特兰大市设有销售办事处。文章讲述了 Rx 的硬件设计和软件是如何在超过 10 亿台设备上嵌入并被日常使用的——大部分设备是智能手机，还有一些 M2M 设备、平板电脑、笔记本电脑和可穿戴设备。

当时，Rx 的知识产权授权许可给美国和加拿大的诸多一级移动运营商。大多数客户都集中于OEM半导体和OEM电信行业。Rx向他们提供了GPStream GRN实时辅助数据服务，该服务覆盖全球数十亿用户，并由一个分布全球的GNSS参考站点网络提供数据支撑。他们的服务支持GPS和GLONASS，并将很快纳入北斗和伽利略——移动运营商和服务提供商使用的数据，以及向XYBRID Cloud这样的其他产品提供输入数据，这时辅助数据将被提供给基于云的定位引擎。GPStream PGPS提供来自参考网络的数据，以创建在智能手机上产生扩展星历的种子文件。

因此，在与Guylain和Adrian Stimpson（市场营销副总裁）一起完成这篇文章的过程中，Tony不再只是对Rx略知一二，而是对Rx的业务、财务、技术和产品有了更加全面的了解。

这一切，对于Tony来说非常有用，而且他非常用心。因为他始终没有忘记与北斗星通董事长周儒欣先生签署的合作协议，帮助北斗星通收购一家北美公司。

Rx公司，无疑是一个不错的候选并购目标。

海外并购目标的筛选也是一门技术。

在并购战略的指引下，从国别、行业声誉、资产规模、收入水平等因素出发，寻找并购目标，进入并购长名单，然后对进入长名单的企业，从基本情况、财务状况、行业情况等方面，对目标企业进行初步分析和评价，做出判断结论。然后，筛选出并购短名单，综合判断后确定最终并购标的企业。在筛选和评价时，重点关注目标企业的外部环境和内部环境。

在接下来的几个月里，Tony整理了许多公司的资料，提供了可被收购的候选标的。

那时，北斗星通负责投融资的黄磊与Tony一起，认真而详细地讨论了这些候选标的。与此同时，北斗星通的投融资团队也开始对收购目标进行审查。

通过反复筛选，他们逐渐把重点放在优先关注的收购对象上，并列出了短名单。Rx在这个榜单上名列榜首。

2015年4月下旬，Tony和妻子Anne一起飞往北京，与北斗星通的管理层进行了几次会议后，决定对 Rx 和其他一些候选标的公司进行进一步的调研。

同年 6 月初，黄磊和 Tony 等人一起走访了位于温哥华的 Rx。他们对 Rx 的经营、产品、技术和商业模式等，有了更加深入的了解，并在达成初步合作备忘录方面取得了进展。

黄磊后来在接受采访时说，首次拜访 Rx，有缘相见并一见倾心。Rx 公司的业务与北斗星通公司的战略方向吻合度很高，其公司位置也很好，在风景秀丽的温哥华市中心，窗外望去就是美丽的海湾。

Rx 的主营业务是为移动运营商、手机芯片厂家提供 A-GNSS 运营服务，以及 Wi-Fi/ 基站定位服务。Rx 公司提供的 A-GNSS 服务主要包括两种：实时星历服务（GRN 服务）和扩展星历服务（PGNSS 服务）。GRN 业务主要是基于其分布于全球 21 个国家的 26 个参考站采集卫星数据，通过位于加拿大温哥华和多伦多的物理服务器以及部署在云端的服务器对采集的卫星数据处理后，向客户提供实时 GNSS 星历数据，从而实现为终端用户提供辅助定位服务。Rx 公司的全球参考站网络支持 GPS/GLONASS/GALILEO/BDS 等 GNSS 系统。PGNSS 服务为用户提供 GNSS 星历长期预测服务，可实现在保证定位质量标准情况下连续推算长达 14 天的卫星位置，从而解决用户在没有网络连接时的快速定位问题。其服务的客户包括高通、英特尔、美满、德州仪器、意法半导体等国际主流芯片厂商。

与此同时，Rx 的初步评估工作也在中国进行。

随后，北斗星通投融资团队在温哥华寻找合适的法律和财务中介机构，最后选择了 Blakes 和 PwC 作为律师和财务顾问。

2015 年 6 月 9 日，北斗星通与 Rx 签署了合作备忘录，列出了一些潜在的合作领域，并在中国和温哥华同时开始评估工作。

北斗星通的投融资团队决定深化与 Rx 的合作，双方进行了更进一步的讨论。

同年 8 月，Rx 管理团队被邀请到北京见面会谈。

在北京会议期间，北斗星通与 Rx 讨论了许多潜在的合作和协同方向，并就初步估值达成了一致，同意北斗星通对于完整收购 Rx 的 5100 万加元的初始报价，并接受尽职调查。

最初的尽职调查于 2015 年 9 月中旬进行，包括现场访问 Rx 的专业团队做的财务、技术、法律、客户、运营和人力调查。其他具体的法律和财务尽职调查工作分别由 Blakes 和 PwC 完成。这三个团队审阅了成百上千份材料，与 Rx 所有关键人员进行了访谈，然后讨论沟通彼此在尽职调查中发现的内容。

一切都似乎进行得很顺利。

2015 年 9 月中旬，双方签订了收购意向书（LOI）。然而，就在双方全力以赴工作时，问题出现了。

通过尽职调查，北斗星通投融资团队发现：最初对于 Rx 技术能力的理解和调查结果存在差异，而且“Smart Beacon”项目（现在叫作“Fathom”）存在一定的挑战。

由此，双方对于并购价格产生了不同想法。

2015 年 11 月 26 日，北斗星通向 Rx 的股东发出了项目终止函。

老实说，这就好像是一场正在激烈进行的 NBA 比赛，刚刚准备出手投出绝杀比赛的一球，裁判却先吹响了比赛结束的哨声。

出现这样的结果，意味着前期的辛苦努力付之东流。对此，每个人都表示很失望。

对 Rx 的收购，几乎回到了原点。

2016 年 1 月，Francis Yuen 以及 Rx 的一个股东主动联系 Tony。他们提议，北斗星通应该针对其感兴趣的部分——即 GRN 和 PGNSS 服务的这一部分公司资产，直接对 Rx 的股东提出报价。

虽然对这种方法持怀疑和谨慎态度，但 Tony 认为值得尝试。因为北斗星通仍然对 Rx 这部分业务感兴趣。

又经过多次讨论后，3 月底，北斗星通准备了一份草案，Rx 的这位股东与 Rx 的 CFO Mike Longinotti 进行了见面沟通。

然而，事情还是一波三折。

2016 年 4 月 14 日，北斗星通还是无法就相关条款与 Rx 达成一致，谈判不得不再次终止。

Tony 认为，考虑到 Rx 的债务水平和现有的股东利益，目前没有提供一个足以让 Rx 与北斗星通重新开始对话的报价。

对于 Rx 这样一家规模不大的公司来说，他们投入了大量的时间和金钱，却换来一个令人失望的结果。

Tony 对此事进展不理想感到非常难过，黄磊和投融资团队也是无可奈何。

又是无果而终。

不久后的一天，Tony 在网上看到了一则关于 Rx 的新闻。

Rx 正在把 Fathom 作为一个独立的部门展示，这似乎表明 Rx 正在定位一个独立的业务板块。

这时候，Rx 公司（现在被称为 Location.io）的其他业务收入所得将被投入 Fathom，同时为了向 Fathom 投入更多的资金，Rx 启动了新一轮的债务融资。

一直期望把这个项目做成功的 Tony 认为，如果北斗星通能通过提供资金帮助 Rx 摆脱这种状况，并给出一个合理的报价，就非常有希望挽回这一切，并就交易达成协议。

2016 年 6 月，Tony 通过电子邮件与周儒欣直接沟通，就最终报价建议北斗星通面向 Location.io 公司业务出价 3000 万加元。

经过一番讨论之后，周儒欣等认为这是一个可行的方案，并同意与 Mike 讨论这个新提议。

事实证明，这个提议还需要一项投资“启动”资金，以使其能够分拆。北斗星通同意并提供了一笔额外的 500 万加元的投资，以帮助 Rx 将 Fathom 剥离。这让 Mike 和 Guylain 都感到十分高兴。于是，第三轮并购 Rx 的谈判之路正式开启。

第一轮和第二轮谈判暂停后，基于双方战略互补的核心合作点，在周儒欣和 Tony 的指导和推动下，双方最终找到了共赢的“康庄大道”。

2016 年 7 月 10 日，北斗星通与 Rx 举行了第一次会议。周儒欣率领工作组与 Rx 管理层进行深入沟通，双方对于“收购 + 投资”的共赢方案达成共识：通过分拆 Fathom 业务，既解决了 Fathom 业务融资和发展问题，也实现了对于 GNSS 辅助增强业务的收购。

这次会议基本上达成了关于向 Fathom 投资 500 万加元的投资协议。

同年 9 月底，北斗星通签署了另一份收购意向书，来购买 Rx 的剩余部分资产。

因为第一次在尽职调查方面做得比较扎实，所以这次只需要重新审核距上次期间内的变化就可以了。

双方通过电话会议和另一次会议协商了收购协议的关键要素，并于 2016 年 10 月 28 日与 Rx 的员工会面，告知他们北斗星通即将完成对 Rx 的收购。

随后，Rx 开启就 Location.io 的交易引入税务筹划和法院批准程序。

起初，北斗星通投融资团队并不十分清楚，这样将会导致这次收购过程变得十分复杂。但随着事情的进展，法律团队开始解释双方所涉及的额外工作和时间，谈判过程开始被拉长，最终收购 Rx 的日期被大大推迟。

其间，律师和 Rx 准备了大量文件，并商议了很多新的交易步骤。在 2016 年年底前，其他人员一直忙于审查、修改和谈判。截至 2016 年 12 月，双方的谈判仍在继续。

就在这时，风波再起。

当时，北斗星通得知一家美国公司 Skyhook 对 Rx 提出了专利侵权指控。Skyhook 是一家提供 Wi-Fi 定位服务的美国公司。

尽管 Rx 觉得自己的 Wi-Fi 定位业务没有侵权，但是 Rx 仍决定通过谈判达成合作协议，使局面得到改变（他们访问一个更全面的数据库，为他们的客户提供定位），这样 Rx 实际上将会拥有一个更全面的数据库。

与 Skyhook 的谈判进展得很缓慢，因为这部分业务规模很小，而且优先级较低。

北斗星通坚持认为，Skyhook 纠纷的解决是达成协议的前提条件。

从 2015 年 6 月到 2016 年年底，历时一年半的收购依然没有结果。

又一年结束了，新的一年即将到来。新的一年，会有好结果吗？

大家都在期待着。

2017 年 2 月，Tony 与北斗星通投融资团队再次访问了温哥华的 Rx，希望能帮助 Rx 与 Skyhook 达成和解。

双方商议，在协议中附加针对 Skyhook 一事的留置金要求，这可使北斗星通免受这一潜在的索赔，以及可能会对 Wi-Fi 定位服务产生的干扰所造成的损失。

谈判又持续了一个多月，直到 Rx 董事会通过本次交易。这意味着双方向成功又跨进了一步。

很快，在北京，周儒欣主持召开北斗星通董事会，批准通过了佳利电子收购 Rx 的协议。随后，启动了 Rx 和北斗星通股东审批程序。中国政府方面的相关审批程序，必须等到 2017 年 4 月 12 日北斗星通的股东大会审议通过后才能启动。几乎是同时，加拿大不列颠哥伦比亚省法院发布了一项临时裁定，允许这一交易继续进行。

真是好事多磨！在漫长的审批过程中，北斗星通得知 Rx 有一位持不同意见的股东，Rx 可能不得不与他单独达成和解。之后，法院将继续进行终审裁定，从而使得收购得以继续进行。

北斗星通敦促他们进行面对面的谈判来解决此事，但 Rx 决定继续向法院提交申请，果然该股东提出了反对意见，诉讼再次被暂时叫停。

尽管如此，北斗星通还是推进了收购所需要的步骤——确定了以北斗星通全资子公司佳利电子作为收购主体，变更部分募投项目收购 Rx 的 100% 股权的交易方式。

变更募投项目又是一个全新的课题，在此之前，北斗星通缺少此类操作方式的经验，特别是涉及境外并购。

在很长一段时间里，黄磊和刘一对这个项目的可研报告及董事会、股东会的议案一遍一遍地进行修改，对文字进行仔细斟酌。他们请教公司的领导和同事，保证项目的执行符合公司对外投资及证监会的各项要求。当时的情况是，因为董事会、股东会的时间安排，留给他们准备审批材料的时间非常有限，特别是 80 多页的最终稿《安排协议》(Arrangement Agreement)，仅仅留给了他们 2 天时间来对整个协议文件进行翻译。

刘一无比焦虑。他后来说，面对着晦涩的法律用语，一方面要精准地理解其含义，一方面要在紧迫的时间内完成，好似头顶的达摩克利斯之剑一直在催促自己。

最终，经过两天两夜的艰苦奋战，高达 4.7 万多字符的英文协议的中文版准时完成。

在敲下最后一个字符的那一刻，巨大的成就感居然让 2 天内只睡了 1 个小时的刘一困意全无，取而代之的是内心的激动和骄傲。

2017 年 3 月，北斗星通启动了 Rx 项目在嘉兴市和浙江省的 ODI 审批工作。

佳利电子于 2017 年 4 月 13 日设立了 BDStar Investments（Canada）Co., Ltd.，以便在交易结束时成为 Rx 的所有者。4 月 19 日，北斗星通得到了浙江省发展和改革委员会的批准，完成了中国政府审批的第一步；4 月 25 日，取得了浙江省商务厅颁发的企业境外投资证书，即中国政府审批的第二步完成。

2017 年 5 月，双方都致力于解决反对股东对这笔交易的异议。加拿大的政府审批于 2017 年 5 月 18 日通过，没有提出任何反对意见或额外要求。因此，剩下的唯一问题仍然是与反对股东的和解协议，以及与美国《Skyhook 协议》的和解协议。

于是，北斗星通项目组再次奔赴加拿大沟通小股东反对及专利纠纷问题。6 月 15 日，Rx 与 Skyhook 达成了一项可接受的协议，将 Skyhook 作为 Wi-Fi 数据库供应商。事实上，这个过程将交易的最后阶段延长了 1 到 2 个月。

北斗星通在寻求交易的备选方案，以规避股东反对的问题，但 Rx 坚持了与其达成和解的方案。6 月 16 日，Rx 最终签订了这一重要的和解协议。

反对股东的和解协议和美国《Skyhook 协议》的和解协议得以解决以后，2017 年 6 月 22 日，在不列颠哥伦比亚省最高法院听证会上，法院最终批准了北斗星通旗下的佳利电子对 Rx 的收购。

2017 年 7 月 21 日，用于收购的 3100 万加元汇到了 BDStar Investments

（Canada）Co.，Ltd. 的账户上。

最终交割日定为 2017 年 7 月 31 日。

2017 年 7 月 27 日，北斗星通副总裁刘光伟、黄磊、投融资经理刘一及投资顾问 Tony 一起前往温哥华。

双方完成了交割文件定稿工作，刘光伟和刘一还与 Rx 的财务人员会面，以协调 Rx 与北斗星通的财务整合。

7 月 31 日，黄磊、Tony 及律师——Cheryl Slusarchuck 和 Patrick Whitehill——从早上 6 点半开始工作，努力跟进双方的所有步骤。

当北斗星通董事长周儒欣和时任总裁胡刚于当日下午抵达温哥华时，交易完成了。

历史会记住 2017 年 7 月 31 日。对于北斗星通而言，这一天是一个载入史册的大日子——首个海外投资项目圆满落地。

历时 2 年，加拿大 Rx 公司正式成为北斗星通集团的一员，北斗星通国际化战略迈出坚实的一步，公司“云 +IC”时间空间感知业务模式又向前迈出了坚实的一步。

2017 年 8 月 3 日，Rx 第一次董事会会议举行。

周儒欣批准了任命 Rx 董事会成员的文件——胡刚担任董事长，其他董事会成员是 Rx 的 CEO Mike Longinotti、Rx 的原 CEO Guylain MacHabee、黄磊和 Tony Murfin。

经过多次讨论，会议提出了 Rx 的初步运营计划。

当日，北斗星通收购 Rx 庆典仪式在位于温哥华的 Blakes 律师事务所举行。北斗星通董事长周儒欣、Rx 公司 CEO Mike、双方公司高管及代表、中介机构等参加了庆典活动。

周儒欣董事长在庆典活动的发言中，回顾了北斗星通国际化道路的探索历程，强调 Rx 是北斗星通真正意义上的第一个海外平台，是北斗星通国际化发展的一项重大突破。他表示，温哥华是一个美丽宜居的城市，同时也是全球高新科技中心之一，这里有浓厚的学术环境和丰富的技术人才储备。北斗星通收购 Rx 是北斗星通在北美地区投资和发展的第一步，未来北斗星通将对 Rx 进行更多的投资，用于技术研发及新客户的开发，进一步增强 Rx 的市场竞争力。并且，北斗星通也会通过其自身资源和优势，与 Rx 一起开拓中国市场。未来北斗星通将有计划地依托温哥华得天独厚的优势，在这里设立海外技术研发中心和业务中心，在加拿大推广北斗星通的产品和服务，并以温哥华为起点，向美国、欧洲等国家和地区拓展，进一步实现北斗星通的国际化、规模化发展。

Rx 公司 CEO Mike 先生表示，很高兴成为北斗星通的一员，非常高兴能够与北斗星通一起合作共同构建更美好的未来。Rx 与北斗星通将会形成 1+1＞2 的效应，感谢北斗星通对于 Rx 团队工作的信任。他表示，成功并购 Rx 将不仅仅是北斗星通在北美的第一个收购交易，也将成为北斗星通在北美十分成功的收购交易！

共进晚餐的时候，周儒欣和 Mike Longinotti 分别代表北斗星通和 Rx 交换了礼物。Rx 赠送给北斗星通的是“群鹰图”，它代表着集结友好的合作与团结精神的所有强大力量。

这一晚，投融资团队的每一个人，包括中介机构在内，无不如释重负，欢呼雀跃。

那段时间，黄磊与 Tony 有过数百次的视频交流，数十次不远万里的见面交流，不计其数的邮件沟通。

黄磊后来说，一开始与 Rx 沟通时，英语磕磕绊绊，对于对方的意图一知半解、对海外交易流程一脸懵懂，但在以周儒欣及胡刚为代表的公司领导的现场指导和 Tony 的全力支持下，整个项目得以渡过无数个沟沟坎坎，历经三轮谈判，风雨之后见彩虹，Rx 与北斗星通终于成了一家人。

Mike 在并购完成后说：“Rx 的员工和管理者都认为与北斗星通联合是一个合理的并且有利的商业决定。北斗星通已建立的产品和服务体系能给 Rx 产品和服务提供直接的帮助和发展。过去 Rx 曾有机会向中国顾客销售产品和服务，然而因为时间差问题、文化差异以及 Rx 在中国并没有员工办公，我们从未顺利渗透进中国市场。现在通过北斗星通的支持，我们期望能在中国市场上取得更大的成功。Rx 超过 90% 的收益都来自北美和欧洲，以后，我们希望在亚洲尤其是中国，也能建立收入来源。此外，Rx 希望帮助北斗星通扩展中国之外的市场。我们可以把自己的产品服务与北斗星通现有的产品服务结合起来，设计对客户更有吸引力的解决方案。我们也可以把北斗星通介绍给我们重要的北美和欧洲客户。”

“有朋自远方来，不亦乐乎。”2017 年 9 月 6 日，加拿大温哥华市市长 Gregor Robertson 率领温哥华商务访华团莅临北斗星通公司访问交流。

温哥华商务访华团成员包括温哥华市政府领导、经济委员会人员及相关企业代表等。北斗星通董事长周儒欣及公司相关高管、部门负责人出席了活动。

温哥华市市长 Gregor Robertson 表示，非常荣幸到北斗星通公司访问交流。温哥华市是一个科技企业聚集的城市，希望北斗星通未来与温哥华市各方面加强合作，期待北斗星通未来在温哥华市更好的发展。

在活动中，北斗星通与温哥华经济委员会签署了合作备忘录，双方将利用各自的资源优势，加强在高科技领域的合作。

这次访问交流及合作备忘录的签署，有利于北斗星通在加拿大业务拓展过程中，在人员招聘、相关政策、社区关系以及与温哥华商界的合作等层面获得支持，也为 Rx 公司的持续稳定发展营造了较好的政府关系环境。

海外并购整合是一个精心布局的长效流程，通向最终价值实现的路上要经受重重挑战，北斗星通投融资团队在这个过程中得到了历练与成长。

事实上，Rx 的交易历时两年多，历经两次终止（一次北斗星通终止、一次交易对方终止）、3 次报价、业务拆分、内部股东和知识产权纠纷等重重困难，终于在 2017 年 7 月 31 日完成交割。

Rx 的加入，对于加速北斗星通公司成为世界领先的时空感知解决方案提供者，具有重大战略意义。通过收购 Rx，北斗星通将构建面向全球的云平台服务系统，加速实现公司“云 +IC”的业务模式，为企业用户、行业用户和大众消费者提供快速、精准的定位服务、产品和解决方案。

Rx 项目的完成，不仅是北斗星通北美战略布局的第一步，更是北斗星通国际化的第一步。

与此同时，在德国慕尼黑，也正上演着同样精彩纷呈的并购故事。

一波三折，并购 in-tech

2015 年，就在第一次并购 TS 项目调研期间，北斗星通投融资团队参观了德国的国际汽车电子展。除了传统的汽车电子硬件厂商之外，汽车工程服务公司（ESP）这个业态也进入了他们的视野。

为了加深了解，在 2016 年 Nova 项目准备期间，张工专程安排了周儒欣调研 Gigatronics，以及针对 Nova 项目的技术尽调。他们从一般的商务尽调中剥离出来，特意选择了 in-tech。

之所以选择 in-tech，是因为在德国时，张工和 Thomas 曾经在狼堡面试 in-tech DD 技术团队。

2016 年 9 月，北斗星通聘请 in-tech 为 Nova 项目的技术尽调顾问，自此开启了双方的第一次接触。

历史的魔杖让北斗星通和 in-tech 这两个企业有了奇妙的交集。

后来，虽然这个项目没有成功，但是 in-tech 的人员、专业化的工作方式，以及 in-tech 创始人之一 Christian Wagner 与北斗星通团队分享的企业愿景等，很快就促使双方形成了长期合作的想法和进行深入讨论的需求。

in-tech GmbH 成立于 2002 年，总部位于德国慕尼黑，是一家全球领先的汽车及工业工程服务提供商，其业务涉及汽车开发、集成、验证，汽车整车测试，汽车软件开发，以及机械和运输系统软件与系统开发等 4 个领域。in-tech GmbH 在全球范围内拥有 1200 余名员工，其中绝大多数为训练有素的工程师团队，其主要客户为宝马、大众、奥迪、奔驰等世界知名的一线汽车厂商。它是汽车、机械制造、交通系统领域数字化与开发方面的专业化公司。这是一家由学生发起的创业型企业，在几年内发展成为一个成功的中型企业，在德国、奥地利、美国、中国、捷克、英国和罗马尼亚设有研发中心。

北斗星通与 in-tech 结缘，始于并购失败的 Nova 项目。

2016 年 10 月 2 日至 7 日，北斗星通计划并购的 Nova 项目 DD 评审会在京召开，德勤、麦肯锡、贝克陆续登场介绍财务、商务和法律的尽调结果。

作为技术尽调顾问，in-tech 创始人之一 Christian 也参加了会议。

10 月 6 日晚宴后，周儒欣与 Christian 彼此谈兴颇浓，相互欣赏。那晚，Christian 对周儒欣说："我要征服世界！"周儒欣说："征服世界要克服很多困难，我可以支持你！"

那一刻，两人相互拥抱，紧紧握手。周儒欣说："我说我喜欢你，也许未来咱们俩是兄弟。"

当时虽然是有感而发，但为后来的合作打下了良好的基础。

2016 年 10 月 7 日上午，Christian 和 Peter 代表 in-tech 完成了技术尽调汇报，这是 in-tech 与北斗星通的第一次握手。

10 月 8 日，是星期六。在 Gerry 带着 Christian 和 Thomas 去参观长城的途中，Thomas 找 Christian 沟通了北斗星通想投资 in-tech 的想法。双方进行了深入的讨论，目标逐渐清晰，于是 in-tech 项目诞生了！

10 月 9 日，是农历的重阳节。当晚，Christian 应邀参加了周儒欣董事长的家庭晚宴，一番觥筹交错，大家已经成了好朋友。

10 月 10 日，北斗星通安排了 in-tech 与北京市经信委领导的会见，一方面介绍了中国的市场机会，另一方面明确表达了欢迎 in-tech 落户北京。

当晚，周儒欣董事长又亲自来到 Christian 下榻的西山朗丽兹酒店，明确提出投资 in-tech 的意愿。

一次次的交流沟通，彼此既成了朋友，又表达了"爱慕"之情。北斗星通与 in-tech 的"恋爱"故事，由此开始。

2016 年 12 月初，周儒欣决定趁热打铁，亲自飞往德国慕尼黑，会见了

in-tech 关键股东——Christian 和 Bastian，进一步表达了投资意愿。周儒欣还介绍了可能的投资结构，并约定了初步的时间框架。

经过几轮沟通，彼此已经从简单的技术尽调服务关系，进展为有一定互信的合作关系。北斗星通和中国市场已逐渐植入 in-tech 的梦想之中，北斗星通已经成为和 in-tech 共同实现梦想的合适“人选”。

而在 2016 年，北斗星通刚刚因 Nova 项目付出了巨大代价，心理上的阴影还没有完全消除。

这年春节过后，经过假期的休整，北斗星通投融资团队重新恢复了信心，决定坚定进入欧洲。经历了三年多的海外并购的摸爬滚打，北斗星通已经基本具备掌控交易全过程的能力。

2017 年年初，北斗星通与 in-tech 两方根据时间表开始了投资相关的交易程序。3 月 26 日，北斗星通投融资团队拜访了 in-tech。

经过连续几天针对交易方案的高密度谈判，北斗星通与 in-tech 都处于比较疲惫的状态，尤其是 in-tech 的两位创始人似乎针对交易重大问题事先并未沟通，而 in-tech 律师的职业谨慎性更增强了谈判的难度。

为提高谈判效率，北斗星通与 in-tech 双方决定，由周儒欣董事长和创始人直接就关键交易条款进行沟通。

于是，在阳光明媚的小花园里，周儒欣与创始人进行了半个多小时的会谈。

如何通过交易方案设计将双方的整体利益协同在一起，如何平衡对方的短期利益诉求和长期利益诉求，以及如何在充分满足对方利益诉求的基础上实现上市公司的战略诉求，如何在千头万绪中化繁为简梳理出一条交易方案主线出来，是双方决策人需要立刻解决的问题。

in-tech 的两位创始人各有特点：一位乐观、有激情、有梦想，擅长宏观战略；一位谨慎、务实，精于细节计算。长达近 20 年的创业合作使得两人配合无间，但两位创始人对于交易诉求又各有所侧重。

为了在短时间内得到 in-tech 两位创始人皆认同的交易方案，周儒欣也是煞费苦心。周儒欣首先从长期合作战略高度上重申了双方的共同目标，将 in-tech 创始人个人利益最大化实现与公司未来三年发展目标统一，然后基于最终目标实现，将时间轴加以分解，针对不同阶段双方诉求探讨解决方案，最终确定了“三年三权三步走”的交易方案，即：第一步，北斗星通通过老股转让和增资结合方式获得公司控制权；第二步，保留北斗星通未来增资权利，以支持公司后续发展需求；第三步，双方约定特定条件下北斗星通拥有全资收购 in-tech 公司的权利。

这次会面的结果是，双方签署了以上述核心交易方案为主要内容的交易备忘录。

尽调工作总体进展顺利，接下来就进入交易谈判的排他期。

这时，突然有别的买家进入，想横刀夺爱。2017 年 4 月 10 日，北斗星通收到 in-tech 将暂停尽调配合并开始与另一方谈判的消息。

在 Solemade 大堂酒吧，Thomas 和张工安静地听着 Christian 解释原因，一个竞争者跳了出来。

会不会是虚晃一枪？张工反复思考着这个问题。这需要和 Bastian 验证，还是直接不见？

过了 1 天，他们又把 Christian 约来，继续听他讲可能的原因。原来是 Christian 动摇了。Christian 作为战略和业务发展的关键人，在中国市场的战略机遇和北美市场的现实机遇面前摇摆了，而 Bastian 可能没有认同，怎么办？

经过几轮沟通讨论，最终与后方智囊团统一了思想：第一要趁其未稳坚决纠偏；第二要分而治之，合力说服；第三是奋力一击，请周儒欣董事长亲自出马。

2017 年 5 月 26 日，周儒欣与张锋、张工、仇锐飞到德国，向 Christian、Bastian 再次表达北斗星通的诚意。

周儒欣说：“我想跟你们‘结婚’，我可以给你们更多的钱，钱不是问题，爱更重要。”于是，双方达成了“结婚”的共识。

5 月 29 日，周儒欣与 Christian 和 Bastian 闭门谈判。彼此进入了深入坦诚的沟通交流，最终取得了三天内草签 SPA 和五天内草签 SHA 的重要进展。

北斗星通投融资团队一直坚守在慕尼黑，到 6 月 9 日签订了 SPA、SHA 及所有的附属法律文件。接下来，就是中国和德国政府的审批了。

因 2016 年 11 月底的中国政策变化，北斗星通的第二次并购 Nova 项目画上了句号，从此 ODI（对外直接投资）成了海外投资的梦魇。in-tech 项目早期，几乎所有的内部项目会议，Thomas 都不断以质问的方式来关注这个问题。当时，大家预计需要花费时间最长的交割条件会是中国政府审批程序。这当时是大家最大的担忧。然而，没想到的是，在北斗星通副总裁徐林浩的带领下，从 6 月 12 日启动国内 ODI 审批，到 6 月 20 日获得发改委、商务委员会、外汇管理局的全部审批，仅用了 8 天时间。

8 天获批，估计是 2017 年全国创纪录的数字。可谁又知道，这 8 天背后藏着多少个不眠之夜。

2017 年 6 月 11 日，北斗星通发布公告称——

为加快公司汽车电子业务板块的发展和公司国际化进程，公司全资子公司北斗星通（重庆）汽车电子有限公司拟以 6000 万欧元收购 Friedrich& Wagner Holding GmbH 所持有的德国 in-tech GmbH 的 50% 股权。在标的股权收购完成后，重庆北斗星通将对标的公司增资 2000 万欧元，用于标的公司的业务发展、技术研发和市场开发。此次收购和增资完成后，重庆北斗星通将合计持有标的公司 57.14% 的股权。其中，北斗星通将以自有资金 6.5 亿元对全资子公司重庆北斗星通进行增资，助其完成上述股权收购及增资事宜。

北斗星通表示，本次交易符合公司“内生 + 外长”的战略发展规划，有利于推动公司加深与国内汽车厂商的合作，推进公司的国际化发展进程。本次交易完成后，公司可引进国外先进的汽车电子技术及人才，提升汽车电子业务板块的技术实力和业务规模；同时，标的公司拥有成熟的汽车电子电器测试业务能力及技术开发能力，有利于推动公司汽车电子业务板块的规模化发展。

而恰恰是对德国十分了解的资深本土律师认为，获得德国政府的审批没有任何问题，并且给出判断——最晚在 8 月 3 日以前获批。

然后，事情的发展并不像这位律师预料的那样。

早在 6 月初，在德国签署 SPA 时，北斗星通投融资团队的法务就和 Florian 沟通过德国商务部审批程序的问题，询问了需要多长时间办理，是否有困难。

据 Florian 反馈，该流程一般在提交材料 1 个月后就能办理完。根据他的经验，一般来说没什么障碍。

虽然当时大家都没有预料到政策会变化，但其实早在 2016 年就有媒体报道，德国政府正在考虑加强审查欧盟以外的企业在德收购的投资审查。

事情偏偏就是那么巧。7 月 12 日，德国联邦内阁通过了德国经济部提交的《修改对外经济规定的提案》。它是欧盟以外投资者收购企业审查制度更加完善的法规。

根据新规，如果并购对“核心基础设施”构成“威胁”，德国政府就可以出手阻止，从而限制企业并购导致的德国专有技术流失。

而北斗星通的并购申请是在 7 月 3 日提交给德国商务部的，按预期应该在 8 月 3 日拿到批文。新政之后，北斗星通于 7 月 28 日收到了德国商务部的问询函，导致审批流程延长。

德国商务部的审批，最后成为 in-tech 项目生死攸关的关键点，这是始料未及的。

那段时间，北斗星通负责法务的李瑾环基本每周都会询问及跟进 DLA 德国政府审查的情况，并及时向项目组汇报。然而，每次得到的反馈都是正在办理中。

一开始，DLA 在德国政府的申请材料准备上确实重视程度不够，只是按部就班地开展工作，并没有放在优先级的地位，因而导致审批过程很漫长。

2017 年 9 月 18 日晚上，张锋给周儒欣打电话，告诉他：德国商务部审批通过了。

那一天，周儒欣在国外留学的儿子正好回来，双喜临门，周儒欣非常高兴。他对儿子说：你的回来给我带来了好消息！

事实上，通过德国政府审批的时间比预期晚了两个月。

2017 年 10 月 6 日，是特别值得记忆的一天。

这一天是北斗星通和 in-tech 发展史上的里程碑。

历史竟然是如此的巧合。一年前的这一天，周儒欣与 Christian 讨论发展目标；一年后的这一天，北斗星通收购 in-tech 庆典仪式在位于慕尼黑的 in-tech 公司总部举行。

北斗星通董事长周儒欣及相关高管，in-tech 公司联合 CEO Christian Wagner 和 Bastian Friedrich，来自美国、英国、捷克的代表及高管，以及中介机构等参加了庆典活动，中国驻德国大使馆公使参赞王卫东先生代表大使馆参加了本次活动。

周儒欣董事长在庆典活动的发言中，回顾了过去几年北斗星通在国际化探索、实践中走过的不平凡的道路以及本次并购项目的历程，指出 in-tech 加入北斗星通大家庭是北斗星通国际化发展的重大里程碑，使北斗星通在欧洲有了第一个规模化业务单元，实现了历史性的突破。周儒欣指出："汽车工业正在加速变革，我们的汽车电子及工程服务业务将面临着重大发展机遇。我们一定要抓住机遇，紧密围绕客户需求，提供国际一流的产品及服务。希望大家在已经建立的良好信任基础上进一步加强互信、尊重和沟通，团结协同，加速公司愿景目标的实现。"他还真诚感谢了本项目的所有参与者及政府和中介机构的支持，并相信通过全体员工的共同努力，北斗星通大家庭的所有成员一定会拥抱一个更加美好的未来。

in-tech 公司 CEO Christian Wagner 在致辞中说："今天是非常特别的一天，特别美好的一天。对于北斗星通和 in-tech 来说，这是一个非常重要的日子。二十年前，Bastian 和我相识，后来我们一起决定要开创自己的公司，当时想或许公司能发展到 5—10 人，那我们就会很成功！开始有些棘手，事情比我们预料的要好，后来意识到我们应该有更远大的目标。就像周董事长说的，去年的今天，我和董事长见面，讨论了发展目标，非常大的目标。那晚很奇妙，我们相互欣赏，认为未来会有很酷的合作。过去一年很困难，但最后我们做到了，完成了‘婚姻’。将企业做大、做强是 in-tech 公司自创办以来始终追求的愿景目标。幸运的是，in-tech 公司找到了正确的合作伙伴——北斗星通。”他表示，非常荣幸成为北斗星通集团大家庭中的一员，加入北斗星通将是 in-tech 公司发展进程中迈出的具有里程碑意义的一大步。他相信在北斗星通集团强有力的支持下，in-tech 公司将加速发展并获得更大的成功。

中国驻德国大使馆公使参赞王卫东先生出席仪式并讲话，他对项目的成功表示祝贺并指出，今年是中德建交 45 周年，随着中、德两国近年来关系的不断加强，目前中国已成为德国最大的贸易伙伴，两国企业的合作一定会有更广阔的前景。他认为北斗星通和 in-tech 的合作是强强合作，非常看好北斗星通的国际化发展，希望 in-tech 公司加入北斗星通大家庭后，成为中、德企业合作的典范。

北斗星通本次股权收购和增资将促进 in-tech 公司进一步加速发展，提升北斗星通汽车电子及工程服务板块的实力与规模，为集团实现愿景目标奠定了坚实基础。

与 in-tech 的交易历时 1 年，对北斗星通来说，这是在欧洲的第 3 次战役，其间经历竞争对手的冲击，历经再建信任、提高价格、德国政府突然出台“从严境外收购”新政的煎熬，于 9 月 21 日完成交割。

通过这次并购，北斗星通投融资团队得到了进一步的锻炼，开拓了未来更大的发展空间。

“真刀真枪”实战的启示

种下一棵小树之后，它会慢慢长大。如果种一棵树不够，那就要种一片树林。

从 2015 年开始，北斗星通到欧洲寻找投资机会，有失利也有成功。周儒欣分析原因时说，一是天意，二是缘分，三是功力。如此看来，有收获，必然也有付出，甚至牺牲！

三年多海外四个真刀真枪的并购案例，有惊无险，留下了许多深刻的启示：一是要把握好国际国内政策及其变化；二是信任与尊重是基石；三是及时有效沟通、果断决策；四是团队与组织。

事实上，一个企业的规模化发展离不开梦想、市场、资金和管理。面对海外企业，要用好中国市场和资金两张牌，同时要积极主动，以诚为先，真正捕捉到核心团队的初心，把自己的心愿与核心团队的初心结合起来，同舟共济，才能实现共同的梦想。

也许，相比于波澜壮阔的中国企业海外并购大潮而言，北斗星通这次的交易就像是一滴水。但是，对于北斗星通而言，它是一滴明目液、是一剂清心散、是一颗大力丸，它让北斗星通看清了方向，树立了信心，提升了能力。

未来，北斗星通人还将面对更长的路、更高的目标和更大的胜利。

而且，在海外并购的道路上，北斗星通不仅收获了两家优秀的公司，收获了一批有理想、有经验、有能力的创业家和企业家，还收获了世界一流的优秀团队和海外朋友的真诚情谊。

这其中，就有 Tony、Thomas，还有 Sigi。

Sigi 是德勤汽车电子高级合伙人，为北斗星通并购项目付出了很多心血。遗憾的是，他过早地离开了这个世界。

2017 年 10 月 3 日，周儒欣和 Thomas、徐林浩、张锋等，早晨 7 点半驱车从德国穿越奥地利，到距离瑞士巴塞尔十几公里的地方拜访故友 Sigi 的墓地。

下午三点，当他们到达墓地时，看到一位老夫人在 Sigi 的墓地前祭奠。

简直是太神奇了！这位老夫人竟然是 Sigi 的母亲，已经 84 岁了。老夫人说：今天早晨，似乎是上帝告诉她，一定要去墓地。

墓地在一处小山包下，绿草茵茵。一个木制十字架上刻着“Sigi Frick”，静静地立在那里，远离喧嚣。墓碑前，摆满了各种各样的鲜花。

他们献上一束花，寄托心中无限的哀思；鞠三个躬，表达对逝者的尊重。祭奠完毕后，周儒欣又应 Sigi 母亲的邀请，到家中做客。

在家中，老夫人端上自己当日早晨刚刚做好的蛋糕。她说，很久没有做蛋糕了，偏偏今天做了。老夫人对周儒欣说，Sigi 在的时候，经常提起你，她今天特别高兴。

那一刻，周儒欣突然感到，她仿佛也是自己的妈妈。

老夫人给周儒欣等看了很多 Sigi 的照片，还给 Sigi 的妹妹打电话，说 Sigi 的中国朋友来了，兴奋的心情溢于言表。

周儒欣也给老夫人看了 Sigi 在北京、德国的照片。老夫人提出要一张他与 Sigi 的合影。周儒欣一边答应着，一边把合影发给老夫人。不知不觉，已是暮色苍茫时分。

依依惜别之际，老夫人给周儒欣他们带了一些自己制作的蛋糕，让他们路上吃。

当周儒欣等人乘坐的小车已经驶出很远时，回头看看，老夫人还站在高高的山坡上向他们招手。

车灯打开，前方的路程依然漫长……

当晚，周儒欣把祭奠 Sigi 的图片发在朋友圈。他的大学同学、旅澳诗人西贝，在看到他发在微信朋友圈里的照片后，灵感迸发，创作了诗词《雨霖铃 · 去故友墓园路上》：

羁金之旅，故人之地，骤雨如泣。
平川纵横阡陌，方行驶处，倏然千里。
漫忆音容笑貌，竟凭空离去。
往事休，一纸结局，抖落尘埃净如许。
浮生半日喧嚣寂，感流年，逝水秋风里。
光阴淡染水墨，轻落笔，浸延苍郁。
百鸟归林，风物相宜，往迹烟雨。
纵有憾，墓草萋萋，任负苍天意。

另填词一首《相见欢 · 访故友墓地》：

墓园人叹无常，正秋殇。
忍见八旬老母、念儿郎。
命中事，奈何之？竟苍凉。
青冢花开花谢、不言伤。

故人已去，青山依旧。慎思追远，那曾被岁月雕刻的斑驳记忆，仍铭刻在内心深处。

一个人不能单纯为自己而活，还肩负着故人的信念和允诺。

周儒欣他们深知，对故人最好的怀念，就是化悲痛为力量，把事业做得更好，让梦想照亮前方的征程……

第十一章
向汽车电子市场进军

汽车革命时代的到来

2010 年 1 月 17 日零时 12 分，我国在西昌卫星发射中心用“长征三号”运载火箭成功发射第三颗北斗导航卫星。这标志着北斗导航卫星系统工程建设又迈出重要一步，全球组网正按计划稳步推进。

“北斗卫星导航的应用仅限于人类的想象”，也就是说，卫星导航应用非常广泛。

随着我国自主建设的北斗卫星导航系统逐渐提供持续可靠的定位服务，作为卫星导航技术应用领域的重要细分市场，以车载娱乐系统、车载导航系统、车载电脑系统等为代表的汽车电子系统也逐步演变为主要增长点。

汽车作为人们的代步工具，是“改变世界的机器”。而且，没有哪个行业与汽车完全无关。可以说，汽车是经济持续增长的发动机，是产业结构升级的推进器，是推动社会进步的车轮。

汽车电子化，被认为是汽车技术发展进程中的一次革命；而汽车电子化的程度，被看作衡量现代汽车水平的重要标志。

汽车电子产品一般归纳为两类：一类是汽车电子控制装置，另一类是车载汽车电子装置。实事求是地说，我国车载电子设备尤其是导航设备的普及率，远远低于世界发达国家水平，较高的汽车保有量与较低的车载导航设备安装率形成了鲜明的反差，车载电子市场的发展空间巨大。

2010 年，凭借着对卫星导航事业的执着追求及深刻理解，着眼未来发展战略，成立已经 10 年的北斗星通密切关注着卫星导航民用市场的动态，并重点对车载导航市场进行了深入的调研及分析，决定进军汽车电子市场。

这是北斗星通转型升级阶段的重要举措，其目的在于整合导航领域的上下游资源，推进汽车电子与汽车导航业务的规模化发展。

不久，在千里之外的深圳，一家专业品质过硬、一直在汽车电子领域努力耕耘的企业渐渐走进了北斗星通管理层的视野，拉开了北斗星通向车载导航产品进军的序幕。

这家企业就是深圳市徐港电子有限公司。

与深圳徐港“一拍即合”

深圳，作为我国改革开放的经济特区之一，在科技创新全球化的背景下，一直致力于在多个领域站在浪潮之巅。

深圳徐港，成立于2003年2月24日，主营业务为汽车音响、汽车电子产品的开发、生产与销售，以及与主营业务相关的货物进出口、技术进出口等，业务涵盖车载电子前装、后装及出口市场，与国内外客户建立了合作关系。

这家公司的前身，是马成贤创办的深圳市金玉成实业有限公司。

2003年，深圳金玉成实业有限公司与我国汽车电子行业第一批知名企业徐州徐港，合资转型进入汽车前装市场。徐州徐港旗下天宝牌汽车音响，在当时的国内市场占有率位居全国第一。由此，深圳徐港成为中国最大的车载音响配套供应商——徐州天宝科技股份有限公司中国华南区唯一子公司和汽车音响生产基地。

两年后，世界500强企业之一、全球知名的汽车零部件集成供应商伟世通公司，计划对徐港汽车电子体系实施整体收购计划。

在被收购和放弃之间，马成贤坚决地选择了放弃，做出了保有自我、拥有企业经营话语权的艰难抉择。

此后，面对汽车电子市场的大浪淘沙，面对企业发展进程中的困难和挑战，马成贤和他带领的团队始终专注于汽车电子及音响制造领域，执着于所熟悉的行业，终于在2010年迎来了企业发展的新曙光：北斗星通有意向收购深圳徐港。

在加盟北斗星通之前，深圳徐港相继开辟了美国、埃及、土耳其、东南亚等海外市场，产品线也从单一的汽车音响进入国外游艇音响配套及汽车电子配套等领域。凭借其基于精益制造的生产管理思想与生产管理能力，深圳徐港一直在国内二线汽车音响品牌中稳居领先地位。

虽然市场前景看好，但受资金制约，深圳徐港在2008年金融危机后，与受益于国家产业扶持政策的汽车电子行业的跳跃性大发展失之交臂。

深圳徐港的创始团队有着丰富的行业经验和宝贵的共事默契，具有很强的执行力，工作效率非常高，多年来，其发展及行业口碑都是基于对产品的精益制造和对客户的诚信，产品返修率一直控制在行业水平之下，返修及时处理率和投诉关闭率都保持在98%以上。2010年，深圳徐港在深圳龙岗区2183家规模以上工业企业中，纳税综合税负率排名第四，足见其诚信、合法经营的作风。

不仅如此，深圳徐港是专业从事车载导航系统、车载娱乐系统等车载信息系统的研制、生产与销售的企业，其业务与北斗星通当时的发展战略紧密相关。

凭借着共同的“诚信、务实、坚韧”的做事原则，以及“对质量一丝不苟、对客户一诺千金”的经营理念，北斗星通与深圳徐港的合作事宜迅速推进。

2010年5月28日，北斗星通董事长周儒欣与马成贤首次见面后的第二天，就草签了合作备忘录。两个月后，基本达成了合作协议。马成贤后来说：“与北斗星通的合作，是‘一拍即合、水到渠成’！”

2010年11月1日，北斗星通以“收购+增资”的模式投资控股深圳徐港，持有深圳徐港70.2%的股权。

这是深圳徐港企业发展历程中最重要的转折。从此，深圳徐港成为北斗星通大家庭的一员，也开启了自身的快速发展之路。

通过这次收购，北斗星通开始进军汽车电子市场，加大对汽车电子与导航业务的拓展力度，不断提升在该业务板块的竞争力和业绩，巩固其行业领先地位。

北斗星通的现金注资，不仅解决了困扰深圳徐港发展的资金枷锁，而且加强了对研发的支持和投入，引进高端技术人才，壮大了研发团队，大力提升了基础研发能力。

靠着北斗星通强大的资金支持，深圳徐港通过规范开发平台，完成了产品开发平台化整合，成功规划并定义了多个平台的研发，为支撑未来2—3年车载汽车音响的需求打下了坚实的基础。

2011年，根据对市场情况的准确判断，深圳徐港果断启动了后装市场，先后完成了80多款后装机型的开发，并成功实现了全国的招商布局，超额完成了计划任务，为后续全面发力后装市场开了个好头。

作为北斗星通集团控股子公司，徐港电子领行业之先，于2011年8月26日率先推出国内首款北斗车载导航仪。不久，北斗车载黑匣子以及基于北斗的DFS客户管理系统也成功推出，成为徐港电子构建北斗在线车联网服务平台的保证。

2011年10月12日至16日，深圳徐港携旗下多款产品亮相香港秋季电子展，展示了专车专用产品、前装车载影音导航产品、防水系列影音产品及OEM车载导航影音产品，引起广泛关注。

不仅如此，深圳徐港的产品遍地开花：在国内OEM业务领域，徐港电子以20余年车厂配套经验，为用户提供高品质的汽车电子与导航产品，赋予汽车更强的竞争力；在国际OEM业务领域，作为卫星收音机技术中国唯一通过美国相关标准认证的公司、第一家可在美国销售具有SIRIUS功能产品的公司，徐港电子以防水音响的研发制造得到欧、美、英市场的高度认可；在专车专用产品及方案提供领域，徐港电子以车规级产品方案、自主研发平台及精益制造，为用户提供了稳定、可靠、高性价比、高品质的车载导航产品。

尤其是深圳徐港推出的“专车专用”的后装车载导航产品，是车载导航行业发展的精准切入点和转折点，使车载导航行业得到了繁荣蓬勃的发展，树立了“专车专用”车载导航产品发展的里程碑。

多年来，深圳徐港秉承“精品时尚，质优价宜，全球共享”的理念，开展了多种形式的国内外合作，以及“依托中国，拓展全球”的营销战略。严格的品质把关、“零缺陷”的质量追求、不断创新的领先技术、日臻完美的优质服务，使深圳徐港在汽车音响领域的地位不断加强，成为全球汽车音响设备的优秀供应商。

可以说，加盟北斗星通，深圳徐港不仅解决了资金上的困扰，而且进一步明确了产业发展方向，提升了战略高度及规划能力，建设发展都上了一个新台阶。

但是，仅有研发还不够，还需要强大的供应链能够提供生产和制造。马成贤和他带领的团队，把目光投向了江苏宿迁。

从西楚霸王的故乡出发

在苏北，大运河边，骆马湖畔，有一块历史悠久、生机勃勃的热土。

这里，曾是秦汉文化的风云际会之地，也是被清代皇帝乾隆盛赞为“第一江山春好处”的宿迁市。

这里有江苏省发现最早的古人类活动遗址——“下草湾文化遗址”，是中国历史上唯一不以成败论英雄的英雄——西楚霸王项羽的故里。

这里处在徐州、连云港、淮安三市中心地带，自古有“北望齐鲁、南接江淮，居两水中道、扼二京咽喉”之称，京杭大运河纵贯南北，拥有 3 个千吨级以上港口码头，京沪、宁宿徐、徐宿淮盐、宿新高速公路穿境而过，距徐州观音机场、连云港白塔埠机场、淮安机场、陇海铁路新沂站均不足 1 小时车程，区位优势明显。

早在 2009 年，马成贤带领的深圳徐港就设想在这里建立生产基地。加盟北斗星通后，在这里建设生产基地的计划再次被提上议事日程。

随着国内汽车产业的进一步发展，新车型和新整车厂商不断出现，市场整合空间仍然较大。而车载电子系统市场需求规模大，需求相对集中且持续稳定，具有规模经济效应。

而宿迁，作为淮海经济区重点新兴城市，在江苏省委、省政府“举全省之力，加快宿迁经济发展”的政策支持下，以整车制造、销售、维修、零配件生产及检测为代表的汽车工业迅速发展，成果显著。

为争取北斗星通生产基地落户宿迁，2010 年 9 月，宿迁市宿豫区委书记曹秀明专程赴京，拜访周儒欣，并参加了北斗星通十周年庆典活动。

北斗星通在对宿豫的投资环境进行考察后，通过对市场的跟踪观察和缜密分析，做出了在江苏宿迁投资兴建江苏北斗星通汽车电子产业园的决定。

当周儒欣、马成贤与宿豫区委、区政府达成投资办厂意向后，在区委、区政府的关心和有关部门的大力支持下，立即着手注册登记工作，只用一天时间便备齐注册所需材料，第二天拿到名称核准通知，接着开户打入注册资金，第三天完成验资并领取工商执照，同时领取代码证书。

2010 年 12 月 17 日，深圳徐港以自有资金出资 2000 万元，在江苏省宿迁市宿豫经济开发区投资设立全资子公司——江苏北斗星通汽车电子有限公司（简称“江苏北斗”）。

整个过程，几乎是一气呵成。

接下来是征地，如果按常规，这是一个漫长的过程，少则数月，多则数年。但在当地政府的大力支持下，经过马成贤和他带领的团队的艰苦努力与争取，挂牌、竞拍同样顺利而迅速，只用了不到 60 天时间，便拿到了土地使用证书。

2010 年 12 月 21 日，江苏北斗汽车电子产业园建设项目说明会暨开工奠基仪式在江苏省宿迁市隆重举行。该产业园占地面积约 100 亩，厂房 5 万多平方米，主要生产汽车电子导航系统、汽车电脑及影音设备等高端汽车电子产品。

随后，他们迅速招标，迅速施工，仅用了 200 天时间，一座现代化的厂房就拔地而起。接着，他们迅速进行设备的安装调试，迅速组建相关部门。

2011 年 11 月，江苏北斗汽车电子产业园首期生产车间建成并投入使用。不久，第一条生产线上便生产出了合格的汽车音响整机。

2012 年 4 月 30 日，我国用“一箭双星”方式将第十二、第十三颗北斗导航卫星送入太空。此前两天，即 4 月 28 日，北斗星通公司的研发生产基地，江苏北斗星通汽车电子产业园在宿迁建成投产。

建设江苏北斗汽车电子产业园，是北斗星通抓住我国自主发展北斗系统的机遇，审时度势，谋划企业快速扩张、多元并举战略决策而实施的重要项目。这个产业园代表了国内汽车电子行业最高水平，对于引领新兴产业集群发展和高科技人才的集聚将起到巨大的推动作用，为打造全国最大的卫星导航地面设备和汽配电子产品的生产基地奠定了良好基础。

就在汽车电子产业园建设的同时，2010 年年底，依托于北斗星通自身在卫星导航领域的技术优势及行业经验，江苏北斗启动了北斗车载导航终端的立项及研发工作。

经过研发人员的共同努力，2011 年 5 月，国内首款北斗车载导航终端样机出厂。2011 年 8 月 26 日，江苏北斗联合江苏省有关部门、宿迁市政府在南京举行新闻发布会，宣布推出国内首款北斗车载导航仪。该产品的成功推出，打破了 GPS 系统在我国车载导航产业的垄断局面，有力地推动了我国北斗产业在民用及行业应用领域的发展，同时为后续推进基于北斗的汽车物联网服务及应用奠定了坚实的基础。

加盟北斗星通后，江苏北斗在先进技术和车载信息娱乐系统集成与融合、车载系统座舱一体化智能化、车载电子系统一体化智能化 +ADAS+AI、车载电子系统一体智能多域化 +HAD+AI 等技术领域，加大研发力度，不断推出新产品，有的产品（如抬头显示器）甚至达到了国际先进水平。

R 公司作为一家外资公司，在抬头显示器这个行业已经垄断了 10 多年，曾经狂妄地说："抬头显示器只有我们能做，中国做不出来！"

江苏北斗研发团队听了很不服气，他们下决心自主研发。

其实，R 公司一贯的行事方式是：你没有的时候高价卖给你，你有的时候攻击打压你；你不行了，它再捆绑你；客户提出一点改变，就要追加投入；倘若项目延期，它就要加价。这些手段让许多中国汽车企业吃了不少亏。

江苏北斗研发团队斗志昂扬，决心要争这口气。他们学习机理原理，先后进行了 20 多次技术沟通，不断完善方案，认真制作样品。当他们带着样车给客户负责人演示的时候，这位负责人在车上很久没有说话，研发团队的技术人员内心也非常忐忑。直到这位负责人激动地对其领导说："竞争对手来了！"参与研发的人员才长长舒了一口气。

第三天，这家客户就给他们定下了项目。而这时，R 公司允诺给客户半价，并挤压打击江苏北斗。江苏北斗没有屈服，他们给客户做出承诺：“R 公司不释放关键参数、技术方案和实验条件，我们诚实开放，给客户敞开合作，勇于面临后续竞争。”

后来，江苏北斗研发的抬头显示器量产时，R 公司又着急了，低下头来争取这个项目，但为时已晚。

多年来，江苏北斗坚持自主创新、合作创新、集成创新，秉承“用户前台，合作多赢”的经营理念，以市场需求为导向，引领行业技术创新。它们是国家高新技术企业、江苏省民营科技企业、江苏省中小科技企业、江苏省中小企业管理创新示范企业、江苏省两化融合研发设计类示范企业，多家汽车厂家优秀开发合作供应商或生产基地，通过 ISO/TS16949：2000 质量体系认证和环境管理体系 ISO14001：2015 认证。2017 年，江苏北斗被宿迁市评为新模式应用智能车间，被江苏省科技厅授予省工程技术研究中心，被江苏省发改委授予省工程中心。

2020 年，面对突如其来的新冠肺炎疫情，江苏北斗一手抓防疫、一手抓生产，2 月 18 日复工复产，仅用一周的时间就全面复工。为了保障客户订单如期高质量交付，他们开足马力，与时间赛跑，采用两班倒的形式，确保生产线 24 小时不停地高速运转，赶制上汽大众、吉利的汽车导航订单。许多工程师也从河南、安徽等地赶到宿迁，昼夜不停地进行研发。复工以来，由 15 名工程师组成的技术研发团队，每天工作超过 14 小时，对全自动测试设备进行数据测算，每天达 100 多次。

一间空无一人的透明机房里，机器人挥舞着手臂在工作。这是江苏北斗从 2019 年开始完全自主研发的全自动测试设备刚刚“上岗”。这个机器人可以在短短两分钟内，检测完汽车导航的 100 多项性能指标。江苏北斗宿迁制造基地总经理崔常福说：“原来在没有这套设备之前，靠人工测试，只能测试 19 项。有了这套设备，我们的效率包括质量有了大幅度的提升。”

2020 年 3 月 25 日，江苏省副省长马秋林及宿迁市委、市政府领导莅临江苏北斗调研指导工作。北斗星通副总裁、北斗智联董事长徐林浩，北斗智联副总裁、江苏北斗总经理包学兵等陪同调研。

马秋林等人实地参观了江苏北斗智能化生产车间，听取了江苏北斗公司在生产经营、在研项目、市场前景等方面的汇报。他对江苏北斗近年来所取得的发展成绩给予了充分的肯定。他表示，北斗星通是国家高新技术企业，希望江苏北斗持续高度重视科技研发工作，不断加大研发投入，加快科研成果转化，进一步提升企业在汽车电子领域的核心竞争力。

江苏北斗，作为国内领先的汽车智能网联产品智能化生产制造基地，拥有中国汽车电子行业领先的生产、储存、检测设备，如松下高速贴片生产线、选择性焊接生产线、AOI 检测仪、X-RAY 检测、ICT/FCT、自动化成品检测等，实现了 SMT 贴片控制、生产过程互锁防错控制、检验及测试数据和状态的跟踪追溯、报表自动生成等一系列自动化功能。截至 2019 年，落户宿迁 9 年来，江苏北斗共获得发明专利 30 余项，生产效率提升一倍以上。

2020 年，北斗星通计划在现有基础上追加投资上亿元，启动智能工厂二期项目，增加全套德国西门子贴片生产线 10 条，由之前的 1 个班组增至 3 个班组，投产后汽车智能网联产品年产能将达到 300 万台，进一步提升北斗星通在汽车智能网联产品研发制造领域的竞争优势，为中国汽车产业转型升级贡献更大的力量。

可以说，建成后的汽车电子产业园成为实现北斗星通汽车电子与导航板块跻身汽车电子、北斗导航专用设备生产制造一流企业、重要企业目标的坚实平台。而且，在北斗星通战略规划的版图上，江苏北斗汽车电子产业园将被打造成为集团生产制造龙头，为面向华东地区的众多汽车用户提供前装、后装汽车电子配套服务，以及承担未来北斗导航设备的生产任务。

破茧成蝶的重庆北斗

北斗星通的汽车电子之路没有停滞。

自并购深圳徐港、江苏北斗之后，北斗星通将汽车电子与导航板块的触角又伸向国家布局的整车重要生产基地——重庆。

重庆是中国四大直辖市之一，地处中国内陆之西南，是长江上游的经济中心，也是中国重要的现代制造业基地和整车生产基地。这里不仅聚集了美国福特、日本铃木、日本五十铃等世界 50 强整车企业的合资企业，也培育了长安汽车、力帆汽车、北汽银翔等众多民族品牌。2010 年，重庆市整车产量达 167.6 万辆，占全国汽车产销市场的 10% 左右。特别是长安福特在重庆的发力，吸引了伟世通、江森、电装等众多世界 50 强零部件企业纷纷在重庆投资办厂，也由此带动了汽车电子产品如车载导航、车联网等技术的快速发展。

北斗星通把关注度投向重庆，也是看好重庆在整车产销市场的发展潜力，特别是北斗导航产业在整车一级市场的应用，将极大改变 GPS 一家独大的局面。这不仅关系着北斗导航产业在汽车上的应用是否落地，更与国家推广北斗导航应用的战略不谋而合。

因而，在使命和业务相辅相成的推动下，北斗星通选中了一家在行业内颇有口碑的一级零部件配套商——重庆深渝电子有限公司（简称“深渝电子”）。

深渝电子成立于 1998 年，是一家有着国企血统的民营企业。多年来，他们一直为整车生产厂做一级配套。然而，在整车市场飞速发展、零部件市场竞争激烈的 2010 年，深渝电子面临着发展的“天花板”。技术和资金限制了企业在市场上的发展，转型升级和引资重组成为深渝电子在战略上必须做出的抉择。

与北斗星通相遇是深渝电子的福气。2011 年元月，北斗星通全面接触深渝电子，在近六个月的接触洽谈中，北斗星通看中了深渝电子整车一级配套商的资质，看中了重庆汽车电子市场这块巨大的“蛋糕”；深渝电子看好北斗星通上市公司的实力，特别认同北斗星通以“诚实人”为核心价值观的企业文化。

随后，两家一大一小的企业就确定了合作模式：先由深渝电子将汽车电子业务板块剥离出来，成立深渝北斗汽车电子有限公司，江苏北斗再收购深渝北斗 70% 的股权。至此，深渝电子实现了华丽转身，深渝北斗完成了涅槃重生，而北斗星通也迈出了汽车电子布局西南市场的第一步。双方各取所需，皆大欢喜。北斗星通在重庆迈出的第一步，也为后面的多次战略布局打下了坚实的基础。

2011 年 7 月 19 日，深渝北斗股权重组签字仪式在重庆举行。北斗星通通过江苏北斗星通汽车电子有限公司，以股权合作的方式，控股重庆深渝北斗汽车电子有限公司。此次股权合作备受重庆市各级政府及相关客户的关注。重庆方面对北斗星通的落户高度重视，时任重庆市政协副主席的吴家农，以及深渝北斗所在渝北区的四大班子主要领导悉数到场。重庆市领导表示：北斗星通与深渝北斗携手合作，将自主研发的卫星导航与车载、船载物流网核心技术带到重庆，为重庆传统工业的转型升级提供了新模式，具有重要的指导意义。事实证明，深渝北斗重组后，得到了上市公司的资金和技术支持，在此后的几年里发展迅速，着力开展基于北斗卫星导航定位系统的汽车导航与汽车物联网产品开发与应用，业务领域延伸至惯性导航、汽车导航、汽车音响等终端产品，为汽车的前装市场提供汽车导航产品、汽车音影娱乐产品、车身控制产品及基于北斗导航平台上的运营服务等，产值也从 4000 多万元提升到 1 亿元人民币。

特别值得一提的是，员工们的积极性受到极大的激励。企业重组，不仅要股东受益，还要员工受益，这才是一个成功的重组。可喜的是，周儒欣和深渝电子董事长尹德馨女士一致认同这一观念。

北斗星通收购深渝北斗后，延续了深渝北斗良好的企业文化，对员工的发展和激励更是用心，特别尊重和重用有 10 多年工龄的老员工。销售部经理李崇维在深渝北斗重组前，已在公司工作了 13 年。重组后，他选择了继续服务深渝北斗，在销售市场做出了突出贡献。北斗星通为激励和奖励员工，对中高层员工均给予了股权激励。尹德馨女士颇有感触地说："刚开始谈重组时，员工有很多顾虑，都说尹董不要我们了，要将我们卖了。我当时在职工代表大会上表态，员工是我的家人，企业是我的孩子，我会将这个家带上阳光大道，而不是死胡同。"

事实证明，深渝北斗的重组是正确的，员工在重组的企业里得到了更大的发展和实惠。同时，深渝电子的成功转型升级，也成了渝北区工业企业中的经典案例。

深渝北斗在重庆渝北区的良性发展，得到了地方政府的认同和政策支持。全国工商联副主席、重庆市人大常委会主任、重庆市委常委统战部部长等领导先后到企业视察；渝北区委书记和区长更是常到企业了解情况并给予支持。同时，渝北区委书记多次赴北京专程拜访周儒欣，希望北斗星通加大在重庆的投资和发展。和谐的政企关系、宽松的营商环境、诱人的市场蛋糕，促使北斗星通高层再次思考在重庆的战略布局和在西南的业务发展。

2017 年，北斗星通在重庆“大手笔”地做了三件大事：

其一，收购了深圳徐港和深渝电子在深渝北斗的股份，使深渝北斗成为北斗星通的全资子公司，更名为北斗星通（重庆）汽车电子有限公司（简称“重庆北斗”），注册资本增加至 3 亿元人民币。

其二，在渝北区前沿科技城征地 98 亩，拟打造北斗星通智能产业园。这标志着北斗星通将汽车电子的重心转移到了重庆。

其三，通过重庆北斗收购了德国 in-tech 公司 57.14% 的股权，使重庆北斗名副其实地成了一家外向型企业。

随着工业 4.0、中国制造 2025 时代的到来，根据北斗星通集团战略，重庆北斗着手布局智能制造（人才 + 自动化 + 信息化），搭建了从智能仓储（自动货柜 +WMS 系统）到 SMT+DIP 设备自动化，从总装 + 老化 + 测试自动化到 SMT—测试自动化 + 信息化（MES）的智能制造框架与路线图。他们先后完成了新安卓系统预研平台、长安 G201S 10.1 寸高清竖屏全功能样件、华晨鑫源斯威 X7 6AT 项目等。

尤其是高清竖屏的研发，实现了全贴合工艺，在国内自主品牌车型中是少有的前装中控超大屏导航信息娱乐产品。他们在 I.MX6 预研方案平台上，通过对电子关键元件、芯片及模组的选型对比，完成平台搭建，仅用 5 个月顺利 SOP 出货。在 5 个多月的时间里，硬、软件设计工程师在极具挑战的项目研发周期内，迎难而上，不辞辛苦，按时保质地达成车厂产品的交付。

伴随着北斗卫星导航系统的建设和应用推广，重庆北斗立足重庆、面向西南，胸怀西部崛起的壮志，以推动中国北斗卫星导航定位在汽车上的应用为己任，布局“以前装市场为前沿阵地，延伸准前装和后装市场”的多元市场，着力开展基于北斗卫星导航定位系统的汽车导航与汽车物联网产品的开发与应用，其业务领域拓展至在大数据平台上的、基于北斗位置服务的各种北斗应用产品。

至此，北斗星通以“1+3+N”为组织结构、以“前装+后装+出口”为业务模式的汽车电子与导航板块布局正式形成。

“1+3+N”即1个北斗星通汽车电子与导航经营管理总部，3个分别位于宿迁、深圳、重庆的生产研发基地和N个国内、国际经销商的组织机构，面向前装、出口、后装市场提供中高端汽车影音、导航产品及运营服务的产业布局。

同时，北斗星通抓住国家大力发展北斗卫星导航、物联网等战略新兴产业的机遇，充分利用通信、互联网和电子信息技术与资源，有效发挥运营服务平台、北斗兼容GPS芯片和终端制造等资源优势，构建“产品+系统解决方案+运营服务”的“车联网”业务，以期不断提升终端用户、经销商、店商、汽车制造商及利益相关者的价值。

天地协同，形成了卫星在天上加速布网，导航定位企业在地上及时布局抢占商机的独特情景。

而此时，中国汽车导航技术经过几年的培育，市场日臻成熟，正进入高速发展时期。

大浪淘沙。市场，在接受时间的洗礼，也接受着技术的考量。汽车电子行业已经不只是汽车行业的事情，它的门口正聚集越来越多的“觊觎者”。

一场汽车新革命，正悄悄发生……

第十二章
站在新产业的“风口”

风起云涌的“汽车四化”

2018 年 2 月，国家发改委出台《智能汽车创新发展战略（征求意见稿）》；立志做智慧城市的“千年大计”之地雄安，无人驾驶测试已经开启；北京市交通委也发布指导文件，无人驾驶要路考了；在美国，马斯克干脆把特斯拉智能电动汽车发往火星，在太空做起了广告……

改变世界的汽车正在被改变，以电动化、智能化、网络化、共享化为趋势的汽车“新四化”，正在催生马路上的革命。

汽车“新四化”的出现，标志着汽车产业改革已进入新的时代。百余年历史的汽车产业，正面临着颠覆性变革。

“新四化”是汽车未来的发展趋势，正在或将彻底改变人们的出行方式和生活方式。

第一是电动化，指的是新能源动力系统领域，是“新四化”的“龙头”。第二是网联化，指的是车联网布局。第三是智能化，指的是无人驾驶或者驾驶辅助子系统，包括两部分：一部分是自动驾驶，这个毫无疑问会用到最尖端的数字科技和人工智能、大数据等；另一部分是汽车变成懂你的一个伙伴，变成移动的生活空间。第四是共享化，指的是汽车共享与移动出行。

“新四化”是技术推动下的社会变革在汽车上的投影。智能化和电动化是汽车行业未来发展的两大重要的支柱性技术，网络化和共享化是未来汽车产业在商业模式上的两大重要趋势。

在可以预见的将来，汽车“新四化”将相互强化，彼此赋能，从而形成一个全新的可持续出行的生态系统。在此过程中，“协同融合”将成为产业发展的一个关键词。

尤其是人工智能、5G通信、增强现实、大数据、云计算等新一代信息技术的创新应用，都将促进汽车“新四化”。

未来的汽车，不只是汽车。

随着未来智能网联汽车在出行领域角色的转变，未来的智能汽车形态也将发生变化，由此引发整个汽车产业链产生巨大的改变。

一位业内专家认为：“汽车新四化的趋势必从根本上改变全球汽车产业的格局，传统的汽车产业链将被颠覆。谁逆汽车‘四化’而动，谁就将被时代淘汰。”

而且，汽车“新四化”受到密集出台的各领域政策推动，正在走向实现汽车行业弯道超车的关键节点。

有资料显示，未来智能网联汽车产业发展前景巨大，能够使我国现有汽车产业规模再扩大1万亿元，同时拉动5G、大数据、人工智能、新能源汽车等多个领域发展。

北斗高精度定位是智能网联汽车感知与高精地图采集的关键基础技术，可以说，北斗在智能汽车发展的过程中发挥着重要作用。同时，随着5G技术的快速发展，5G+北斗强强联手，建成高精度定位系统，能通过5G网络连接并形成北斗地面基准站网络，实现厘米级精度定位。

具体来说，智能网联汽车，就是指搭载先进的车载传感器、控制器、执行器等装置，并融合现代通信与网络技术，实现车与X（车、路、人、云等）的智能信息交换、共享，具备复杂环境感知、智能决策、协同控制等功能，可实现“安全、高效、舒适、节能”行驶，并最终可实现替代人来操作的新一代汽车，是城市智能交通系统的重要环节，其意义不仅在于汽车产品与技术的升级，更有可能带来汽车及相关产业全业态和价值链体系的重塑，是公认的汽车产业未来发展的方向。可以说，智能网联汽车具备感知、计算、通信、控制、执行、交互等功能。

毫无疑问，在发展我国智能网联汽车的道路上，北斗系统发挥着至关重要的作用。北斗高精度定位是智能网联汽车感知与高精地图采集的关键基础技术。北斗系统与汽车产业紧密融合，必将支持我国智能网联汽车产业的快速发展，带动以汽车为载体的芯片、软件、信息通信、数据服务产业等成为新的经济增长点。

面对汽车“新四化”这样的历史机遇，北斗星通当然不会坐视不理。顺势而为，一向是北斗星通的经营策略。

但是，加入智能网联汽车这样的领域，周儒欣和他的团队能否从容地驾驭这艘大船，再次穿越前所未有的惊涛骇浪，驶向成功的彼岸？

未来三至五年，北斗星通现在和未来的领导者们势必会面临更加严苛的考验。

“抢滩”汽车智能网联领域

虽然2019年的元旦已过，但自入秋以来，北京就没有降水。

即使已入冬，也没有飘过一片雪花。戊戌年的冬天，北京人盼下雪，望眼欲穿。

然而，就在元旦过后的第11天，也就是2019年1月11日，北斗星通自己“刮”起了一场“雪”。

这一天，北斗星通汽车智能网联板块成立。徐林浩担任董事长兼总经理，同时成立了董事会。

徐林浩是一位“80后”，毕业于上海交通大学，获软件工程专业、行政管理专业双学士学位，高级工程师。2006年7月加入北斗星通，曾在多个子公司、事业部任职，现任北斗星通副总裁、远特科技董事长，兼任多个子公司董事，是国汽（北京）智联汽车研究院有限公司投资咨询专家委员会委员，曾参与in-tech的收购工作。

在随后召开的首次汽车智能网联板块董事会上，徐林浩发表了充满激情的讲话：“中国汽车工业机遇和挑战并存。随着行业发展，汽车电子在汽车整车产值中的比值与产品的渗透率会越来越高，在产业发展和宏观经济的双重作用下，未来行业将加速整合。随着北斗星通汽车智能网联板块的成立，我将带领团队凭借公司汽车电子业务在市场上具有的产品优势、制造优势、客户优势、北斗赋能优势、生态及布局优势，聚焦国内一线和二线自主品牌和合资品牌客户，实现客户结构的突破；统一整合研发队伍，以客户需求为牵引，形成快速的研发响应能力；我将与团队一起拼搏，为客户、股东、团队成员创造价值，为北斗星通集团的战略实现做出贡献。”

周儒欣指出：“这是北斗星通发展史上一个历史性的会议，是一个重大的转折点。这次汽车电子板块组织调整，是北斗星通客观发展的需要。随着汽车智能化、网联化的发展，北斗导航及定位系统必将大有用武之地。”

周儒欣希望汽车智能网联板块团队居安思危，顺应快速变化，在整合上下功夫，在产品业务定位、行业地位和品牌定位方面下功夫，在创新突破上下功夫，尤其要加强管理创新，实现当前收益和长远收益的结合，为北斗星通成为“国际一流”的产业集团目标而奋斗。

面对大市场、大机遇、大未来，智能网联汽车应用是“北斗 + 产业”融合的重要方向。于是，北斗星通抓住机遇，顺势而为，“抢滩”布局，拉开了这个“大体量”业务板块的序幕，并以此助力汽车智能化、网联化发展进程。

为加快推动汽车智能网联板块的布局、整合和发展，2019 年 6 月 28 日，北斗星通全资子公司重庆北斗，在重庆投资设立全资子公司北斗星通智能网联科技有限责任公司（简称“北斗智联”），徐林浩任董事长兼总经理。

设立北斗智联，是北斗星通抓住汽车“新四化”的机遇，加快推进汽车智能网联板块的布局、整合和发展需要的重要举措。北斗智联主营业务包括车载座舱电子（IVI/DA、数字液晶仪表、智能座舱、T−BOX、车载天线等）、技术服务（座舱平台方案技术开发等）和车联网解决方案（车联网 TSP 整体解决方案），旨在向客户提供满意的汽车智能网联解决方案，不断以创新产品与优质资源服务客户。

随着汽车电子领域加速智能化、网联化升级，北斗智联充分发挥北斗星通集团在导航定位核心技术方面的优势，紧跟前沿技术发展，紧密围绕客户需求，不断为客户提供优质的智能网联解决方案，致力于成为国内领先、国际一流的汽车智能网联产品、技术与服务提供商。

早在 2018 年，北斗星通改扩建项目投资达 4.82 亿元，新建了 6 条智能网联汽车电子产品生产线，引进了业内多名高端研发人才，开展了 PMA 智能座舱、终端 IVI 平台、全液晶仪表盘等新产品和新技术研发。在生产制造投入方面，江苏北斗和重庆北斗完成了多条智能生产线的升级改造，生产 MES 系统正式上线，部分生产工序导入机器人设备，积极打造先进的智能制造系统。另外，新增智能中控、液晶数字仪表、集成式智能座舱等产品，将逐渐进入卫星导航车载应用市场。

2019 年，北斗星通在原来上海、南京汽车电子研究院的基础上，投资 4.9 亿元，重新组建北斗星通汽车电子研究院，全力推进国内外卫星导航、汽车电子和其他相关高科技研发、智能制造和创新商业模式等先进成果的引进，促使北斗和汽车电子先进高科技成果转化。

2019 年 10 月，北斗星通出资 1.45 亿元，与华瑞世纪控股集团有限公司、北京高精尖产业发展基金、北京北斗融创股权投资管理中心（有限合伙）等合作成立了规模 5 亿元的北斗海松基金，其中就有进一步深化智能网联业务布局的设想。

同时，他们建设和布局了生产基地及创新研发中心。北斗智联已经拥有宿迁、重庆、惠州三处国内领先的智能制造基地，在上海、南京、深圳、重庆、成都、北京、宿迁等地设有研发机构或创新研发中心。他们通过已收购的德国 in-tech 公司，布局了汽车工程服务和整车及车载产品方案的测试验证服务；通过北斗星通对加拿大 Rx Networks 公司的收购，拥有了全球 GNSS 高精度位置服务平台。在慕尼黑，主要是与国际先进技术对接；在深圳，主要是中端商业化项目（imax6-8）的研发；在北京，主要是车联网 /T−BOX 的研发；在成都，主要是智能座舱—域控制器高通方案的解决方案；在宿迁和重庆，主要是 DA 等低成本商业化项目研发……

在各项研发项目中，为了有更好的体验感和更先进的科技感，他们专门组织了一群年轻的设计师，从创意到功能体验都做了大量的研讨和创新，一批专家型年轻核心骨干正成为主力军。这些核心骨干拥有全球企业多年工作经验，具备DA、IVI、T-BOX、液晶仪表、域控制器、V2X、智能天线、TSP、手机App全套汽车智能座舱类产品专业开发及量产能力。同时，北斗智联通过CMMI-3认证，在软件研发和项目管理方面达到国际先进水平，有能力承接高级别汽车软件工程开发项目。

“这些布局和投入，让我们有能力也有实力为包括国际品牌车厂在内的客户提供更高品质的产品和服务，获得更高的市场占有率。”尽管当前汽车市场进入调整期，但徐林浩对北斗智联的未来充满信心，“有能力、有实力、有定力的企业能够脱颖而出”。

随着国内各巨头纷纷“抢滩”智能网联汽车，智能网联汽车产业已成为智能时代应用场景中发展最快、前景最广阔的一片“红海”。

如何在“红海”中寻找“蓝海”，这一重任落在了北斗智联经营团队的肩上。

当今时代，汽车电子市场早就过了几年一个项目的缓慢期，几乎所有车厂和一级供应商都将目标瞄向了智能座舱这个红海中的蓝海领域，技术更新越来越快，推陈出新的速度令人咋舌。在这样的情况下，只有不断地掌握新的技术，才能开发出令客户满意的产品。

2019年5月22日至25日，在第十届中国卫星导航年会上，北斗星通发布了在“北斗+汽车智能网联”业务领域的创新优势成果“北斗高精度虚拟化汽车智能座舱”。

这是国内首款支持北斗高精度定位技术的一体式、虚拟化汽车智能座舱。它搭载自主芯片，可实现多星组合定位。智能座舱定位方案采用了和芯星通自主开发的国内首款28纳米工艺GNSS定位芯片——UFirebird，支持北斗、GPS、GLONASS、伽利略独立或多系统联合定位，兼容支持WAAS/QZSS/EGNOS/MSAS/GAGAN增强信号实现高精度定位。

以智能座舱为平台，可融合摄像头、毫米波等传感器和HAD地图，赋能智能网联汽车在自动驻车、自动泊车、安全辅助驾驶等ADAS功能以及车路协同、L3/L4 自动驾驶等场景的应用。

智能座舱采用 GNSS 定位芯片——UFirebird，既可实现单星系统单独导航定位，也可以实现多星系统组合定位。这在复杂的外部环境下，对于汽车电子应用是具有战略意义的，把北斗多模高精度定位芯片加载在下一代汽车座舱域控制平台上，是对“北斗 +”战略的践行，将北斗核心产品外延向汽车领域深度布局。

“北斗高精度虚拟化汽车智能座舱”的问世，加速推进了北斗系统在汽车产业智能化、网联化趋势背景下的规模应用，众多创新的产品特性更将重新定义汽车座舱电子在智能人机交互、多座舱单元互联操作等方面的概念，让驾乘体验更智能、更高效、更舒适。而且，该产品已率先实现在国内市场的定点落地。

服务客户，客户至上，就是要为客户创造价值。

长安汽车为成为世界一流汽车企业，建立了高标准的汽车供应商能力认证体系（QCA），旨在构建优质供应商生态，提升产品竞争力，成就全球声誉。

作为长安汽车的多年“铁杆”战略合作伙伴，北斗智联与长安汽车的合作不断深入。

2019 年 8 月 26 日，在长安汽车“北斗天枢”战略成果发布会上，北斗智联展示了全新语音交互的微信车载版本。这是北斗智联与长安汽车自主创新的成果。北斗智联从长安 incall 1.0 到长安北斗天枢计划，再到长安汽车自动驾驶方案与智能网联测试场建设，不断向他们提供优质的智能网联产品、方案和服务，助力汽车产业升级。

北斗智联与长安汽车的携手合作，渐入佳境。2020 年 1 月 17 日，以“志同道合共创未来”为主题的长安汽车 2020 年全球合作伙伴大会——供应商大会隆重举行。北斗智联旗下远特科技公司在本届大会上凭借卓越的品质、及时的交付和优质的服务，荣获长安汽车“2019 年度 QCA 供应商”认证及“2019 年度效率提升贡献奖”。共有 100 多家供应商（申请），最终获得 QCA 认证的仅有 7 家。其中北斗智联认证的通过，进一步凸显了北斗智联在汽车电子行业的地位和核心竞争力。

北斗智联的产品陆续搭载长安多个热销车型，在导航、智能中控、T-BOX、TSP 车载平台等多个项目上达成了良好的合作。在产品研发、生产交付、质量管控、销售服务上不断满足客户需求，为长安各基地提供优质的产品和体验。

2019 年 11 月 5 日至 7 日，在汽车电子产业联盟（AEIA）、重庆高新技术产业开发区管理委员会联合举办的“2019 第三届汽车电子大会”优秀创新技术产品评比中，北斗智联（BICV）推出的“集成式智能座舱域控制器平台”荣获 2019 全国优秀创新技术解决方案大奖。这款产品采用车规级高通平台方案，实现了在同一硬件平台上同时运行 QNX+Android 双操作系统，并集成全景监控、人脸识别、手势识别、智能语音、智能导航、车载生态等应用，为消费者提供集出行、休闲、娱乐、商务于一体的全新驾乘体验。

2019 年 8 月 22 日，由亚洲新能源汽车网主办的“2019 第三届深圳国际车载显示及娱乐系统发展高峰论坛”在深圳市会展中心隆重举行。经过用户投票、协会审核、专家评审等层层筛选，北斗智联旗下远特科技最终以领先的技术优势、产品实力及品牌的广泛影响力在此次评选中脱颖而出，荣获“2019 年度十大知名品牌”。

在成立不到半年的时间里，北斗智联紧密围绕“智能化、网联化、电动化、共享化”发展方向，依托现有的产品平台，不断为客户提供优质的智能网联产品、方案及服务，助力车企提升消费者出行体验。

不仅如此，北斗星通智能产业园也在重庆开始动工。北斗星通计划打造集研发、孵化、生产于一体的北斗星通智能产业园。产业园占地 6.48 公顷，主要生产导航语音设备、摄像头、T-BOX、液晶仪表 HUD 等相关产品。

培育壮大产业是一项系统工程，需要多方面的资源支撑。北斗智联建立多家战略合作伙伴，参股国汽智联，与百度公司合作，与北京四维图新科技股份有限公司开展战略合作，建立长期稳定、优势互补的合作关系，实现资源共享、共赢发展，一起探索智能网联汽车发展之路，力争在新一轮产业变革中抢占制高点、培育竞争新优势。同时，他们还参股汽车智能网联领域泽景电子（HUD）、斯润天朗（TSP）等，加强全产业布局。

2020年年初，突如其来的新冠肺炎疫情让这年的春节特别冷清，也让经济的寒冬雪上加霜。大年初三，北斗智联经营管理团队（简称EMT）紧急召开新冠肺炎防疫专题会。依据疫情发展情况和政府相关政策通知，北斗智联结合客户需求，一手抓疫情防控，一手抓复工复产。他们成立疫情防控领导小组和工作小组，根据疫情的变化，坚决贯彻各地政府的疫情防控要求，及时响应，做到信息排摸仔细、反馈及时、措施精准，各环节紧密衔接，为后期复工复产做好准备。北斗智联全国七地都在当地实现了第一批复工，并贯彻北斗星通集团要求，做到了“零确诊、零伤亡、零封厂”。

从布局深化到业务规模化

2019年9月，我国首批智能网联汽车载人试运营许可证在国家智能网联汽车（武汉）测试示范区颁发。该示范区利用先进技术，通过大范围应用5G+北斗高精度定位系统，可以实现毫秒级的时延和厘米级的定位。这标志着智能网联汽车从测试走向商业化运营开启了破冰之旅，并将逐渐驶入市民的生活。

在汽车行业“四化”变革趋势深入、汽车电子产业迎来重大机遇的宏观背景下，北斗星通结合公司“1+1”战略布局，积极推进“内生＋外长”经营策略。

为优化汽车智能网联业务板块管理架构，2019年7月15日，北斗星通董事会审议通过公司以下属子公司北斗星通智联科技有限责任公司为平台，通过引入战略合作，构建公司智能网联业务的运营平台，提升智能网联业务专业化运营能力，实现内外部优质资源的整合协同与共享，同时促进公司在汽车智能网联的业务布局深化和业务规模化发展，提高在汽车智能网联领域的综合实力。

首先，北斗星通以自有资金，通过对全资子公司重庆北斗现金增资3.37亿元暨由重庆北斗向北斗智联现金增资3.37亿元，山西华瑞星辰通讯科技有限公司（简称“山西华瑞”）以自有资金向北斗智联现金增资2.78亿元，华瑞世纪控股集团有限公司（简称“华瑞世纪”）以自有资金向北斗智联现金增资0.20亿元。

其次，上述增资完成后，北斗智联以现金3.37亿元收购其全资子公司深圳徐港100%股权；北斗智联以现金2.98亿元收购山西华瑞及华瑞世纪持有的北京远特科技股份有限公司99.9966%股份。

这次收购完成后，北斗星通通过全资子公司重庆北斗间接持有北斗智联56.496%股权；北斗智联持有深圳徐港100%股权，持有远特科技99.9966%股份。

远特科技自2007年成立以来，一直致力于打造集车载智能硬件、服务平台于一体的智能网联汽车业务平台，同时也是全方位的车联网生态整合服务提供商。

远特科技隶属于华瑞世纪集团，是国内最早的TSP供应商之一，也是国内最大的车载智能网联终端供应商之一。其业务包括车载多媒体终端、T-BOX、HUD、数字虚拟仪表、ADAS、车联网系统等，建立了以提升车载产品舒适性、安全性、智能化为目标的信息服务系统生态圈，为将来汽车实现智能驾驶和无人驾驶奠定了必要的技术基础、平台基础和数据基础。目前，远特科技共有智能座舱、智能车机、T-BOX、全液晶仪表等四大产品线。

远特科技加盟北斗星通后，充分发挥双方各自的优势和能力，在人才、技术储备、制造、采购等方面的力量得到进一步增强，以更好地满足客户需求，丰富公司产品线，拓展新的利润增长点，提升公司汽车智能网联业务行业地位和综合竞争能力。

周儒欣指出：根据北斗星通的战略规划，未来三年内，将完成智能网联汽车电子全系列（智能中控、液晶数字仪表、T-BOX、HUD、集成式智能座舱等产品）和ADAS（高级驾驶辅助系统）的产品布局，并实现向主流大平台车型的转变；在客户资源方面，着重开发中高端大客户群体，进入国内一线整车厂商的配套体系；同时，要全面提升智能制造水平、运营管理能力以及自主研发能力，达到一流供应商水平。

远特科技紧密围绕客户需求，不断为客户提供优质的智能网联产品、方案及服务，助力车企不断提升消费者的出行体验，成为智能网联汽车技术积极的推动者、全新的“车生活”的改变者。

拥抱智能时代，点亮前方征程

我们正在挥手告别互联网时代，走进智能时代。

这个时代，由一连串的技术聚变引发了一大波产业裂变。谁赢得主动，谁就会赢得市场。

早在2015年，谷歌首席执行官曾经说过，未来智能化将消灭互联网。

这不是耸人听闻，因为这是两个不同的时代。互联网是端与端、人与端、人与人的连接，而智能时代则是万物感知、万物互联。

未来的属于未来，现在的正在发生。

中国汽车市场已经迎来变革与融合的新时代。在汽车智能化和车联网快速发展的态势下，卫星导航及位置信息服务技术已经成为智能网联车发展的重要支撑，北斗星通加码智能网联汽车业务恰逢其时，也大有可为。

2019年5月23日，在第十届中国卫星导航年会期间，由北汽集团、北斗星通等承办的“北斗+智能网联汽车”高端论坛在北京举办。

在论坛致辞中，周儒欣表示：智能网联汽车应用是“北斗+产业”融合的重要方向，北斗高精度定位是智能网联汽车感知与高精地图采集的关键基础技术，希望北斗产业与汽车产业紧密融合，支持我国智能网联汽车产业的快速发展。

周儒欣指出：“从集团自身而言，近来对汽车电子行业投入较大，在智能网联汽车、智能车载仪表方面都在探索及大力研发。我们非常看好汽车电子行业的发展潜力，在接下来几年内会有大的变化。”

汽车智能化变革趋势日趋明显，正在改写全球汽车产业格局下的创新链和价值链，促进汽车、电子、通信、互联网等领域的技术创新与产业升级。

北斗星通自2010年收购深圳徐港起，开始从事汽车电子业务。十年磨一剑，他们已经拥有完整的产品研发、生产及销售体系，有着丰富的行业技术经验积累，可满足不同客户的定制化需求；培养和储备了一批经验丰富、专业过硬的管理人员、技术专家及生产工人，在制造工艺和科技研发创新方面能够紧跟行业发展趋势；拥有一批优质客户，产品应用过程涵盖多场景、多路况、多车型，积累了丰富的产品适用经验和应用配置模型。

“卫星导航技术是智能网联汽车所不可或缺的基础技术支撑。立足于北斗核心技术领域的优势，北斗星通将持续加大在汽车智能网联业务方向的研发投入与业务布局，大力推进北斗与智能网联技术的融合发展。”徐林浩说。

未来，北斗星通将加速构建“北斗 +”新业态，全面助力安全稳定可量产的自动驾驶解决方案落地，持续为自动驾驶安全保驾护航。

如今消费者对汽车“智能化”“网联化”的要求，已经从舞台的边缘逐渐走到了中间。

智能网联汽车是我国抢占汽车产业未来战略的制高点，是国家汽车产业转型升级、由大变强的重要突破口。汽车智能网联化，意味着一场新的革命，意味着一个充满无限可能的未来。

“这是最好的时代，也是最坏的时代。”英国作家狄更斯在《双城记》的这句话不仅适用于第二次工业革命，也适用于每一个发生重大改变的时代。

在每一次重大的技术革命开始之际，真正勇敢投身到技术革命大潮中的人毕竟是少数，受益者更少，大部分则会犹豫和观望。

面对北斗系统全球组网，面向渐行渐近的智能时代，机遇和挑战共存，机会与压力同在。如何抓住当前的大好时机，破解阻碍产业发展的壁垒和瓶颈，打造北斗产业的升级跨越版，形成智能信息产业体系化发展的强势，是业界的当务之急。

周儒欣指出：“二十年前，如果说我们遇见了北斗，那么现在，我认为可以说是北斗遇见了智能新时代，北斗产业将迎来巨大的发展机遇。”

新的改变正在发生，了解它、认识它、把握它，跟随趋势、应时而动，顺势而为、乘势而上、聚势而强，迎接并拥抱改变，才是唯一正确的态度。

未来已来，超越未来。

谁能把握时势、抢占先机，谁就能勇立潮头、赢得未来。

下篇 筑梦

中国北斗产业化发展的时代缩影

北斗卫星导航系统的建设者、应用推广者和使用者，在“共同的北斗，共同的梦想”旗帜下紧紧地聚集在一起，这是“北斗人”的光荣与梦想，更是北斗星通的光荣与梦想。她展现的是一种情怀、一种意志和一种追求，表达的是一股不屈不挠、勇于创新的强国精神。

——周儒欣

第十三章
助力北斗梦

创新引擎推动高质量发展

2019 年 12 月 27 日上午，北斗三号系统提供全球服务一周年新闻发布会在国务院新闻办公室新闻发布厅召开。

就在这次发布会上，北斗星通旗下企业和芯星通自主研发的新一代支持北斗三号新信号的 22 纳米北斗 /GNSS 芯片——Firebird Ⅱ首次亮相。

中国卫星导航系统管理办公室主任、北斗系统新闻发言人冉承其表示：“支持北斗三号新信号的 22 纳米工艺射频基带一体化导航定位芯片，体积更小、功耗更低、精度更高，这颗小到看不见的小小芯片能提供非常优质的服务。”

从 90 纳米到 55 纳米，从 40 纳米到 28 纳米，再到 22 纳米芯片问世，次次刷新国产芯片纪录，和芯星通先后获得国家科学技术进步奖二等奖、一等奖，自主北斗芯片在改革开放 40 周年、建国 70 周年等大型展览中展出，并被中国国家博物馆永久收藏。

创新是引领发展的第一动力。北斗星通研发的自主芯片，不过是其创新发展的一个缩影。回顾北斗星通二十年的发展史，既是一部创业史、一部奋斗史，更是一部创新史。作为一家高科技公司，周儒欣深刻感受到，没有创新，要在高科技行业中生存下去几乎是不可能的。在这个领域，没有喘息的机会，哪怕只落后一点点，都意味着逐渐死亡。

北斗星通二十年的发展历程，“创新”是其中的关键词。二十年来，北斗星通以创新引领行业进步，引领产业发展。也可以说，就是凭着不断创新突破，北斗星通才能发展到今天。

周儒欣说："创新需要围绕市场、围绕客户需求，需要有过硬的功底，需要有敢担当的魄力，需要有坚韧的意志力，一个个的'微创新'加起来就是巨大的创新。"

北斗星通成立之初，与 NovAtel 公司开展紧密合作，同时根据中国市场客户的实际情况，推出了 Mini-WAAS 和 RT2S 等创新型产品，迅速打开了国内市场。2006 年，双方合作开发了 BDNAV 系列产品，标志着我国拥有了自主品牌的多系统卫星导航定位产品，为后续的发展奠定了业务基础，走出了一条"引进、消化、吸收、合作创新、自主创新"的探索之路。

此后，集装箱码头管理可视化项目、北斗卫星海洋渔业项目通过自主创新，以全新的业务模式丰富了业务范围；自主研发的"北斗玉衡集装箱作业监控系统"，推进了中国的集装箱码头的作业安全化和信息化建设进程；设立和芯星通，自主研发北斗导航芯片；收购佳利电子、华信天线等业内知名企业，在高精度天线、微波陶瓷器件、LTCC 滤波器等产品上，一次次取得创新突破，不仅扩大了业务规模，而且增强了竞争力；成立汽车智能网联板块，开发北斗高精度虚拟化汽车智能座舱等产品；等等。

此外，北斗星通还通过合作创新，成功地将"北斗"的运营服务延伸至船舶运输、公路交通、铁路运输、渔业生产、森林防火、环境监测等众多行业。

这一切，无不体现着创新的精神，迸发着创新的力量。

创新，说起来容易，做起来不容易，它需要持续地投入。

周儒欣说："持续的研发投入，是提高竞争优势的最根本途径。没有投入，就没有产出。也不能刚投入就要产出，就像一个学生还没毕业，就让他出去挣钱，那是不行的。"

战略驱动，激发了创新的活力。而持之以恒的资金高投入和研发人才的高投入，为北斗星通取得技术优势及产品核心竞争力奠定了坚实的基础，同时也结出了许多创新性的丰硕成果。

北斗星通发扬敢为人先的精神，争当"第一个吃螃蟹的"公司，在业内业外创造了许多“第一”。北斗星通第一个向北斗主管部门提出北斗卫星向民用开放的建议，并主动承担了“北斗一号信息服务系统”项目的研制任务，最终促使北斗一号系统于2004年5月获准对民用开放。这是北斗产业化历程中的里程碑。

2004年12月，北斗星通取得了第一块北斗民用服务牌照001号，并开拓了第一个北斗规模化应用市场——海洋渔业市场，为渔业主管部门研制建成渔船监控指挥管理系统，解决了渔船监控管理、遇险救助、短信息互通等复杂疑难问题。

2006年11月，北斗星通通过高新技术企业认定，此后连续多年均通过认定。这项认定出自科技部、财政部、国家税务总局共同出台的《高新技术企业认定管理办法》。

2008年10月，北斗星通承担建设的国家高技术产业化示范工程——“北斗卫星海洋渔业安全生产与交易信息服务”项目及相关北斗应用产品，亮相第十届中国国际新技术成果交易会。这是北斗星通以我国自主知识产权的北斗卫星导航定位系统为基础积极开展的自主创新，为该行业带来了深远的影响。该系统的成功应用，极大地助力了海洋渔业的安全生产，成为渔业安全生产的“保护神”。

2010年9月，北斗星通旗下的企业和芯星通，成功研制出中国第一款真正意义上支持多模多频架构的Nebulas芯片，引起了国内外轰动，打破了西方国家对芯片的垄断，填补了国内空白，结束了中国无“芯”的历史。

2011年，北斗星通的基带芯片、OEM板卡在北斗重大专项实物比测中获得第一名，赢得了国内第一个北斗CORS终端项目，签约了第一个国内万台北斗模块订单。2013年，北斗星通凭借自主研发产品的优异性能，在“基带芯片”及“高精度OEM板卡”两项比测中，以绝对优势双双摘得桂冠，取得了该项比测活动的“三连冠”。

2018年10月，中国第二代卫星导航系统重大专项应用与产业化基础类项目“北斗全球信号射频基带一体化集成芯片”测评结果发布公告，和芯星通获技术评测第一、答辩第一，综合比测成绩再次蝉联第一。

2020年4月，中国卫星导航系统管理办公室在北斗系统官方网站发布了“北斗三号双频多系统高精度SoC技术项目”择优入围单位公告。经过7个工作日的公示，北斗星通旗下企业和芯星通夺得该项目实物比测与答辩双料第一名。这也是和芯星通继此前“导航型基带芯片”“高精度OEM板”“基带射频一体化芯片”均获得第一名后，再次在比测中夺冠。

李建辉曾感慨地说：“北斗星通一直致力于北斗卫星导航系统民用领域开发和创新，不但提供产品、系统解决方案及运营服务，同时在技术和管理结合方面提供全方位建议，使产品和系统真正做到‘来之能用，用之有效’。我们始终把创新放在首位，坚信创新的力量。随着卫星全球组网进程不断提速，北斗产业化发展，我们也将百尺竿头，更进一步，以创新为驱动，为北斗导航产业大发展贡献自己的力量。”

2018年4月19日，“创新谱华章，匠心筑未来”，北京中关村海淀园首届“海淀园·创新工匠”研讨系列活动表彰大会召开。

北斗星通研究院高级系统架构师第五亚洲获得首届“创新工匠”荣誉称号。这次表彰的“创新工匠”仅5名，而第五亚洲在海淀园区1.2万家企业、数十万从业人员中脱颖而出。

第五亚洲于2006年加入北斗星通，参与了北斗系统多个项目的研制工作。从事科技工作20多年来，第五亚洲始终弘扬“工匠精神”，心怀“匠心”，身怀“匠技”，胸怀“匠品”，锐意创新，精益求精，爱岗敬业，出色完成了多个重大工程项目，先后4次获得部级科技进步一、二等奖。

作为北京海淀园“有理想守信念、懂技术会创新、敢担当讲奉献”的高科技人才代表，“创新工匠”是第五亚洲本人的光荣，也是北斗星通公司的光荣，当然也是北斗星通研究院的光荣。此后，第五亚洲又荣获“首都市民学习之星”。

第五亚洲是北斗星通研究院创新代表之一。

近年来，北斗星通研究院按照“与时俱进，分步建设；突出重点，创新研发；精干高效，避免重复”的原则，建立了研发管理体系，成立联合研发总体，完善了知识产权保护机制，组织实施了重点创新项目，还为“大营销”进行技术论证。他们以技术创新为核心，把技术进步和技术创新作为主要依托，不但是北斗星通满足近期市场需求的技术成果孵化器、支撑相关技术积累的高技术人才孵化器、技术推动下新业务的孵化器，也是北斗星通的技术创新平台、产学研合作平台、军民融合研发平台、跨业务合作技术平台。

平台推动，助推创新要素快速汇聚。2007 年 8 月，北斗星通在深交所上市，成为中国卫星导航产业第一家上市公司，为业内其他企业特别是民营企业进入资本市场起到了示范和引领作用。2009 年 3 月，北斗星通从国内外大胆引进高科技人才，投入大量资金，成立了和芯星通公司，其主要任务是设计研制高集成芯片和核心产品开发。

2009 年 7 月，北斗星通被认定为北京市级企业技术中心。企业技术中心是北斗星通在原有研发部以及各事业部研发部门的基础上发展起来的，组织机构也从原有单一的工程技术中心，逐渐演进为现行的面向市场又便于整合资源的分级构架，由中央研究机构（北斗星通研究院、分院）和事业部、子公司研发机构组成，实行分布式管理。此外，他们还组建了汽车电子研究院，建立了博士后工作站等。

2013 年 12 月，北斗星通成立“北京市北斗卫星导航技术与装备工程技术研究中心”技术委员会，聘请了国家级乃至世界级的专家 16 位。依托北斗星通上市公司的资源优势，导航工程技术研究中心主要负责承担国家重大专项，组织北斗卫星导航关键技术攻关，研发新型装备与产品，整合产业链上、下游资源，打造产、学、研、用相结合的创新平台，进一步提升了导航工程技术研究中心的运作水平，从而对北京市乃至我国北斗产业的发展起到助推作用。

平台是实施创新驱动的支撑。正是因为有了创新平台的支撑，北斗星通推动了北斗产业化发展壮大，打造了科技创新的前沿高地。

国家科学技术进步奖一等奖、二等奖，卫星导航定位科技进步特等奖、一等奖，“年度高精定位最具影响力品牌——金球奖”“北斗卫星导航应用推进奖——产业推广贡献奖”，全国优秀创新技术解决方案大奖，“北斗行业应用示范奖”……

一项项创新成果，记录着北斗星通创新的脚步。

作为扎根在北京中关村核心区的导航产业集团，北斗星通自成立以来，坚定不移立足北斗，推动中国导航产业大发展，通过技术创新、服务创新、应用模式创新，先后推出了一系列产品和系统应用解决方案，为加速中国卫星导航科技成果转化和北斗导航产业应用推广奠定了坚实的基础。

创新，不仅推动着产业进步，也给北斗星通带来了一项项荣誉。

北斗星通作为国家高新技术企业，二十年来荣获多项荣誉：中国地理信息产业百强企业首位、中国战略性新兴产业领军企业、中国卫星导航与位置服务最具价值品牌奖、中国上市公司市值管理百佳奖、中国电子元件百强企业、北斗卫星导航应用推进奖、中国自主创新杰出贡献奖、中国自主创新卓越品牌奖、中位协“推动产业发展杰出贡献奖”、中国车联网十佳创新企业奖、中关村科技园区突出贡献奖、中关村十佳企业、中关村十大卓越品牌、中关村创新发展四十年杰出贡献奖等。

北斗星通产品项目获得国家科学技术进步奖一等奖和二等奖、全国优秀测绘工程奖金奖、国家高技术产业化示范工程、中国港口协会科技进步奖、中国芯最具潜质产品奖，最佳无线 IC 产品奖、国防科学技术工业委员会国防科学技术奖、北京市科学技术委员会自主创新产品奖、卫星导航定位优秀工程和产品奖、卫星导航定位科学技术奖、中关村十大创新成果奖等。

北斗星通从事技术研发人员千余名，占公司总员工数量的 20% 以上，拥有科技部“创新人才”、国家“有突出贡献”专家、北京市“百名科技领军人才”等一大批中青年科技专家。截至 2019 年年底，北斗星通累计获得专利 396 项，累计获得软件著作权 462 个，技术标准制定 12 项。

从仰望星空到脚踏实地，北斗星通已被时代的大潮推到时代的前沿。他们正打磨着最硬核的实力，探索着自己的创新逻辑。

周儒欣说：“从接触北斗的那一刻起，我就感觉到这是中国未来发展的大势，否则中国就失去了话语权或者竞争力。我以满腔的热情投入北斗事业中，寻找技术突破的机会，靠着自主创新成就了今天的事业。”

随着社会、经济的快速发展，面对北斗全球化，以及人工智能时代、5G时代的到来，北斗星通也将抓住机遇，继续以战略驱动创新，以平台助推创新，以人才带动创新，以成果转化推动科技创新，开启高质量发展的新阶段，有力提升创新能力，发挥人才在创新中的作用，不断增强核心竞争能力和可持续发展能力，在追求梦想的道路上，续写新的传奇。

ERP 信息化建设之路

这是一张“无孔不入”的“网”：信息在这里汇聚，数据在这里汇集，报表在这里生成……

从集团总部到各子公司，从生产计划到销售采购，从存货分销到集团财务管理，从质量管控到实验室管理，从业务流程到人力资源管理……人、财、物，产、销、存都在这张“网”的控制范围内。“运筹帷幄之中，决胜千里之外”，已经不再是神话传说。

这张“网”就是 ERP，一个统一集成和规范运作的集团管理系统。

“ERP 能够让集团耳聪目明，各种数据信息一目了然，信息化建设具有旺盛的生命力。”周儒欣如是说。

让我们把时间拨回到 2015 年。

这一年，北斗星通已经成立 15 周年，进入了“规模化发展阶段”，尤其是随着“内生”“外长”的战略布局，先后并购了国内多家公司，成为一个集团公司，集研发、生产、销售为一体，服务于导航定位、指挥控制、精密测量、目标监控等军民应用领域。

当时，北斗星通拥有 3 个事业部、8 家控股子公司、2 家参股公司，是员工逾千人的产业集团，公司的三大业务相互补充、互相促进，形成了“产品 + 系统应用 + 运营服务”的业务发展模式。

作为我国导航定位产业领先者，北斗星通当时正处于集团化、多业态产业化布局阶段，集团公司对下属子公司的管控要求越来越高，对不同业态的业务单元提出了不同的管控模式，各子公司分散在多地，在市场竞争日趋激烈、客户个性化需求越来越多的情况下，集团的管理难度大，管理成本增加，当时的信息系统分散，应用水平已经难以满足集团快速增长的业务需求。

“工欲善其事，必先利其器。”因而，建立一个统一有效的企业管理系统，成为当务之急。于是，在经过充分调研的基础上，ERP 系统进入北斗星通的视野。

ERP 是 Enterprise Resource Planning（企业资源计划）的简称。其技术起源于 20 世纪 90 年代的美国。

ERP 是 MRP Ⅱ（企业制造资源计划）下一代的制造业系统和资源计划软件。除了 MRP Ⅱ已有的生产资源计划、制造、财务、销售、采购等功能外，还有质量管理、实验室管理、业务流程管理、产品数据管理，以及存货、分销与运输管理，人力资源管理和定期报告系统。目前在我国，ERP 所代表的含义已经被扩大，用于企业的各类软件统统被纳入 ERP 的范畴。它跳出了传统企业的边界，从供应链范围去优化企业的资源，是基于网络经济时代的新一代信息系统。

事实上，ERP 是以系统化的管理思想，为企业决策层提供决策运行手段的管理平台。其核心内容可以概括为：一种先进的管理模式，一种网络化的信息系统，一款商品化的软件产品。可以说，在 ERP 环境下，上下游关联的各种业务活动都能够有机整合统一在一个闭环系统内，就源于它的整合性和集成性。

ERP 系统把企业现有的人、财、物，产、销、存，通过信息技术手段整合起来，对企业现有的管理模式是巨大的变革，对提升企业竞争力有巨大的推动作用。它是管理理念的变革、管理模式的更替。ERP 可以实现标准化、即时化、精准化，有效优化内部运营管理。

基于此，北斗星通把 ERP 系统建设作为信息化建设最重要的任务和提升管理水平、建设科技产业集团、增强核心竞争力的重要手段。

早在2008年11月，北斗星通就开始进行信息化建设。

同年12月，e–HR系统开始实施，实现了人力资源信息化，完成了机构管理、职位管理、人员管理、考勤管理、薪资管理、人事异动、绩效管理、培训管理、招聘管理和员工自助等模块。2009年，成立信息技术部，统一实施公司信息化建设。同年11月，开始建设供应链系统，通过需求调研、信息收集、方案测试和初期数据准备等阶段，于2010年6月底正式上线使用。2010年，北斗星通信息技术部重新规划网络拓扑结构，调整集团整体网络部署方案，将网络升级为域管理环境，从接入层管理升级为应用层管理，建立了有益于数据集中、统一管理的公司办公网络。2011年，实施了邮件及数据库系统备份项目，完成了环境搭建、测试、部署等工作。

身处导航产业的北斗星通，在当下企业信息化升级之战中，到底需要的是一张观众席的门票，还是跻身于竞技场的资格？

毫无疑问，启动ERP建设，在管理上全面升级“信息化”装备，目的是优化、再造管理体系和业务流程，支撑和驱动集团基础管理水平提升。

于是，2015年12月23日，北斗星通启动了ERP建设一期计划。

ERP作为当今国际上一个最先进的企业管理模式，在体现当今世界最先进的企业管理理论的同时，也提供了企业信息化集成的最佳解决方案。作为一种规范化的管理模式，实施ERP也必须遵照规范的流程。这个流程可归纳为四大步骤，即知理—知己—知彼—知用。这四大步骤不能遗漏，更不能颠倒。

首先，必须清楚ERP是干什么的、能够解决什么问题、会带来什么效益、实施过程中可能会遇到什么阻力和风险、ERP立项需要具备什么条件：“知理”。“知理”的要点是既知其然，又知其所以然。

其次，要弄清楚企业存在的管理问题、分析这些问题产生的根源、这些问题是不是用ERP可以解决、解决这些问题对ERP产品有什么特殊的（个性化）要求：“知己”。“知己”的要点是重视分析，明确企业需求。

再次，在“知理—知己”的基础上，设想解决问题的理想业务流程，确立期望的量化目标，列出对 ERP 产品功能和技术的明细要求，带着问题去寻求解决方案（选型），避免盲目性："知彼"。"知彼"的要点是带着问题，选择解决方案。

最后，ERP 项目是否成功，绝不是停留在"成功上线"上，而是以实现企业预期的管理目标为准，ERP 最后的落脚点是应用："知用"。"知用"的要点就是深化应用，实现战略目标。

来自企业高层的需求，是实施 ERP 必要的动力。

ERP 的实施其实是"第一把手工程"，这说明了企业的决策者在 ERP 实施过程中的特殊作用。ERP 是一个管理系统，牵动全局，没有一把手的参与和授权，很难调动全局。

周儒欣对此非常重视，指出："ERP 项目是公司管理的重大基础设施项目，是经营管理重要的基础设施，要干就要干好。通过 ERP 这套系统净化我们的心灵，提高北斗星通家庭成员的素质。要按照标准化、规范化、系统化要求，使信息化项目有效落地。"

自此，北斗星通 ERP 建设一期工程正式启动。

ERP 建设是一个系统工程。ERP 的投入和产出与其他固定资产设备的投入和产出相比，并不那么直观、浅显和明了，投入不可能马上得到回报，见到效益。ERP 的投入并不能立竿见影，其所贯彻的主要是管理思想，这是企业管理中的一条红线。

于是，建设一个怎样的 ERP，始终是一个关键的问题。

当时，北斗星通集团"外生"和"内生"企业管理存在很大差距：从集团层面来讲，建设 ERP 系统可以解决信息的透明化问题，下属各子公司对于建设这个系统也很积极。因为 ERP 系统是很多大企业的一个标准系统，如果一个企业没有这个系统，可能连成为合作伙伴的资格都没有，一个国际化的系统对于进入采购名单是一项非常重要的指标。

北斗星通 ERP 项目建设，坚持以实现集团发展战略为指导，以促进集团经营管理的持续改善为愿景，以支撑集团整体业务架构为目标，遵循"统一规划、分步实施、集中平台、统一管理”的思路，推进以ERP为核心的集团管控平台建设，提高企业信息化管理水平。

ERP一期项目主要是建立覆盖集团公司范围的财务咨询、合并报表以及徐港电子ERP系统、外围系统的示范工程，初步形成集团ERP系统管理集成框架体系，按照制订的项目计划，探索集团项目范围内的财务咨询、合并报表、ERP、资金管理、费用控制、工作流程等各系统的集成应用模式，以满足集团“战略+财务”的管控要求，并为客户提供满意的导航定位解决方案和产品。通过示范工程建设和实施经验的积累，为后期ERP项目在集团范围内的全面推广打下良好的基础。

随后，从规划设计、前期准备转入了正式实施建设的重要阶段。项目组先后完成了ERP系统软件选型、ERP系统及配套系统实施商选择工作，编制了ERP项目管理办法，明确了ERP项目建设的内容和范围，建立了清晰的项目组织结构，明确了职责分工，项目组成员快速融入了项目角色，项目建设稳步推进。

北斗星通ERP项目一期覆盖范围广，涉及集团各业务单元的财务部门、徐港子集团的所有部门；多地实施，涉及北京、深圳、宿迁、重庆等地；涉及系统多，包括集团财务合并、EBS、人力资源、费用管理系统、合同管理系统、资金系统等；内部有生产、销售、研发、采购、行政、财务职能等；项目要求高，要实现产品研发、财务、销售、采购、生产、仓储、质检和售后服务等业务协同管理，以及行政、人力等职能，建立财务业务一体化的管控平台，提高核心竞争力，并为后续推广打下基础；流程与数据难，建立集团统一、规范的业务流程体系和基础数据管理体系是ERP项目成功实施的前提条件，而流程梳理、优化、数据统一编码工作任务重，难度大。

但是，项目团队“前仆后继”，克服了很多困难。有的同事被派驻到外地现场，一待几个月，中间只有很少的机会回到北京与家人团聚。项目组有的员工既要做自己的本职工作，又要抽出时间精力来做项目，几乎是“两线”作战。

ERP项目作为一个系统工程，涉及面广，几乎涉及供、产、销、财务等所有岗位，工作量大、时间紧，上线初始化数据就达上万条。项目组成员发扬敢于担当、勇于开拓的精神，展开了一场攻坚战，经过不断的交流与测试，终于如期上线。

ERP 项目一期实施周期整体是 8+2，也就是 8 个月的实施周期加 2 个月的运营周期。

数据转换阶段，就是将原来管理模式下的数据转换为新模式下的数据。这是一个非常艰难的阶段。由于业务流程发生了变化，企业对一些数据的表述也发生了变化，特别是 ERP 系统讲究数据的原始性和唯一性，而传统管理中的数据基本都是处于生态化和多元化，各个部门对数据的管理是不一致的，因此非常容易出现极大的数据差异。对企业而言，数据不准确往往会导致项目出现危机。

北斗星通力图克服这一危机。尤其是在数据库的建立上，始终把“业财融合”作为终极目标，下苦功夫、硬功夫，深入挖掘数据，利用数据支撑，促进公司的管理。

如果说项目一期主要解决标准化、初步搭建体系等基础方面的问题，解决了从无到有的问题，那么二期就解决了物料和科目的标准化问题。

北斗星通 ERP 项目二期从 2017 年 4 月 25 日启动，主要在深化应用方面搭建统一、集成、财务业务一体化的信息化平台，实现搭建北斗星通集团的统一的业务管控平台。

刘光伟于 2016 年 8 月加盟北斗星通，任集团副总裁兼 CFO/CIO。从初到北斗星通参与信息化建设，到一手主导整个系统信息化大转换，“业财深度融合”是刘光伟在整个信息化变革中自始至终强调的终极目标。

北斗星通集团所属企业，其各自历史上已经形成了一定的管理体系，包括行业策略、体系能力、流程和实践。这些体系与北斗星通不可避免地存有差异，而且管理和运行水平也是参差不齐，有的还没能找到比较固定且稳定的管理模式。

北斗星通的核心业务，与新加盟子公司的生态圈不是一套“打法”。子公司的很多外延业务实际上是沿产业链向下游应用拓展的。因此，从管理的角度来说，行业多样性也是一种挑战。

对此，富有经验的刘光伟有自己的一套管理办法。他说："大力推行集团的财务垂直管理，各业务分部的财务一把手及 IT 负责人，由集团来直接管控和任用，以制度支撑。"

与时下不少企业和机构把"业财融合"定义成新一代的共享中心所不同的是，在刘光伟看来，真正的"业财融合"是通过信息系统，秉承业务财务一体化的理念，打造出的整体解决方案，用以支撑企业管理会计分析、决策支持的需求。

首先，业财融合是说业务和财务的信息要打通；其次，不管通过什么样的系统提取数据，都要充分体现出业务的相关信息，而不是纯财务信息。比如，很多企业花了几百万元，甚至上千万元搭建信息系统，最后只得到一个法定财报的合并系统，这种投资未免铺张了一些。如何做好业财融合，刘光伟感到："整个企业集团数据口径的标准化和颗粒度选择是关键。"

因而，无论是 BU 维度的真实业绩揭示，还是行业应用数据的及时准确，都要依靠数据支撑。可以说，北斗星通有很多业务都是属于典型的制造业务，需要能够支撑成本差异的深入分析，以及精准数据挖掘与业务决策的支持。这些都已植入系统中，尽管在技术实现层面有一定的挑战，但都已经很好地实现了。

北斗星通的 ERP 二期信息系统颠覆性的改进方案和推进，都是刘光伟亲自主导推进的，曾有一度看似永难攻克的"托布鲁克要塞"，但他很清楚企业需要什么，自己需要做什么。

ERP 是覆盖企业业务全流程的管理系统。它不同于各种单项业务信息化系统，是一种打破部门之间的界限，实现跨部门的信息化管理系统。

第一期 ERP 项目，主要集中在汽车电子板块、集团法定报告合并；第二期 ERP 项目，主要集中在母公司集成电路、国际代理、应用与信息服务、北斗装备。而随着北斗星通业务的快速发展，二期 ERP 项目已经不适应需求。于是，2019 年 5 月 15 日，启动了三期 ERP 项目的建设。

北斗星通 ERP 项目三期建设的重点是在一期、二期的基础上进行升级优化，主要集中在佳利电子和杭州凯立，实现在未来两年对国内公司进行基础系统平台的全覆盖，打造集团内完全统一的 ERP 系统基础平台。

规范核心业务流程，实现业财融合，ERP 系统为管理和决策提供了规范、及时、透明、可追溯的数据支撑。而通过对数据纵向集成、横向打通，承接集团整体的管理提升和业务创新，实现持续发展信息化总体目标。

通过三期建设，北斗星通 ERP 系统已覆盖 18 个报告主体，8 个 SPV。ERP 系统包含多个系统软件的集成协作，共同支撑企业运营管理。系统涵盖合并报表系统、集团应用管控系统、人力资源系统、外围系统和门户系统（电脑端、微信移动端）。

ERP 三期最突出的特点就是改变：主数据规范改变、业务流程规范改变、系统集成改变、财务核算改变、财务分析改变、流程规范改变。

事实上，从一期到三期，每一次都是“改变”。而为了完成这些改变，信息化人员付出了辛勤的努力。

王子扬从 2012 年参加北斗星通费控系统项目开始，从接收单一的费控系统，扩展到 ERP U8 系统、资金系统等，参与了 ERP 规划、ERP 系统一到三期的建设，见证了信息化应用系统从无到有的过程。他从刚进公司只对单个系统单个模块的了解，迅速发展到对系统整体架构的规划能力提升、业务模块实施把控的了解；通过 ERP 系统的建设，不仅在系统实施技能上得到了提升，还通过 ERP 系统的锻炼，使自己的信息化项目管理技能有了质的提高，特别是对多项目群组管理积累了经验，在项目建设中不断成长起来。

对王子扬他们来说，每天加班到 22 点甚至深夜，都是常有的事。有的项目组员工在项目建设中新结识了女朋友。只是别人的约会都是花前月下，而他们最好的约会方式是一起加班。经历过同甘共苦的洗礼和时间的考验，得到一生所爱也是他们最大的收获。

为更好地配合项目工作，王子扬和另一同事郭振军都搬到公司附近租房子住，并在项目组准备了行军床，做好了长期备战准备。经过大家的不懈努力，项目终于经过评审后上线。

项目上线后半年时间内，是整个项目成员工作量最大、问题最多的时候，其间的问题有记录在案的就达两千多条，工作人员几乎每天都在接收问题、解决问题、安排开发计划中度过。

对于北斗星通来说，通过 ERP 系统建设，提高了集团化管理效率，实现了标准化，企业经营更加规范，成本管理实现了精细化。如今，北斗星通法定报告的合并，以及年报、半年报都在很大程度上实现了自动化，达到 90% 以上。

北斗星通现在的业务分部、行业应用市场、产品维度、项目维度、渠道维度、地理市场、统计科目等颗粒度，都处于国内先进水平，与跨国公司相比也是比较成熟的。

面对新经济时代的市场竞争和企业管理发展趋势，未来的 ERP 将是一个集管理、技术和信息之大成的系统。它将会进一步以提高竞争力、市场占有率和获取最大利润为目标，以市场为导向，以客户需求为中心，面向开放、互动的 ERP 系统，实行协同商务、协同竞争和双赢原则，充分运用先进的管理技术、信息技术、网络技术和集成技术。

企业所处的规模和阶段是信息化应用系统建设的标尺，是一个企业信息化建设的根本。如果脱离这个标尺，一切的信息化建设行为都只是勇敢的摸索。公司处于不同阶段，所对应的信息化应用系统的规划也不相同。

在 ERP 系统的推广与建设过程中，北斗星通也在同步建设和酝酿其他关键业务系统，如 CRM、SRM、PLM/PDM 及 BI 系统等，信息化的建设不是一夜砌高楼的事情，而是分步建设、持续优化、不断融合新技术的信息化工程。

“ERP 确实是个没完没了的过程。”随着时代科技的进步，尤其是数字化潮流的加快，ERP 系统也将成为对接时代的产物而顺应潮流，丰富自身。信息化、数字化、智能化，以及业务运营和新技术的互相融合、互相促进，为北斗星通的转型升级和规模化发展提供了强大的支持。

北斗星通 ERP 信息化建设之路，正乘风远航，阔步前行。

探寻质量的基因

质量总监郭克明把办公桌上的笔记本电脑打开，北斗星通质量计划、年度目标、运行情况等，一目了然。

俗话说，质量是企业的生命线，是企业生存、发展、壮大的根本保证。北斗星通由小到大、由弱到强的发展历程也印证了这一论断。那么，北斗星通有什么样的质量理念？个中缘由，值得探寻。

2001 年，北斗星通成立初期，为了企业的长久发展，周儒欣果断地做出建立质量管理体系的战略决策。

毫无疑问，建立充分、适宜、有效的质量管理体系是保证产品和服务质量的科学手段，是提高公司治理水平和质量信誉的有效途径，也是提升公司竞争力、占据国内卫星导航和卫星通信领域领军地位、抢占国内外市场的战略之举。

质量管理体系是指在质量方面指挥和控制组织的管理体系，是提高公司整体绩效、推动公司可持续发展的一个有效的管理手段。

然而，当初周儒欣提出要推行质量管理体系的时候，有的高管心存疑问，有的高管认为白耽误工夫。因为在当时，花个 10 万元、8 万元就可以从认证机构买到一个证书。因而，有的高管甚至当面问周儒欣："我们到底准备怎么做？是真做还是虚做？"周儒欣认为，不管做什么事情，一定要实事求是，绝不能搞子虚乌有的花架子，因而他坚定地说："要做就真做，而且要自己踏踏实实地做。"

于是，高管团队统一了思想，提升了认识。2002 年 3 月，北斗星通开始策划建立质量管理体系。

为保证体系建设的充分性、适宜性和有效性，周儒欣明确提出：第一，要确定一个既能反映我们在质量方面的意图和追求，又能与公司的战略方向相一致的质量方针，这个方针就是"顾客至上、质量第一、强化管理、持续改进"。第二，根据未来发展的需要，我们要建设两个体系，一个是国家标准质量管理体系，一个是 JY 标准质量管理体系。第三，要把质量管理体系的要求融入公司的业务过程，避免产生“两张皮”现象。通过贯彻标准要求，来更好地满足业务需求。第四，采用过程方法，遵循 PDCA 循环。

PDCA 循环的含义是将质量管理活动分为四个阶段、八个步骤进行，即：P（Plan）计划→找出问题，分析原因，确定影响因素，制定改进措施；D（Do）执行→落实改进措施；C（Check）检查→检查执行结果；A（Action）处理→总结经验，提出尚未解决的问题。任何一个过程都是遵循这个逻辑关系和顺序进行的，并且循环不止地进行下去。在第一个循环没有解决或新出现的问题，转入下一个 PDCA 循环去解决。

简单地说，PDCA 循环就像爬楼梯一样，一步步地提高生产和管理质量，每循环一次，就解决一部分问题，取得一部分成果，工作就前进一步，水平就提升一步。每通过一次 PDCA 循环，都要进行总结，提出新目标，再进行第二次 PDCA 循环，从而使品质治理的车轮滚滚向前。

2002 年 3 月，北斗星通依据 GB/T19001/ISO9000 和 GJB9001《质量管理体系要求》开始建立质量管理体系。6 月 1 日，批准发布了质量管理体系文件，标志着北斗星通质量管理体系进入试运行阶段。

在完成内审和管理评审之后，2003 年 2 月 27 日，北斗星通两个质量管理体系一次通过了中国新时代认证中心的审核认证，分别获得了质量管理体系认证证书和质量体系 JG 资质。两个体系覆盖的产品范围均为卫星导航定位系统产品的设计、开发、生产和服务。

2018 年 1 月 13 日，北斗星通质量管理体系通过了北京某诚信质量认证有限公司的扩大范围审核，分别获得了质量管理体系认证证书和质量体系 JG 资质。

通过质量管理体系认证后，周儒欣感慨地说：“获得质量管理体系认证资质，是北斗星通发展道路上的一个里程碑。从此，我们在为客户提供优质产品和满意服务方面就有了一套经得起检验的、科学的、符合标准要求的质量管理保证体系。我们的目的不仅是取得证书，而且是要通过体系的有效运行，推动公司的管理水平不断登上新的台阶，以适应公司快速发展的需要。”

虽然通过了审核认证，也取得了认证证书，但并不意味着质量管理工作就此可以松一口气了，相反，工作更艰巨了。周儒欣认为，在推动建立、实施、保持和改进质量管理体系方面，最高管理者应承担起重要的责任和发挥应有的关键性作用，这就是标准所说的“领导作用”。他要求领导团队要以身作则，率先垂范，以实际行动落实好质量管理体系要求，这既是庄严的承诺，也是必须承担的责任。

为兑现这种承诺，周儒欣要求团队自觉遵循“以顾客为关注焦点、领导作用、全员积极参与、过程方法、改进、循证决策、关系管理”等七项管理原则，认真学习标准，亲自参与实践，大力支持质量提升行动和质量管理部门独立行使职权，为质量管理体系的有效运行提供了所需的资源，为产品和服务的实现创造了良好的质量保证环境。

而且，北斗星通结合科研生产实际，探索并实施了“立足当前（即质量管理先从内部做起），前伸后延（即质量管理从项目的招投标开始介入，贯穿到交付后的服务活动）”的质量管理方法和把住“四个关口”(供方选择、器材采购、产品复验、生产投料)、控制“六个环节”(设计开发、生产制造、关键工序、特殊过程、检验试验、交付验收）的质量控制措施，保证了产品和服务质量满足规定要求，多年来未发生重大质量事故和客户投诉事件。

同时，北斗星通自觉践行“诚实人”核心价值观，建立并保持了质量诚信机制和内外部沟通机制，不仅让客户及时获得产品和服务的质量信息，而且也能使客户和相关方的需求和期望得到最大的满足，有效地提升了公司的质量诚信度、社会信誉度和客户满意度。

此外，北斗星通还建立了风险管理机制，有效地提升了抵御风险的能力；他们坚持以客户为关注焦点，持续改进质量管理体系的适宜性和有效性；他们注重科技创新，多次获得国家科学技术进步奖，展示了北斗星通的良好形象；他们注重产品创新，并根据客户需求在船载终端、卫星通信设备、无人机及我国北斗一号、二号、三号系统建设中发挥了重要作用，北斗星通在行业内的影响力及领军地位日益巩固和提升。

严格的质量管理，不仅实现了对有效实施质量管理体系的承诺，而且为以实际行动为体系的有效运行提供了坚强的组织保障，圆满完成了历年来的承研、承制任务及国家重大活动的技术保障任务，特别是在抗震救灾、海外撤侨、抗击疫情、精准农业、智慧城市等方面发挥了重大作用，为国家的经济建设和人民的生命财产安全做出了突出贡献。2020 年 1 月 16 日，周儒欣在北斗星通 2019—2020 年度总结表彰大会上鲜明地指出：公司的发展由高速增长阶段转向高质量发展阶段，高质量发展阶段就需要高质量的客户、高质量的产品和服务、高效规范的管理，以及肯担当、有激情、能吃苦、打硬仗的团队等。以此为标志，北斗星通开启了高质量发展的新征程。

质量第一，行稳致远。通用电气公司总裁杰克 · 韦尔奇说："质量是维护顾客忠诚的最好保证。"二十年来，北斗星通经过持续改进，质量管理体系日臻完善，始终保持着持续、稳步、健康发展的良好势头，为国家的经济建设和信息装备建设，特别是北斗产业的发展做出了突出贡献，得到了客户、社会各界的广泛好评。

当然，质量管理是动态的，需要不断改进和完善，永远无法达到完美，就像一场没有终点的"马拉松"。产品的高质量是靠持续不断且完善的质量管理来保证的，"润物细无声"也许就是质量管理的精妙所在。

现代"桃花源"的诞生

1998 年年底，周儒欣去访问了加拿大 NovAtel 公司。

当他凝视着 NovAtel 公司巍峨壮观的办公大楼，羡慕地环视着每一个角落时，心中构想着北斗星通也要建设自己的企业大楼。

"一定要有自己的企业大楼！"当时，周儒欣萌发了这个念头。

岁月如梭。一个源于 15 年前的构想，终于变成了现实。

2013 年 9 月 12 日，一座巍峨壮观的北斗星通大厦终于建成，并搬迁入驻。

沿着北京西郊的北清路向西，至永嘉北路，在一片绿树环抱中，一座深灰色的大厦格外引人注目。这座5层高的回形建筑位于北京市海淀区中关村永丰高新产业基地核心区域，东邻北京航天城，南有用友、北有安泰科技等知名企业。它就是北斗星通大厦。

进入北斗星通大厦内，只见草木芬芳，花团锦簇，让人仿佛进入现代“桃花源”。

从2010年到2013年，经过将近三年的精心筹备与建设，北斗星通大厦顺利落成。这座大厦占地面积26.7亩，主体建筑达到了4万平方米，地上5层、地下2层，内部建有食堂、停车场、乒乓球馆、台球馆、咖啡厅、便利商店及多个会议室和多功能厅。

在北斗星通大厦建设过程中，北京市政府、海淀区政府、中关村管委会、海淀园管委会的各级领导都给予了大力支持。大厦建成后，被北京市政府授予北京市软件与信息服务业“导航产业示范基地”。

经过15年的奋斗，北斗星通终于有了自己的“根据地”。北斗星通大厦的建成，离不开全体建设者的默默奉献，更离不开建设者的“领头羊”张士先。

为建设北斗星通大厦，在三年多的时间里，张士先呕心沥血，夜以继日。他从规划设计、设备造型到材料订购、现场施工，再到室内装饰、竣工验收，废寝忘食，披星戴月。

张士先原是某部基建办主任，2009年加入北斗星通，担任基建办主任。他从事基本建设管理46年，经手规划、建设、管理的工程项目达到40多万平方米。有一位领导干部曾评价他：有能力，会管理，很干净。

早在2009年2月26日，时任北斗星通总裁办公室主任的王迅找到张士先，向他介绍了北斗星通公司的情况，并告诉他，为满足发展需要，北斗星通准备建设一个集研发、生产、运营服务为一体的产业基地，想请他帮忙管理工程项目的建设工作。

当初，王迅带着张士先来到位于上地金隅嘉华大厦内的北斗星通公司总部，见到了赵庆瑞。一番寒暄之后，才知道彼此原来是一个系统的。赵庆瑞向张士先详细介绍了北斗星通的情况，以及公司领导对建设北斗星通大厦的期望。他对公司每个阶段的发展情况都了如指掌，言谈中饱含深情，细细讲述着北斗星通公司从成立、创业到发展、上市一路走来的曲折与艰辛，慢慢地将张士先的思绪带入北斗星通。静听着赵庆瑞的叙述，张士先也渐渐地融入了北斗星通，萌生了一种要为北斗星通做点什么的冲动和激情。2009 年 12 月 15 日，张士先加入北斗星通，开始筹备工程建设的前期准备工作。

建筑工程是一幅建成后改不了、搬不动、移不走的美丽画卷。为了绘制好这幅北斗星通的美丽画卷，在规划设计工作启动之初，周儒欣就提出了规划要本着“简洁、端庄、厚重、大气”的设计原则和“要突出卫星导航特点，尽量做到有内涵、有气势、有张力和不要过分渲染个性，要与周边建筑相协调”的总要求。

经过前期紧张的筹备，基建办公室于 2010 年 5 月正式成立，同时北斗星通公司《基建工作管理制度》也正式颁布实施。在北斗星通成立十周年前夕，即 2010 年 9 月 6 日，在工程现场举行了“北斗星通大厦开工奠基仪式”。

基建工作是一项系统工程，头绪众多，纷繁复杂。从立项、征地到规划、设计，从工程招标、组织施工、进度安排、质量监理到投资控制、竣工验收、工程结算，每个环节都需要专业人员周密计划、认真组织、严格把关、精打细算。

近一千多个日日夜夜里，张士先和同事们为办理各种工程建设手续，整天不分昼夜地忙碌着、奔波着。手续复杂、关卡重重，难度极大，没做过这项工作的人难以体会到那种低头求人的感觉——被人不屑一顾的低微，强赔笑脸的尴尬，举杯痛饮的无奈……其中的酸甜苦辣，只有经历过的人才能体会。自 2008 年 8 月 18 日与北京市中关村永丰产业基地发展有限公司签订购地意向书起，至 2011 年 5 月 6 日取得建筑工程施工许可证，历时两年零八个多月的时间。

施工准备与跑手续同步进行。2011 年 3 月底之前，他们完成了工程设计、施工、监理的招标工作，提前确定了工程设计、施工总承包和工程监理单位。4 月初，施工队伍和工程监理人员就开始陆续进场，搭设临时工棚，铺设临时水电线路、道路等。此时，基建办也搬至施工现场办公，与各路人马会合，统一指挥，协调部署。

多年的实战经验让张士先对基础建设的每一个步骤、每一个细节均了然于心，对可能存在的问题能够提前预估，对问题的分析又具体到位。张士先认真细致的工作态度，也潜移默化地影响着基建办的每一位同事。

当时，按照周儒欣提出的北斗星通大厦需在2013年年底之前建成交付使用的进度总要求，2011年5月6日取得工程建设施工许可证后，随即正式开工建设。施工现场一万多平方米的基坑上下，人头攒动、塔吊耸立、机械轰鸣，一片繁忙景象，蔚为壮观。

张士先对同事要求很高，对自己要求更高。节假日的“打铁值班”，夜间的工地“加班”，晴天一身土，雨天一身泥，长期超负荷工作。他难得有过完整的节假日，家人时常抱怨白天黑夜都见不到他人。有一次，工地夜间浇捣水泥，为了确保工程质量，也为了指导基建办的同事了解工程建设中的具体细节，他蹲在现场手把手地指导、面对面地传授，让他们直观地了解基建知识，全然不记得还没有吃晚饭。

施工期间，遭遇过北京60年不遇的特大降雨，也遇到过滴水成冰的寒冬。张士先曾经无数次彻夜难眠，辗转反侧。虽然工期紧、困难多、协调难，但张士先和组织施工的同事们没有后退，而是突破重围，艰难奋战。

冬去春来，花落花开，经过两年多的施工建设，北斗星通大厦终于竣工。

2013年9月12日上午，北斗星通大厦广场前，锣鼓喧天、彩旗飘扬，周儒欣率领管理团队和公司全体员工，在悠扬的迎宾曲和喜庆的礼炮声中正式入驻。

北斗星通大厦建成并投入使用，将致力于打造一流的卫星导航技术和产品研发平台、生产制造和测试平台，推动北斗星通攀上一个新的台阶，促进国内导航产业的发展，扩大国内自主北斗导航应用，同时也为员工创造了国内领先的办公条件。随着产业规模的扩大，还可以提供更多的劳动就业机会，为构建和谐社会发挥作用。

北斗星通大厦被北京市政府授予北京市软件与信息服务业“导航产业示范基地”。2013 年 9 月 9 日，在北京市海淀区建设工程质量监督站的现场监督下，工程通过了勘察设计、施工、监理、建设单位四方的竣工综合验收，建设项目现场管理被评为北京市“文明安全工地”，结构工程被评为北京市“2011—2012 年度结构长城杯金质奖工程”，工程竣工项目被评为北京市“2014 年度建筑长城杯银质奖工程”。整个工程项目建设做到了工期、质量、投资、安全四达标，通过了北京市政府主管部门的各项检查验收。

北斗星通大厦的建成，在北斗星通发展道路上具有里程碑式的意义。搬迁进新建成的北斗星通大厦后，周儒欣在发给员工的邮件中提到“自己坐在新基地大楼里办公，心情很不平静”。

从 2000 年到 2013 年，十三年的时光如白驹过隙。北斗星通从最初的小型企业发展到在深交所上市，从单一的贸易型企业发展到业务模式为“产品 + 系统 + 运营服务”的产业集团，从几间办公室发展到拥有如今的北斗星通大厦，这样的发展历程，又怎能让周儒欣内心平静呢?

第十四章
为梦想铸魂

以“党建”赋能发展

镜头一：“优秀共产党员称号是我的光荣，也是北斗星通的光荣。”

2011 年 6 月，在北京市海淀区纪念中国共产党成立 90 周年大会上，周儒欣作为北京市“优秀共产党员”做了大会发言。

镜头二：“我宣誓，艰苦奋斗，诚信务实，扎实工作，实现梦想！”

2018 年 1 月，在浙江嘉兴南湖，中国共产党发源地的革命纪念馆内，周儒欣带领部分北斗星通高管面对庄严的党旗宣誓。

镜头三：“我志愿加入中国共产党……”

2019 年 9 月，在河北涞源革命老区纪念馆，北斗星通党委副书记李学宾带领部分优秀党员，面对鲜红的党旗，重温《入党誓词》。

早在 2000 年 9 月，北斗星通成立的同时，党支部也同时成立。2011 年 6 月成立党委，董事长周儒欣兼任党委书记，并配有专职副书记。相关事业部、子公司领导担任党委委员，各事业部、子公司成立了党支部及党小组，党委下设 6 个支部，现有党员 200 多名。

北斗星通党委围绕发展抓党建，抓好党建促发展，发挥政治引领、融合统领、先锋带领的作用，践行“党建工作做好了就是凝聚力，做实了就是软实力，做强了就是影响力”的理念，实现了党建工作和生产经营“双赢”。北斗星通党委先后被评为“全国企业党建工作先进单位”“北京市非公有制经济组织党建示范单位”等多项荣誉，被誉为“领导班子好、党员队伍好、工作机制好、发展业绩好、群众反映好”的“五好”非公企业党组织。

北斗星通企业领导班子非常重视党建工作。与很多民营企业不一样的是，它把党建作为一种非常自然的组织手段。周儒欣一直把党组织和党员看作企业的资源，是企业联系党和政府的纽带与桥梁。多年来，他身兼两职，既当董事长又兼党委书记。

北斗星通党委连续多年被北京市委选为党建工作联系点，而且是唯一的非公企业联系点，连续多年被评选为先进基层党组织。

北斗星通核心岗位党员占了 80% 以上。每年评定的优秀员工中党员也占到了 80%。共产党员的模范带头作用，在北斗星通确实有提升企业凝聚力的作用。北斗星通党委发挥政治引领和政治核心作用，推动、促进、支撑企业发展的做法，进入了北京市和海淀区党校授课案例，在圈内小有名气。

赵庆瑞从某企业管理局局长岗位上退休后，在北斗星通做了 10 年党建工作，为北斗星通的党建工作打下了良好的基础。2010 年，他因身体原因，需要物色“接班人”。周儒欣提出“接班人”要满足三个条件：一是有党务工作经验，二是了解北斗业务，三是了解政府运作流程。赵局长建议重点放在原某系统退休干部中物色人选。最后选择的李学宾，已经是面试的第 16 位领导干部。

李学宾，具有律师资格，曾在某部机关工作 20 多年，在某中心担任政工领导干部，既有丰富的机关工作经验，又有扎实的基层工作经验，更有过硬的党建工作经验，曾参加过多次重大航天任务。

退休后，李学宾加入北斗星通，先后担任顾问、党委副书记、工会主席。他在抓党建工作方面有自己独特的办法，而且很注重非公企业党建工作方面的理论研究。在他的推动下，北斗星通党委、董事会和高管层边实践边思考，逐渐形成了增强企业凝聚力的多项举措。

针对如何发挥党委的作用，周儒欣与李学宾进行了多次讨论。最后彼此达成共识，即“一个不参与，三个参与”，有所为，有所不为。具体来说，就是党委“不参与经营决策，参与企业文化建设，参与人才的培养、选拔、使用，参与维护职工合法权益，领导工会”。同时，完善各项制度，形成了《党委职责》《党委议事规则》等文件，党建工作紧贴员工，紧贴生产经营，发挥了民营企业与政府保持联系的纽带和桥梁作用。

党的十九大后，北斗星通第五届董事会确定实行“四同原则”，即：董事会、监事会、经营层、党委工会“同策划、同部署、同实施、同总结”，党建工作深度参与到公司治理以及生产经营中，党委参与董事会、监事会、经营层换届人事考评安排以及高管述职等工作。为充分发挥党建工作“两个作用”，即在企业员工中发挥政治核心作用，在企业发展中发挥政治引领作用，他们构建了“三个一”组织体系。即一个总体布局：京内，根据公司结构体制建立党组织，形成了集团公司有党委、子公司有党支部、业务部门有党小组（或党员）的组织布局，党组织布局使独立法人之间多了联系纽带；京外，按属地原则纳入当地党的组织。一个高效的常委班子：董事长、总裁、负责人力资源的副总裁成为党委常委。常委会形成的意见，便于董事会、总裁办公会得到通过并执行。一位专职副书记，具体负责党建工作。

同时，探索完善了一套行之有效的机制方法——

建立信息平台，在办公网上建立“党员之家”邮件群发系统，党委、支部和党员之间的沟通便捷高效，上情下达，下情上传。

党建、工会、人力资源、企业文化、内刊编辑部合署办公，一个系统内资源共享互补，形成合力，方便管理。这也是北斗星通的一大特色。

党组织生活务实高效。每周定期为党员发送电子学习资料，配发辅导读本和音像资料。周儒欣和李学宾还多次分别给党员讲党课，分析解读当前形势与政策，解读十九大精神；学习弘扬“红船精神”，组织党员到嘉兴南湖瞻仰革命圣地，举行“不忘初心，牢记使命，实现北斗梦”的宣誓仪式；组织“新时代新担当”主题党日和中关村海淀园“红创空间”布展活动；注重把学习成果转化为公司发展的战略、发展的能力、发展的途径和方法。尤其是在学习习近平总书记在民营企业座谈会上的讲话后，北斗星通上下对党和国家，对经济发展和企业自身充满信心，为自身作为北斗行业“龙头”企业感到自豪，勇于担当起北斗行业国家队的责任。

发挥党员先锋模范作用，完成急难险重任务。每年“七一”和年底都要开展先进党支部、优秀共产党员、优秀员工等评比表彰活动。近几年，每年评定的优秀员工中的党员占80%，形成了“新二八格局”。北斗星通党委自成立以来，获上级表彰的优秀共产党员有29名，内部表彰185人次。同时，注重加强党员管理，把流动党员纳入管理，一视同仁。注重从党员中提拔骨干，做好“把党员培养成优秀员工，把优秀员工发展成党员”的工作。在发展对象上，重点发展关键岗位上的生产经营管理者、科研人员和员工骨干；在方法上，通过多种渠道，把符合条件的优秀积极分子及时吸收到党组织中，先后有26名同志加入党组织。党委号召广大党员敢于勇挑重担，攻坚克难，形成了困难面前有党员、技术攻关有党员、关键岗位有党员的生动局面。不论研发一线、项目一线，还是生产一线、营销一线，都活跃着共产党员的身影。

发挥把党建工作纳入企业绩效考核的激励作用。企业出资人重视党建，党建经费充裕。每年拨出专项经费设立党建工作绩效考核基金，组织学习教育和开展活动。党委、支部成员和党员完成任务好、模范作用好，达到标准便可获得相应的基金奖励。

引领企业文化建设。创建诚信企业，构建和谐企业，履行企业社会责任，参与北京市、海淀区、海淀园3个非公企业党建课题研究；开设“北斗星通大讲堂”，开展“师傅带徒弟”活动等；由党委工会牵头，利用工作间隙和业余时间开展灵活多样、丰富多彩的活动，组织各类体育比赛，开展读书征文、硬笔书法比赛、摄影比赛、团队拓展、业务竞赛及文艺晚会等，丰富员工的业余生活。

培养、选拔、使用人才。坚持“两个优先”：提拔干部，党员优先；发展党员，干部优先。注重“两项建议”：定期向董事会和经营班子提供运用政策的建议；定期向董事会和经营班子提供骨干使用的建议。北斗星通聚集了一批我国卫星导航领域知名专家。2018年11月27日，北京市政协主席吉林带来了北京市服务重点企业（北斗星通）综合服务包，明确了总管家、服务管家，指定了责任人。

维护企业和职工合法权益，领导工会。坚持以人为本，员工发生伤病住院，员工父母、配偶、子女罹患重大疾病或去世，党委和公司领导都要带着慰问金或慰问品到场慰问；员工结婚、生育等，公司领导也会送去祝贺。每月举行员工生日集体聚会，让员工感受到“家”的温暖；采取多种措施关怀、关心员工，推动企业不断提高福利待遇，改善工作环境；解决困难党员的生活、子女入学等实际困难，关心体贴他们，积极为他们办实事、解难题。同时，为高层次人才引进、保留、办理北京户口等给予支持和帮助。

周儒欣指出：“党委的作用，不亚于拿几个项目，也不亚于引进几个人才，这是一个系统性的组织行为。在未来，如果给所有的党员都贴上标签，就会发挥极其重要的‘倍增器’的作用。”

传承红色基因，助力北斗梦想。作为一家集科技与文化于一体的国际化公司，北斗星通党委在多年的党建工作中认识到：只有做好党建工作，在员工中发挥政治核心作用，在企业发展中发挥政治引领作用，才能增强企业的凝聚力，激活企业的内生力，形成党建与企业发展的双赢格局和良性循环，促进党建工作与企业发展同频共振，推动党的建设和生产经营有效融合。

2019 年 8 月 17 日，南开大学校友企业家代表座谈会在天津举行，周儒欣应邀出席。

周儒欣在座谈发言时说：“北斗星通核心的卫星导航技术和产品，获得了国家科技进步一等奖、二等奖。南开赋予南开人最深厚的家国情怀……”

浓浓南开母校情，殷殷产业报国心。毕业后入伍，退役后经商，周儒欣的话语里满是肺腑之言：“公司在成立之初就建立了党支部，2011 年成立了党委。作为中国人，作为南开人，我们老校长的‘爱国三问’特别重要。在公司里我经常讲，一定要在党的领导下，为祖国发展贡献力量。”

以企业文化驱动经营

2018 年 11 月 8 日，北斗星通公司举办了为期两天的首届企业文化官集训班，来自各子公司、事业部、集团职能部门的 36 名企业文化人员参加了集训。

周儒欣出席开班仪式并讲话。独立董事许芳、高级顾问赵庆瑞等出席，公司监事、党委副书记兼工会主席李学宾主持开班仪式。

就在开班仪式上，有 11 人受聘担任企业文化官，6 人受聘担任企业文化联络员，17 人受聘担任《北斗星通》内刊通讯员。

周儒欣在开班仪式上做了重要讲话。他回顾了北斗星通的奋斗发展史，高度评价了北斗星通企业文化对内凝聚人心、凝聚队伍，对外树立形象、提高竞争力而发挥的重要作用，突出强调要继续重视企业文化建设，鲜明提出了“建设有文化的科技公司”的目标。

这次集训以授课、参观、座谈讨论等形式展开，参训学员进一步掌握了企业文化方面的基本知识，进一步提升了企业文化建设方面的素质和能力，为下一步推进企业文化落地与传播打下了良好基础。

聚是一团火，散是满天星。从此，北斗星通各地的企业文化官们，让企业文化的传播更加活跃，企业文化的魅力更加绚烂，企业文化的品牌更加响亮，文化兴企的动力更加强劲。

可以说，首届企业文化官集训是北斗星通公司发展史上具有里程碑意义的一件大事，标志着北斗星通企业文化建设开启了新篇章。

回顾北斗星通二十年的发展史，我们可以清晰地看到，这既是一部艰苦创业的历史，也是一部创新拼搏的历史，更是一部企业文化从启蒙到培育再到自觉的历史。

企业文化是灵魂，是凝聚力和创造力发展的源头，是企业基业长青的原动力。正如周儒欣指出的那样：企业文化建设是“铸魂工程”，必须长期深入持久地抓下去，“诚实人”核心价值观必须坚持下去。

事实上，北斗星通起初规模较小、层级少，“家文化”的痕迹比较浓。而随着公司规模不断扩大，家大业大了，企业发展已经很难以人情维系，要讲梦想、讲文化、讲制度、讲管理。

企业有文化才有未来。北斗星通自成立以来，始终高擎“共同的北斗、共同的梦想”的旗帜，践行“诚信、务实、坚韧”的企业核心价值观，构建了包含“企业使命、企业愿景、企业精神、企业核心价值观、企业作风、企业伦理、经营原则、经营理念、营销策略”在内的理念系统，持续推进企业文化的传播与落地，真正让企业文化融入产品、深入人心。

北斗系统以及北斗星通是在改革开放、国家富强、民族复兴的大潮下诞生并发展壮大的，是时代的产物。

周儒欣率领的北斗星通，其企业愿景是“成为客户信赖、员工自豪、受人尊重、国际一流的产业集团”；其企业使命是“向用户提供满意的，基于位置的解决方案，以此奉献社会，回报顾客，回报合作伙伴，回报员工，回报投资人，使我们的生活更美好”。

可以说，北斗星通的愿景为企业指明了正确的发展方向，唤起了员工心中的希望，激励员工奋发拼搏，积极向上。而企业使命，唤起了员工的使命感，凝聚了员工的力量，激发了员工的工作热情和敬业精神，促进了公司健康发展。

2019 年，周儒欣提出了“不忘实业报国初心，牢记北斗强国使命”，并再次重申：“北斗”不仅是建设者的“北斗”，也是使用者的“北斗”、应用推广者的“北斗”，是我们“共同的北斗”；“北斗”是中国的“北斗”，也是世界的“北斗”，承载着导航强国的“共同的梦想”，以及实现人类命运共同体的光荣使命。

早在 2007 年，北斗星通刚刚上市不久，发生过一起事故。北斗星通实施的农业部南海局的项目，有几百台装载在渔船上的北斗终端设备突然出现了问题。当时，周儒欣毫不犹豫地表示全部免费更换、负责到底，并拿出 1000 万元作为专款，全力解决南海项目的难题。

北斗星通以高度的文化自觉不断总结和充实企业文化内涵，形成了以“诚信、务实、坚韧”为企业核心价值观的企业文化体系，从而赢得了发展机遇。

诚信，就是对内对外都要讲规则、讲信用、讲诚信。这使北斗星通在业内获得了非常好的口碑，甚至在竞争对手那里也获得了尊重，因为北斗星通人从来不做“背后捅刀子”的事情。熟悉业内竞争环境的人都知道，“打标”有时候非常“龌龊”，尤其是在政府项目中，竞争对手之间“背后下绊子、捅刀子”的事情是常见的。然而，北斗星通奉行公平竞争，绝不做小动作、下黑手。而对北斗星通时常被诋毁、被攻击的现状，周儒欣依然认为，自己受到攻击不能成为“反击”的理由，不能将自己拉到与对手一样的层次上，以降低人格或者丧失人格为代价的事情，北斗星通坚决不做。

务实，就是善于解决实际问题，接地气，言行一致，说到做到，不夸夸其谈，多做少说；坚韧，就是要坚韧不拔，具有顽强的毅力，不怕困难。如果说“诚信”是北斗星通的底线，代表了其保守的一面，那么“务实”和“坚韧”则代表了其相对具有开拓性的一面。

当初，北斗系统与成熟的GPS业务相比，显然还是非常弱小的。北斗星通建设不容易，北斗产业化发展更不容易。但是，北斗星通另辟蹊径，靠代理国外产品积累了资金与技术，成立了芯片公司，用了10年时间一步步把北斗业务从零做到盈利。因而，从某种程度来说，“务实”和“坚韧”也是被这种恶劣的市场环境逼出来的。因为市场太过艰难，所以根本没有时间去搞虚的、假的那一套，只能本着务实的精神一个项目一个项目地去谈、去磨，生存成为第一动力。同样，因为市场太过艰难，拿项目不易，做项目不易，维护项目更是不易，没有“坚韧”的精神，北斗星通也绝对无法走到今天。

当年，为了获得南海渔民的认可，周儒欣冲在第一线，跑到渔民的渔船上跟他们解释北斗应用的好处。其他员工自然备受鼓舞，也不甘落后。后来在浙江省渔业项目里，北斗星通同样遭遇到渔民的不理解，渔民联合起来找各种理由拒绝安装设备乃至对设备吹毛求疵，甚至将北斗星通的员工赶下渔船。在这样恶劣的工作环境下，如果没有坚韧的精神，是很难坚持下去的。其中有一位叫樊大明的员工，顶着渔民的质疑乃至不尊重，一条船一条船地做工作，最终说服渔民，9000条渔船全部安装了北斗终端设备。经过艰苦努力，后来沿海有4万条渔船都安装了北斗终端设备。

从“诚信、务实、坚韧”这三个词中提炼出的“诚实人”，被制作成工牌挂在员工胸前，时时提示着每一个北斗人：在重压下、在失败时都保持自尊，不屈不挠；在胜利时则保持警觉，知道责任重大，征途漫长。

人在做事业的同时，事业也在塑造着人。在“诚信、务实、坚韧”的基础上，周儒欣提出了北斗星通的企业作风：“说到做到，一诺千金，快速行动，细化落实。”

事实上，这16个字不是几个高层拍脑门拍出来的，而是在实践中一步步总结出来的，是已经被实践证明的行之有效的策略。这个策略，依然要归因于艰苦的市场环境——机会稍纵即逝，容不下任何推诿、拖延和谎言。

2016年7月12日，“南海仲裁案”结果公布，尽管中国明确表示不接受不承认裁决，但面对这场闹剧可能带来的巨大不确定性，国际舆论还是充满担忧。而就在结果公布的时候，西方某大国在我国边境蠢蠢欲动，南海海域空中飞机轰鸣，对我国进行示威挑衅。也就在这个紧张而关键的时刻，GPS失效了。随后，北斗星通接到了“战时前线出保障”任务的通知。接到任务后，北斗星通派出技术保障工程师王伟前往三亚提供保障服务。王伟接受任务后表示，坚决尽最大努力保障设备正常运行。在执行保障任务期间，王伟秉承说到做到、一诺千金的作风，不惧风浪，不怕牺牲，克服重重困难，保证了设备正常稳定，保证了演习的顺利进行。

2020年春节前后，新冠肺炎疫情突如其来，到处都在封村封路、停工停学，人们恐慌焦虑，每天关注着不断变化的确诊病例数字。这次疫情对中国经济社会产生了重大冲击，国家在经济层面被按下“暂停键”。北斗星通也是“雪上加霜”，面临着巨大的冲击和挑战。2019年，北斗星通商誉减值，处于亏损状态。可以说，经济下行、商誉减值、疫情，犹如“三座大山”压在周儒欣的肩头。在“非常时期”，北斗星通果断采取了“非常措施”，一手抓疫情防控，一手抓生产经营，果断复工复产，更加聚焦主营业务，更加坚韧顽强，更加专注于工作和主责，全集团迸发出巨大的能量，凝聚力显著增强，向心力明显提升，体现了文化的力量。

不仅如此，北斗星通夯实“铸魂工程”，致力于企业文化建设，积极响应周儒欣“建设有文化的科技公司”的号召，以“诚实人”核心价值观为支撑，突出重点，有序推进，层层落实，较好地发挥了企业文化为战略目标和经营实践服务的作用。他们建立健全组织队伍，在各个子公司、事业部设立了企业文化官、企业文化联络员及内刊通讯员等岗位，做到了企业文化有人管有人建；举办企业文化官集训班，提升企业文化建设的能力水平；加强企业文化传播与落地，举办新员工培训，组织高级培训班；集团公司组成企业文化讲师团，到子公司宣讲企业文化；利用《北斗星通》内刊、微信公众号、多媒体等传播企业文化理念；开展“我与北斗星通”征文活动等。同时，编辑整理《用“思想”经营“梦想”》《“诚实人”：北斗星通企业文化手册》，让“诚实人”核心价值观入耳、入脑、入心、入行、入产品。

2019年11月17日，“时代新人说——我和祖国共成长”演讲大赛全国总决赛在京举行。经过激烈的角逐，北斗星通战略发展中心总经理潘凯演讲的《让北斗照耀世界》以全国第三名的好成绩获评银奖。这是他继荣获北京市一等奖、“改革前沿”主题赛事“金奖”之后的又一殊荣。

《让北斗照耀世界》讲述了我国北斗卫星导航系统及北斗星通公司的发展历程、辉煌成就及远大目标，弘扬了北斗星通“诚信、务实、坚韧”的核心价值观。

在北京、在嘉兴、在杭州、在深圳、在广州、在东莞、在石家庄、在重庆、在宿迁……从集团到各子公司，企业文化如春风化雨般滋润着员工们的心田。

从文化理念的总结提炼到宣传推广，从管理制度的约束强化到文化管理，北斗星通以高度的文化自觉，努力让企业文化“内化于心、外化于行、固化于制、显化于形”，为企业发展提供精神装备，为实现国内超一流、国际一流的科技产业集团提供强大的支撑。

所有的企业都希望自己的文化能够代代相传、生生不息，但是只有优秀的企业文化才有可能实现生生不息的梦想。事实上，优秀的企业文化就像空气，你每天都在呼吸，但是你习以为常了；优秀的企业文化就像春风化雨，“随风潜入夜，润物细无声”。

以人才队伍建设为根本

正是夏日炎炎时节。

在北斗星通大厦会议室里，一场高级管理人员述职考评会正在紧张进行。被考评人正在进行述职，总结过去，展望未来，充分总结自己的优点和不足，提出疑惑与需要的支持，并与评委坦诚沟通。

评委们认真聆听，分别从战略目标、市场拓展、技术创新、经营管理提升、制度流程建设、团队建设与人才培养、领导力提升与个人发展等方面，向述职人员提出针对性的意见与改进建议，并取得了良好的沟通效果。

接下来，每位评委进行点评。各位评委措辞严肃，逐条讲评。作为考评组长，周儒欣进行最后的总结讲评。

被考评人如坐针毡，面红耳赤。

考评结束后，考评组汇总点评意见和评分，形成“述职反馈表”“综合排名表”。“述职反馈表”经考核组长签字确认后，发送至各位被考评人或其直接上级。

这种述职考评不是考试，但比考试还难。考评结果作为绩效考核、奖惩或晋升淘汰的依据。

这是北斗星通考核骨干的一项重要举措。被考评人获得一次集体把脉体验的经历。通过述职考评，强化了目标与主责意识，推动了经营目标实现。同时，通过考评与考核还发现了一批优秀人才，为干部成长和人才建设奠定了基础。

北斗星通一直将人才队伍建设列为头等大事。从创业之初冲出重围，到如今稳健经营，靠的就是周儒欣带领的团队拼搏奋斗，靠的就是重视人才的引进与培养。

给想干事者以希望，给能干事者以平台，给干成事者以激励。北斗星通把人才队伍培养作为企业发展的立足之本，大力提升员工的素质，构建了人才引进与选拔、培养与激励、使用与保留的机制，为公司发展提供了人才保障和智力支持。

人才是最重要的资源。企业的竞争，归根结底是人才的竞争。

人才是企业最宝贵的财富和最大的资产，对“知识密集、技术密集、智力密集”的现代高科技企业尤为重要。北斗星通如今已有 5000 多名员工。而对于智能时代来说，5000 名员工是不够的，5000 个人才才是目标。

在二十年的经营实践中，北斗星通始终坚定“人”是最重要的资源及最宝贵的财富，学习“以奋斗者为本”的理念，通过员工培训、任职资格、述职考核、绩效管理、股权激励等，激活人才潜力，调动人才积极性，不断培养人、塑造人、凝聚人，打造了一支能打大仗、打胜仗的国内一流、国际领先的优秀团队。

从根本上来说，爱才是做好人才工作的基础和前提。北斗星通处处体现出爱才的诚意，只要是人才，都欢迎加盟进来。同时，他们在招聘面试、绩效考核、年度述职中，识别人才，把好入口关。北斗星通招聘人才，永远是招最合适的，而非最优秀的，北斗星通相信最合适的才是最好的。

采取有力举措加强培训工作的精细化，着力提高培训的有效性、有用性，大力培养科技领军人才群体，营造人才辈出的环境。2013 年 5 月 4 日，北斗星通管理学院成立，成为提升企业文化竞争力的极佳平台，周儒欣亲自担任院长。管理学院着力培养北斗梦想人才，以能力提升、文化落地、知识固化、绩效达成、助力变革、品牌传播为使命，以“和合共生、守正出新”为院训。管理学院自成立以来，举办了多期培训，既有高绩效经理人正规班系列培训、卓越经理人训练营，也有管理培训、企业文化培训、中高层后备管理干部培训、法规知识培训等。2018 年，组织了陈春花《管理者的 50 堂必修课》，有 40 名骨干参加学习。据不完全统计，管理学院先后培训了 300 多名中高层干部。

二十年来，北斗星通以使命召唤人才，以事业和待遇留人才、聚人才、练人才。他们采取多项举措培养有事业心、追求“北斗梦”、认同公司价值体系、努力奋斗的人成为核心人员，激发人才奋斗热情，激活创新力量。北斗星通注重把人才的培养、选拔、使用、考核有机结合，在使用中培养，在培养中使用，采取师傅带徒弟的方式，结合具体工作来培养，围绕工作目标来培养；大胆起用年轻人，适当吸引所急缺的外部人才，包括高端人才。近几年，北斗星通吸纳了众多优秀企业家、专家和团队加入，保持了持续发展的活力。如副总裁潘国平，1975 年 2 月出生，拥有武汉大学投资经济专业学士学位，2011 年 1 月取得了深圳证券交易所颁发的董事会秘书资格证书，曾任佳利电子有限公司副总经理，因表现优异，被调到集团总部任副总裁、董事会秘书兼董事会办公室主任。

要想聚天下英才而用之，容人的雅量必不可少。雅量，最重要的是体现在识人用人上，做上司的一定不能嫉贤妒能，怕下属超过自己，听不得不同意见，一听批评就火冒三丈，那样早晚会成为孤家寡人。现任北斗星通副总裁刘孝丰，于 2001 年北斗星通初创时加入，2003 年离开自行创业。两年后，刘孝丰回归北斗星通，担任销售经理，次年任事业部副总经理，目前任北斗星通副总裁。原北斗装备总经理高培刚，也曾一度离开北斗星通，在外工作几年后，也回归北斗星通，如今担任北斗星通副总裁。

比尔·盖茨说："如果把我们公司 20 个顶尖人才挖走，那么我告诉你，微软会变成一个无足轻重的公司。"由此可见，留住人才一直是企业的重点工作。北斗星通也是如此。他们通过有效的股权、薪酬和福利等制度安排，吸引海内外优秀人才，拴心留人，培养新人，使公司进入事业阶梯发展、人才优势积聚的良性发展轨道。他们进一步优化人才队伍培养方案，完善考核评价和激励机制，通过有效的股权、薪酬和福利等制度安排，吸引优秀人才，为员工提供充分的发展机会；建立合理的晋升制度，使他们干事有平台，待遇有保障，干好有发展，实现了聚集人才与科技成果"双丰收"。周儒欣指出："要采取一切措施培养年轻人，吸收有理想、有能力的热爱卫星导航产业的人员。"他还指出："北斗星通需要忠诚、有情怀、能担当、有能力、干净的接班人。"

近年来，有 200 多名中高层骨干走上岗位，100 名员工进入人才后备库。

2011 年 12 月 19 日，北斗星通博士后工作站分站获得了人力资源和社会保障部批准。博士后工作站分站的成立，使北斗星通在科研能力提升、高端人才引进、创新人才培养等方面得到了提高和完善，特别是对吸引高层次人才起到了强有力的磁场作用；能够将科研开发、成果转化、企业技术进步、人才培养等融为一体，进一步推动公司产学研紧密结合，不断提升技术创新能力，加快技术创新的成果转化。

对于人才，北斗星通注重在户口安置、子女入学、配偶就业、健康医疗等方面解决员工的后顾之忧。在日常生活中，他们注重对员工的人文关怀，员工生日、入司纪念日都有礼物发放；生病住院、直系亲属遭遇重大疾病或死亡等，都要派人去慰问。另外，员工每年可以获得一次免费旅游的机会，企业定期为员工过集体生日。公司内乒乓球桌、台球桌、多功能厅配套齐全，还有专门为哺乳期女员工开设的“妈咪屋”。图书阅览室实行自主管理、自助阅览，24 小时不上锁，有不同兴趣爱好的员工可以选择加入各自喜欢的俱乐部。

人才资源是竞争之本、活力之源，没有人才的支撑，就无所谓企业的发展。谁在人才发展上高人一筹、快人一拍，谁就能把握竞争的先机、赢得发展的主动，抢占人才发展的战略制高点。

千里之行，始于足下。北斗星通秉承“诚信、务实、坚韧”的企业核心价值观，为壮大、优化公司人才队伍，提升人才队伍的竞争力，实现人力资源的最优配置做出了不懈努力，一支结构优化、素质优良、勇于创新的人才队伍正茁壮成长。

以产业报效国家

2019 年，是中华人民共和国成立 70 周年。10 月 1 日，周儒欣作为特邀观礼嘉宾，参加了在北京天安门广场举行的庆祝中华人民共和国成立 70 周年大会及盛大阅兵仪式和群众游行欢庆活动。

活动结束后，周儒欣在接受采访时说：“我很荣幸受邀作为观礼嘉宾，参加国庆 70 周年庆典仪式，这是我从来没有想到过的！祖国 70 年的巨大变化，尤其是改革开放 40 年来取得的伟大成就，让我感到骄傲和自豪！庆典活动，特别是阅兵仪式，很震撼，很受鼓舞！我们一定‘不忘实业报国初心，牢记北斗强国使命’，为实现中国梦、北斗梦接续奋斗。”

“实业报国，北斗强国”，从创立北斗星通那天起，便是周儒欣从始至终的理想和情怀。

周儒欣说：“对一个企业来说，要始终把国家和民族的命运作为一个重要的考量，要站在国家和民族安全的角度做一些事……做企业不光要实现经济利益最大化，还要担负很多的社会责任，要实业报国，要心怀中国梦。”

北斗星通以致力于推动北斗产业化应用、助力导航产业发展为己任，为全球用户提供产品、解决方案及服务。

在不同的场合、不同的主题发言中，周儒欣怀揣一颗产业报国的赤子之心，屡次表达出这样的信念。北斗星通探索出了一条利用专业能力为社会提供服务的新型公益途径。

在北斗星通大厦的机房内，国家863计划课题——北斗天枢北斗卫星海洋渔业安全生产与交易信息服务系统正在有条不紊地工作着。

在系统监视屏上，所有装有北斗星通北斗海洋渔业船载终端的作业渔船，都能实时地显示出其所在的位置和航迹。渔船如果遇到危险，可以通过终端发送短信求救；如果渔船不慎驶入禁渔区或邻国海域，监控部门能够及时通知渔船上的人员，以免渔船被扣押。该系统于2006年8月成功中标农业部南海局“南沙渔船船位监测管理系统”项目，并于2007年3月开始运行。该系统已建成2个陆地监控总台、41个陆地监控台站，广东、广西、海南三省（区）以及港澳900余艘渔船安装了北斗用户终端。据统计，系统自运行以来，已收到处理海上渔船紧急报警300多次，涉及渔船100多艘，1000多名渔民的生命财产得到了安全保证，减少直接经济损失数亿元。

2007年11月21日至12月1日，强台风“海贝思”和“米娜”袭击南沙，南沙渔船陆地监控中心凭借北斗信息服务系统的预警功能，及时发布台风警报信息，指挥渔船紧急撤离，确保了100余艘渔船、800多名渔民的生命财产安全，减少直接经济损失上亿元。“北斗”被广大渔民称为海洋渔船的“保护神”。

2008年5月12日，我国发生汶川大地震，灾区交通和通信完全中断。关键时刻，北斗星通研发的“北斗一号信息服务系统”发挥了作用，显示出了“英雄本色”。地震第二天，一支北斗小分队急赴汶川，他们携带的1000多台北斗一号终端机实现了各点位之间、点位与抗震救灾指挥部之间的直线联络。来自震中的第一幅画面、第一个声音，通过北斗传了出来，并通过广播电视传入千家万户。5月17日，北斗一号又从前方发回“北川余震不断，海子水位不断上升”的信息，解放军、抗震救灾人员迅速处置，险情被及时排除。为了保证系统的正常运行，北斗星通还派出工程师进行全程技术支持。

灾难是一块巨大的试金石。北斗星通在抗震救灾中的优异表现，得到了中国卫星导航定位应用管理中心和原成都军区抗震救灾联合指挥部的高度评价。原成都军区抗震救灾联合指挥部指挥中心在发来的感谢信中写道："贵公司派到前线的薛金磊同志到位后迅速投入工作，不计条件艰苦，不顾余震不断，急部队所急，想部队救灾所需，夜以继日，加班加点，沉着镇静，耐心细致，圆满完成了部队抗震救灾导航定位和短信通信技术保障……体现了公司领导和员工对灾区人民的关切和问候，体现了对我部导航定位装备技术的优质服务意识，尤其是薛金磊同志不怕疲劳、连续作战、及时准确、严谨细致的优良作风给我们留下了深刻印象。在此，对贵公司领导和全体员工表示衷心感谢。"

2013 年 4 月 20 日，雅安地震发生后，原成都军区第一时间将北斗星通提供的北斗指挥所设备纳入抗震救灾指挥部值班装备序列。北斗星通派出的技术人员于地震当天 9 时 30 分便赶到军区作战值班室负责装备保障工作，并提供了全力的技术配合和保障。抗震救灾指挥部通过北斗指挥所设备，实时获取了原成都军区现场抢险救灾部队的整体态势，解决了救援部队间通信不畅的问题，为抗震救灾做出了突出贡献。

2008 年对中国来说注定是一个极不平凡的年份，既有金融危机的不期而至，亦有北京奥运会的举世荣光。这一年年初，我国南方地区遭遇特大雨雪冰冻灾害。北斗星通作为北斗卫星导航定位系统的运营商，成立应急小组，推出了"北斗卫星减灾救助导航通信服务系统"整体解决方案，得到了科技部、减灾部门及北斗主管部门的认可和支持。

2020 年春节前后，新冠肺炎疫情突如其来，给人民生命安全和经济社会发展带来了严峻考验。疫情牵动着亿万国人的心，一场保卫生命健康的疫情防控战打响了。在阻击疫情的特殊战争中，中国北斗系统快速响应、全面融入防控疫情的主战场，从九天之上深情俯视中华大地，担当起科技抗"疫"的跨界先锋，北斗星通研发的多项技术与产品发挥了重要作用。

在疫情防控阻击战中，处处都有北斗星通的身影。由北斗星通提供的高精度定位配套方案的各类无人机，在全国各地承担着消毒防疫、指挥监控等任务，成为抗击疫情不可或缺的重要角色。由北斗星通研发生产的数十万台基于北斗的物流终端产品，为国人的日常快递物流提供着服务。特别是在疫情期间，各物流公司利用这些设备为疫区人民提供着专人、专车服务。由北斗星通提供的医疗版手持终端设备，对患者的检查住院等提供跟踪与保障。北斗星通为医护人员保驾护航，并实行远程技术服务，24 小时不打烊……

周儒欣曾撰文指出：我们拥有一个大家，它的名字叫“中华”；我们拥有一个小家，它的名字叫“北斗星通”。大家是小家的载体和平台，小家是大家的细胞和基本组织，大家兴则小家盛，大家衰则小家亡！我们的命运紧紧地与国家的命运联系在一起，在国家遭遇大灾大难的时刻，北斗星通人把自己的情感和行动都融入国家之中！

救人于危难之际，守护人民生命安全，北斗因此被称为察看灾情的“千里眼”、收集信息的“顺风耳”。其实，北斗最大的作用还不仅仅在于对某一地区的巡视、某一事件的监测，它，是一个民族的守护神。

2012 年 4 月，10 多艘中国渔船在中国黄岩岛湖内正常作业时，被一艘菲律宾军舰干扰，菲军舰一度企图抓扣被其堵在湖内的中国渔民。好在“中国海监 75 号”和“中国海监 84 号”编队赶赴黄岩岛海域，对我渔船和渔民实施现场保护。13 日，中国渔船在海监船护送下离开黄岩岛海域。在这一事件中，安装在渔船、渔监船上的北斗星通导航定位终端设备发挥了重要作用。2014 年 3 月 8 日，马来西亚 MH370 航班与地面失去联系的消息传回中国，机上 239 名人员（含 154 名中国同胞）生死不明。面对这一突发危机事件，装有北斗星通信息服务系统的中国海警 3411 船，最先到达事发海域，展开搜救。同时，北斗星通安排专业技术人员 24 小时值守，保证了中国海警局适时向国务院报告船位信息和搜索实况。海警 3411 船连续搜救 147 小时，航行 1527 海里，搜索海域 7821 平方公里，实现了船位动态实时监控。

2014 年，越南国内多地发生针对外国企业的打砸抢烧严重暴力事件，造成在越中国公民人身伤亡和财产损失。5 月 18 日，交通运输部指令海南省海事局执行调派船舶赴越南撤离在越人员任务。北斗星通在接到海南省海事局通知后，本着“国家利益为先、同胞安全至上”的理念，迅速做出响应，紧急提供 23 台北斗船载终端设备，并连夜调配技术人员，保障了海南海事局与撤员船舶间全方位不间断跟踪与联系畅通，为保护我国在越人员的安全做出了贡献。

不仅如此，在各类赛事保障中，北斗星通全力提供技术与服务保障。2014 年，“第五届环海南岛国际大帆船赛”在三亚开幕，全程共 680 海里，吸引了海内外超过 50 支船队参赛。作为该赛事多年的信息化解决方案提供商，北斗星通为赛事提供了基于“北斗”的终端设备及配套的位置服务系统，确保了比赛的准确性、评判的公正性；同时为赛事研发了基于 PC、Web 及 Android 等平台的位置服务系统，不仅能够对参赛船舶进行实时远程监控，而且能够传输更加可靠和全面的赛事信息数据，大幅提升观赛的便捷度与参与度，全面保障了赛事的顺利进行。

2014 年，“北斗”踏上享誉中外的丝绸之路，为“首届丝绸之路国际卡车集结赛”提供现场指挥、赛事判定、应急救援等服务。在赛事中，所有参与车辆都配备了北斗行车记录仪、北斗车辆导航仪、北斗车载一体机。通过指挥车搭载的车辆调度指挥与移动监控系统，赛事组织方不仅全程掌握参赛车辆的位置、速度、行驶轨迹等动态信息，为赛事判定提供依据，还利用北斗短报文及 GSM 两种通信方式，根据车辆行驶态势完成对整个车队的指挥调度，为参赛车辆安全提供可靠保障。

2016 年 9 月 6 日，“跨越险阻 2016”地面无人系统挑战赛在黑龙江塔河拉开帷幕。此次赛事是最具领先技术的地面无人系统挑战赛，来自知名院校、科研院所、国有企业、民营企业的 44 家单位，共 73 支车队、99 辆无人车参加了本届挑战赛。配备了北斗星通 UB351-INS 北斗高精度定位装置的“军交猛狮队”智能车，凭借感知、规划、决策和控制方面的优势脱颖而出，获得了本次比赛的 A 组和 B 组两项冠军。

……

毫无疑问，民营企业是中国经济最活跃的部分。

虽然，中国民营企业的生存处境还很艰难，常会遇到市场的冰山、融资的高山、转型的火山，几乎是在夹缝中生存，尤其是在当前世界经济持续低迷、复苏乏力的背景下，我国经济下行压力增大，企业经营面临困难重重。但是，北斗星通依然牢记使命，不忘初心，秉持着求真务实的原则和本色，承担着社会责任。

我的思绪不禁回到100年前，想起中国民族工业的实业家、晚清状元张謇。他怀揣着“实业救国”的梦想，在不惑之年弃官从商，“舍身喂虎”，书写了一段波澜壮阔的商业传奇，展现了其作为知识分子的独立创新精神。

而当初，张謇做实业不为赚钱，而是为“求国之强”。他在做实业的过程中遇到过非常多的困难，也经历了事业的顶峰，但无论如何，他的初心一直未变，背后支撑他的是“强国梦”。可以说，张謇用毕生精力开创新世界，过去被模仿关注，现在被讨论研究，未来肯定还会被传颂。

张謇说：“天之生人也，与草木无异。若遗留一二有用事业，与草木同生，即不与草木同腐。”

如今，在江苏南通博物苑张謇的故居“濠南别业”，有一棵以前张謇亲手种下的紫藤花，年年如期盛开，如串串风铃迎风摇摆，绽放着自己的美丽。尽管已经过去一百年了，但张謇的精神和他亲手种下的紫藤花依然还在……

结语　致敬未来

追梦征途

北斗应用无处不在，只有想象力是我们发展的边界。

——周儒欣

历史照亮未来，征程未有穷期。

昨天的光荣已经载入史册，明天的奋斗更加恢宏壮阔。

2020 年，无论对于国家、北斗产业，还是对于北斗星通来说，都处在了一个转折点上。

面对国家经济下行压力加大，面对新冠肺炎疫情蔓延，面对北斗全球系统建成，面对北斗星通高质量发展中的各种困难困惑，周儒欣以“不畏浮云遮望眼”的宽广视野，以“一览众山小”的战略眼光鲜明指出：2020 年，是中国的转折点，是卫星导航事业的转折点，也是北斗星通的转折点。他指出：下一个十年恰恰是中国的“黄金十年”，是卫星导航产业的“黄金十年”，也是北斗星通的“黄金十年”!

周儒欣说，随着北斗卫星全球导航系统建成，卫星导航及相关行业进入一个历史转折点。这既是一个“分水岭”，也是一个“大浪淘沙”的过程——

——技术将发生重大变化，技术的融合将成为必然趋势。卫星定位给我们的数据的精度、维度、高度、时间是远远不够的，北斗还必须与其他技术深度融合。新的商业模式无处不在、无时不有，高精度、高可靠的时空信息服务将成为必需，“云 +IC”模式应运而生，且成为一种必然趋势。基于云计算和数据技术，打造覆盖全球的位置服务云平台，以满足全球、国家、行业、大众市场对精准位置服务的需求。

——产业链将发生变化。合纵连横，把自己嵌进去，上下游必须紧密配合。强强联合、集聚优势资源将会成为一种趋势。只有构成强大的产业链格局，才能形成独特的竞争优势。

——共生的生态。单一公司未来已经很难提供用户所有的产品与服务，建立合作共生的生态圈将成为一种必然。

——国际化发展。北斗全球系统的建成，既让全球用户分享到北斗系统的红利，也使中国企业开发的产品在全球广泛应用。

当今时代，技术发展的日新月异令世界变得扑朔迷离。5G 正走进我们的生活，智能时代已经到来，大数据、云计算、虚拟现实、区块链、人工智能、机器人……万物互联，万物智联，聚合平台，赋能产业，正在人类科技和社会发展中发挥出更大的作用，催生着全新的思维模式、产业格局和商业生态，创造着巨大的社会和经济价值。

庸人在继续观望，他们在叹息，这是一个最坏的时代；智者依旧奋力前行，在他们眼里，这是一个最好的时代。

2020 年突如其来的新冠肺炎疫情给全球众多行业摁下了“暂停键”。国际力量格局加速调整，大国战略竞争加剧，国际金融市场动荡，经济全球化遭遇逆流，国际秩序正遭受严重冲击和挑战，世界不稳定性、不确定性因素显著增加。

世界面临百年未有之大变局，是机遇也是挑战。危中有机，危可转机，那么如何化危为机？如何让危机变契机？如何防控风险？谁能在惊涛骇浪中勇立潮头，将压力变为动力，使企业起死回生呢？谁又能在危急关头力挽狂澜，拯救“沉船”，让企业枯木逢春呢？

“那些没有消灭你的东西，会使你变得更强壮。”德国哲学家尼采的名言，应该可以成为企业家共同的生存格言。

新冠肺炎疫情重塑了技术、产品、市场和客户，数智化（数字化 + 智能化）已成为最大风口，正以摧枯拉朽之势席卷世界的每一个角落。

未来已来，无人可免。

智能经济、价值颠覆、平台模式、跨界融合、共享共生……新的商业模式风起云涌，势不可当。

正如管理学大师彼得 · 德鲁克所说：“当今企业之间的竞争，不是产品之间的竞争，而是商业模式之间的竞争。”

然而，商业是一个用结果来检验的冒险游戏，他们必须先是“活下来”，然后才是“活下去”，最后才能活得长久。

要在复杂多变的经济大舞台上站稳脚跟，就必须站在更高的角度，以高瞻远瞩的眼光，以更加宽广的眼界，以不断创新的勇气，随着变化而变化。

商业模式与时代有关，商业模式的改变背后有着时代驱动的力量。不同时代，商业模式也各不相同。

没有成功的企业，只有时代的企业。

感恩过往，致敬未来。

回望北斗星通二十年的历程，一切仿佛都是昨天。

时代的洪流与企业的努力发生同频共振，商业的波峰才得以形成。

2000 年 9 月 25 日，北斗星通成立，以推广中国卫星导航产业化为己任。

2005 年 9 月 25 日，北斗星通成立五周年之际，开始研发自己的导航定位产品。

2010 年 9 月 25 日，北斗星通成立十周年之际，周儒欣第一次提出了“共同的北斗、共同的梦想”的理念，开发了具有自主知识产权的第一代北斗芯片。

2015 年 9 月 25 日，北斗星通成立十五周年之际，周儒欣首次提出了“北斗 +”(一是“+”技术和系统，二是“+”应用与行业）概念，并通过坚定实施“内生 + 外长”发展策略，推进产业整合，谋划海外布局，实现公司阶段发展目标。

2020 年 9 月 25 日，周儒欣在“庆祝北斗星通成立二十周年大会”上，发表《铸梦辉煌二十载，开创黄金新十年》演讲……

未来的北斗星通，必须顺应国产替代、技术融合、数字化和智能化、新模式变革等时代变化的趋势，坚持走高质量发展的道路，培育高质量的客户，提供高质量的产品和服务，加强高效规范的管理，建设肯担当、有激情、能吃苦、打硬仗的团队，进入增收又增利的上升通道。

未来的北斗星通，必将以实现卫星导航业务国内第一、国际一流为目标；必将努力拓展陶瓷微波器件业务，力争汽车智能网联和工程服务达到国际一流水平，同时打造若干个“隐形冠军”，成为国际一流的“位置服务”公司。

未来的北斗星通，必须构建“云 +IC”能力，为客户提供完整的硬件产品 + 数据服务方案，抢占细分领域市场，以产品赋能和支撑发展牵引和带动市场，形成倍增效应；必须布局组合导航业务，打造以“北斗 + 惯性”为主的多传感器融合能力，抢占细分领域市场。

未来的北斗星通，必须创新组织形式，拓展新的投融资方式，打造新的商业模式，规划新的产能布局，构建新的生态合作环境，加大运营管控、生产制造、创新研发、人力资源、企业文化、质量体系、品牌形象、IT 支撑系统和财务管控等各类战略支撑和保障措施，尤其要坚持“以奋斗者为本”，完善并创新持股计划、合伙人计划、创业计划等体制机制，建设适应高质量发展的人才队伍，造就一批行业领军人才。

可以预料的是，未来的北斗星通，必将从“不太明显、不太引人注意”的“隐形”领先企业，开始向“逐步显露、引人关注”的“显形”头部企业跃升。

周儒欣指出，“黄金十年”计划分“三步走”，即跃升期、巩固提高期、引领发展期。而“黄金十年”的头几年，无论从国家层面还是从行业层面、公司层面而言，都是十分艰难的。当前，北斗星通正处于“跃升期”，必须下大力气用三年时间实现“跃升”。而要实现“跃升”，还有很长的路要走，要坚守“诚实人”核心价值观，艰苦奋斗，坚持“以客户为中心”的铁律，更加聚焦，更加坚韧，更加专注；要吸收培养一批国际一流的领军人才，加大全员培训力度，深化干部制度建设，推动形成“能者上、优者奖、庸者下、劣者汰”的机制；要推行核心员工持股计划，建立新兴业务创业领军者创始合伙人制度，研究探索建立创业者计划；要加倍努力，投入巨大的资源，取得绝对领先优势，拉开与竞争对手的距离，实现自我修行、自我升华、自我再造；要韬光养晦，谦虚隐忍，不放过任何问题；同时，还要加强知识产权保护。

人类追求梦想的脚步永不停歇，北斗系统建设的脚步也不会停歇。

北斗，是中国的北斗、世界的北斗、一流的北斗。北斗新时空将是北斗升级跨越发展的产物，是中国人民在伟大时代伟大事业中伟大创新的典型样板和杰出代表。

伴随着北斗全球系统的建成，北斗产业化发展也踏上了更为壮阔的征途，在地球的任何一个地方都可以享受我们自己的北斗卫星的导航、定位、授时服务。

2035 年，我国将建设完善更加泛在、更加融合、更加智能的综合定位导航授时体系，进一步提升时空信息服务能力。北斗与互联网、大数据、人工智能等新技术的融合发展，正在构建以北斗时空信息为主要内容的新兴产业生态链，并正在成为北斗产业快速发展的新引擎和助推器，推动着生活方式变革和商业模式的不断创新。

未来不会是过去的简单复制。传统的以公司为中心的服务模式将被打破，新的以客户为中心、为客户创造价值的服务模式正在形成。

开放、共赢、共享、融合是新的商业文明。构建共生的生态圈，整合资源，密切合作，甚至与过去的对手合作，共同实现价值的最大化，已经成为必然趋势。

在周儒欣设计的商业策略中，企业要实现高质量发展，获得更高水平的优势，成为国内超一流、国际一流的科技产业集团；要胸怀“北斗梦”，做“诚实人”；要艰苦奋斗，创新突破，坚持打持久战，在变幻无常的市场风云中奋勇搏击，以创新引领产业，以创造推动发展，创建更加美好的商业生态。

事实上，在二十年的成长历程中，作为北斗产业的领军者，北斗星通一直在践行着观念的变革、创新的变革、产品的变革、技术的变革、服务的变革、管理的变革，这是一个为客户创造价值而求变的新探索。

在这条风雨兼程的追梦征途上，以客户为中心，为客户创造价值；以奋斗者为本，长期务实奋斗；以技术为关键，持续创新突破；以质量为保证，维护产品品牌；以文化为牵引，驱动经营发展；以商业成功为导向，满足市场需求，是一种必然。

凡是过往，皆为序章，秉承初心，何惧远方！

庚子年的疫情终将过去，一切都会重启。而劫后余生的企业，仍旧要回到商业的本质，以不变应万变。新冠肺炎疫情加速产业分化，资源向“头部企业”聚集，推动传统型企业数字化转型。疫情过后，涉及智能化、网联化、信息化的产业将更加受到关注，“线上”经济将获得长足的发展，这也会给北斗星通所涉及的产业带来新的发展机遇。

未来的日子，如何平衡好“不变”和“变”的关系非常重要。追求“北斗梦”的理想、“诚实人”的核心价值观、以客户为中心、以奋斗者为本、持续创新突破，这些是不会变的！组织结构、技术研发、生产制造、营销策略等都要不断随着市场变化、客户需求的变化而及时变化。

商业的变革永不停歇，世界也总是在变与不变中向前。

未来的北斗星通，不再仅是一家研发、生产、销售芯片、天线、板卡等产品的企业，而是一个向全行业开放的导航定位整体解决方案供应商，是产业中的“头部企业”。而且，适应未来数字化、智能化的发展趋势，抓住导航定位、通信产业的重大历史机遇，以打造行业“国内第一、国际知名”的品牌为目标，形成技术链、产业链和价值链良性循环的北斗应用产业生态体系，并通过融技术、融网络、融终端、融数据，与其他领域真正实现产业融合与协同共生，不断扩大已有市场，催生新的市场，这才是未来发展的关键。

随着北斗三号全球系统建成，国家积极推进“新基建”发展战略，也必将推动北斗产业再上新台阶，北斗终端产品也将面向北斗三号应用全面更新换代，催生北斗新一轮产业化、规模化、国家化发展的热潮。

“二十年前，如果说我们遇见了北斗，那么现在，我认为可以说是北斗遇见了智能新时代，北斗产业将迎来巨大的发展机遇。”周儒欣说。

历史是过去传到将来的回声，是将来对过去的反映。

站在北斗星通二十年的历史节点上，遥望未来，我仿佛在仰望熠熠闪光的北斗七星，曾经的梦想与光荣，正穿越历史的云烟，汇进灿烂的星河。

俄国作家车尔尼雪夫斯基说过：“历史的道路不是涅瓦大街上的人行道，

它完全是在田野中前进的，有时穿过尘埃，有时穿过泥泞，有时横渡沼泽，有时行经丛林。”

历史孕育了真理：它能和时间抗衡，把遗闻旧事保藏下来；它是往日的迹象，当代的鉴戒，后世的教训。

二十年的时光里，周儒欣和他带领的北斗星通创造了一段属于自己，属于北斗星通，也属于北斗产业化发展和时代的历史。

时代潮流，浩浩荡荡，唯有弄潮儿，能永立潮头；历史车轮，滚滚向前，唯有奋斗者能跋山涉水，乘势而上。

历史的契机，正等待着创业者、奋斗者、搏击者。

忆往昔，北斗七星闪烁夜空，标示方向，引领梦想；看今朝，北斗系统经天纬地，星耀苍穹，造福人类。

昂首走向未来的北斗星通，在北斗卫星的数万公里之外，正努力找准位置，砥砺前行，行稳致远。“未来有多大，这取决于你想象力的边界！”

穿越历史，照亮未来。

回顾北斗星通二十年的历史之时，我不禁想起一个故事：20 世纪 20 年代初，面对记者不断追问“为什么要登山”时，英国探险家乔治 · 马洛里脱口而出：“因为山在那儿！”

时光已经过去了九十多年，马洛里的这句无心回答，早已成为不朽的名言，而马洛里本人却永远留在了珠穆朗玛峰。

我们同样追问那个被反复追问了无数次的问题：为什么登山？

“因为山在那儿！”

这正好诠释了人类为何登山的理由，登山正是出于人类探索未知的天性。

到达一座山峰，总会瞄准下一个更高的山峰出发。

有着广阔发展前景的北斗产业，是否也是一座高耸的山峰呢？

梦想有多远，足迹就会有多远。正如美国科学家罗伯特 · 戈达德在 1914 年所说：“很难说什么是不可能的，因为过去的梦想即是今天的希望，明天的现实。”

时光如流水，淡去了许多辉煌；漫漫追梦路，昭示着任重道远。当梦想变成现实，成功又激励着新的成功。

心怀实业报国初心，北斗星通一直在努力，从不懈怠；肩负北斗强国使命，北斗星通人一直在追梦，从未停歇。

我们有理由相信，下一个十年，是高质量发展的新阶段，也是北斗星通的“黄金十年”，胸怀“北斗梦”的北斗星通人，一定会继续创造更为精彩的商业传奇。

“天上用好，地上好用。”伴随着北斗全球卫星导航系统的建成，北斗迈进了服务全球、造福人类的新时代。一幅宏伟壮观的蓝图正徐徐向我们展开，一代又一代北斗星通人披荆斩棘，逐梦远航。周儒欣带领的北斗星通，将立志成为一个有文化的科技公司，一个客户信赖、员工自豪、受人尊重的公司，一个国内超一流、国际一流的科技产业集团！

梦在远方，路在脚下……

2017 年 12 月 25 日至 2019 年 3 月 1 日，素材准备；
2019 年 3 月 10 日，动笔创作；
2019 年 12 月 31 日，第一稿完成并征求意见；
2020 年 3 月 10 日，第二稿完成；
2020 年 4 月 16 日，第三稿完成并组织内部审查；
2020 年 4 月 30 日，第四稿完成；
2020 年 5 月 25 日，第五稿改毕送审；
2020 年 6 月 25 日，第六稿改定。

附 录

北斗星通二十年大事记

艰苦创业阶段

（2000.09—2007.08）

2000 年 9 月 25 日，前身“北京北斗星通卫星导航技术有限公司”（简称“北斗星通”）成立于北京中关村地区。

2000 年 10 月，成为加拿大 NovAtel 公司中国唯一战略合作伙伴。

2001 年 11 月，为中国卫星导航增强系统提供 WAAS 参考站设备并参与系统建设。

2002 年 4 月，与北斗主管部门正式签订“北斗一号信息服务系统”研制项目合同。

2002 年 9 月，北斗运营服务中心建成并投入使用，卫星导航运营服务开始全面展开。

2003 年 2 月，通过 GB、GJB 质量管理体系认证。

2004 年 8 月，签订国内首个集装箱码头（天津港）应用项目合同。

2004 年 12 月，获得首个“北斗一号卫星导航定位系统分理服务”资质。

2005 年 9 月，设立海南北斗星通信息服务有限公司，专业从事北斗运营服务业务。

2005 年 12 月，承担的国家 863 计划课题“北斗卫星海洋渔业综合信息应用服务”项目通过科技部组织的专家组的验收，形成了具有自主知识产权的北斗卫星海洋渔业应用核心技术。

2006年4月18日，整体变更为“北京北斗星通导航技术股份有限公司”（简称“北斗星通”）。

2006年9月，签订“南沙渔船船位监控指挥管理系统项目”合同，推进北斗规模化应用。

2007年8月13日，北斗星通在深圳证券交易所挂牌上市，成为卫星导航定位行业内首家上市企业。

转型升级阶段

（2007.08—2013.12）

2008年5月，为汶川地震灾区抢险救灾提供技术保障及服务支持，并获得主管部门的嘉奖。

2008年6月，入选中关村科技园区第二批百家创新型试点企业。

2009年3月，设立和芯星通科技（北京）有限公司（简称“和芯星通”），专业从事GNSS芯片、板卡的研发、设计、生产。

2009年7月，通过“北京市级企业技术中心”认定。

2009年8月，北斗运营服务中心在网用户过万，成为最大的北斗运营商。

2010年8月，非公开发行A股股票获得证监会发审委审核通过。

2010年9月，发布国内首款具有完全自主知识产权的多频多系统高性能SoC芯片——Nebulas芯片。

2010年10月，控股深圳市徐港电子有限公司（简称“深圳徐港”），进入汽车电子应用领域。

2011年3月，参股深圳市华云通达通信技术有限公司（简称“华云通达”）。

2011年6月，成立中共北京北斗星通导航技术股份有限公司委员会。

2011年8月，发布首款北斗车载导航终端，加速北斗民用化进程。

2011年12月，成立海淀园博士后科研工作站分站。

2012年4月，江苏北斗星通汽车电子产业园开园（简称“江苏北斗”）。

2012 年 5 月，被认定为“北京市北斗卫星导航技术与装备工程技术研究中心”。

2012 年 12 月，入选中关村国家自主创新示范区“十百千工程”。

2013 年 1 月，荣膺“2012 中关村十大卓越品牌”。

2013 年 5 月，成立北斗星通管理学院。

2013 年 5 月，发布北斗最小芯片——55 纳米超低功耗 GNSS SoC 芯片——Humbird（蜂鸟）芯片。

2013 年 9 月，北京北斗星通永丰导航产业基地竣工并投入使用。

2013 年 12 月，成立北斗星通研究院。

规模化发展阶段

（2014.01—2020.09）

2014 年 1 月，配股发行工作取得圆满成功。

2014 年 8 月，设立北京北斗星通信息装备有限公司（简称“北斗装备”）。

2014 年 9 月，联合发起成立中关村北斗股权投资基金——北斗资本。

2014 年 11 月，设立南京北斗星通信息服务有限公司。

2015 年 1 月，与挪威 Sensonor 公司签署战略合作及中国唯一代理协议。

2015 年 4 月，重大资产重组项目获证监会批准。

2015 年 5 月，发布全球首款全系统多核高精度 GNSS 导航定位芯片——Nebulas Ⅱ芯片。

2015 年 7 月，收购深圳市华信天线技术有限公司（简称“华信天线”）及嘉兴佳利电子有限公司（简称“佳利电子”）。

2015 年 8 月，收购东莞市云通通讯科技有限公司（简称“东莞云通”）。

2015 年 9 月，收购石家庄银河微波技术有限公司（简称“银河微波”）。

2016 年 1 月，芯片项目获得国家科学技术进步奖二等奖。

2016 年 3 月，收购广东伟通通信技术有限公司（简称“广东伟通”）。

2016 年 5 月，发布全球首款多系统多频点高精度 GNSS 模块——UM332。

2016 年 5 月，发布 40 纳米国内最小基带射频一体化芯片——Mockbird。

2016 年 7 月，引入国家集成电路产业投资基金（简称“大基金”）。

2017 年 2 月，设立北京北斗星通定位科技有限公司。

2017 年 2 月，收购重庆深渝北斗汽车电子有限公司（简称“深渝北斗”），现更名为北斗星通（重庆）汽车电子有限公司（简称“重庆北斗”）。

2017 年 5 月，发布中国首款 28 纳米北斗 /GNSS 最小芯片 UFirebird。

2017 年 8 月，收购加拿大 Rx Networks 公司（简称“Rx”），为全球用户提供辅助定位服务。

2017 年 9 月，收购德国 in-tech GmbH（简称“in-tech”），切入汽车工程服务领域。

2018 年 5 月，周儒欣及北斗星通获评“中关村创新发展 40 年杰出贡献奖”。

2018 年 7 月，自主芯片被中国国家博物馆收藏。

2018 年 7 月，参股国汽（北京）智能网联汽车研究院有限公司。

2018 年 12 月，参与完成的中国高精度位置网及其在交通领域的重大应用项目获“国家科学技术进步奖一等奖”。

2018 年 12 月，北斗三号基本系统建成及提供全球服务情况新闻发布会召开。同期发布了《北斗卫星导航系统应用案例》，案例将北斗基础产品分为 6 类，并列举了每类产品的推荐单位榜单，北斗星通在其中 5 类雄踞第一。

2019 年 2 月，北斗星通智能产业园在重庆开工建设。

2019 年 6 月，全资子公司嘉兴佳利电子有限公司完成对杭州凯立通信有限公司（简称“杭州凯立”）49% 股权的收购及相关工商变更工作，杭州凯立成为佳利电子全资子公司。

2019 年 6 月，设立全资子公司北斗星通智能网联科技有限责任公司［简称“北斗智联（BICV）”］。

2019 年 7 月，北斗智联（BICV）收购公司全资子公司深圳徐港 100% 股权及山西华瑞及华瑞世纪持有的北京远特科技股份有限公司（简称“远特科技”）99.9966% 股份。

2019 年 7 月，北斗星通获评“2019 中国地理信息产业百强企业”第一名。

2019 年 10 月，北斗星通出资 1.45 亿元参与设立北斗海松基金。

2019 年 11 月，北斗智联（BICV）推出的“集成式智能座舱域控制器平台”，荣获“2019 全国优秀创新技术解决方案大奖”。

2019 年 12 月 27 日上午，北斗三号系统提供全球服务一周年新闻发布会在国务院新闻办公室新闻发布厅召开。发布会上，由北斗星通旗下企业和芯星通自主研发的新一代支持北斗三号新信号的 22 纳米北斗 /GNSS 芯片——Firebird Ⅱ首次亮相。

2020 年 3 月，北斗星通与 Velodyne 公司签署战略合作及一级代理协议，双方将开展更广领域、更高水平、更深层次的合作。

2020 年 3 月 19 日，北斗星通召开“疫情新形势下，确保全年目标实现”全集团中高层干部视频会议。

2020 年 4 月，中国卫星导航系统管理办公室在北斗系统官方网站发布了“北斗三号双频多系统高精度 SoC 技术项目”择优入围单位公告。经过 7 个工作日的公示，北斗星通旗下企业和芯星通夺得该项目实物比测与答辩双料第一名。这也是和芯星通继此前“导航型基带芯片”“高精度 OEM 板”“基带射频一体化芯片”均获得第一名后，再次在比测中夺冠。

参考文献

[1] 谢军等：《卫星导航技术》，北京理工大学出版社 2018 年版。

[2] 吴晓波：《激荡三十年：中国企业 1978—2008》（上下），中信出版社 2018 年版。

[3] 吴晓波：《激荡十年，水大鱼大》，中信出版社 2018 年版。

[4] 陈广：《任正非：华为的冬天——唯有惶者才能生存的冬天哲学》，海天出版社 2015 年版。

[5] 孙力科：《华为传》，中国友谊出版公司 2017 年版。

[6] 王泉：《从车联网到自动驾驶：汽车交通网联化、智能化之路》，人民邮电出版社 2018 年版。

[7] 王银仓：《海外并购实战指南》，经济科学出版社 2016 年版。

[8] 钟邵：《步入资本模式：民企上市之路》，企业管理出版社 2016 年版。

[9] 尤晓辉：《晓辉人生》，江苏人民出版社 2009 年版。

[10] 魏志强、王玲玲、寻找中国制造隐形冠军丛书编委会：《寻找中国制造隐形冠军》嘉兴卷，人民出版社 2017 年版。

[11] 凌志军：《中国的新革命》，新华出版社 2007 年版。

[12] 张志勇：《民营企业四十年》，经济日报出版社 2019 年版。

[13] 罗清亮、戴剑：《资本运作之道》，上海财经大学出版社 2016 年版。

[14] 李正茂等：《5G+：5G 如何改变社会》，中信出版社 2019 年版。

[15] 谢志峰、陈大明：《芯事：一本书读懂芯片产业》，上海科学技术出版社 2018 年版。

[16] 马奎、龚红、唐召焕：《集成电路芯片设计》，清华大学出版社 2018 年版。

[17] 马京生：《陈芳允传》，中国青年出版社 2015 年版。

[18] 王建蒙：《孙家栋传》，中国青年出版社 2014 年版。

[19] 吴军：《智能时代：大数据与智能革命重新定义未来》，中信出版社 2016 年版。

[20] 李彦宏等：《智能革命：迎接人工智能时代的社会、经济与文化变革》，中信出版社 2017 年版。

[21] 袁树友：《上曜星月：中国北斗 100 问》，解放军出版社 2017 年版。

[22] 曹冲、陈勖、李冬航：《北斗伴咱走天下》，中国宇航出版社 2011 年版。

[23] 郭宇宽：《北斗梦：北斗星通十五年》，机械工业出版社 2015 年版。

[24] 张平、李秀芬：《ERP 理论、应用与实训教程》，经济管理出版社 2012 年版。

后 记

许多年来，我在大地上东奔西走，走南闯北，无论身在何处，始终不忘仰望星空。

在岁月的蜿蜒中，我曾在泰山脚下遥远的乡村田野上仰望星空，曾在神秘的大凉山峡谷仰望星空，曾在浩瀚的巴丹吉林的沙漠仰望星空，也曾在辽阔的科尔沁草原仰望星空，还曾在中国北京航天城仰望星空。当然，还有许多地方，有我仰望星空的印记，比如洛阳、深圳、广州、嘉兴……在一次次的仰望中，穿过浩瀚星河的波涛，超越世俗的羁绊，忘却都市的喧嚣，透过历史的烟尘，放飞灵魂，去感受宇宙的神奇与奥妙。

我时常一个人孤独地孑立在空旷之上，长久地，长久地仰望星空。黑夜的深邃与沉寂，让我心静神凝；星空的奥秘与壮阔，又让我思绪涌动。面对神秘而幽深的宇宙，仰望繁星万点，我常常被星空那无限的神秘、无际的苍茫和无垠的辽远深深地震撼着，思绪被领到无思无言之境，梦想被牵引到缥缈空灵之中，留下的是对灿烂星空的憧憬，对无涯时空的敬畏，灵魂澄澈而浩瀚，似乎包容着宇宙，又似乎被宇宙包容。我化入万物，我融进星空。

我的生命和灵魂就在这种仰望中延续，也在一次次仰望中与深邃的星空对话。

因为仰望，所以看见——

德国古典哲学的创始人康德曾说过："有两种东西，我对它们的思考越是深沉和持久，它们在我心灵中唤起的惊奇和敬畏就会日新月异，不断增长，这就是：头顶的星空和心中的道德律。"这句名言，阐释了对内心价值的追寻和对宇宙的探索是人类终极的理性走向，成为人类超越自身最具魅力的惊鸿一瞥。这种超越历史的沧桑和厚重感，让我感慨良多。

仰望星空，我时常会感受到个人生命的渺小与卑微。我知道，在生命之上是高高的山顶，而在山顶之上是高贵的上苍。对于行走在大地上的人来说，星空就是唯一的上苍，也是最璀璨的精神山顶，寄存着我们未来的理想和灵魂的故乡。于是，我知道，在波澜不惊的日子之外，在油盐酱醋的生活之外，我们的征途是星辰大海，我们还有追求，还有奋斗，还有梦想，还有远方。

感谢命运，感谢命运的馈赠，让我有机会参加载人航天工程、月球探测工程和北斗系统工程，这使我比许多人更有条件触摸星空，仰望星空，使我有机会让灵魂伴着火箭、飞船、卫星的一次次升腾与遨游，获得一个崭新的审视世界的视角。

于是，在一次次的仰望中，我时时观察着，思考着，探索着……事实上，“一个民族有一些关注天空的人，他们才有希望；一个民族只是关心脚下的事情，注定没有未来”。

因为仰望，所以记录——

仰望，既是一种生命动作，更是一种精神姿势。头顶的天空有多高，仰望就有多高；内心的大地有多远，仰望就有多远。由此，仰望如同一架梯子：血在我的体内攀登，梦在我的生命里攀登，文字在我的血和梦里攀登。于是，在无数次地仰望中，我用眼发现，用耳聆听，用心采访，并凝成纸上风景。

三年前的那个寒冷的冬日，我以“仰望星空”的姿势，肩负着“特别使命”进入北斗星通，开始对这家民营企业进行客观和全方位的考察。此后的日子里，我亲眼见证了这里发生的一切，亲耳听到了这里曾经发生和正在发生的故事。于是，在历经千余天的考察、先后采访百余人、广泛收集素材数百万字后，这部凝聚着许多人智慧与心血的《追梦征途：北斗星通公司二十年发展历程纪实》终于完成了！

此刻，正是2020年的春天，世界正遭受着罕见的新冠肺炎疫情的影响。虽然疫情让这个春天的色彩有些暗淡，但对于我个人来说，内心是春光明媚，眼中是春意盎然。

屈指算来，我也写过几本小书，获过几个小奖。然而，我从来没有像对这本书这样付出那么多的心血和辛苦。而且，在此期间，我的老父亲离开了人世，竟然未能见上他老人家最后一面；我自己还做了胆囊切除手术，即使卧床休息，我心中想的还是这本书。在一千多个日日夜夜里，这本书就像一块巨大而沉重的石头，压在我的心上，在没有放下它之前，我必须分分秒秒惦记它、充实它、修改它、完善它……这本书还犹如攀登一座高山，我必须用尽全力攀登，克服常人无法想象的困难，不能有丝毫的松懈；我必须博览群书，广搜素材，深入了解北斗系统，深刻理解北斗产业，以及北斗星通本身。

当我在浩如烟海的素材中寻找关于北斗、关于北斗星通、关于周儒欣的故事时，我时常思考三个问题：中国为什么建设北斗系统？周儒欣是谁？北斗星通凭什么成为领军企业？这也是我在创作过程中一直思考并试图解答的三个问题。我力图从世界、中国、北斗产业、北斗星通四个坐标，全面记述北斗星通二十年的风雨历程，全景再现北斗星通人二十年的生动故事。我只能说，我努力了，我尽力了。我知道，明天还在继续，北斗星通的故事依然在继续。而忠实地记录它，客观地反映它，就是创作这本书的意义。

我深知，这本书虽然是我创作的，却是全体北斗星通人“写”出来的。无论是依然在北斗星通工作的，还是已经离开的，二十年来，他们呕心沥血，披荆斩棘，为了梦想奋斗和拼搏。也正是因为有了他们，才有了北斗星通从名不见经传成长为北斗产业的领军企业。

在浩瀚的宇宙中，每一颗星，无论是耀眼的还是暗淡的，都代表着仰望者的一个梦想。

因为仰望，所以感谢——

仰望星空，觉知天地之大；积水成渊，以至星辰大海。

从 2019 年的阳春开始到 2020 年的暮春结束，在创作这本书期间，我得到了许多人的关怀、关心与指导、支持。

我首先要真诚感谢著名航天专家、北斗系统高级顾问、首任北斗系统工程总设计师、中国科学院院士、“两弹一星”元勋孙家栋先生为本书作序推荐，感谢北斗系统工程总设计师杨长风先生，感谢中国科学院院士、大地测量学家杨元喜先生，感谢全国工商联副主席、著名企业家、TCL集团董事长李东生先生，感谢著名企业家、物美集团创始人、多点DMALL董事长张文中先生，感谢著名企业家、美的集团董事长方洪波先生倾情推荐。

我要衷心感谢北斗星通董事长兼总裁周儒欣先生，他不仅在百忙之中多次接受采访并提供大量素材，而且提出了许多具有建设性和指导性的意见。没有他的鼎力支持与督促推动，绝对没有这本书。他实业报国的情怀、成熟的经营智慧、高超的领导艺术等，令我十分敬重。

我要真挚感谢党委副书记兼工会主席李学宾先生，没有他的支持与鼓励，可能也完成不了这本书。他为本书倾注了大量的心血与智慧，让我感恩在心。

我要诚挚感谢李建辉、尤源、潘国平、王建茹、刘光伟、王增印、高培刚、张正烜、刘孝丰、徐林浩、郭飚、李阳、黄磊、张工、赵庆瑞等，他们在百忙之中或接受采访，或审阅书稿，或提出修改意见。

我还要竭诚感谢对本书进行大事记审查的杨学兵，进行技术审查的曹雪勇，进行保密审查的毛丽，进行人物审查的李莉芬，进行文字审查的王春宇，精心设计彩插和撰写图片说明的李楠和张岚等，他们精益求精的态度、严谨细致的作风，让本书有了质量保障。

我还要诚恳感谢接受过采访的各位领导和同事，他们是：尤佳、俞鹰、何利松、王海波、王春华、贾延波、黄毅、张呈斌、吴亮、钟琴、赵维政、宁先洪、张宪朴、潘凯、王志磊、万峰、张世勇、郭克明、张士先、第五亚州等；同时要感谢马成贤、尹德馨等各位前辈的支持。

我还要真心感谢提供素材、安排采访以及提供支持的各位同事，他们是：武亚航、胡俊慧、吴红甲、刘淑玉、佟海旭、李雪萍、唐庆莉、王颖、张艳春、王克敏、李瑞云、高玥、赵烁岩、王鹏、权文丽、陈雪、杨艳凤、张宝琼、张亚会、许娟、敬瑶、刘一、王子扬、彭程、王强、陶剑锋、李欣、侯莹石等。

此外，在本书写作过程中，我还参考借鉴了大量的图书与报刊资料，尤其是《北斗星通》内刊，因书目庞大且篇幅有限，无法逐一列举。在此，我向各位作者或编者表示深深的感谢！

没有什么作品是完美的，所有的作品都是遗憾的艺术，因为你无法穷尽事实的所有真相，或者在组织文字时，就已经进行了选择与放弃。我遗憾无法把每位为北斗星通做出贡献的员工写到，心中深感惶恐与不安。由于我本人的知识、阅历、能力有限，书中如有错误和不当之处，责任在我。

最后，我想说，无论你近在咫尺还是远在天涯，无论你和我是熟悉的还是陌生的，因为你读到了我的文字，所以我在此对你说一声“谢谢”！谢谢每一位看到这本书的朋友，因为有你们的理解与支持，我的生命才有价值和意义；因为有你们关心与关注，我才能感受到生活的充实和美好。我们仰望星空，我们心系北斗，我们心心相通……

杨　冰

2020 年 6 月 25 日于北京